Therese Philipsen

Blutschande

Thriller

Aus dem Dänischen
von Günther Frauenlob

GOLDMANN

Die Originalausgabe erschien 2010
unter dem Titel »Den man elsker«
bei People's Press, Kopenhagen.

MIX
Papier aus verantwortungsvollen Quellen
FSC® C014496

Verlagsgruppe Random House FSC-DEU-0100
Das FSC®-zertifizierte Papier *Holmen Book Cream* für dieses Buch
liefert Holmen Paper, Hallstavik, Schweden.

1. Auflage
Deutsche Erstveröffentlichung Juli 2011

Umschlaggestaltung: UNO Werbeagentur München
Umschlagmotiv: © plainpicture/Folio Images;
© Corbis/Peter Johnsen
Redaktion: Wibke Kuhn
An · Herstellung: Str.
Satz: IBV Satz- und Datentechnik GmbH, Berlin
Druck und Bindung: GGP Media GmbH, Pößneck
Made in Germany
ISBN: 978-3-442-47460-8

www.goldmann-verlag.de

Für meine Tochter Caroline

1

Das Leben hatte ihr einen Streich gespielt.

Wie in diesem Lied von Alanis Morisette. *Isn't it ironic? Don't you think?*, summte Liv Moretti vor sich hin.

Und deshalb saß sie jetzt auch in dem blauen Ford Mondeo und raste mit Blaulicht und heulenden Sirenen über den Kongevej. Als Kommissarin der Mordkommission trug sie Zivil, wie ihr etwas älterer Partner, Ole Hansen, der neben ihr auf dem Fahrersitz saß.

»Du schaffst das schon, guck einfach, wie ich das mache.«

Er legte ihr die dicken Finger auf den linken Schenkel und grinste breit. Er zog sie zu gern auf, besonders in solchen angespannten Situationen.

Liv streckte ihm als Antwort die gepiercte Zunge raus. Ole musste herzhaft lachen und nahm die Hand wieder weg.

It's like rain on your wedding day, it's a free ride, when you've already paid, sang Liv im Stillen weiter, während Ole mit quietschenden Reifen nach links zum Fähranleger abbog.

Um eine lange Geschichte kurz zu machen – und so war es Liv am liebsten –, sie war als Einzelkind in einer Prachtvilla in Espergærde am Øresund aufgewachsen. Ihre Mutter, die Frau des Direktors, war eine Art Hausfrau gewesen, aber mit einem starken Hang zu Beruhigungsmitteln, Valium und Stesolid, die sie meistens schon vor zehn Uhr morgens mit Alkohol herunterspülte. Ihr Vater war dabei geschnappt worden, wie er Gelder aus seiner eigenen Firma abgezweigt hatte, was ihm vier Jahre Knast einbrachte. Das hatte aber keine Wirkung gezeigt, denn sobald er entlassen wurde, schlug er wieder den alten Weg ein, so dass er jetzt erneut wegen Unterschlagung und Betrug im Gefängnis saß.

Dabei war er allerdings so klug gewesen, eine stattliche Summe auf den Namen seiner Frau beiseitezuschaffen und auch auf Livs, wie sie überrascht feststellte, als sie volljährig wurde. Zuerst wollte sie das Geld nicht anrühren, doch später, als sie auf der Polizeischule anfing, kaufte sie sich davon eine Liebhaberwohnung am Nordre Strandvej mit Panoramablick auf Schloss Kronborg.

Dass sie – die in ihrer Jugend der autonomen Szene angehört hatte und überdies Namensschwester eines New Yorker Mafiabosses aus den 30er Jahren war – als Hüterin des Gesetzes enden würde, ja, als jemand, der über Gut und Böse entschied, war schon eine höchst bizarre Laune des Schicksals.

Ihre Mutter hatte ihr deshalb beinahe gedroht, ihr die Hand abzuhacken.

»Das *kannst* du uns nicht antun«, schrie sie, während ihr Vater nur laut und lange lachte, als Liv ihm bei einem ihrer wenigen Besuche im Gefängnis ihre Zukunftspläne darlegte.

Aber Liv hatte die Entscheidung nie bereut und war jetzt schon fünf Jahre bei der nordseeländischen Polizei in Helsingør. Seit drei Jahren war Ole ihr fester Partner. Sie hatten auch schon vor der Polizeireform 2007 zusammengearbeitet, als sie alle eine neue Dienstbezeichnung bekommen hatten. Dadurch war sie von einer Kriminalassistentin zu einer Kriminalkommissarin mutiert und ihre Dienstgruppe zur Ermittlungseinheit des Dezernates für Gewaltverbrechen gegen Personen. Im Klartext: Mord, schwerer Raub und – wie vermutlich jetzt – Entführung.

»Wie sicher sind wir, dass da wirklich Cecilie an Bord ist?«, fragte sie ihren Kollegen.

Ole zuckte mit den Schultern.

»Gar nicht sicher. Wir wissen bloß, dass eine Kioskverkäuferin angerufen hat, die sich fast hundertprozentig sicher ist, diesen verschwundenen Kinderstar in Gesellschaft eines etwa vierzigjährigen Mannes gesehen zu haben. Sie hat sie erkannt, weil ihr Bild auf der Titelseite einer ihrer Zeitschriften war. Außerdem hat der Mann nervös gewirkt, wodurch sie misstrauisch wurde. Wir haben daraufhin die Polizei in Helsingborg alarmiert, und als die zur Tat schritten und jeden einzelnen Passagier, der die Fähre verlassen wollte, kontrollierten, hat sich der Mann mit dem Mädchen in einer Toilette verbarrikadiert. Und der will nur mit uns reden!«

»Hat er unsere Namen genannt oder einfach nur Polizisten hier aus Helsingør verlangt?«

»Uns zwei hat er verlangt«, brummte Ole.

Wie Liv wunderte auch er sich darüber, dass der Mann explizit nach ihnen gefragt hatte. Er hatte aber keine Lust, weiter darüber nachzugrübeln. Stattdessen fuhr er fort:

»Die Sache ist ziemlich heikel, und wir sollen mit größter Vorsicht vorgehen, um unseren heiß geliebten Chef Polizeipräsident Havskov zu zitieren. Cecilie ist ein Medienliebling, der darf kein Haar gekrümmt werden.«

Oles Finger flatterten durch die Luft, um Anführungszeichen zu markieren. Dann fuhr er fort:

»Wir müssen sie einfach aus diesem beschissenen Scheißklo rausholen, okay? Und sie zurück zu ihren Eltern bringen.«

Liv lachte. Sie kannte ihren Partner und wusste, welchen Spaß es ihm machte, mit Fäkalsprache zu provozieren.

»Verstanden.«

Sie legte zwei Finger an die Schläfe und grüßte militärisch.

Ole hatte recht. Es würde ihnen allen ein Riesenstein vom Herzen fallen, wenn sie das Mädchen zu seinen Eltern zurückbringen könnten. Der Tag war für alle im Dezernat eine große Belastung gewesen. Jeder wusste, dass die ersten fünf, sechs Stunden nach dem Verschwinden eines Kindes die wichtigsten waren, wollte man es lebend finden. Inzwischen waren aber bereits 25 Stunden vergangen, seit der elfjährige Kinderstar Cecilie Junge-Larsen sein Elternhaus im noblen Strandvej in Espergærde verlassen hatte. Das Mädchen hatte seiner Mutter zugewinkt und war mit dem Fahrrad zur Schule gefahren, wo es allerdings nie angekommen war. Seither war Cecilie von niemandem mehr gesehen worden. Auch die Ermittlungen hatten nicht eine einzige Spur zutage gefördert, obwohl sie die ganze Nacht durchgearbeitet hatten. Der Anruf von der Fähre war ihr erster konkreter Hinweis gewesen, vielleicht der Lichtblick, auf den alle warteten.

Der Wagen fuhr am Bahnhof vorbei, der Endstation der Küstenlinie, die inzwischen mit einem langen Glasarm mit dem Fährterminal verbunden war. Liv erinnerte sich noch an das alte Fährterminal, den halbrunden Bau mit den gewaltigen Glaspartien zum Wasser hin und dem kupferbeschlagenen, runden Dach. Mit kindlicher Fantasie hatte sie darin immer einen Teil eines Schiffes gesehen. Leider war dieses Terminal Mitte der 90er Jahre abgerissen worden, nachdem es vom Segelschulschiff *Danmark* torpediert worden war. Dieses Terminal war wirklich noch etwas Besonderes gewesen.

Als Liv und Ole an Bord der kleinen Schnellfähre waren, gingen sie gleich ins Restaurant »Horizon« in der zweiten Etage. Liv bestellte eine Tasse Kaffee, während Ole sich einen Hotdog mit allem machen ließ.

»Haben wir nicht, ich kann Ihnen aber einen Grab & Go anbieten«, sagte das blonde Mädchen hinter den Glasregalen.

Ole sah sie verständnislos an.

»Das ist ein Croissant oder ein Brötchen mit Schinken und Käse oder ein Vollkornbrötchen mit Käse, und dazu gibt es dann noch einen Saft, einen Joghurt oder ein Stück Obst Ihrer Wahl.«

Ole nörgelte, dass man nicht einmal mehr etwas derart Normales wie einen Hotdog mit allem bekommen konnte und begnügte sich dann mit einem Kaffee, der aber auch wie gewohnt abscheulich schmeckte.

Die ganze Nacht hindurch hatten sie sich mit Kaffee und kalter Pizza wach gehalten, so dass ein wenig zusätzliches Koffein nicht schaden konnte. Liv war überzeugt, dass auch ihr Körper dieser Meinung war, als sie die Wirkung langsam zu spüren begann. Sie dachte an ihre Töchter, die die letzte Nacht bei ihrem Vater verbracht hatten, und fragte sich, ob die jüngste wohl ihr Kaninchen mit in die Kinderkrippe genommen hatte.

»Daran ist nur diese verfluchte Øresundbrücke schuld«, fuhr Ole mit seinem Monolog fort. »Hätten sie die nicht gebaut, würde Helsingør sich noch immer an den alkoholisierten Nachbarn von drüben eine goldene Nase verdienen. Dann würde es hier nur so wimmeln von rauchenden, stockbesoffenen Schweden, und dann gäb es hier auch noch Würstchen, und das rund um die Uhr. Das ist echt schade, weißt du. Da ist eine ganze Kultur untergegangen.«

Im gleichen Moment signalisierte das Tuten der Fähre die baldige Ankunft in Helsingborg, und Liv ging erleichtert zum Ausgang. Sie mochte Ole, nicht aber seine Monologe.

Im Hafen von Helsingborg lag die Scandlines-Fähre *Hamlet*, vor ihr auf dem Kai parkten vier schwedische Polizeiwagen. Das ganze Gelände war abgesperrt, und Beamte rannten herum und vertrieben die Schaulustigen, die die Hälse reckten, um einen Blick zu erhaschen.

Liv betrachtete die Szenerie und drehte eine nicht angezündete Zigarette zwischen den Fingern hin und her.

»Hm«, sagte sie.

Ole sah sie an.

»Irgendeine Vorahnung?«, fragte er.

Liv steckte sich die Zigarette zwischen die Lippen und zündete sie an.

»Etwas in der Richtung.«

»Deine Vorahnungen machen mich immer irgendwie nervös.«

»Warum das denn?«

»Weil sie Unglück bringen. Und nimm die Kippe aus dem Mund, du bist hier in Schweden. Hier darf man so gut wie gar nichts.«

»Im Gegensatz zu Dänemark, wo man wirklich gar nichts darf«, erwiderte Liv grinsend und ließ die Zigarette mit der Zunge auf und ab wippen, bis Ole die Augen verdrehte. Nach ein paar schnellen Zügen drückte sie die Kippe mit der Stiefelspitze aus und ging dann mit langen Schritten auf einen schwedischen Kollegen zu, der in einem Auto mit geöffneter Tür saß. Als er sie erblickte, stieg er aus dem Wagen.

Ole gab ihm die Hand.

»Ole Hansen, Polizei Helsingør.«

Ole bestand noch immer darauf, »Polizei Helsingør« zu sagen.

»Liv Moretti, Polizei Nordseeland.«

Auch sie gab ihm die Hand.

»Isaksson«. Der schwedische Beamte sah sie etwas verwundert an. »Moretti? Wie *der* Moretti?«

Liv zog leicht genervt die Augenbrauen hoch.

»Ja, wie Guarino ›Willie‹ Moretti.«

Dann fuhr sie brüsk fort: »Was wissen wir?«

Isaksson sah die beiden verwirrt an.

»Ein Mann, etwa Mitte vierzig, dem Aussehen nach Däne. Er hat sich in der Herrentoilette auf der Backbordseite verbarrikadiert«, sagte er.

»Ist er bewaffnet?«, fragte Liv, während sie die kurze Lederjacke auszog und die dicke kugelsichere Weste überstreifte, die ihr schwedischer Kollege ihr reichte. Dann schob sie den weichen braunen Männerhut zurecht, den sie fast immer auf dem platinblonden Haar trug.

»Das behauptet er jedenfalls.«

»Was sagt er, wenn Sie mit ihm zu reden versuchen?«

»Dass er dem Mädchen eine Kugel in den Kopf jagt, wenn sich jemand nähert. Er will nur mit Ihnen reden. Er hat ganz konkret nach Liv und Ole von der Polizei in Helsingør gefragt.«

»Danke, dass wissen wir bereits«, brummte Ole. »Dann müssen wir also davon ausgehen, dass er bewaffnet ist. Wissen wir, wie er heißt, haben wir irgendeinen Namen?«

»Lars, er hat sich Lars genannt. Kennen Sie ihn?«

»Kein Nachname?«
Isaksson schüttelte den Kopf.
»Und das Mädchen?«
»Sie ist bei ihm da drin.«
»Haben Sie Schreie gehört oder Weinen?«
»Nein, keinen Laut.«
»Haben Sie mit ihr gesprochen?«
»Nein.«
»Aber Sie sind sich wirklich sicher, dass sie da drin ist? «
Ole war in seiner Verärgerung richtig laut geworden.

»Ja, wir sind ziemlich sicher. Ein Zeuge hat gesehen, wie er das Mädchen durch die Tür nach drinnen gezogen hat.«

Liv warf ihrem Partner einen langen Blick zu. Auch er streifte sich jetzt die kugelsichere Weste über und zog die Ärmel des grauen Hemdes nach unten, das vielleicht einmal braun gewesen war.

»Und die Fähre ist evakuiert?«, fuhr er fort.

»Ja, außerdem ist ein Sondereinsatzkommando unterwegs.«

»Wir wollen bloß das Mädchen da rausholen und mitnehmen. Lebendig«, brummte Ole abweisend und versuchte, schwedisch zu klingen, wobei sein Akzent bestenfalls nach Bornholm klang.

Liv wusste, dass er nichts für Kommandoeinheiten übrighatte, die im besten 007-Stil angerauscht kamen und wild um sich schossen, bis der Kidnapper blutend am Boden lag. Er war der Meinung, dass auch die Schwachen der Gesellschaft, Menschen, die aus irgendeinem Grund in Schwierigkeiten geraten und aus Verzweiflung kriminell geworden waren, einen Anspruch auf Hilfe hatten und nicht wie Schießbudenfiguren abgeknallt werden durften. Für ihn steckte hinter jedem Verbrecher ein Mensch.

Liv sah darin eine seiner vielen guten Seiten.

»Wir sollten uns lieber versichern, dass es dem Mädchen gut geht«, sagte sie zu ihm. »Vielleicht können wir sie ein bisschen beruhigen. Wenn sie denn überhaupt da drin ist«, fügte sie flüsternd hinzu.

Ole nickte mürrisch.

»Wir gehen rein«, teilte er dem schwedischen Kollegen mit.

Sie folgten ihm in die *Hamlet,* in der die Luft stillstand. Das Plätschern des Wassers draußen am Schiffsrumpf klang ebenso metallisch wie alles andere auf diesem Schiff. Metallisch und schwarz-weiß lackiert. In der Hoffnung, damit etwas Atmosphäre zu erzeugen, hatte man im Inneren der Fähre alte Bilder des Schiffes aufgehängt. Die Polizisten liefen durch das Bistro mit seinem Holzboden und dem Selbstbedienungsbüffet mit Obst, Fisch- und Fleischgerichten. Hier schmückten Plakate die Wände, das Design war kalt und skandinavisch.

Sie gingen langsam über den Flur, bis sie zu der verschlossenen Tür kamen, hinter der sich der Mann mit dem Mädchen verschanzt hatte. Zwei Beamte der schwedischen Polizei hielten sich im Hintergrund.

Liv presste sich neben der Toilettentür mit dem Rücken an die Wand. Ole folgte ihrem Beispiel auf der anderen Seite der Tür.

»Lars?«, rief Liv.

Sie bekam keine Antwort.

»Lars? Wir sind von der dänischen Polizei«, fuhr Ole fort. »Wir wissen, dass Sie da drin sind. Wir wollen Ihnen nichts tun, nur mit Ihnen reden. Können Sie sich kurz zu erkennen geben?«

»Lars, hier draußen sind nur Ole und ich. Ich heiße Liv.

Wir wollen Ihnen helfen. Sie haben doch nach uns gefragt?«

»Ich baller dem Mädchen den Kopf weg, wenn Sie reinkommen«, kam es plötzlich von drinnen. Die Verzweiflung in der zitternden Stimme war nicht zu überhören.

»Es muss doch überhaupt niemand verletzt werden, Lars. Genau das wollen wir doch vermeiden. Die Schweden haben allerdings ihr Sondereinsatzkommando gerufen, und die werden bald hier sein. Wenn Sie nicht jetzt mit uns reden, Lars, ist es nur eine Frage der Zeit, bis Ihr Blut an den Wänden der Fähre klebt«, rief Ole.

Liv starrte ihren Partner an, doch der zuckte nur mit den Schultern. Ole hatte seine eigenen Methoden.

»Wir müssen nur wissen, dass es dem Mädchen gut geht«, rief sie dann. »Dürfen wir reinkommen und einen Blick auf sie werfen?«

Ein Klicken war zu hören, dann wurde die Klinke von innen langsam nach unten gedrückt, und die Tür öffnete sich einen Spaltbreit.

»Unbewaffnet!«, kam es.

»Lass mich«, flüsterte Ole und nahm das Schulterhalfter ab, steckte sich die Waffe aber am Rücken unter seinen Gürtel.

»Was hast du vor?«, flüsterte Liv. »Ole, mach keinen Blödsinn!«

»Vertrau mir!«, sagte er nur und warf ihr einen Blick zu, den sie inzwischen nur zu gut kannte. Sie konnte nichts tun.

Ole legte seine Hand an die Klinke, und Liv hörte ihn tief durchatmen. Dann trat er ein.

Sie selbst drückte den Kopf an die Wand und lauschte.

Drinnen hörte sie Ole verhandeln. Die Stimmen klangen gereizt. Ein Drogenabhängiger, dachte Liv, als sie den

Mann um einen Schuss Heroin als Gegenleistung für das Mädchen bitten hörte. Sie holte tief Luft, atmete in den Bauch, um sich selbst zu beruhigen. Drogenabhängige waren die Schlimmsten, sie waren vollkommen unberechenbar.

Es wurde kurz still, dann drangen plötzlich laute Stimmen heraus. Erst war der Kidnapper zu hören, dann Ole und schließlich das Mädchen.

Livs Herz schlug ihr bis zum Hals. Verdammt, was ging da drin vor?

Im gleichen Moment zerriss das Knallen eines Schusses die Luft, und ihr Herz stand still.

Keine Sekunde später drehte sie sich um, sprang zur Seite und trat die Tür auf, so dass sie mit voller Wucht aufflog. Eine Gestalt kam zum Vorschein. Ein Augenpaar, das sie kannte. Sie hatte diese Augen irgendwo in Helsingør gesehen, wusste aber nicht, wo. Ein abgesägtes Jagdgewehr zielte auf sie. Und die Hände seines Besitzers zitterten.

Liv schoss, ohne zu zögern. Der Mann schrie auf, und das Gewehr fiel ihm aus den Händen, als er nach hinten stolperte und schließlich auf den Rücken fiel, wo er mit weit aufgerissenen Augen keuchend liegenblieb.

»Danke«, flüsterte er und sah Liv in die Augen, als sie das Gewehr sicherte. Als freute er sich, dass alles zu Ende war, als freute er sich zu sterben.

Nur dumm für dich, dass man nicht von einem Schuss in die Schulter stirbt.

Sie sah sich hastig um. Das Mädchen hockte zusammengekauert neben der Toilette am Boden. Es hatte beide Arme um seinen Kopf gelegt, als wollte es nicht mehr sehen und hören, was ringsum vorging. Liv steckte die

Pistole zurück ins Halfter und ging zu Ole. Er lag am Boden, sah sie an und versuchte zu lächeln. Blut sickerte aus einer Wunde in seinem rechten Arm und färbte das Linoleum rot.

»Das wird schon wieder, Ole«, sagte Liv und kümmerte sich weiter um das Mädchen, während die schwedischen Kollegen in die Toilette stürmten und im Hintergrund Sirenen zu hören waren.

»Ja, verdammt«, kam es angestrengt von Ole. »Ist ja nur Schrot und bloß im Arm, so leicht wird man mich nicht los!«

Liv hockte sich vor dem Mädchen hin, während sich die Männer in den gelben Uniformen um Ole kümmerten.

»Hallo! Wer bist du?«

Sie versuchte zu lächeln, so gut es ging, reichte ihr die Hand, und das kleine Mädchen blickte auf. Sie zögerte lange und sah Liv misstrauisch an. Schließlich nahm das Mädchen aber doch ihre Hand und stand auf.

»Du bist nicht Cecilie«, sagte Liv.

Das Mädchen schüttelte den Kopf.

»Nein, ich heiße Camille.«

»Bist du alleine hier, Camille?«

Das Mädchen schüttelte den Kopf, so dass ihr Pferdeschwanz hin und her baumelte.

»Wo sind deine Eltern?«

»Das ist mein Vater«, sagte sie und zeigte auf den Mann, den Liv angeschossen hatte.

Liv konnte nichts dagegen machen. Das Blut schoss ihr in die Wangen, und sie schaffte es gerade noch, den Hut abzunehmen, bevor sie sich über das Waschbecken beugte und sich erbrach.

2

Es war am Vormittag des 17. September, ein Dienstag, an dem in Dänemark endlich der Spätsommer begann. Da erfuhr Per Roland, dass er wegmusste. Wenn man sich denn überhaupt erdreisten konnte, von einem Spätsommer zu sprechen, dachte er müde, schließlich war der Sommer auch in diesem Jahr wieder ausgeblieben.

Die letzte Ausgabe der *Illustrierten Wissenschaft* lag vor ihm auf dem Tisch. Sie war noch immer auf der Seite aufgeschlagen, auf der die interessante Frage gestellt wurde, wer eigentlich Neil Armstrong gefilmt hatte, als dieser zum ersten Mal seinen Fuß auf den Mond setzte. Roland hatte den Artikel gerade gelesen, als das Telefon klingelte, und obgleich danach alles sehr schnell gehen musste, konnte er nicht umhin, den Rest des Textes schnell zu überfliegen, um eine Antwort auf die Frage zu bekommen, die so vielen Konspirationstheorien Nahrung geboten hatte: Wer hatte den Mann gefilmt, wenn er doch der erste war? Er übersprang einen Abschnitt und fand, was er suchte. Angeblich war auf der Seite der Mondlandefähre Eagle eine kleine Kamera montiert gewesen, die Armstrong aktiviert hatte.

»Gott, wie banal«, brummte Per Roland.

Er klappte das Magazin zu und steckte es in die Mappe, die er mit nach Helsingør nehmen wollte. Immer gab es logische Erklärungen. Auch bei seinen Ermittlungen. Davon wusste er nach sechs Jahren als Leiter der Mobilen Staatlichen Ermittlungseinheit ein Lied zu singen, auch wenn seine Gruppe 2002 aufgeteilt worden war und die Kollegen jetzt bei den unterschiedlichsten Abteilungen Dienst taten. Heute gehörten sie dem Nationalen Ermittlungscenter NEC an, und einige seiner Kollegen dem KTC, dem Kriminaltechnischen Center.

Gerade betrat Karen Gruppe sein Büro. Sie war die Leiterin des NEC und damit seine direkte Vorgesetzte, was sie allem Anschein nach zu der Annahme verleitete, sie stehe über so profan-höflichen Umgangsformen wie zum Beispiel dem Anklopfen.

»Sie meinen, ich schmeichle mich bei den Medien ein«, sagte sie.

Sie setzte sich auf einen Stuhl und musterte lächelnd, ja fast hochmütig den frisch ernannten Leiter der neu eingerichteten NEC-Sondereinheit für Kriminalfälle mit hohem Gewaltpotenzial oder grenzüberschreitendem Charakter. Im Präsidium nannte man sie »Ledernacken«, eine Anspielung auf die beinharten US-Marines, die bei ihrer Gründung 1775 Uniformen mit Lederkragen trugen, um ihren Gegnern das Kopfabhacken zu erschweren. Der Spitzname war in erster Linie aber ironisch gemeint, denn Per Roland sah in sich selbst alles andere als einen Ledernacken, eher eine Samtjacke.

»Das haben Sie gesagt, nicht ich.«

Karen Gruppe beugte sich vor.

»Ein elfjähriges Mädchen ist seit über einem Tag verschwunden. Sie wissen ganz genau, dass so etwas immer ein Hundert-Prozent-Fall ist, bei dem wir alle nur erdenklichen Ressourcen einsetzen. Wir haben zwei zu Tode betrübte Eltern, die nicht wissen, wie es weitergeht, und ihre ganze Hoffnung auf uns richten. Wir müssen diesen Menschen helfen. Davon abgesehen ist das Mädchen der Augenstern von ganz Dänemark. Engagieren wir uns wirklich mehr, weil sie prominent ist? Weil sich ihre Eltern in allen möglichen Nachrichtensendungen die Augen ausweinen? Weil sich die Hälfte der dänischen Bevölkerung in die Facebook-Unterstützungsgruppe der Eltern eingeschrieben hat, Nachrichten schreibt und ihnen über die neu eingerichtete Webseite Geld für die ausgesetzte Belohnung spendet? Ja, verdammt! Und es wirkt nach außen hin gar nicht gut, dass wir sie noch immer nicht gefunden haben. Nach der Kritik an der Polizeireform könnten wir ein bisschen Wohlwollen von den Medien verdammt gut gebrauchen. Es ist schließlich unsere Aufgabe, diese Umgestaltung wie einen Erfolg aussehen zu lassen. Auf jeden Fall braucht die örtliche Polizei Unterstützung, um dem Druck standzuhalten, der von allen Seiten auf sie ausgeübt wird. Die Öffentlichkeit versteht einfach nicht, warum das Mädchen noch immer nicht gefunden worden ist.«

»Hm«, brummte Roland.

Karen Gruppe sah ihn verständnislos an.

»Was?«

»War es nicht gerade Ziel der Polizeireform, die örtlichen Polizeieinheiten zusammenzulegen und zu verstärken, damit sie in Zukunft allein auch mit solch großen Fällen klarkommen?«

Jetzt war es Karen Gruppe, die brummte.

»Ich bitte Sie ja auch nur höflich darum, die Leute da oben ein bisschen zu unterstützen«, fuhr sie fort. »Vermutlich braucht es eine gewisse Zeit, diese Reform richtig umzusetzen und zu etablieren. Die einzelnen Polizeikreise haben sich noch nicht richtig an ihre neuen Arbeitsaufgaben und Bereiche gewöhnt, und Ihre Gruppe wurde ja gerade dafür eingerichtet, den lokalen Behörden bei Schwierigkeiten zur Seite zu stehen. Wenn die Fälle zu komplex werden. Es ist doch wohl uns beiden klar, dass Ihre Gruppe eine Art Übergangslösung darstellt, bis die Reform richtig funktioniert. Wenn die einzelnen Polizeikreise erst selbst aktiv werden, braucht Sie hoffentlich niemand mehr.«

Roland schüttelte innerlich den Kopf. Eine Übergangslösung, um vor Presse und Politikern den Anschein zu erwecken, die Polizeireform würde funktionieren? Nur sie selbst wussten, wer hier wem Sand in die Augen streute. Per Roland verstand einfach nicht, wem diese Reform nützen sollte. Der Polizei, die jetzt nur mit noch mehr Arbeit belastet wurde und mehr Krankmeldungen zu verkraften hatte als je zuvor? Oder den Politikern, die nichtsahnend im Parlament saßen, weil die Polizei so tat, als würde die Neuordnung funktionieren? Zum Glück ging das Ganze noch nicht auf Kosten der Bevölkerung. An welchem Punkt der Fehler lag, wollte er selbst gar nicht kommentieren, dass es aber einen Fehler gab, war klar. Im Augenblick war ihm das jedoch ziemlich egal. Der aktuelle Auftrag erinnerte sehr an seine frühere Tätigkeit mit der Mobilen Ermittlungseinheit, und auf diese Arbeit verstand er sich wirklich.

»Ich will mich ja auch gar nicht querstellen. Es ist mir ganz recht, ein bisschen rauszukommen. Andererseits ist es nicht gerade die Aufgabe unserer Einheit, kleine Mädchen zu suchen, die von zu Hause weggelaufen sind. Ich dachte, es ginge um Fälle besonders roher Gewalt oder eben um grenzüberschreitende Konflikte«, sagte Roland. »Deshalb haben wir ja auch diesen etwas unhandlichen Namen bekommen.«

Karen Gruppe lächelte.

»Natürlich, aber es könnte bei diesem Fall durchaus um

mehr gehen. Drei osteuropäische Männer sind am Wochenende am Hafen gesehen worden, bevor das Mädchen am Montagmorgen auf dem Weg zur Schule verschwunden ist. Espergærde ist eine kleine Stadt, in der so etwas auffällt.«

»Osteuropäisch ist ein ziemlich weiter Begriff. Haben wir keinen konkreteren Hinweis?«

»Möglicherweise Tschechen oder Polen, das meinten jedenfalls einige der Zeugen, aber genauer wissen wir das nicht. In Schweden gab es in den letzten Jahren zwei ähnlich geartete Fälle. Man hat Kinder aus reichen Familien gekidnappt, um Lösegeld zu erpressen. Aber so etwas gab es nicht nur in Schweden. Europol untersucht gerade verschiedene Fälle in ganz Europa, und es scheint reichlich Überschneidungen zu geben. Es könnte sich um eine osteuropäische Bande handeln. Das letzte Opfer war eine Dreizehnjährige. Sie ist in Helsingborg verschwunden. Wenn das eine Gruppe ist, die ihr Tätigkeitsfeld jetzt über den Sund nach Dänemark ausgeweitet hat, müssen wir die sofort stoppen.«

Per Roland schloss seine Tasche. Er sah seine Chefin an und spürte, wie das Blut in seinen Adern rauschte. Normalerweise brauchte es einiges, um ihn aus der Ruhe zu bringen. Dafür hatte er im Laufe der Zeit zu viel Tod, Verletzungen und Unglück miterlebt. Aber wenn es um Kinder ging … mochte ja sein, dass das ein Klischee war, aber damit konnte er sich einfach nicht abfinden.

»Und noch etwas«, sagte Gruppe schließlich. »Wir haben in der Gegend eine ganze Reihe registrierter Sexualverbrecher.«

»Pädophile?«

»Ja, aber das muss noch überprüft werden. Nordseeland

hat allerdings jetzt schon zwei große Drogenfälle in ihrer Region, durch die einige Ressourcen gebunden sind. Sie haben vor zwei Tagen anderthalb Tonnen Hasch beschlagnahmt, und gestern haben sie einen Drogenring ausgehoben und dabei nicht weniger als sieben Schusswaffen, Kokain und mehrere Hunderttausend Kronen sichergestellt. Diese Gruppe scheint das Nachtleben in Helsingør kiloweise mit Kokain versorgt zu haben. Nordseeland hat einiges am Laufen, deshalb hat man um Unterstützung gebeten, und da ist es doch klar, dass ich meine besten Leute schicke.«

»Und dieses Mädchen ist aus Espergærde?«

Gruppe nickte.

»Ich hatte da oben mal einen Fall … vor zwölf Jahren. Das war mein erster. Den werde ich nie vergessen. Ein junges Mädchen verschwand auf dem Rückweg von ihrer Reitschule und tauchte drei Tage später an einen Baum gefesselt in Næstved wieder auf. Vergewaltigt und erdrosselt.«

»Ich erinnere mich gut daran. Eine schreckliche Geschichte. Gab es damals nicht noch einen Fall?«

»Ja, ein paar Jahre später verschwand ein Mädchen aus Næstved und tauchte vergewaltigt und an einen Baum gefesselt in einer Nachbargemeinde wieder auf. Ihre Hände waren auf die gleiche Weise gefesselt. Vor dem Körper mit zwei halben Schlägen. Ein typischer Seglerknoten, der rutscht nicht ab, und aus so einem Knoten kann man sich unmöglich befreien.«

»Man merkt, dass Sie gerne segeln«, sagte Gruppe ironisch.

Roland lächelte.

»Aber Sie haben den Täter damals doch gekriegt, nicht wahr?«

Jetzt klang Gruppe etwas irritiert.

»Ja, der sitzt, aber kleingekriegt haben wir ihn nicht. Der hat bis zum Schluss beteuert, unschuldig zu sein.«

Gruppe zog ihren Blazer zurecht, der für den kräftigen Frauenkörper eine Nummer zu klein schien.

»Und das beschäftigt Sie seit damals?«, fragte sie. »Fragen Sie sich wirklich noch heute, ob Sie damals den Richtigen eingebuchtet haben?«

Roland nickte.

»Ich gehe davon aus, dass Sie den Kollegen selber mitteilen, warum wir uns nicht weiter mit den Problemen hier in der Stadt beschäftigen?«, sagte er dann.

»Um die Rocker und Immigranten kümmere ich mich schon. Aber beschaffen Sie mir ein Singvögelchen!«, sagte Gruppe streng.

»Mit größtem Vergnügen. Zum Hieressen oder zum Mitnehmen?«

Karen Gruppe prustete ziemlich unweiblich los. Dann wurde sie wieder ernst. Das war typisch für die Chefin des NEC. Für sie gab es entweder Spaß oder Ernst.

»Lind, Max, Anette sind bereits informiert. Kümmern Sie sich um Miroslav und Svendsen?«

»In Ordnung.«

»Und passen Sie da oben auf sich auf, verstanden? Heute Morgen ist da ein Kollege angeschossen worden.«

Gruppe stand auf, und Per Roland ging um seinen Schreibtisch herum, um seiner Chefin die Tür zu öffnen.

»Auf einer Fähre in Helsingborg. So etwas macht in unserer Branche schnell die Runde«, sagte sie ernst, bevor sie über den Flur verschwand.

3

Das erste Treffen der NEC-Spezialeinheit für den Fall Cecilie sollte im Präsidium von Helsingør stattfinden, am südlichen Stadtrand an der Grenze zu der Gemeinde Snekkersten. Das Schild, das die Grenze zwischen den beiden Städten markierte, stand unmittelbar vor dem Eingang des Präsidiums auf der Straße, so dass das große Gebäude ganz unfreiwillig zu einer Art Schutzwall zwischen Helsingørs sozialem Brennpunkt Vapnagaard und dem gepflegten, bürgerlichen Snekkersten wurde, das sich bis hinunter zur Küste erstreckte, wo der Ursprung des alten Fischerdorfs lag und die alten, stolzen Villen des Strandvejs über den Øresund blickten.

Das Präsidium war in den frühen 90er Jahren errichtet worden, es war rechteckig, groß und massig, und die gläserne Fassade mit den lila Stahlrahmen war mit geheimnisvollen, runenartigen Zeichen dekoriert.

Kunst, dachte Per Roland etwas höhnisch, als er zum Haupteingang ging.

Als er jedoch kurz darauf durch die frisch renovierte Zentralwache lief, erkannte er, dass das Präsidium von Helsingør durch die Polizeireform tatsächlich zur Schaltzentrale und zum eigentlichen Nervenzentrum der gesamten Nordseeländer Polizei avanciert war. Mit Hilfe von Flachbildschirmen, fortschrittlicher Computertechnologie und Telefonanlagen mit Headsets koordinierten sieben Beamten rund um die Uhr die Polizeiarbeit in Nordseeland und schickten die Streifenwagen zu ihren Einsätzen aus. Winzige rote Punkte auf den Bildschirmen zeigten an, wo sich die jeweiligen Einsatzfahrzeuge gerade befanden, und über kleine körnige Webcam-Bilder verfolgten die Beamten in Helsingør, was ihre Kollegen in Hillerød, Hørsholm, Frederikssund, Lyngby und Gentofte gerade taten. Theoretisch jedenfalls, denn in dem Augenblick, in dem Per Roland die Zentralwache durchquerte, waren alle Bildschirme gerade schwarz geworden.

»Die sind bestimmt gerade zum Essen«, sagte Per Roland grinsend zu seinen Kollegen mit den Headsets, die wütend auf alle möglichen Knöpfe drückten, als er über die Treppe zur Kriminalabteilung im zweiten Stock emporstieg.

Es war schon fast halb zwölf, Cecilie war mittlerweile seit siebenundzwanzigeinhalb Stunden verschwunden, und als Per Roland nach einer kurzen Besprechung mit dem zuständigen Polizeichef der Ermittlungsbehörden das Sitzungszimmer betrat, saßen bereits sechs Personen an dem langen Tisch.

Fünf davon lächelten beim Eintreffen ihres Chefs. Die sechste starrte ihn abwartend an.

»Sie müssen Liv Moretti sein«, sagte Per Roland etwas verwirrt und ging auf die Frau zu, die sich erhob, bevor sie ihm die Hand gab und ihn höflich anlächelte.

Hübsch, dachte er und schüttelte innerlich gleich darauf den Kopf über diesen absurden Gedanken. Nur mit Mühe gelang es ihm, seinen Blick von dem weichen, braunen Männerhut zu nehmen, der allem Anschein nach ultrakurz geschnittene, platinblonde Haare verdeckte. Doch damit nicht genug, denn auch ihre gestreifte Clownshose mit den weißen Hosenträgern und ihr ärmelloses, rotes T-Shirt zogen seine Blicke wie magisch an. Nie zuvor hatte er einen Menschen getroffen, der in einem Polizeirevier derart deplatziert gewirkt hatte. Wie konnte sie in dieser Aufmachung Respekt erwarten und die Staatsmacht repräsentieren? Die Frau war etwa dreißig bis zweiunddreißig Jahre alt, wenn ihr magerer Körper auch eher wie der eines fünfzehnjährigen Jungen wirkte. Per Roland, der einmal verheiratet gewesen war und zwei Kinder mit einer gazellenartigen Göttin mit schwingenden Hüften und großen, wohlgeformten Brüsten hatte, stand nun wirklich nicht auf fünfzehnjährige Jungen, oder Mädchen, die wie Jungs aussahen.

»Moretti?« Es war Anette, die Psychologin des Teams, die seine Gedanken unterbrach. »Das klingt italienisch.«

Miroslav lachte laut.

»Echt? Heißt du wirklich so?«

Liv starrte ihn regungslos an.

»Wie *Willie Moretti*?«, fragte er und erläuterte mit betont tiefer Stimme: »Der Gangsterboss in New York.«

Liv sah ihn etwas herablassend an.

»Der Name ist in Italien ziemlich häufig.«

Betroffene Stille breitete sich im Raum aus, als warteten alle darauf, dass sie noch mehr sagte oder vielleicht von italienischen Wurzeln erzählte, die – trotz ihrer platinblonden Haare – ihren dunklen Teint erklärten.

»Okay«, begann Per Roland, als sie vergeblich gewartet hatten. »Eines vorab, ich schlage vor, dass wir uns hier im Team alle duzen, ist das für Sie in Ordnung, Frau Moretti?«

Liv nickte.

»Also«, fuhr Roland fort. »Die meisten von euch wissen, um was es geht. Ein elfjähriges Mädchen ist verschwunden, ihr Name ist Cecilie. Wir haben schon Tag zwei. Um präzise zu sein …«, er sah auf seine Armbanduhr, »vor genau 28 Stunden verließ sie ihr Elternhaus am Strandvej in Espergærde, winkte ihrer Mutter noch einmal zu und radelte zur …« Per Roland wühlte durch die Papiere, die er vor sich auf den Tisch gelegt hatte, fand das richtige Blatt und vollendete seinen Satz: »Zur Espergærde-Schule. Sie ist dort seit den Sommerferien, und der Unterricht der 5b sollte um 8.10 Uhr beginnen.«

Er ließ den Blick über seine Leute schweifen.

»Du musst mich korrigieren, wenn ich etwas Falsches erzähle«, sagte er an Liv gewandt und wartete, ob sie etwas hinzufügen wollte. Als sie weiter schwieg, fuhr er fort:

»Wie ihr euch vielleicht schon gedacht habt, hat Liv Moretti, sie ist Kommissarin der Polizeibehörde Nordseeland, von Beginn an, also seit dem Eingang der Vermisstenanzeige gestern Mittag, in diesem Fall ermittelt. Die Schule hatte die Eltern angerufen, weil Cecilie nicht gekommen war, weil das ganz ungewöhnlich für das sonst so pflichtbewusste Mädchen war. Die Eltern machten sich natürlich sofort Sorgen und haben gleich die Eltern von Cecilies Freundinnen angerufen. Da niemand von ihnen Cecilie gesehen hatte, riefen sie die Polizei an.«

Roland unterbrach sich selbst und lächelte die Gruppe an. »Aber vielleicht sollten wir uns alle erst mal vorstellen«, sagte er dann. »Du kannst ja den Anfang machen und ein paar Worte über dich sagen, bevor wir dann von einem zum anderen weitergehen«, schlug er Liv vor, die ihn ansah, als wäre er ein Idiot. Und im Moment fühlte er sich auch so.

Sie ließ ihren Blick durch den Raum schweifen.

»Hallo, mein Name ist Liv, und ich bin Alkoholikerin«, sagte sie dann.

Alle lachten, Roland eingeschlossen, auch wenn er es zu verbergen suchte.

»Nur kurz, danke«, sagte er und stellte überrascht fest, dass Liv mit dieser einen Bemerkung Zugang zu der ansonsten so eingeschworenen Gruppe gefunden hatte.

»Ich gehöre, wie schon gesagt, der hiesigen Ermittlungsbehörde an. Ich bin hier seit fünf Jahren. Ansonsten bin ich in Espergærde aufgewachsen, sogar in der gleichen Straße wie Cecilie. Man kann also sagen, dass ich Ortskenntnis besitze«, fügte sie mit einem Lächeln hinzu, das ihre sonst sehr sachliche Miene etwas milderte. »Ja, und dann habe ich noch zwei Töchter, die Kleine ist zwei und die ältere knapp vier.«

»Danke, dann machen wir kurz die Runde«, sagte Roland und deutete auf den glatzköpfigen Max Motor, der sich sogleich auf seinem Stuhl aufrichtete. Er hatte eine neue Tätowierung auf dem Arm. Jedenfalls war sie Roland zuvor noch nicht aufgefallen. Die Tattoos gaben Max Motor ein gewisses Rocker-Image, das draußen auf der Straße Respekt erweckte. Dass er im Grunde ein warmherziger, ruhiger Mann war, zeigte er der Gruppe sofort, als er in seinem etwas singenden Füner Dialekt sagte:

»Jau, also, ich heiße Max ›Motor‹ Andersen. Ich bin ein Import aus Fünen. Wenn ich nicht in Rolands Truppe Dienst tue, bin ich bei der Kripo in Odense, äh, sorry, der Ermittlungseinheit, wie es heute ja heißt. Ich bin da jetzt schon fünfzehn Jahre. Den Spitznamen Motor habe ich bekommen, weil ich Harley fahre. Das ist mein Hobby, ich kaufe runtergekommene, alte Maschinen, richte sie her und verkaufe sie dann wieder.«

»Gibst du das denn auch alles brav dem Finanzamt an?«, fragte Miroslav lachend von seinem Platz aus.

Roland sah ihn an.

»Das bringt uns dann direkt zu Miroslav, unserem einzigen Star und den Sternchen, wie er sich selbst nennt.«

»Frisch aus dem Gelleruppark«, übernahm Miroslav und leierte dann herunter: »Dem Stolz von Århus. Ein wundervoller Vorort mit 7733 Einwohnern. Der Gelleruppark ist heute die größte Wohneinheit Dänemarks, mit nicht weniger als 88 Prozent Einwanderern. Sozioökonomisch kann man Gellerup dadurch charakterisieren, dass das Bruttoeinkommen von achtzig Prozent der Einwohner unter 150 000 Kronen jährlich liegt. Außerdem hat dieser Stadtteil wundervolle Naherholungsgebiete wie die City Vest, den Bazar Vest, die Gellerup Kirche und nicht zu vergessen, die Szene in Gellerup.«

Per Roland räusperte sich, und schlagartig verschwand Miroslavs ironische Fassade.

»Spaß beiseite«, fuhr er mit tiefer Stimme fort. »Ursprünglich stamme ich aus Bosnien, ich bin bosnischer Muslim, geboren und aufgewachsen in Srebrenica, wo ich bis zu meinem dreiundzwanzigsten Lebensjahr gelebt habe, als die Serben die Stadt erobert haben. Das macht mich zu einem der wenigen überlebenden Männer des Massakers von '95 und damit zu einer echten Sehenswürdigkeit.«

Dann lächelte er. »Aber das wirst du bald merken«, sagte er und zwinkerte Liv zu, an der sein Lächeln aber abprallte.

»Tja«, sagte Roland und unterließ jeden Kommentar zu Miroslavs Präsentation. »Svendsen?«

Carstens rundes Gesicht lächelte Liv an.

»Also, ich heiße Carsten Svendsen, wie Per bin ich einer der Alten hier in der mobilen Einheit. Ich war da sogar schon vor Per. Fünfzehn Jahre, bis die Einheit aufgeteilt wurde.«

Per Roland nickte schwach und sagte:

»Wir standen damals in der Polizei vor neuen Herausforderungen. Es war gerade erst der erste Distanzmord geschehen, also ein Mord ohne Verbindung zwischen Täter und Opfer. Die Opfer sind einfach zur falschen Zeit am falschen Ort gewesen. Die Zunahme dieser Art von Straftaten zwang uns, uns anderen Gedankengängen und Verhaltensmustern anzupassen. Svendsen und ich haben schon eine lange gemeinsame Vergangenheit und haben sicher mehr als nur eine Handvoll Morde aufgeklärt.«

Er schwieg und trank einen Schluck Kaffee.

»Tja, dann kennt ihr mich ja schon«, meinte Svendsen trocken und brachte die Anwesenden, Roland eingeschlossen, zum Lächeln.

»Entschuldige, Carsten. Erzähl nur weiter, woher du kommst und so weiter.«

»Ursprünglich stamme ich aus Westjütland, aber ich war 20 Jahre bei der Kripo in Bellahøj, dann in der mobilen Truppe und jetzt bei der Einheit City, also, wenn ich nicht hier bei Roland und euch bin. Ich bin verheiratet, habe zwei Töchter, drei Enkel und zwei ziemlich langweilige Schwiegersöhne.«

»Danke, Carsten«, sagte Roland lächelnd. Er hatte als Ur-Kopenhagener einige Zeit gebraucht, um Svendsens dezente Art von Humor zu verstehen, schätzte seine Jütländer Art jetzt aber sehr. »Lind?«

»Ja, ich heiße Anders Lind, werde aus einleuchtenden Gründen aber nur Lange Lind genannt«, sagte er mit einem schiefen Grinsen. »Ich stamme aus Farum, bin verheiratet und habe einen kleinen Sohn, Silas ist zweieinhalb. Bisher war ich mit meinen vierunddreißig Jahren der Jüngste hier, aber das scheint sich jetzt wohl zu ändern, du bist doch jünger, oder, Liv?«

Liv nickte nur.

»Lange Lind ist unser Kriminaltechniker. Er analysiert

für uns die Tatorte, während Miroslav unser IT-Spezialist ist, Carsten und Max übernehmen in der Regel die Verhöre, und ich leite und verteile die Arbeit. Aber wir dürfen die wichtigste von allen nicht vergessen«, sagte Roland und zeigte auf die zweite Frau in der Runde. »Meine rechte Hand, sie greift die verschiedenen Fäden auf und erstellt Analysen. Anette, stellst du dich auch noch kurz vor?«

Anette lächelte.

»Hallo Liv! Ich bin Anette. Mein Spezialgebiet als Psychologin ist das Erstellen von Täterprofilen. Komm einfach zu mir, wenn du etwas wissen willst. Noch kurz ein paar Infos über mich: Ich bin fünfundvierzig Jahre alt, geschieden und habe eine erwachsene Tochter, die mich bald zur Oma machen wird.«

»Danke, Anette. Wie alle anderen der Gruppe ist auch unsere Psychologin unentbehrlich«, fuhr Roland fort. »Ich finde, unsere Psychologin ist so viel wert wie zwei Ermittler, denn nur sie ist in der Lage, einen Täter zu lesen und uns zu sagen, nach was für einer Person wir wirklich suchen. Also, legen wir los?«

»Wir haben noch nichts über dich gehört!«, fiel Carsten Svendsen ihm ins Wort. Die anderen nickten.

Per Roland seufzte. Er hasste diese Vorstellungen ebenso sehr, wie Liv sie zu hassen schien.

»Na gut. Ich bin sechsundvierzig Jahre alt, habe zwei halbwüchsige Kinder, Christina und Peter. Ich stamme ursprünglich aus Albertslund und habe davon geträumt, Kommissar zu werden, seit ich als Kind Sherlock Holmes gelesen habe. Eigentlich ja ziemlich normal. Wie ich überhaupt ziemlich normal bin, sieht man mal davon ab, dass ich segle und mich am liebsten auf meinem Boot auf dem Meer befinde. Vor einem Jahr habe ich all mein Erspartes für ein altes gebrauchtes H-Boot ausgegeben. Das liegt im Hafen Vallensbæk, da ich selbst in Ballerup wohne.«

Per Roland räusperte sich. »Und sonst noch? Wie gesagt, ich wohne in Ballerup, früher gemeinsam mit meiner Frau Cynthia, aber jetzt sind wir geschieden.« Er breitete die Arme aus. »Zufrieden?«, fragte er und traf auf eine Mauer aus Schweigen. Er durchbrach sie selbst.

»Liv, kannst du uns ein paar Orientierungspunkte geben? Wie ist der Stand der Dinge?«

Die junge Frau hatte während der ganzen Vorstellungsrunde keine Miene verzogen. Jetzt blickte sie kurz auf und begann zu reden. Es schien sie kein bisschen zu beeindrucken, allein in einer neuen Gruppe zu sein, und sie sprach mit klarer, fast autoritär klingender Stimme.

»Cecilie Junge-Larsen hat ihr Elternhaus, wie schon erwähnt, gestern um acht Uhr verlassen. Sie hat ihrer Mutter zugewinkt, hat ihr Fahrrad genommen und ist über den Strandvej in Richtung Espergærde-Schule im Stokholmsvej verschwunden. Normalerweise braucht man für diese Strecke mit dem Fahrrad fünf bis sieben Minuten. Sie hatte in der ersten Stunde, die um 8.10 Uhr begann, Dänisch, tauchte aber nicht auf. Die Dänischlehrerin wundert sich darüber, geht aber davon aus, dass Cecilie krank ist, obwohl sie sonst kaum einmal gefehlt hat.«

Per Roland beobachtete Liv etwas überrascht, während sie vortrug. Sie schien überhaupt nicht in den Bericht zu blicken, der vor ihr auf dem Tisch lag.

»Erst die Englischlehrerin in der nächsten Doppelstunde wird wirklich aufmerksam«, fuhr Liv fort. »Sie besprechen gerade englische Sänger, und da gestern ausgerechnet Cecilies Gruppe ihre Arbeit vorstellen sollte, wundert die Lehrerin sich, dass Cecilie nicht wenigstens eine ihrer Mitschülerinnen angerufen hat, damit diese die Präsentation abholen kann, die die Gruppe gemacht hat. Dieses Verhalten sei höchst ungewöhnlich für Cecilie gewesen, hat die Englischlehrerin betont. Deshalb ruft sie die Mutter an, die sofort nervös wird und die Eltern ihrer Freundinnen und dann schließlich die Polizei anruft.«

An diesem Punkt holte Liv einen Augenblick Luft, bevor sie fortfuhr, noch immer, ohne einen Blick in den Bericht zu werfen. »Mein Partner Ole und ich haben daraufhin den Fall übernommen. Ich habe gestern mit den Eltern gesprochen, mit ein paar Freundinnen und den Lehrern und anderen Leuten in Espergærde. Die Eltern sind selbst an die Presse gegangen, so dass jeder, der gestern Abend ferngesehen hat, über das Verschwinden des Mädchens informiert ist. Heute Morgen war ihr Gesicht auf den Titelseiten aller Tageszeitungen, und das landesweit. Außerdem haben die Eltern eine Belohung von 100 000 Kronen für Hinweise ausgesetzt, die zur Ergreifung des Täters führen oder Cecilie wieder zu ihnen zurückbringen. Dieser Betrag ist im Übrigen inzwischen gestiegen, weil die Eltern über ihre Webseite Spenden erhalten haben. Auf dieser Webseite treten unter anderem auch prominente Sportler auf, die dazu aufrufen, den Eltern zu helfen. Des Weiteren haben die Eltern Videoclips ihrer Tochter aus den Sommerferien in Spanien auf Youtube und Facebook veröffentlicht.«

Anette nickte und unterbrach sie:

»Dieser Fall hat die Bevölkerung in einem bisher nicht gekannten Maße mobilisiert. Die Eltern nutzen die Medien auf eine ganze neue Art und Weise. Und das wirkt. Überall, an allen Arbeitsplätzen redet man über Cecilie, auch im Bus und in der U-Bahn. Wir können uns alle in die

Haut der Eltern versetzen, und die Sympathie ist enorm. Alle denken: Wenn es sie treffen kann, kann es auch mich treffen. Und damit verkauft man Zeitungen.«

»Es gibt aber sicher auch Leute, die denken: Gut, dass es die erwischt hat und nicht mich«, unterbrach Per Roland sie.

Anette verdrehte lächelnd die Augen.

»Ja, du würdest sicher so denken.«

»Wie auch immer, muss das Interesse der Medien an diesem Fall nicht unbedingt ein Nachteil für uns sein«, sagte er und nahm einen Filzschreiber vom Whiteboard. Dann schrieb er die wichtigsten Details auf, während Liv weitersprach, ohne auf ihre Papiere zu schauen oder die Anwesenden zu betrachten, die ihr gespannt zuhörten.

»Nein, und als heute Morgen eine Kioskverkäuferin aus der Fähre *Hamlet* anrief, glaubten wir wirklich, wir hätten sie gefunden. Die Frau sagte uns nämlich, sie sei sich sicher, Cecilie in Begleitung eines etwa vierzigjährigen Mannes gesehen zu haben. Wir haben natürlich sofort die schwedische Polizei alarmiert, die daraufhin alle Passagiere überprüft hat, die die Fähre in Helsingborg verlassen wollten.«

Per Roland hielt mit dem Schreiben inne und wandte sich wieder Liv zu, die weiterredete:

»Der Mann mit dem Mädchen hatte kein reines Gewissen und fühlte sich natürlich verfolgt. Schließlich verbarrikadierte er sich mit dem Mädchen in einer Toilette. Als die schwedische Polizei ihn rauszuholen versuchte, bat er darum, mit mir und meinem Partner zu reden. Er ist ein alter Bekannter von uns. Ein Drogenabhängiger, der ein paar Mal in Verbindung mit einigen Banküberfällen bei uns war. Er hat in den letzten zehn Jahren dreimal gesessen. Sein

Problem ist, dass er infolge seines Drogenkonsums einigen Leuten einen Haufen Geld schuldet, das er nicht zurückzahlen kann …«

»Und dann ›geht‹ er in eine Bank«, kam es trocken von Carsten Svendsen.

»Genau«, fuhr Liv fort. »Dieses Mal wollte er wohl einen kleinen Vormittagsausflug in eine Bank in Helsingborg machen, um sich dort etwas Geld zu holen. Er hatte seine Tochter mitgenommen und hoffte, dadurch die Aufmerksamkeit der Polizei abzulenken. Wegen seines Plans war er aber auch mit einer abgesägten Schrotflinte bewaffnet, die er aus einem anderen Einbruch hatte. Er verschanzte sich also auf dieser Toilette, und mein Partner entschied sich, allein zu ihm reinzugehen, und … na ja, den Rest habt ihr sicher gehört«, sagte sie und blickte in die Runde.

Alle nickten. »Wie geht es Ole?«, fragte Anette.

»Er liegt in Helsingborg in der Klinik. Der Schuss hat ihn am Arm erwischt, er wird also wieder«, sagte Liv und dachte an das Telefonat, das sie kurz vor der Sitzung mit ihm geführt hatte.

»Ich langweile mich bereits zu Tode«, hatte er gesagt. »Kannst du mir nicht ein bisschen schmutzige Literatur besorgen?«

»Magazine oder so etwas?«, hatte sie gefragt.

»Nein, Blödsinn. Lass mich an euren Ermittlungen teilhaben, so ganz nebenbei. Ich will bloß wissen, was läuft. Schick mir deine Berichte per Mail.«

Typisch Ole, hatte Liv gedacht und ihm versprochen, alles zu schicken, bevor sie sich auf den Weg zum Sitzungsraum gemacht hatte.

»Und der Drogenabhängige?«, kam es jetzt von Miroslav. »Du hast ihn angeschossen, oder?«

In seiner Stimme schwang so etwas wie Anerkennung mit.

»Ich habe ihm in die Schulter geschossen, ja. Davon stirbt man nicht. Er wird überleben. Ironischerweise liegt er im gleichen Krankenhaus wie Ole.«

»Entweder bist du blind oder dir ist wirklich scheißegal, was im Polizei-Reglement über den Schusswaffengebrauch steht. Da heißt es klipp und klar, dass man tödliche Schüsse abgeben soll, wenn andere Leben konkret gefährdet sind. Was du getan hast, war lebensgefährlich. Ein Schuss in den Arm oder ins Bein kann zu einem Adrenalinschock führen, der dem Verbrecher möglicherweise neue Energie gibt, so dass er weiterschießen kann«, sagte Miroslav.

»Die Bestimmungen im Polizei-Reglement folgen den Bestimmungen von §13 des Strafgesetzbuches, und darin ist von dem geduldeten Notrecht die Rede, einen Menschen zu töten, wenn nur so ein lebensbedrohlicher Angriff gestoppt werden kann«, erwiderte sie.

Miroslav starrte sie an. Er hatte seine Augenbrauen zusammengezogen, so dass sich zwischen ihnen eine tiefe Falte gebildet hatte.

Sie erwiderte seinen Blick nicht, sondern berichtete weiter, den Blick auf Roland und die Tafel gerichtet.

»Im Klartext bedeutet das, dass man einen tödlichen Schuss abgeben darf, wenn das Leben anderer in Gefahr ist, nicht aber, dass man so vorgehen muss. Ich habe das in dieser Situation als nicht notwendig erachtet.«

Diese Frau verstand ihr Fach, dachte Roland, das musste er ihr lassen. Trotz ihrer bizarren Kleidung. Aber war sie eine *Teamplayerin*?

»Liv hat recht«, beendete er die Diskussion. »Aber um kurz zusammenzufassen …« Er zeigte auf die weiße Tafel, auf die er »Cecilie« geschrieben hatte. Dann zog er einen Kreis um ihren Namen und zeichnete sternförmig Striche davon weg.

»Was haben wir sonst noch?«, fragte er dann. »Hinweise, Tipps und so weiter?«

»Fast 150 Hinweise aus der Bevölkerung«, antwortete Liv. »Wir haben nicht die Ressourcen, allen nachzugehen, einen davon haben wir aber sehr ernst genommen. Gleich mehrere Zeugen haben am Wochenende drei möglicherweise polnische Männer am Hafen beobachtet. Die würden wir gerne finden.«

»Das muss natürlich untersucht werden«, sagte Per und zeichnete weiter. »Aber wir müssen allen Spuren nachgehen und die Ermittlungen wie einen großen Fächer über alles breiten, was relevant sein könnte.«

Was er zeichnete, sah tatsächlich wie ein Fächer aus.

»In den ersten Tagen sollte man nichts ausschließen. Aus Hunderten von Fällen wissen wir, dass die Täter sehr oft aus dem nächsten Umfeld des Opfers kommen. Also konzentrieren wir uns erst einmal auf die unmittelbaren Kontaktpersonen des Opfers. Ich weiß, dass das hart klingt, aber die Erfahrung spricht da eine sehr eindeutige Sprache. Mit wem hatte das Mädchen in den Tagen vor ihrem Verschwinden Kontakt? Wir müssen noch einmal mit den Eltern reden. Mit den Freunden der Familie. Schulkameraden, Freundinnen. Hat sie einen Freund?«

»Sie ist erst elf!«, unterbrach Max Motor ihn. »Glaubst du wirklich …«

»Darauf kannst du verflucht noch mal einen lassen«, wetterte Roland. »Ich habe selbst eine dreizehnjährige Tochter, und die ist jetzt seit zwei Jahren mit Daniel zusammen. Was wissen wir sonst noch über sie?«

»Sie hat im letzten Jahr *Deine Bühne* gewonnen, diese Castingshow«, kam es von Liv. »Gerade wird ihre erste CD aufgenommen.«

»Wir müssen mit ihrem Label reden, ihrem Manager, dem Produzenten der TV-Show, mit allen, die mit ihr in Kontakt standen und sich für sie interessiert haben. Mit wem war sie am Abend zuvor zusammen? Was hat sie am Wochenende gemacht? Was ist mit ihrem Handy?«

»Das muss sie bei sich haben. Wir haben es auf jeden Fall nicht gefunden. Und es scheint ausgeschaltet zu sein, denn es meldet sich immer sofort die Mailbox. Wir haben schon eine Anrufliste beantragt. Und natürlich versuchen wir weiter, sie anzurufen«, erklärte Liv.

Per Roland schrieb wie ein Besessener auf die weiße Tafel. Dann drehte er sich um.

»Lösegeldforderungen? Die Eltern sind ziemlich reich.«

»Noch nichts.«

»Habt ihr das Fahrrad des Mädchens gefunden?«

»Ja, das habe ich vergessen zu erwähnen«, antwortete Liv. »Ihr Fahrrad ist im Hafenbecken gefunden worden. Ein Fischer hat es von seinem Kutter aus gesehen und angerufen. Er wusste, dass es ihres war. Wir haben Taucher runtergeschickt, die den Meeresboden abgesucht haben, aber Cecilie war nicht im Wasser.«

»Sag mal, kennen sich hier alle untereinander?«, fragte Miroslav misstrauisch. »Wie konnte der denn wissen, dass das ihr Fahrrad war? Haben wir uns den mal genauer angeschaut?«

»Nein«, sagte Liv.

»Das werden wir aber noch tun«, sagte Roland. »Wir werden mit ihm sprechen. Vielleicht hat auch er diese drei Polen gesehen.«

Er zeigte auf Svendsen.

»Den übernimmst du.«

Svendsen nickte.

»Was kannst du uns sonst noch über Espergærde erzählen? Was ist das für eine Stadt?«, fragte er an Liv gewandt.

»Espergærde hat eigentlich zwei Zentren. Den Strandvej mit dem Hafen, dem öffentlichen Strand und den Restaurants und dann das Espergærde-Center auf der anderen Seite oben am Bahnhof. Dort hält die Küstenbahn. Außerdem hat die Stadt ein Gymnasium, das in der Gegend ziemlich beliebt ist. Ich war selbst eine gewisse Zeit dort. Wer was auf sich hält, wohnt natürlich unten am Wasser in einer der großen, alten Villen, während oben am Bahnhof und am Center die Blocks und Reihenhaussiedlungen liegen. Dazwischen findet sich das ›alte‹ Espergærde, mit all den kleinen Häuschen, die noch aus der Zeit stammen, als das hier ein netter, kleiner Fischerort war.«

Per Roland nickte und fuhr fort.

»Danke. Wir müssen auch Kontakt mit Europol und der schwedischen Polizei aufnehmen. In Schweden gab es zwei ähnlich geartete Fälle, bei denen Kinder reicher Eltern entführt worden sind und dann Lösegelder in Millionenhöhe erpresst wurden. Wir wissen, dass Europol auf der Spur einer osteuropäischen Bande ist, die verdächtigt wird, hinter solchen Straftaten in ganz Europa zu stecken. Wir brauchen Details über die beiden entführten schwedischen Kinder. Gibt es da Ähnlichkeiten zu unserem Fall? Darum kümmere ich mich selbst.«

Roland schrieb »Verbindung nach Schweden« und notierte dahinter seinen eigenen Namen.

»Das Fahrrad ist vermutlich bei der Kriminaltechnik zur Untersuchung?«

Liv nickte.

»Gut. Wir müssen das gesamte Hafenareal absuchen und eventuelle Spuren sichern. Lind, das ist etwas für dich. Wir haben noch keinen wirklichen Tatort, zum Glück, aber der Fundort des Fahrrads muss untersucht werden.«

»Jau«, sagte der Lange.

»Und dann muss der Computer des Mädchens untersucht werden. Mit wem hat sie gesprochen, an welchen Foren hat sie sich beteiligt? Ist sie bei Facebook, Messenger, Arto, und wie diese Dinger noch heißen?«

»Das werde ich schon herausfinden«, kam es von Miroslav.

»Und schließlich die unangenehmen Themen«, sagte Roland und sah zu Max hinüber.

»Die lokalen Pädophilen«, brummte er.

»Die stadtbekannten Geisteskranken, vorbestrafte Sexualverbrecher und so weiter. Liv?«

Sie sah ihn an.

»Du machst mit Max die Runde. Du kennst dich hier aus, das ist ein Vorteil.«

Liv nickte.

»Wir sind noch immer mit Hunden und Suchtrupps in der Gegend unterwegs und haben auch noch Taucher im Øresund«, sagte sie, »aber bis jetzt haben sie nichts gefunden. Keine Spur von dem Mädchen. Weder Kleiderfasern noch Haare. Die lokalen Sexualverbrecher haben wir schon befragt. Es gibt drei in der näheren Umgebung, zwei davon haben wir verhört, aber die hatten von Cecilies Verschwinden offensichtlich keine Ahnung und wasserdichte Alibis. Der Letzte war nicht zu Hause, dabei ist das der Interessanteste von denen, da er genau an ihrem Schulweg wohnt.«

»Mit dem reden wir heute noch«, sagte Roland und warf Max einen Blick zu.

»Wie war die Laune des Mädchens, als sie gestern von zu Hause aufgebrochen ist?«, fragte der Kollege.

»Laut Aussage der Eltern wirkte sie glücklich und zufrieden, ganz normal«, sagte Lise und zeichnete mit den Fingern Anführungszeichen in die Luft.

»Haben die bemerkt, ob sie vor etwas oder jemandem Angst hatte? Hat sie mitunter nervös oder ängstlich gewirkt?«

»Überhaupt nicht, meinte die Mutter, als wir mit ihr gesprochen haben. Sie sei genau wie immer gewesen.«

»Das finden Eltern doch immer. Ist sie an diesem Morgen denn von niemandem sonst gesehen worden? Auf dem Schulweg? Oder hat sie morgens schon mit einer Freundin telefoniert?«, fragte Anders Lind.

Liv schüttelte den Kopf.

»Es hat sie an diesem Morgen niemand gesehen oder mit ihr gesprochen. Nur die Mutter, die mit ihr gefrühstückt und sie losgeschickt hat.«

»Was macht denn die Mutter, dass sie morgens so viel Zeit hat?«, fragte Max.

»Sie ist zu Hause.«

»Ah so, eine Direktorenfrau?«, sagte Miroslav. Er trommelte selbstzufrieden mit einem Kugelschreiber auf die Tischplatte.

»Sie war früher mal Hebamme, hat aber zu arbeiten aufgehört, als sie mit Cecilie schwanger war. Ihr Mann ist wirklich Direktor, er hat eine eigene Firma, die Wasserfilter herstellt.«

»Ist damit Geld zu machen?«

»Oh ja. Sie haben das Patent auf eine bestimmte Art von

Filter, der weltweit verwendet wird, um Wasser zu reinigen. Er hat ein Ingenieurstudium an der Dänischen Technischen Hochschule absolviert.«

»Wie sieht es mit Geschwistern aus?«

»Cecilie ist Einzelkind. Die Eltern waren ziemlich lange kinderlos, Cecilie war, als sie endlich kam, wirklich ein Wunschkind. Deshalb hat die Mutter wohl auch zu arbeiten aufgehört und ist zu Hause geblieben«, erklärte Liv.

Per Roland schrieb die Eltern auf die Tafel und machte einen Kreis um die Namen, die er sorgsam mit dem Namen des Mädchens in der Mitte verband. Dann setzte er sich wieder auf seinen Stuhl am Ende des Tisches.

»Und damit wären wir wieder am Ausgangspunkt, bei den Eltern.«

Er sah die anderen am Tisch an. »Wir müssen sie unbedingt noch einmal befragen. Vielleicht verfügen sie über wichtige Informationen, ohne sich dessen bewusst zu sein.«

Die Anwesenden nickten. So etwas war schon häufiger vorgekommen.

»Und dann müssen wir von Tür zu Tür gehen und die Menschen in Espergærde befragen. Das können auch Max und Liv übernehmen. Und Carsten schließt sich an, sobald er mit dem Fischer gesprochen hat. Ich übernehm die Eltern, und ich nehme den Computer des Mädchens mit, wenn ich ohnehin schon da bin. Es ist nicht ratsam, sie immer wieder durch verschiedene Ermittler zu belästigen. Bis der Computer da ist, schlage ich vor, dass du, Miroslav, am Telefon sitzt, falls jemand eine Lösegeldforderung stellen sollte. Natürlich rufen die Entführer bei den Eltern an, aber die müssen uns dann gleich erreichen können.«

Miroslav sah seinen Chef enttäuscht an. Er liebte es,

draußen im Einsatz zu sein, das wusste Roland, aber sein Talent wurde für den Computer gebraucht.

»Und Miroslav, kümmere dich bitte auch um alle Hinweise aus der Bevölkerung. Carsten hilft dir dann später, die genauer zu untersuchen.«

Die zwei sahen sich an und nickten sich zu.

Per Roland trank den Rest seines Kaffees. Er war kalt und schmeckte abscheulich. Dann stellte er die leere Tasse auf den Tisch und sagte mit uneingeschränkter Autorität:

»Und nur damit das klar ist: Ihr müsst euch alle darauf einstellen, dass die nächsten Tage äußerst hektisch werden. Wir müssen diese Aufgabe lösen und das Mädchen finden.«

Er sah ihnen der Reihe nach in die Augen und versicherte sich, dass sie sich des Ernstes der Lage bewusst waren.

»Vergesst ruhig alles über fachliche Absprachen und Arbeitszeitvorschriften. Ihr steht der Gruppe rund um die Uhr zur Verfügung. Das wird nicht leicht für eure Ehepartner und Familien, davon kann ich ein Lied singen, aber diesen Preis muss man zahlen, wenn man zur Elite zählen will.«

Er blickte noch einmal in die Runde.

»Einwände? Gut. Verdammt, das Mädchen ist erst elf Jahre alt. Mehr muss ich doch wohl nicht sagen.«

Per Roland blickte auf die Uhr, die über der Tür hing.

»Es ist bald drei. Ich schlage vor, dass wir den Nachmittag und den Abend mit den besprochenen Aufgaben verbringen. Wir treffen uns dann morgen früh um neun zur Frühbesprechung. Und keine Sekunde später.«

4

Das Klingeln hallte im Flur des älteren Hauses im Stokholmsvej im alten Zentrum von Espergærde wider.

Als Liv noch klein war, wurde das große, gelbe Gebäude im Volksmund als Sing Sing bezeichnet. Früher wohnten dort fast nur alleinstehende ältere Menschen, und die Kinder hatten sich seinerzeit gegenseitig damit Angst gemacht, dass es sich bei ihnen um Kinderschänder handelte, für die es in einem richtigen Gefängnis keinen Platz gab. Liv hatte immer extra fest in die Pedale getreten, wenn sie an diesem Haus vorbei musste. Sie hatte richtiggehend Panik davor gehabt, dass einer der Bewohner seine langen krummen Finger durch die Fenster schieben und sie packen könnte. Erst als sie älter war, hatte sie erkannt, dass in diesem Gebäude vorwiegend Familien mit Kindern wohnten, sogar ein paar Studenten, die sicher alles andere taten, als kleine Kinder zu frühstücken. Die Erinnerung daran erfüllte sie jetzt mit einem unangenehmen Schaudern.

In der Nachbarwohnung bellte ein Hund. Er klang wütend und aggressiv. Die Tür, vor der sie standen, hatte kein Namensschild. Kräftiger Essensgeruch hing im Treppenhaus und erinnerte Liv daran, dass sie selbst noch nichts gegessen hatte. Ihr Magen knurrte.

»Hans Schultheiss, fünfundfünfzig Jahre, von Beruf Heizungs- und Sanitärinstallateur. Er hat zwei Jahre wegen Exhibitionismus und sexuellen Übergriffen auf ein Kind gesessen«, las Liv von ihrem Block vor. »Der Mann ist erst vor zwei Monaten entlassen worden. Vorher hat er auch schon einmal länger gesessen, wegen Kinderpornos. Die hat damals, 1996, seine Frau beim Aufräumen gefunden, zu der Zeit war er noch verheiratet. Ein ganzer Stapel Videos, Filme von Pädophilen, die Sex mit Minderjährigen hatten, und in einem von ihnen hat sie ihren eigenen Mann erkannt«, sagte sie zu Max Motor, der neben ihr stand.

»Sein Name klingt deutsch. Hat der irgendwas mit Deutschland zu tun?«, fragte ihr Kollege.

»Sein Vater war aus Dresden.«

Sie drückte noch einmal auf die Klingel, die Tür blieb aber verschlossen. Stattdessen öffnete sich leise knarrend die Tür des Nachbarn. Ein alter Mann kam im Türspalt zum Vorschein. Er hatte die Kette vorgelegt.

»Der ist nicht da«, sagte er heiser. »Schon seit gestern nicht.«

Liv ging neugierig einen Schritt auf ihn zu. Der Mann war klein und grau und trug einen grünen Pullover und eine braune Hose. Seine wenigen Haare standen in alle Richtungen ab, so dass sie die braunen Altersflecken auf seiner Kopfhaut erkennen konnte. Um seinen Hals hing eine Brille.

»Ginge es nach mir, dürfte er gerne wegbleiben. Solche wie ihn wollen wir hier in unserem Haus nicht haben«, fuhr er übel hustend fort.

»Wann ist er hier denn wieder eingezogen?«, fragte Liv.

»Vor ein paar Monaten. Und dann verschwindet diese Kleine aus dem Fernsehen. Jetzt geht es wieder los, fürchte ich.«

»Haben Sie damals, als er zum ersten Mal angeklagt wurde, auch schon hier gewohnt?«

Der Mann schnaubte leise.

»Ja, das war schrecklich. Unser Haus war ständig in den Medien. In allen Zeitungen waren Fotos. Geht das jetzt wieder los?«

Wenn er wirklich wieder zugeschlagen hatte, wäre das sicher nicht zu vermeiden, dachte Liv. Besonders wenn man an die Medienaufmerksamkeit dachte, die Cecilie genoss.

»Wissen Sie, ob er Cecilie Junge-Larsen kannte?«, fragte Max Motor.

»Nein, aber von Frau Hansen, das ist die unten am Sundkiosk, habe ich erfahren, dass er sie im Sommer am Strand beobachtet hat.«

Der Mann schüttelte leicht den Kopf, als versuchte er, seine Geschichte zu ordnen.

»Cecilie wollte gerade mit ein paar Freundinnen ins Wasser gehen, als die Mädchen ihn bemerkt haben. Er saß oben bei den Heckenrosen auf einer Bank. Ich will überhaupt nicht wissen, was er da gemacht hat, aber die Mädchen haben sofort laut aufgeschrien, als sie ihn gesehen haben. Er ist daraufhin von ein paar Vätern weggejagt worden. Aber wie gesagt, selbst gesehen habe ich das nicht.«

Er wandte ihnen den Rücken zu, als der Hund drinnen wieder zu bellen begann.

»Ruhe!«, kommandierte er, bevor er sich wieder zu ihnen umdrehte. »Ich war gestern nicht den ganzen Tag zu Hause. Meine Enkelin wurde achtzehn, verstehen Sie. Das war ein harter Tag. Es war das erste Mal ohne meine Frau… Ich hätte wohl auf der Polizei anrufen und alles gleich erzählen sollen. Es tut mir leid.«

Max Motor notierte etwas auf seinem Block.

»Dafür tun Sie das jetzt ja«, sagte er auf seine beruhigende Art.

Während er die Befragung des Nachbarn abschloss, holte Liv ihr Handy aus der Jackentasche und rief Per Roland an.

»Wir müssen eine Wohnung durchsuchen. Hans Schultheiss, ein vorbestrafter Sexualstraftäter, hatte nach Aussage seines Nachbarn im Sommer Kontakt zu Cecilie. Er macht die Tür nicht auf, und ich denke, wir sollten ihm ein bisschen dabei helfen.«

»Ich besorge sofort einen Durchsuchungsbeschluss und benachrichtige einen Schlüsseldienst.«

Dann rief Liv Miroslav an, der im Büro saß und auf Cecilies Computer wartete.

»Hallo, ich dachte, du könntest ein bisschen Arbeit gebrauchen. Kannst du etwas über einen Hans Schultheiss herausfinden? Der muss bei uns in der Datenbank sein. Ein vorbestrafter Sexualstraftäter. Heizungs- und Sanitärinstallateur. Wo hat der gearbeitet?«

»Eine Sekunde.«

Sie hörte, wie seine Finger die Tastatur bearbeiteten.

»Ich meine mich zu erinnern, dass der eine eigene Firma gehabt hat«, sagte sie und klemmte das Handy zwischen Schulter und Ohr fest, während sie Block und Kugelschreiber aus der Tasche nahm.

»Hier hab ich es«, sagte Miroslav. »Der hatte wirklich eine eigene Firma, aber das war kein reiner Installationsbetrieb. Der hat auch Material an andere Installateure verkauft. Also Armaturen für Badezimmer, Boiler, Ölöfen und so weiter.«

»Wie hieß die Firma?«

»VVS World.«

Sie schrieb den Namen mit großen Buchstaben auf.

»Existiert die noch?«

»Einen Augenblick.« Miroslav tippte wieder. »Nein«, fuhr

er fort. »Die ging 1997 Konkurs, nach seiner ersten Verurteilung.«

»Die kamen ohne ihn nicht zurecht.«

»Vielleicht wollte einfach auch keiner bei einem Pädophilen einkaufen.«

»Kann sein. Auf jeden Fall hatte er nichts, wohin er nach seiner Entlassung zurückkehren konnte.«

Liv dachte einen Moment nach und sah zu Max hinüber, der sich von dem Nachbarn verabschiedete.

»Kannst du die Adresse dieser Firma herausfinden?«, fragte sie dann.

»Kleinen Moment.«

Sie wartete, während Miroslav wieder etwas in seinen Computer eingab.

»Die Firma lag im Hovvej, Nr. 20.«

»Danke.«

Liv steckte das Handy zurück in ihre Jackentasche und sah Max fragend an, der zu ihr gekommen war.

»Mehr war da nicht zu holen«, sagte er und nickte in Richtung der geschlossenen Tür des Nachbarn. »Hast du den Chef erreicht?«

»Ja, er ist mit dem Schlüsseldienst unterwegs.«

»Sollen wir unten im Auto auf ihn warten?«

Liv schüttelte den Kopf.

»Roland kann die Wohnung auch allein auf den Kopf stellen«, sagte sie und ging los.

»Aber …?«

Liv war schon auf der Treppe, als sie rief:

»Jetzt komm schon, wir müssen uns einen pädophilen Kidnapper schnappen.«

5

Die tiefstehende Sonne brach durch die Wolken und blendete Liv, als sie unter der Eisenbahnbrücke hindurch Richtung Kløvermarken fuhr. Sie beugte sich zum Handschuhfach und fischte eine Sonnenbrille heraus. Am Anfang des Hovvejs sah sie erst nur ein Neubaugebiet aus langgestreckten gelblichen Reihenhäusern.

»Kann man da nicht durchfahren?«, fragte Max und zeigte auf die gelben Häuser.

Sie zuckte mit den Schultern.

»Keine Ahnung, wirklich. Diesen Teil der Stadt kenne ich überhaupt nicht.

»Ich dachte, du wärst hier aufgewachsen?«

»Schon, aber in diesem Stadtteil kenne ich wirklich so gut wie niemanden.«

Max Motor begann zu lachen.

»Sag mal, hat Espergærde nicht in etwa die Größe einer Walnuss? Wie kann man hier einen Stadtteil nicht kennen?«

Sie zuckte mit den Schultern.

»Ich bin hier weggezogen, als ich siebzehn war. Bin von zu Hause abgehauen und habe nie wieder einen Blick zurück geworfen. Ich wollte Abstand zu allem schaffen, was hier mit dieser Gegend zu tun hatte. Außerdem gab es damals all die Blocks und Reihenhäuser, die du hier siehst, noch nicht. Hier waren überall nur Felder.«

Max Motor nickte.

»Hm. Dann warst du also einer dieser widerspenstigen Teenager, die aus Protest über den unerhörten Reichtum ihrer Eltern abgehauen sind?«

Liv musste leise lachen, antwortete aber nicht.

»Es muss wirklich furchtbar sein, mit so viel Geld aufzuwachsen, dass man sich nie Sorgen machen muss. Was hat denn das Fass zum Überlaufen gebracht? Wollten sie dir ein Pferd schenken?«

Liv lächelte, sagte aber noch immer nichts.

»Ihr armen Wohlstandskinder«, fuhr er lachend fort.

Liv lachte mit, denn in gewisser Weise hatte er ja recht. Sie hatte sich aus Protest gegen ihre Eltern der autonomen Szene angeschlossen, hatte sich einen grünen Irokesenschnitt verpasst und war in großen, ausgetretenen Militärstiefeln herumgerannt. Das war ihre Art des Aufruhrs gewesen. Und Max hatte recht, ihr Umfeld hatte wirklich aus einem Haufen verwöhnter nordseeländischer Gymnasiasten bestanden, die ein bisschen Spannung suchten.

»Warum bist du dann doch irgendwann zurückgekommen, nachdem du erst alles hinter dir gelassen hattest?«, fragte Max Motor.

Sie näherten sich ihrem Ziel, und Liv blinkte, während sie sich fragte, wie sie seine Neugier zügeln konnte. Tatsache war, dass sie zurückgekommen war, weil ihr Vater wegen Betrugs angeklagt und kurz darauf verurteilt worden war. Eine Weile hatte sie versucht, sich um ihre Mutter zu kümmern, die vollkommen vor die Hunde gegangen war, doch dieses Projekt hatte sie bald aufgeben müssen. All das brauchte Max aber wirklich nicht zu wissen, so dass sie es für sich behielt.

»Im Leben läuft nicht alles so, wie man es geplant hat. Können wir es dabei belassen?«

Sie hielt den Wagen so abrupt an, dass Max auf dem Sitz nach vorn geschleudert wurde, und war aus dem Wagen verschwunden, ehe er weitere Fragen stellen konnte.

Als er ausstieg, stand sie da und betrachtete das Gebäude, vor dem sie standen. »Fahrrad- und Mofafabrik« stand mit großen weißen Lettern auf einem roten Schild. Liv starrte auf ihren Block. Hovvej 25, die Adresse stimmte. Aber keine Spur von VVS World.

Gefolgt von Max ging sie auf das Geschäft zu und erblickte dabei draußen einen Mann etwa Mitte fünfzig, der sich die Finger an einem weißen Lappen abwischte. Er trug einen Overall, und sein Gesicht war verdreckt.

»Liv Moretti, Polizei Nordseeland«, sagte sie und zeigte ihre Marke.

Das Gesicht des Mannes wurde unsicher, und sein Blick begann zu flackern. Das war die Macht der Polizeimarke.

»Wie kann ich Ihnen helfen?«, fragte er und warf den dreckigen Lappen in einen Eimer.

»VVS World, war das mal hier?«

»Ja, wir haben den Laden übernommen, als er vor mehr als zehn Jahren in Konkurs ging. Warum?«

»War das hier das einzige Gebäude, das zu der Firma gehörte?«

Der Mann zuckte mit den Schultern und fuhr sich schnaubend mit der Hand durch die Haare.

»Keine Ahnung. Ich weiß nur, dass wir damals eine furchtbare Unordnung übernommen haben. Wir mussten hier aus den Räumen all die Rohre und Waschbecken selber ausräumen. Der frühere Besitzer scheint einfach abgehauen zu sein.«

»Okay, danke«, sagte Liv und wendete sich ab, drehte

sich dann aber doch noch einmal um. »Was haben Sie mit all dem Zeug gemacht, das Sie ausgeräumt haben?«

Der Mann dachte eine Sekunde nach.

»Das haben wir im Industrieviertel in eine alte Halle gebracht, die Firma hatte da so eine Art Lager.«

»Haben Sie die Adresse?«, fragte Max Motor, aber der Mann schüttelte den Kopf.

»Nee, das ist lange her. Ich weiß nur noch, dass das irgendwo oben am Bybjergvej war. Eine große rote Halle, ziemlich verfallen, vielleicht hilft Ihnen das ja.«

»Wir werden versuchen, sie zu finden«, sagte Liv.

Sie verließen das Gelände, und als sie wieder auf der Straße standen, rief sie Miroslav an und bat ihn, die Adresse zu suchen. Sie hatten tatsächlich Glück, die Halle wurde noch immer unter dem Namen der Firma geführt. Sie wollte das Handy bereits wieder in ihre Tasche stecken, wählte dann aber noch einmal Per Rolands Nummer.

»Seid ihr fertig mit Schultheiss' Wohnung?«, fragte sie.

»Ich stehe gerade drin«, antwortete er. »Ein echter Saustall. Überall Flaschen und volle Aschenbecher. Es sieht so aus, als hätte er versucht, sich zu Tode zu saufen. Er hat nicht einmal alles bei sich behalten können. Gerade habe ich eine vollgeschissene Unterhose vom Sofatisch genommen. Die lag übrigens neben einem Stapel ausgeschnittener Bildchen aus diversen Reklamekatalogen, die kleine Kinder in Badesachen zeigen, und einem Berg gebrauchter Papierservietten.«

»Wie appetitlich. Aber du bist doch der Chef. Du hättest diesen Job auch delegieren können, wenn du mit den netten Details nicht klarkommst«, sagte sie sarkastisch. »Habt ihr den Keller untersucht?«

»Ja, keine versteckten Räume, in denen man eine Elfjährige schallsicher verstecken könnte. Nur ein Waschkeller, aber da ist sie nicht. Dafür haben wir aber etwas anderes gefunden.«

»Was?«

»Er hat sich in der Küche eine Duschkabine gebaut.«

»Ja und?«

»Die eine Plexiglaswand klebt voller Fotos, Zeitungsausschnitte und Reklamebildchen. Alles in wasserdichten Hüllen verpackt. Rat mal, wer auf den Fotos zu sehen ist.«

»Cecilie Junge-Larsen?«

»Ja, wobei das nicht gleich zu erkennen ist, denn er hat ihr auf allen Bildern das Gesicht weggekratzt. Wir haben nur über die Bildlegenden oder die Artikeltexte herausgefunden, dass sie das ist.«

»Hm.«

»Was?«

»Kann er ein Stalker sein? Der Nachbar hat mir gesagt, er habe sie unten am Strand beobachtet.«

»Kann schon sein, ich rede gleich mal mit Anette darüber«, sagte er und legte auf, ohne sich zu verabschieden.

Die Lagerhalle im Bybjergvej sah aus, als wollte sie jeden Augenblick in sich zusammenfallen. Das Dach war bereits teilweise eingebrochen, und nur wenige der kleinen Fenster waren noch heil. Die rote Farbe war fast überall abgeblättert, und die Tür fehlte. Liv drückte auf den Schalter hinter der Tür und hoffte, dass das Licht funktionierte, war aber nicht überrascht, als nichts geschah. Vorsichtig trat sie auf den schmalen Flur, der weiter in die Lagerhalle hineinführte. Handwaschbecken, Spülbecken, verchromte Mischbatterien, eine einzelne Badewanne und ein Bidet.

Sicher waren all diese Dinge einmal schön gewesen, jetzt aber waren sie verstaubt und dreckig und würden sicher nie mehr Verwendung finden.

Sie stand still da.

»Hallo?«, rief sie und hörte ihr eigenes Echo. »Hier ist die Polizei!«

Ihr Stimme verhallte, dann aber glaubte sie, irgendwo leise Musik zu hören, und als sie in die Richtung sah, aus der die Geräusche kamen, bemerkte sie eine angelehnte Tür. Durch den Türspalt sah man Licht. Gefolgt von Max ging sie vorsichtig auf die Tür zu und schob sie lautlos auf. Die Musik wurde lauter, und sie erkannte die Stimme des Sprechers des Senders P4. Sie drückte die Tür ganz auf und starrte auf eine Matratze, die am Boden lag. Ringsherum standen grüne Bierflaschen, eine leere Flasche billiger Gin und Weinkartons. Auf der Matratze lag ein Mann, der sich wie ein Embryo zusammengekauert hatte.

Schlagartig war Liv wieder zurück in ihrem Elternhaus im Strandvej. Vater war wieder einmal auf Geschäftsreise, und Mutter lag im Schlafzimmer und rief nach ihr.

»Liiiiv. Hol mir bitte meine Pillen. Liiiiv. Ich brauche meine Pillen, ich bin krank.«

In diesen Momenten hatte Liv sich am liebsten in ihrem Zimmer versteckt und die Musik laut aufgedreht. Was nicht immer ging, denn einmal, als sie zwei Freundinnen zu sich nach Hause eingeladen hatte, war ihre Mutter im Pelzmantel, aber ohne Hose, torkelnd bei ihnen aufgetaucht und hatte auf sie eingeredet. Natürlich hatte dieser Auftritt dazu geführt, dass die beiden Freundinnen sie später in der Schule mit spitzen Bemerkungen über ihre Mutter aufzogen, weshalb Liv einer von ihnen einen Kopfstoß verpasst hatte. Anschließend war sie zu einer Standpauke in das Büro des Rektors bestellt worden, doch auch da war es zum Eklat gekommen, denn nachdem seine Sekretärin betont hatte, dass ihr so etwas in ihrer fünfundzwanzigjährigen Karriere noch nie untergekommen sei, hatte Liv nur auf den Teppich gespuckt, war aus dem Büro gestürmt und hatte die Tür hinter sich zugeknallt.

Nach diesem Erlebnis hatte Liv beschlossen, dass sie niemanden außer sich selbst brauchte.

Als Liv und Max den Raum betraten, erkannten sie, dass er einmal als eine Art Büro gedient haben musste. Der beißende Geruch von Alkohol und altem Urin raubte ihnen fast den Atem.

»Hans Schultheiss?«, fragte Max leise.

Der Mann, der vor ihnen lag, schlug die Augen auf und zuckte zusammen. Er kroch in eine Ecke des kleinen Büros und schien nach einem Ausgang zu suchen. Seine blutunterlaufenen Augen starrten Liv und Max an.

»Sind Sie Hans Schultheiss?«, fragte Liv.

Er antwortete nicht, sondern starrte sie nur an.

»Ich habe sie nicht angefasst«, sagte er mit panischer Stimme.

»Das haben wir doch auch gar nicht behauptet. Wir haben Sie nur nach Ihrem Namen gefragt. Sind Sie Hans Schultheiss?«

»Ja, das, was von ihm noch übrig ist.«

Der Mann war offensichtlich betrunken, seine Augen zuckten hin und her. Liv hob eine Bierflasche vom Boden auf, die noch nicht geöffnet worden war und hebelte den Kronenkorken mit einem Feuerzeug ab, das auf der Matratze lag. Dann reichte sie ihm die Flasche. Er nahm sie entgegen, setzte sie an die Lippen und trank, wobei er stöhnend durch die Nase atmete.

Liv zeigte ihm ihren Polizeiausweis.

»Wir kommen von der Polizei. Wir würden gerne mit Ihnen reden. Mehr nicht.«

Der Mann setzte die Flasche ab und wischte sich mit dem Handrücken über die Lippen.

»Ich habe sie nicht angefasst, wenn Sie deshalb gekommen sind.«

Liv nickte.

»Okay, aber wir müssen das genau wissen. Wir brauchen Klarheit darüber, was Sie in den letzten zwei Tagen gemacht haben.«

»Ich weiß nichts.«

»Gut, ich denke aber trotzdem, dass Sie mit aufs Präsidium kommen sollten, um uns alles zu erzählen«, sagte Liv und fasste den Mann am Arm. »Wir wollen nur mit Ihnen reden. Sagen Sie uns einfach, dass Sie nichts von der Sache wissen, und wo Sie die letzten Tage waren.«

Als der Mann aufstand, warf er ein paar Bierflaschen um, so dass das Klirren durch das ganze Lager hallte.

»Ich habe nichts getan. Ich kümmere mich nur um meine Sachen«, sagte er und stolperte schwankend vorwärts.

»Haben Sie vor, sich zu Tode zu saufen?«, fragte Max.

Hans drehte sich um und sah ihn an.

»Das geht Sie einen Scheißdreck an. Ich habe mich versteckt, weil ich wusste, dass Leute wie Sie kommen und mein Leben kaputtmachen würden.«

Hans trat einen Schritt vor und richtete einen Zeigefinger auf Max.

»Als ich im Fernsehen gesehen habe, dass dieses Mädchen verschwunden ist, wusste ich, dass Sie mich auf dem Kieker haben würden. Glauben Sie bloß nicht, dass ich so etwas nicht weiß.«

Schultheiss hielt sein Gesicht ganz dicht vor das von Max.

»Immer wenn ein Kind aus einem Kindergarten oder von einem Schulhof verschwindet, denken gleich alle: Wenn sich die mal nicht der Pädo-Hans geholt hat!«

»Das können Sie mir alles im Präsidium erzählen«, sagte Max und schob den Mann durch die Lagerhalle zu Livs Auto.

Sie hatte ein Stück Plastik aus dem Kofferraum geholt und auf den Sitz gelegt, auf den Schultheiss sich setzte. Mehr als einmal hatte sie erlebt, dass Besoffene ihr die Rückbank vollpinkelten oder sich darauf erbrachen.

6

Per Roland genoss die Aussicht über den Øresund. Man sollte am Meer wohnen, dachte er und studierte die fantastischen Wolkenformationen, die in einem seltsamen Dunkelviolett zu glühen schienen. Obwohl sich kein Lüftchen regte, war Bewegung am Himmel. Nicht in den Wolken selbst, sondern in dem dicken Dunst, der wie mit dem Pinsel in Lila und Orange über der kleinen Stadt am Meer hingemalt war.

Espergærde. Per Roland hatte nachgeschlagen, bevor er losgefahren war. Das machte er immer so. Eigentlich brauchte er dieses Hintergrundwissen nicht, aber es gefiel ihm, vorbereitet zu sein und zu wissen, was für eine Stadt er besuchte. Laut dänischem Wörterbuch bedeutete der Name so etwas wie »eingezäunte Espenlichtung«. Die kleine Stadt war aus einer Fischersiedlung hervorgegangen.

Per Roland hatte Cecilies Eltern angerufen und sie auf sein Kommen vorbereitet. Die Mutter hatte ihm höflich und entgegenkommend zugehört, und nun auf der Fahrt überlegte er, wie er am besten mit dem Elternpaar umgehen sollte. Sie waren wohlhabend, daran gab es keinen Zweifel, und überdies waren sie es gewohnt, mit Respekt behandelt zu werden. Per Roland hatte mit Liv und Max gesprochen, bevor er im Präsidium aufgebrochen war. Er hoffte inständig, dass das Verhör von Schultheiss Früchte trug und er das Mädchen bald wieder zurück zu seinen armen Eltern bringen konnte.

Er grinste innerlich, als er sah, dass in dieser Stadt sogar die Kirche, die pittoresk zwischen großen Bäumen lag, Meerblick hatte. Dann folgten auf seinem Weg der Hafen und der öffentliche Strand, bevor er nach links in den Gammel Strandvej einbiegen musste. An dieser Stelle fiel ihm auf, dass viele der kleinen Boote noch immer nicht für den Winter an Land geholt worden waren. Per Roland träumte davon, nach seiner Pensionierung einen Segeltörn zu machen. Dann wollte er sich ein dickes Boot kaufen und die Welt umsegeln. Na ja, vielleicht nicht die ganze Welt, und so dick würde das Boot vermutlich auch nicht werden – außer er verkaufte seine Wohnung!

Junge-Larsens' Haus erwies sich als eine stilvolle Steinvilla mit Privatstrand, die etwas zurückgezogen hinter einer hohen Mauer und alten Bäumen am Meer lag. Das Tor stand offen, so dass Per Roland auf den Platz vor der Garage fuhr, der etwa die Größe des Reihenhäuschens hatte, in dem Cynthia und er gewohnt hatten. Als er ausstieg, fiel ihm ein gläserner Anbau mit einem gigantischen Pool auf, in dem man mit Blick auf den Øresund baden konnte.

Not bad, dachte Per Roland für sich. *Not bad at all*.

Junge-Larsen stand in schönen kursiven Buchstaben auf dem Türschild. Er klingelte, und während er wartete, war er plötzlich froh über seinen Entschluss, selbst mit den Eltern zu reden. Es tat mitunter gut, sich persönlich bei den Ermittlungen einzubringen und die konkrete Polizeiarbeit zu schmecken. Außerdem waren die Eltern in diesem Fall die wichtigsten Zeugen. Nur sie wussten, was das Mädchen in der letzten Zeit gemacht hatte und zu wem sie Kontakt hatte. Nur sie konnten ihm einen Eindruck davon vermitteln, wer Cecilie war.

Die Frau, die ihm die Tür öffnete, hatte geweint, trotzdem wirkte sie wie eine moderne Frau, der es wichtig war, sich fit zu halten. Vermutlich hatte sie aber auch reichlich Zeit, im Pool schwimmen zu gehen, schließlich arbeitete sie nicht. Und Cecilie war inzwischen ja ein großes Mädchen.

Wieder fiel ihm auf, wie seltsam es war, dass Mädchen so selten ihren Müttern ähnelten. Roland dachte an seine Tochter Christina, die zu seiner großen Verärgerung all das Unschöne von ihm geerbt hatte, statt nach ihrer bildschönen, aristokratischen Mutter zu schlagen. Seine breite Nase und die kräftigen Augenbrauen, zum Beispiel. Dabei schien es hier genau umgekehrt zu sein, denn während Cecilies Mutter recht grob und kräftig gebaut war und dunkle Haare hatte, zeigten die Bilder ihrer Tochter ein feingliedriges, blondes Mädchen.

»Anne Grethe Junge-Larsen?« Er hielt ihr seinen Ausweis hin. »Per Roland von der Polizei. Wir haben telefoniert.«

Sie gingen in ein Wohnzimmer im ersten Stock, von dem aus man Aussicht auf den Øresund und das in der Ferne liegende Hven hatte, während etwas seitlich auch noch der gläserne Pool zu sehen war. Am Himmel schien das Orange jetzt das Violett zu verdrängen.

Roland setzte sich gegenüber von Anne Grethe Junge-Larsen auf das weiße Sofa. Er holte tief Luft und sagte dann:

»Zuerst möchte ich Ihnen sagen, wie schrecklich leid es mir tut, dass Ihre Tochter verschwunden ist, und dass wir natürlich alles nur Erdenkliche unternehmen, um sie wiederzufinden.«

Er fand es gut und wichtig, zu Beginn des Gespräches Mitgefühl zu zeigen.

»Das weiß ich«, sagte Anne Grethe Junge-Larsen. »Wir

sind Ihnen für Ihre Hilfe sehr dankbar. Und für die Unterstützung, die wir von allen Seiten bekommen.«

Per Roland nickte und fragte sich erneut, wie er das Gespräch angehen sollte. Es war immer eine Gratwanderung. Egal ob es sich um einen Mordfall oder das Verschwinden einer geliebten Person handelte, die Angehörigen befanden sich immer in der größten Krise ihres Lebens, so dass man alle nur erdenkliche Erfahrung und ein Maximum an Einfühlungsvermögen benötigte, um mit ihnen zu reden. Es kam darauf an, ihre Trauer und Ängste zu respektieren, gleichzeitig aber auch hellwach zu sein.

»Sie ist jetzt seit 33 Stunden weg«, sagte Anne Grethe Junge-Larsen mit tränenerstickter Stimme. »Dabei ist der erste Tag doch so wichtig, wenn man sie lebendig finden will. Das weiß doch jeder, der Krimis liest. Sie brauchen mich nicht zu schonen.«

»Ich bin hier, weil ich Ihre Hilfe brauche, um Cecilie zu finden.«

Die Mutter nickte, und Roland glaubte, eine gewisse Erleichterung bei ihr ausmachen zu können. Natürlich hatte sie befürchtet, er könne mit schlechten Nachrichten kommen.

»Fragen Sie nur. Ich will alles tun, all Ihre Fragen beantworten. Wenn Sie nur mein Mädchen finden. Mein Mann kommt auch gleich, er wird bestimmt auch helfen wollen.«

Per Roland nickte.

»Dann fangen wir einfach an«, sagte er. »Ich würde gerne so viel wie möglich über sie erfahren. Wie haben Sie erfahren, dass sie nicht in der Schule angekommen ist?«

»Ihre Englischlehrerin hat angerufen. Es war schrecklich. Sie hat nur gesagt: ›Cecilie ist heute nicht in der Schule‹, da ist bei mir gleich alles schwarz geworden. Ich habe gar nicht mehr gehört, was sie sonst noch gesagt hat, weil ich wie eine Verrückte überlegt habe, wo sie sein könnte.«

»Was war Ihr erster Gedanke? Was haben Sie geglaubt, wo sie sein könnte?«

»Überall. Bei Freundinnen, im Aufnahmestudio. Ich dachte, dass ich vielleicht einen Termin versäumt hatte.«

»Kommt es vor, dass Cecilie allein ins Aufnahmestudio fährt?«

»Manchmal holt ihr Manager sie ab. Die sind ganz froh, wenn wir nicht auch da rumrennen, aber ich versuche trotzdem, so oft wie möglich dabei zu sein. Um sie zu beschützen, wissen Sie. Sie ist doch noch ein Kind.«

Per Roland lächelte. Er erinnerte sich gut daran, wie es war, als Christina noch ein Kind war. Ja, er war eigentlich noch immer der Meinung, dass sie ein Kind war, wenn sie das auch selbst ganz anders sah. Es war erst ein halbes Jahr her, unmittelbar nach ihrem dreizehnten Geburtstag, dass sie von ihm und Cynthia verlangt hatte, die Genehmigung zu unterschreiben, mit der sie sich die Pille holen konnte. Per Roland hatte protestiert, Cynthia aber hatte ohne zu zögern unterschrieben. »Sie hat doch einen festen Freund, natürlich fangen sie da an zu experimentieren«, lautete ihre Begründung.

»Sie werden so schnell erwachsen. Das geht los, bevor es uns richtig bewusst ist«, sagte er und lächelte die Mutter an. »Wie kommt Cecilie damit zurecht, bekannt zu sein?«

»Wie meinen Sie das?«

»Findet sie das toll, oder ist das eher eine Belastung für sie? Vielleicht war das ein Grund für sie abzuhauen?«

»Nein, nicht Cecilie. Sie singt wahnsinnig gern. Sie hat

hart dafür gearbeitet, um dort hinzukommen, wo sie jetzt ist. Das haben wir alle. Geübt und geübt, jeden Tag. Gesangsstunden und das ganze Programm. Aber sie liebt das. Wirklich.«

»Und Sie hat nie irgendwie durchblicken lassen, dass sie es hart findet?«

»Nein! Wirklich nicht. So etwas hat sie nie gesagt.«

Roland nickte und sah sich um. Das Haus war sauber, es schien gerade geputzt worden zu sein. Nicht einmal oben auf der Lampe, die neben ihm über dem kleinen Tisch hing, war Staub zu erkennen.

»Dann glauben Sie also nicht, dass Cecilie sich irgendwie unter Druck gesetzt gefühlt haben könnte und abgehauen ist, um ein bisschen Frieden zu finden?«

»Absolut nicht. Auf so eine Idee wäre sie niemals gekommen. Cecilie ist ein Mädchen, das seine Termine einhält, sie passt auf ihre Stimme auf und ist fleißig in der Schule. Sie hätte es mir gesagt, wenn sie irgendwo Probleme gehabt hätte.«

»Hat sie andere Freizeitinteressen? Reitet sie? Ich habe irgendwo gelesen, dass sie Sonntagabend in einer Reitschule war.«

Anne Grethe Junge-Larsen nickte.

»Ja, aber nur ihre Freundin reitet. Cecilie war bloß mit, um sich das Pferd ihrer Freundin anzusehen. Sie reitet selbst nicht und hat auch nie angedeutet, dass sie Lust dazu hätte. Für Cecilie zählt eigentlich nur das Singen.«

»Wann hat sie damit angefangen?«

Anne Grethe Junge-Larsens Gesicht leuchtete für einen Moment auf, wie man es häufig bei Eltern sah, die stolz auf ihre Kinder waren.

»Als sie drei Jahre alt war, haben wir mit dem Gesangsunterricht begonnen. Zweimal die Woche. Die Lehrerin hat gleich Cecilies Talent erkannt. Dann ging alles Schlag auf Schlag.«

»Mit drei Jahren?«

Roland musste wieder an Christina denken, die kaum zusammenhängend reden konnte, als sie drei Jahre alt gewesen war.

»Ja, doch, so machen die das in den USA auch. Hat ein Kind Talent, gibt es keinen Grund zu warten. Cecilie ist aber auch wirklich ein Naturtalent. Sie konnte mit fünfeinhalb Klavier spielen, ganz ohne dass wir ihr das beigebracht hätten. Das kam ganz von selbst. Sie saß plötzlich eines Tages am Klavier da vorn in der Ecke, das wir sonst gar nicht benutzen, und dann strömten ihr die Töne einfach aus den Fingern. Seither hat sie ihre Lieder selbst komponiert. Sie hat ein fantastisches Gehör.«

»Von wem hat sie das? Ist Ihr Mann sehr musikalisch?«

Anne Grethe Junge-Larsen putzte sich die gerötete Nase.

»Nein, keiner von uns ist sonderlich musikalisch«, sagte sie dann. »Nur mein Vater.«

»Wie ist sie in der Schule?«

»Cecilie hat immer alles vorbildlich gemacht. Wir haben von ihren Lehrern nie etwas anderes als Lob gehört.«

»Und das, obwohl sie im letzten Jahr an dieser Castingshow teilgenommen hat?«

»Ja, sie hat höchstens drei Schultage verpasst. Und mein Mann und ich kümmern uns darum, dass sie die Hausaufgaben macht, bevor sie ins Bett geht. Eine gute Ausbildung ist wichtig.«

»Das klingt nach einem harten Programm. Hat sie nie mal gesagt, dass sie einfach rauswill, um mit den anderen zu spielen?«

»Nein, nie. Kinder in ihrem Alter geben ihr nicht so viel. Sie ist ein sehr reifes, erwachsenes Mädchen.«

»Aber ein elfjähriges Mädchen muss doch mal mit seinen Freundinnen rumalbern«, sagte Roland und dachte daran, wie albern seine eigene Tochter sein konnte, und die war dreizehn.

Anne Grethe Junge-Larsen konnte ihre Verärgerung nicht verbergen.

»Cecilie albert nicht rum. Sie hat Ambitionen und will etwas aus ihrem Leben machen. Wir unterstützen sie, damit sie ihre Träume verwirklichen kann.«

»Aber sie hat doch Freundinnen?«

»Natürlich hat sie die. Sie ist sehr gut mit einem Mädchen befreundet, das drüben auf der anderen Seite des öffentlichen Strandes wohnt. Die Straße heißt Ved Sundet.«

»Ist das diese Astrid?«, fragte Roland, der sich an den Namen im Bericht erinnerte.

»Ja, das ist sie. Sie reitet, mit ihr war Cecilie am Sonntagabend zusammen. Neben ihr hat Cecilie in der Schule aber auch noch viele andere Freunde. Sie ist sehr beliebt in ihrer Klasse.«

»Bestimmt wollen alle mit einem Fernsehstar befreundet sein, das kann ich verstehen. Wie sieht es mit einem Freund aus? Hat sie einen festen Freund?«

Anne Grethe Junge-Larsen sah ihn verwirrt an.

»Wie meinen Sie das?«

»Ich muss alles über Ihre Tochter wissen, wenn ich eine Chance haben soll, sie zu finden. Ich muss wissen, mit wem sie zusammen ist, zu wem sie Kontakt hatte und so weiter.«

»Ja, aber, nein, … ich meine, sie hat natürlich keinen Freund. Sie ist doch erst elf.«

»Wie ist Ihre Beziehung?«

»Wie meinen Sie das?«

Die Frau vor ihm sah ebenso verwirrt wie verloren aus.

»Erzählt sie Ihnen alles?«

»Ja, das tut sie. Sie hat vor ihrer Mutter keine Geheimnisse.«

Die Antwort kam prompt und ohne Zögern, und Roland zweifelte keine Sekunde daran, dass sie nicht der Wahrheit entsprach. Vielleicht war es der Mutter nicht bewusst, aber es gab ganz einfach keine kleinen Mädchen, die keine Geheimnisse vor ihren Eltern hatten.

»Wie versteht sie sich mit ihrem Vater?«

»Also, wir sind eine wunderbare kleine Familie. Cecilie ist unser Augenstern.«

»Ich habe Sie gefragt, wie Cecilie sich mit ihrem Vater versteht, nicht mit Ihnen.«

»Ja, aber … ich kann Ihnen versichern, dass sich die beiden ganz wunderbar verstehen. Er würde niemals auf die Idee kommen …«

»Das habe ich doch gar nicht gemeint. Es war nur eine Frage. Sie haben also nicht gestritten?«

»Nein, nie. Cecilie liebt ihren Vater. Und er würde ihr niemals etwas tun.«

»Wie würden Sie Ihre Tochter als Person beschreiben?«

»Sie ist hübsch und stark.«

Wieder eine Antwort, die Roland beinahe erwartet hatte. Er wusste inzwischen, dass er hier nur die Antworten erhielt, die das Bild der Mutter von ihrer perfekten Familie stützte.

Er änderte seine Taktik.

»Wissen Sie, ob Cecilie von jemandem verfolgt wurde? Manchmal passiert so etwas ja, wenn man in der Öffentlichkeit steht.«

»Verfolgt? Nein, davon habe ich nichts gehört.«

»Hat sie keine E-Mails oder SMS bekommen, die sie merkwürdig oder unangenehm fand?«

»Ihr Label kümmert sich um die meisten Zuschriften aus der Öffentlichkeit. Einmal im Monat signiert sie Autogrammkarten, die dann ihren vielen Fans geschickt werden.«

»Dann wissen Sie nichts von einem eventuellen Verfolger? Keine Blumen? Keine Schokolade vor der Tür?«

Anne Grethe Junge-Larsen schüttelte den Kopf.

Roland dachte daran, dass Liv am Telefon angedeutet hatte, es könne sich bei Schultheiss um einen Stalker handeln.

»Das Verhalten gleicht keinem einfachen Verfolgungsmuster«, hatte Anette auf seine Nachfrage gesagt. »Ein Stalker sammelt Souvenirs und folgt demjenigen, von dem er besessen ist. Er hängt sich Bilder des Betreffenden auf, das stimmt schon, aber er würde sie nicht kaputtmachen oder seinem Liebling das Gesicht wegkratzen. Die Verfolger sind in der wirklichen Welt vollkommen machtlos, sie bauen sich eine Fantasiewelt auf, um keine Abweisung erleben zu müssen. In ihren Köpfen haben sie eine enge Beziehung zu ihren Lieblingen, manche glauben sogar, eine echte Liebesbeziehung mit ihnen zu haben.«

Roland seufzte und wechselte erneut das Thema.

»Okay. Was hat sie am Wochenende gemacht?«

»Da war sie mit uns zusammen. Das heißt, Samstag waren wir in Kopenhagen und haben ihr eine neue Jacke gekauft, aber Sonntag waren wir hier zu Hause.«

»Sie waren den ganzen Tag zu Hause?«

Anne Grethe Junge-Larsen dachte nach.

»Ja, aber das sind wir doch alles schon durchgegangen.«

»Ich möchte gerne, dass Sie es noch einmal wiederholen. Es kann dabei ja etwas auftauchen, was bislang noch nicht erwähnt worden ist, weil Sie es nicht für relevant hielten, was uns aber trotzdem auf die Spur Ihrer Tochter bringen kann.«

»Gut, dann versuche ich noch einmal, mich an alles zu erinnern. Also, wir waren im Hafen, wo unser Segelboot liegt. Wir haben ein letztes Mal an Deck gegessen, weil das Boot am nächsten Wochenende ja an Land kommt. Das ist eine Familientradition. Mag sein, dass das ein bisschen dumm ist, aber …«

Per Roland lächelte höflich. Nicht so dumm wie manch eine Sache, die er mit seiner Familie am Sonntagsmorgen unternommen hatte. Als sie noch eine Familie waren.

»Haben Sie mit jemandem gesprochen? Hat Cecilie mit jemandem gesprochen?«

»Also, das weiß ich wirklich nicht. Wir reden doch ständig mit allen da unten.«

»Haben Sie mit jemandem gesprochen, mit dem Sie sonst nicht reden?«

Anne Grethe Junge-Larsen dachte dieses Mal richtig gründlich nach.

»Doch, da waren ein paar junge Männer, die sich für das Boot interessiert haben. Sie haben mit meinem Mann darüber gesprochen. Aber ich glaube nicht, dass die hier aus Dänemark waren.«

Roland erstarrte innerlich, wahrte aber seine Maske.

»Woher dann?«

»Was weiß ich. Mein Mann hat irgendwas von Osteuropa gesagt. Wir können ihn ja gleich fragen. Er ist sicher bald fertig.«

»Vielleicht können Sie ihn holen, während ich mir Cecilies Zimmer anschaue?«

»Ihr Zimmer? Ja, aber … wäre es nicht besser, wenn Sie draußen nach ihr suchen würden?«

»Schon, aber vielleicht gibt es da etwas, das uns auf ihre Spur bringt. Wir müssen auch ihren Computer zur Untersuchung mitnehmen. Sie hat doch sicher einen, oder?«

»Doch, doch, sie hat einen, aber müssen Sie den wirklich mitnehmen?«

»Ja, es kann sein, dass sie eine Mail bekommen hat, die alles erklärt. Oder dass sie mit jemandem gechattet und vielleicht ein Treffen vereinbart hat. Wir dürfen keine Spuren außer Acht lassen.«

Auch wenn alles danach aussieht, dass sie in die Hände eines vorbestraften Pädophilen gefallen oder Opfer einer osteuropäischen Kidnapperbande geworden ist, dachte Roland. Doch davon sagte er natürlich nichts. Wie er sich auch nicht auf den Gedanken einlassen wollte, was davon die schlimmere Alternative wäre.

»Ja, also, Sie müssen die Treppe hoch und dann über den Flur. Es ist die dritte Tür rechts. Ich hole in der Zwischenzeit meinen Mann.«

Per Rolands Schritte waren auf dem dicken, weißen Teppich oben auf dem Flur kaum zu hören. An den Wänden hingen gerahmte Bilder von Cecilie: Cecilie als Baby, Cecilie als Kleinkind, Cecilie jetzt.

Als er in ihr Zimmer trat, dachte er zuerst an ein Museum. Alte Puppen, ein Puppenwagen, ein alter Teddybär und ein altes, weiß gestrichenes hölzernes Puppenhaus. Alles war hell und weiß. Die Bücher standen mit geraden Rücken sorgsam ausgerichtet im Regal, und auf dem Boden waren noch die Spuren des Staubsaugers zu sehen. Das Zimmer schien sorgsam gereinigt worden zu sein, es lag nicht ein Papierschnipsel oder ein Kleidungsstück am Boden, ganz anders als er es von seiner Tochter kannte, wenn sie bei ihm das Wochenende verbrachte. Bestimmten hier die Eltern, wie es in ihrem Zimmer auszusehen hatte? War Cecilie nicht bereits in einem Alter, in dem man sich Plakate seiner Teenageridole an die Wände heftete, statt einen geknüpften Teppich mit in der Sonne grasenden Kühen? Nur ein einziges Plakat, das Cecilie selbst zeigte, wie sie sich lächelnd ein Mikrophon vor den Mund hielt, schmückte die Wand. Per Roland spürte ein leichtes Ziehen im Bauch.

Sie hatte doch alles.

Dann begann er nach etwas zu suchen, was sich von all dem anderen unterschied, aber alles war so unangenehm stimmig, poliert und blank, dass der Raum richtig unbewohnt wirkte. Wie diese sauberkeitsfixierte Mutter jemals ein Kleinkind gehabt haben konnte, das herumschmierte, sich erbrach, lärmte und Unordnung verbreitete, war ihm ein Rätsel. Ihm fiel nur ein einziges Wort ein, mit dem er diesen Raum beschreiben konnte: steril. Es gab keine Verstecke, keinen Platz für Geheimnisse. Es schien so, als gehörte Cecilie nicht wirklich hierher. Als wäre dieses Zimmer nur ein Alibi. Roland sah sich um und versuchte witternd die Seele des Raums zu erfassen. Ein Seele, die allem Anschein nach einen ungleichen Kampf gegen den Staubsauger und das Ajaxspray der Mutter geführt hatte. Aber er konnte nichts spüren, keine Wärme, keine Persönlichkeit. Was hatte das zu bedeuten?

Per Roland versuchte seinen Kopf von sämtlichen Vorurteilen zu leeren und ließ alles in sich sacken: Cecilies perfektes Leben und ihre heile Familie, ihre Musik, keine Geschwister, Freunde, das unpersönliche Zimmer.

Seine Hände begannen zu suchen. Er tastete die Unterseite des Schreibtisches ab, auf dem der geschlossene Laptop stand, durchsuchte Schubladen und Schränke und kroch unters Bett. Er untersuchte die Hohlräume in den Bettpfosten, nahm den Spiegel von der Wand und warf einen Blick dahinter. Er fuhr mit den Fingern über die Bücher, blickte dahinter und entdeckte plötzlich eine kleine Unstimmigkeit. Fünf der Bücher standen falsch herum!

In diesem perfekten Zimmer?

Im gleichen Augenblick betrat Anne Grethe Junge-Larsen den Raum, gefolgt von einem großen, schlanken Mann, der ein Handy in einer Hand hielt. Mit der anderen begrüßte er Per Roland.

»Michael Junge-Larsen.«

»Per Roland.«

»Sie müssen entschuldigen, aber die verschiedensten Fernsehsender, Radiosender und Zeitungen bombardieren uns nur so mit Telefonaten. Und wir reagieren auch darauf. Wir hoffen ja, so viele Menschen wie nur möglich zu erreichen. Irgendjemand muss Cecilie doch gesehen haben.«

Er zuckte mit den Schultern. Seine Augen waren müde.

»Sie tun, was Sie können«, sagte Roland und versuchte zu lächeln. »Und das ist gut so.«

Michael Junge-Larsen rang seinem von Trauer gezeichneten Gesicht ein Lächeln ab.

»Sie wollten etwas über die drei Ausländer wissen, die wir am Sonntag im Hafen getroffen haben?«

Der Mann wirkte etwas aufgedreht, wie jemand, der ein Aufputschmittel genommen hatte. Vermutlich war das aber bloß die Folge von Kaffee und zu wenig Schlaf. Sein Hemd steckte ohne eine einzige Falte im Hosenbund, und die dunklen Haare waren sorgsam nach hinten gekämmt. Michael Junge-Larsen knetete die Hand seiner Frau und küsste sie auf die Stirn. Gut, dass sie einander hatten, dachte Per Roland.

»Können Sie mir ein bisschen mehr darüber sagen? Worüber haben Sie gesprochen?«

Michael Junge-Larsen legte den Arm um seine Frau.

»Sie haben sich für unser Boot interessiert.«

Er sah seine Frau an, die bestätigend nickte.

»Es gefiel ihnen, und sie wollten wissen, was es gekostet hatte, ob das Deck aus Teak war, und ob es GPS und Windmesser oder andere Extras hatte. Ich habe ihnen natürlich nicht gesagt, wie viel wir wirklich dafür bezahlt haben. Darüber spricht man ja nicht.«

»Ihre Frau meinte, diese Männer seien keine Dänen gewesen. Woher kamen die, was meinen Sie?«

»Sie haben gesagt, sie kämen aus Tschechien. Ich meine, einer hätte erwähnt, sie kämen aus Prag. Warum fragen Sie?«

»Wir versuchen einfach, allen Spuren zu folgen.«

»Sie glauben aber doch wohl nicht, dass die Cecilie gekidnappt haben könnten?«

Michael Junge-Larsen sah seine Frau entsetzt an.

»Aber dann hätten wir doch etwas gehört.«

»Dazu kann ich leider noch nichts sagen. Im Moment folgen wir, wie gesagt, noch allen Spuren. Außerdem wird sie natürlich noch immer hier in der Region gesucht. Das ist klar.«

Per Roland blickte auf das Plakat, das Cecilie am Mikrophon zeigte. Der Traum vieler kleiner Mädchen, dachte er. Und hübsch war sie, daran bestand kein Zweifel. Ihre hellen Locken umrahmten ein bezauberndes Gesicht mit perfekten Zähnen, und ihre eisblauen Augen blitzten im Licht. Oder hatte man da etwas nachgeholfen? Was wusste er schon darüber? Aber perfekt war es. Einfach und skandinavisch.

»Ich muss ihren Computer mitnehmen. Sie hören von uns, sobald wir etwas wissen.«

Draußen vor dem Haus blieb er in dem klaren Sonnenlicht stehen. Der schöne Spätsommertag neigte sich langsam dem Ende entgegen. Eigentlich waren diese Tage seine liebsten. Er nahm das Handy heraus und wählte eine Nummer. Die Uhr auf dem Display zeigte 18.03 Uhr. Cecilie Junge-Larsen war jetzt seit 34 Stunden und drei Minuten verschwunden.

»Wir brauchen die Hunde hier im Haus«, hörte er sich selbst sagen.

7

Es war ein weiter Weg von den speziell eingerichteten Verhörräumen mit Einwegspiegeln und Nebenraum, in dem andere Polizisten, Staatsanwalt und weitere Neugierige ein Verhör verfolgen konnten, ohne selbst gesehen zu werden, wie man sie aus amerikanischen Filmen kannte, bis zu dem winzigen Raum im Präsidium von Helsingør, der der Gruppe für ihre Vernehmungen zur Verfügung gestellt worden war.

Ein kleines Büro mit zwei Schreibtischen, Stapeln von Papier, Archivschrank, Regalen, Schreibtischlampen, einer Schale mit Büroklammern, Plastikbechern für Kaffee und einer Jacke, die an der Tür hing. Aber die äußeren Rahmenbedingungen waren nicht wichtig, denn auch die Art, wie Liv und Max Hans Schultheiss verhörten, unterschied sich grundsätzlich von der, die man aus amerikanischen TV-Serien kannte.

Viele waren der Meinung, es ginge nur darum, den mutmaßlichen Verbrecher so sehr unter Druck zu setzen, dass er schließlich zusammenbrach – oder man spielte Good Cop / Bad Cop, um das gleiche Ziel zu erreichen. Die Wirklichkeit sah aber ganz anders aus.

Nur die wenigsten Verdächtigen gestanden, wenn man sie massiv unter Druck setzte, und ein Geständnis bei der Vernehmung war die größte Genugtuung, die Liv jemals in ihrer Karriere als Kommissarin erlebt hatte. Bis dahin war ein Verhör wie ein Marathonlauf, bei dem der mutmaßliche

Verbrecher durch die innere Auseinandersetzung zwischen Wahrheit und Lüge, zwischen Schweigen und Eingestehen, langsam von innen aufgefressen wurde. Alle Geheimnisse wurden ans Licht gezerrt. Und wirklich nichts blieb verborgen. Schließlich hatte jeder Mensch den Drang, sich zu rechtfertigen und zu erklären. Auch die Schuldigen redeten in der Regel gerne, wenn die meisten auch der Meinung waren, sich durch irgendeine ach so wasserdichte Geschichte aus der Bredouille befreien zu können. Unglaublich viele glaubten wirklich, die Polizei anlügen zu können.

Nur wenige gaben ihnen gleich, was die Polizisten haben wollten, viele andere, wie auch Hans Schultheiss, begannen erst einmal zu protestieren.

»Ich kenne meine Rechte. Sie können mich nicht einfach festhalten, dafür brauchen Sie mindestens einen vorläufigen Haftbefehl.«

Liv hatte diese Leier schon oft gehört und ließ den Mann ausreden. Nach ein paar Minuten lallenden Monologes hielt er endlich den Mund, so dass sie antworten konnte.

»Sie haben vollkommen recht. Wir können Sie ohne Haftbefehl nicht festhalten. Wenn Sie wollen, können Sie aufstehen und sofort aus dem Büro spazieren. Das ist Ihr gutes Recht. Für einen vorläufigen Haftbefehl haben wir sicher noch nicht genug in der Hand. Tatsache ist aber, dass Sie für uns von ungeheurem Interesse sind. Sie sind in den Fall des verschwundenen Mädchens verwickelt, und im Augenblick sind Sie für uns der wahrscheinlichste aller möglichen Täter. Die Tatsache, dass Sie gegen das Verhör protestieren, verstärkt diesen Eindruck bei mir nur noch.«

Danach übernahm Max.

»Sie verstehen doch sicher, dass wir Cecilie finden wollen. Wir müssen allen Spuren folgen. Und die Artikel über Cecilie und all die Bilder, die wir in Ihrer Wohnung gefunden haben, sprechen eine deutliche Sprache.«

»Ich habe ein Alibi. Ich war gestern den ganzen Tag bei meiner Mutter. Ich will einfach nur in Frieden gelassen werden«, sagte Hans Schultheiss.

Liv lächelte innerlich. Der Widerstand war aus seinen Augen gewichen. Jetzt öffnete er sich.

»Das soll Ihnen auch zugestanden werden, wenn Sie mit uns reden. Ich gehe davon aus, dass Ihre Mutter Ihr Alibi bestätigen kann?«

Schultheiss nickte. »Sie wohnt unten im Altenheim Solgården. Auch das Personal hat mich gesehen.«

Liv ging nach draußen zu Miroslav und bat ihn, das Alibi des Mannes zu überprüfen.

»Um welche Zeit sind Sie da angekommen, und wann waren Sie wieder zu Hause?«, fragte Max Motor, als sie zurückkam.

Liv musterte Schultheiss. Sein Gesicht war vernarbt, und er hatte trotz seines verhältnismäßig jungen Alters zahlreiche tiefe Falten. Er muss im Gefängnis reichlich Prügel eingesteckt haben, dachte sie. Sie wusste, dass es Pädophile gab, die sich nach einer Tat schämten, alle Spuren verwischten, sich vom Tatort wegschlichen und den ganzen Handlungsverlauf vergaßen. Es gab aber auch solche, die nie ein Ende fanden.

»Ich bin gestern früh gegen acht Uhr mit dem Fahrrad zu ihr gefahren. Ich glaube, es war eine Minute nach, als ich das Haus verließ, jedenfalls stand das auf der Backofenuhr. Ich brauche nur ein paar Minuten bis zu ihr nach unten. Gegangen bin ich, als sie Mittagsschlaf machen sollte.«

»Cecilie ist irgendwo zwischen ihrem Elternhaus am Gammel Strandvej und ihrer Schule am Stokholmsvej verschwunden. Das ist nicht weit von Ihnen entfernt, oder?«, fragte Liv.

»Nein. Das wissen Sie doch.«

»Theoretisch hätten Sie Cecilie also auf dem Schulweg überfallen und danach zu ihrer Mutter ins Pflegeheim fahren können. Kommen Sie schon, wo ist sie?«

»Ich weiß es nicht«, fauchte er. »Ich habe sie nicht angerührt. Sie ist nicht mein Typ.«

Liv fragte sich, wie Pädophile ihren Typ definierten. Unterschieden sie wie normale Menschen zwischen Blonden und Dunkelhaarigen?

»Versuchen Sie mal, uns zu erzählen, was Sie über Cecilie wissen«, wechselte Max das Thema.

»Ich kenne sie nicht.«

»Aber Sie haben trotzdem Artikel und ein so nett dekoriertes Foto aufgehängt? Was glauben Sie, wie das auf uns wirkt?«, fragte Liv.

»Ich weiß natürlich, wer sie ist«, fauchte Hans Schultheiss. »Sie wohnt unten auf dem Gammel Strandvej. Ich habe sie da mal gesehen und dann …«

»Und dann was?«, fragte Max. »Sie sollen sie ja auch einmal unten am Strand getroffen haben. Haben Sie sie verfolgt?«

Schultheiss schlug den Blick nieder.

»Jetzt erzählen Sie uns Ihre Geschichte schon.«

»Ist das wirklich notwendig?« Schultheiss seufzte und kratzte sich am Kopf, um sich danach mit den Händen durch die Haare und übers Gesicht zu fahren. »Verdammt, Sie wissen doch bereits alles!«

»Wir hätten aber gerne Ihre Version.«

Schultheiss atmete schwer.

»Das bleibt auch unter uns.«

»Ha! Ja, ja, das habe ich schon einmal gehört. Zwischen euch und all den anderen, die euren Bericht lesen.«

»Jetzt spucken Sie es schon aus.«

Schultheiss beugte sich auf dem Stuhl vor.

»Okay, ihr sollt meine Version kriegen. Es war letzten Sommer. Ich saß ganz friedlich allein auf einer Bank, als sie und ein paar Freundinnen mich plötzlich erblickten und lauthals zu schreien begannen.«

Er sah zu Liv hinüber und sagte:

»Mehr war da nicht.«

»Mädchen beginnen aber eigentlich nicht ohne Grund zu schreien«, sagte Liv. »Was haben Sie gemacht?«

Hans Schultheiss' Gesicht wurde im wahrsten Sinne des Wortes knallrot. Wie ein Teenager, der etwas Peinliches gemacht hatte, rutschte er auf seinem Stuhl herum. Sie spürte förmlich, dass er sich nur noch wegwünschte.

»Ich verspreche Ihnen, dass es diesen Raum nicht verlässt«, sagte Liv. »Wir werden diskret sein.«

Hans Schultheiss' Blick flackerte.

»Ich habe … na ja, Sie wissen doch, dass die hier … hier im Sommer … die haben verdammt noch mal ja fast nichts an …«

»Und was haben Sie da gemacht?«, fragte Max. »Hatten Sie die Hand in der Hose?«

Hans Schultheiss senkte den Kopf.

»Hatten Sie ihn draußen?«, fragte er dann.

Schultheiss nickte, ohne aufzublicken.

»Sie haben sich vor den Augen der Mädchen einen runtergeholt«, konstatierte Liv. »Big deal. Das hat natürlich zu Aufregung geführt, so dass sie schließlich von den Vätern weggejagt wurden. Haben Sie sich deshalb vorgenommen, sich an Cecilie zu rächen?«

Schultheiss schüttelte heftig den Kopf.

»Jetzt sagen Sie uns endlich, wo sie ist. Damit wir nach Hause kommen«, forderte Max.

»Das weiß ich doch nicht«, jammerte Hans Schultheiss.

»Warum dann dieses ganze Zeug in Ihrer Dusche?«, fragte Liv.

Der Mann vor ihr seufzte.

»Ich hasse diese kleine Göre«, sagte er dann. »Man kann ja keine Zeitung aufschlagen oder keinen Fernseher anschalten, ohne sie ständig vor Augen zu haben. Diese kleine Hexe hat mir das Leben zur Hölle gemacht. Seit die am Strand rumgeschrien hat, läuft alles schief. Die hat doch die anderen angestachelt. Seither kann ich in kein Geschäft oder Café mehr gehen, ohne dass alle ihre Kinder an sich reißen und schleunigst verschwinden. Dabei habe ich noch nicht mal sie angeguckt.«

Liv stutzte.

»Wen dann?«

»Haben Sie das noch immer nicht kapiert, Sie Superdetektivin? Da waren noch zwei Jungs, ein Stückchen hinter den Mädchen.«

»Okay. Sie ziehen also Jungs vor, aber macht man da wirklich einen Unterschied? Kann man im Notfall nicht auch ein kleines Mädchen gebrauchen? Wenn sie ohnehin Strafe verdient hätte?«, fragte Liv.

Hans Schultheiss starrte sie mit offenem Mund an.

»Ich glaube, es gibt da so einiges, das Sie nicht verstehen …«

Wie wahr, dachte Liv und hoffte, dass sie es nie verstehen würde.

»Aber wenn Sie sie so hassen, hätte es Ihnen doch in den Kram gepasst, sie sich mal zur Brust zu nehmen«, versuchte sie es noch einmal.

Er lächelte schelmisch.

»Schon, mitunter, aber das heißt noch lange nicht, dass ich ihr etwas getan habe.«

»Das ist richtig«, sagte Liv.

Der Mann lehnte sich zurück und lächelte plötzlich, wobei er sie fast ein wenig von oben herab ansah. »Sie haben nichts. Sie tappen im Dunkeln«, sagte er und verschränkte die Arme vor der Brust. »Aber wie wäre es, soll ich Ihnen ein bisschen auf die Sprünge helfen …?«

Max und Liv beugten sich auf ihren Bürostühlen vor, die durch die Bewegung leise knarzten.

»Also, ich weiß nicht, ob das was mit der Sache zu tun hat … aber wenn ich Ihnen jetzt einen Hinweis auf eine andere Person gebe, können Sie mir dann versichern, dass der Entsprechende nicht erfährt, dass dieser Hinweis von mir stammt?«

Liv nickte.

»Wir haben nicht die Pflicht, anderen zu sagen, was Sie uns gegenüber ausgesagt haben.«

Das war im Grunde richtig. Sie erhielten häufig Informationen, die sie aus Rücksicht auf ihre Informanten vertraulich behandelten.

»Na dann, also, ich denke, Sie sollten mal mit Erik Adelskov reden.«

»Adelskov?«

Liv kannte den Namen aus ferner Vergangenheit. Eine andere Familie vom Gammel Strandvej. Vermutlich die reichste, die dort wohnte, zumindest zu ihrer Zeit. Und eine der alteingesessensten Familien, mit eigenem Monogramm im Gittertor und allem Drum und Dran. In Livs Erinnerung war das immer die »vornehme« Familie der Straße gewesen, ein Haufen Snobs. Ein Relikt vergangener Zeiten in einer Gegend, in die immer mehr Neureiche zogen. Waren das nicht sogar die Nachbarn von Cecilies Eltern gewesen? Auf jeden Fall roch Liv eine Verbindung, die es wert war, untersucht zu werden.

»Was soll mit dem sein?«

»Reden Sie einfach mal mit ihm. Fragen Sie mal nach, womit der seinen Lebensunterhalt verdient.«

Hans Schultheiss lehnte sich noch weiter zurück, so dass sein Stuhl zu kippeln begann.

»Warum sollten wir mit ihm reden?«

»Ohne Anwalt sage ich nichts mehr.«

Liv starrte ihn an. Versuchte er lediglich, den Verdacht von sich abzulenken, oder wusste er wirklich etwas über Adelskov?

»Und dann würde ich gerne nach Hause«, sagte Hans Schultheiss und stand triumphierend auf.

»Gönnen wir ihm eine Nacht in der Ausnüchterungszelle«, flüsterte Liv Max zu.

8

Das ist nicht unser Mann«, sagte Liv zu Per Roland, der zu frösteln begann. Er wartete jetzt schon eine ganze Weile vor der Junge-Larsen-Villa auf den Hundeführer. Die Sonne verschwand gerade hinter den hohen Bäumen der Nachbarn. Die kalte Abendbrise würde jetzt bald abflauen, der Seewind, wie man ihn in Seglerkreisen nannte.

»Woraus schließt du das?«

»Er hat sie nicht verfolgt. Er zieht Männer vor. Oder kleine Jungs. Er ist es nicht«, fuhr sie fort.

»Also ein reines Bauchgefühl?«

»Nenn es, wie du willst. Tatsache ist, dass wir nichts gegen ihn in der Hand haben. Er hat ab etwa fünf nach acht ein Alibi. Aber er ist randvoll, weshalb wir ihn erst einmal in der Ausnüchterungszelle einquartiert haben, aber morgen früh darf er gehen. Ich denke, diese Spur können wir vergessen«, sagte sie und legte auf.

Per Roland starrte auf sein Handy und drückte die Wiederwahltaste. Vielleicht war die Leitung ja nur unterbrochen worden, dachte er.

»Waren wir nicht fertig?«, fragte Liv, als sie das Gespräch annahm.

»Nicht ganz«, brummte Roland etwas verwirrt. »Könnte er Cecile nicht gekidnappt haben, bevor er ins Pflegeheim gefahren ist?«

»Er hat sie *nicht* gekidnappt. Wir haben diese Spur abgehakt.«

»Ich hab sie noch nicht abgehakt. Überzeuge mich davon, dass er sie nicht entführt hat, als er auf dem Weg zu seiner Mutter war.«

»Er war mit dem Fahrrad unterwegs, und es stimmt, er ist ihr entgegengefahren, aber diese Strecke dauert nur ein paar Minuten. Außerdem hätte er sie in der kurzen Zeitspanne, bevor er im Altersheim auftauchte, ja auch noch beiseiteschaffen müssen. Und dass er im Altenheim war, ist uns bestätigt worden. Überdies war er besoffen. Das Personal hätte ihn am liebsten wieder nach Hause geschickt. Nein, dieser Mann ist wirklich total neben der Spur, ich halte es für ausgeschlossen, dass er ein solches Verbrechen begehen und seine Spuren dabei so gut verwischen kann, wie das hier der Fall ist.«

Roland nickte und fühlte sich überzeugt.

Liv schwieg eine Sekunde.

»Gibt es sonst noch etwas?«, fragte sie.

»Ich habe mit den Eltern gesprochen«, antwortete er.

»Und?«

»Sie haben nicht viel gesagt, womit man weiterarbeiten könnte. Sie beantworten alle Fragen bereitwillig, aber Neues haben sie nicht gesagt. Die Osteuropäer scheinen sich in erster Linie für das Boot der Familie interessiert zu haben, aber das kann natürlich Tarnung gewesen sein. Um sie auszuspionieren. Ich habe den Hundeführer herbestellt, der kommt gerade an«, sagte er und winkte ihn zu sich.

»Um auch im Haus nach Spuren zu suchen«, fuhr er fort, während der Hundeführer das Tier aus dem Auto ließ. Der Hund wedelte mit dem Schwanz und lief fröhlich herum, bevor er sich gehorsam neben das linke Bein seines Herrchens setzte.

»Wenn der Täter im Haus war, werde ich das herausbekommen. Es ist bei solchen Fällen nicht ungewöhnlich, dass die Täter ihre Opfer über lange Zeit ausspionieren. Du weißt schon, die Familienroutinen und so weiter. Vielleicht hat er vor ihrem Haus gestanden, vielleicht war er drinnen? Es kann auch ein Freund der Familie sein, das wäre alles andere als ungewöhnlich. Andererseits stinkt das ganze Haus so verflucht nach Ajax, dass ich mir gar nicht sicher bin, ob da noch was zu finden ist. Das ist immer so. Wenn du mich fragst, machen die Menschen viel zu viel sauber.«

Roland machte eine Pause.

»Sonst noch etwas?«

»Schultheiss hat uns einen Hinweis auf Erik Adelskov gegeben. Adelskov ist Junge-Larsens Nachbar, wenn ich das richtig in Erinnerung habe. Erik ist der Sohn des Hauses. Ich war mit ihm zusammen in der Grundschule. Ein richtiger Oberklassensnob. Wir werden ihn uns gleich vornehmen.«

»Worum geht es?«

»Das wollte er nicht sagen, aber vielleicht kennen sie sich ja aus dem Milieu. Er hat nur gesagt, dass wir ein bisschen näher unter die Lupe nehmen sollten, was Adelskov so macht.«

»Hm, ich kümmere mich darum«, sagte Per Roland. »Wenn ich schon mal hier bin. Danke.«

»Was ist mit den Polen?«, fragte sie.

»Das waren Tschechen. Ich habe mit den Schweden gesprochen und mit Europol. Die schicken uns alles, was sie haben. Sonst noch was?«

»Im Moment nicht.«

Roland steckte das Handy in die Tasche und erklärte dem Hundeführer, wonach er im Haus der Junge-Larsens suchen sollte. Dann machte er sich auf zum Nachbarn.

Für Per Roland, der seine ganze Jugend in Albertslund verbracht hatte, um danach den Großteil seines Erwachsenenlebens in Ballerup zu wohnen, war das Haus der Familie Adelskov – eine ältere Villa aus roten Ziegeln – fast ein Schloss.

Er klingelte am schmiedeeisernen Tor mit dem Familienmonogramm und wurde schließlich von einer etwas widerwillig klingenden, älteren Frauenstimme hereingebeten. Als das Tor sich langsam geöffnet hatte und er über die schmucke Einfahrt gegangen war, kam er zu einer derart riesigen Tür, das ihm unweigerlich der Begriff »Portal« in den Sinn kam.

Er streckte der älteren Frau, die ihm geöffnet hatte, seine Polizeimarke entgegen. Sie schien Ende sechzig zu sein, war für ihr Alter recht hübsch, hatte aber kalte, meeresfarbene Augen. Gepflegt und gut erhalten, wie ein Auto, dachte er. Elegant gekleidet – war das ein Kostüm, oder wie nannte man diese Kombinationen? Er war sich nicht sicher.

»Nehmen Sie die Marke da weg!«, fauchte sie. »Was sollen denn die Nachbarn denken!«

Per Roland steckte seine Polizeimarke zurück in die Tasche.

»Ich würde gerne mit Erik Adelskov sprechen.«

»Der wohnt nicht mehr hier. Er hat geheiratet und ist nach Norden gezogen. Nach Snekkersten. Kann ich Ihnen vielleicht weiterhelfen?«

Die Frau drückte die schwere Holztür so weit wie möglich zu.

»Darf ich fragen, wie Sie heißen?«

»Ich bin Frau Adelskov, Witwe«, sagte sie würdevoll. »Erik ist mein Sohn.«

»Tja, ich muss leider mit Erik Adelskov persönlich sprechen. Vielleicht könnten Sie mir sagen …«

»Ja, dann kann ich Ihnen leider nicht helfen, Herr … Kommissar«, unterbrach Frau Adelskov ihn und wollte die Tür ganz schließen, als er hinter ihr ein Geräusch hörte. Er legte seine Hand an die Tür, aber die Frau drückte im Gegenzug mit aller Kraft zu. Er versuchte die eingeklemmten Finger herauszuziehen und schrie auf vor Schmerzen.

»Verdammt, jetzt machen Sie doch diese … verdammte Tür wieder auf«, rief er.

Schließlich öffnete die Tür sich wieder, und Per Roland zog seine Hand zurück, während er nicht zu zeigen versuchte, wie sehr seine Finger schmerzten. Er hörte eine leise Diskussion im Hintergrund, und dann kam ein großer, breitschultriger Mann Mitte dreißig zum Vorschein. Seine blonden Haare waren mit Gel nach hinten gekämmt. Er trug teure Kleider, so teuer, wie Per Roland sie noch niemanden hatte tragen sehen.

»Es tut mir wirklich leid, Herr Kommissar. Ich weiß nicht, was in meine Mutter gefahren ist. Sie ist auf ihre alten Tage manchmal etwas sonderlich.«

Roland nickte mit zusammengebissenen Zähnen.

»Okay. Ich gehe davon aus, dass Sie Erik Adelskov sind?«

»Ja, das ist korrekt!«

»Gut, mit Ihnen wollte ich sprechen.«

Erik Adelskov machte die Tür ganz auf und nahm einen langen Mantel von einem Bügel im Garderobenschrank, der seitlich hinter dem Eingang stand.

»Machen wir einen Spaziergang?«, fragte er.

Per Roland nickte.

Die kühle Abendbrise hatte sich beinahe ganz gelegt und zeichnete nur noch kleine Kräuselwellen auf den Øresund. Katzenpfötchen, dachte Per Roland und beobachtete, wie sie über die Wasseroberfläche liefen, bis sie schließlich das Land erreichten und er den Wind auf den Haaren beziehungsweise der Kopfhaut spürte. Diese Katzenpfötchen zeigten einem erfahrenen Segler, von wo der Wind wehte und wie man ihn einfangen konnte. Ein Wissen, das über Sieg und Niederlage bei jeder Regatta entschied. Es ging immer nur darum, die Zeichen zu erkennen und richtig zu deuten.

»Eine fürchterliche Geschichte mit dem Nachbarmädchen«, sagte Erik Adelskov, als sie unten am Strand waren. »Wirklich fürchterlich, das berührt uns alle. Ich nehme doch an, dass Sie deshalb mit mir sprechen wollen? Ich denke, es ist besser, wenn wir nicht im Haus sprechen, meine Mutter erträgt die Aufregung so schlecht.«

Per Roland stutzte eine Sekunde. Frau Adelskov hatte auf ihn ganz und gar nicht wie jemand gewirkt, den man schützen musste, dachte er und warf einen Blick auf seine roten, geschwollenen Finger.

»Wir suchen noch immer nach Cecilie und müssen deshalb natürlich auch die Nachbarn befragen, ja.«

»Ich wohne hier ja nicht mehr, wenn ich meine Mutter auch recht oft besuche. Sie ist nicht mehr die Jüngste und braucht in dem großen Haus schon mal Hilfe.«

»Ihr Vater ist tot, habe ich das richtig verstanden?«

»Ja, mein Vater ist gestorben, als ich 18 war.«

»Wie ist er gestorben?«

»Ein Autounfall. Auch eine schreckliche Geschichte. Aber darüber sprechen wir nicht.«

Es kam Roland so vor, als vermiede man in dieser Wohngegend nicht gerade wenige Themen.

»Segeln Sie?«, fragte er. Sie hatten den Hafen erreicht, wo die schmucken Boote Kiel an Kiel lagen. Das Wasser im Hafenbecken war überraschend klar, dachte er.

»Ja, natürlich segle ich. Das tun hier fast alle. Alle in meiner Familie sind gesegelt.«

Am Anfang der Mole war ein Bereich mit rotweißem Absperrband abgeriegelt. Ein paar Journalisten schlichen herum, während ihre Fotografen Bilder machten. Lange Lind musste etwas gefunden haben, dachte Per Roland.

»Was hatten Sie für eine Beziehung zu Cecilie?«

»Ach, ich kenne sie doch kaum. Ich weiß gerade mal, dass sie das Nachbarmädchen ist. Das heißt, die Familie kennen wir natürlich. Es sind ja die Nachbarn meiner Mutter. Und ich habe gehört, dass sie ein richtiger kleiner Fernsehstar ist. Ich schaue mir so etwas selbst nicht an, aber sie soll ja gut singen können. Warum fragen Sie?«

»Ich muss Sie natürlich auch fragen, wo Sie gestern gegen acht Uhr morgens waren?«

»Da war ich natürlich in meinem Büro. In Snekkersten. Ich leite eine Investmentfirma, und zurzeit haben wir sehr viel zu tun. Die Wirtschaft krankt weltweit, und wir verlieren viel Geld. Meine Sekretärin kann Ihnen natürlich bestätigen, dass ich da war. Und unzählige Geschäftskunden, mit denen ich telefoniert habe, aber die müssen wir da wohl nicht mit hineinziehen, oder?«

»Nein, das wird nicht nötig sein. Was haben Sie am Wochenende gemacht?«

»Oh, warten Sie, da muss ich nachdenken. Ich glaube, ich habe die meiste Zeit am Telefon gehangen und versucht, meine Investoren davon zu überzeugen, dass ihr Geld bei mir in guten Händen ist.«

»Wo befanden Sie sich rein physisch?«

»Samstag war ich mit meiner Frau zusammen. Zu Hause.«

»Sie haben keine Kinder?«

»Nein.«

»Und wo waren Sie am Sonntag?«

»Da war ich segeln. Habe die Finanzkrise Finanzkrise sein lassen.«

»Den ganzen Tag?«

»Ja.«

»Waren Sie mit jemandem zusammen? Kann das jemand bestätigen?«

»Nein, ich war allein auf dem Boot.«

Roland nickte.

»Ihre Frau wollte nicht mit?«

Adelskov lächelte.

»Nein, ihr gefällt das nicht.«

Roland nickte wieder.

»Das kommt mir bekannt vor.«

Sie standen ein paar Sekunden da und blickten über das Hafenbecken. Die Sehnsucht nach dem offenen Meer war ihnen gemein. Aber das war vermutlich auch schon alles.

»Vielleicht haben Sie ja eine Idee, wo Cecilie sein könnte?«

»Nein, dazu kann ich wirklich nichts sagen.«

»Wissen Sie, ob die Familie Feinde hat?«

»Nein, aber das kann ich mir nicht vorstellen. Das sind sehr angenehme Menschen.«

»Dann sind bei denen keine fragwürdigen Leute ein und aus gegangen, und Ihnen ist auch kein verdächtiges Auto aufgefallen, das vielleicht mehrere Tage vor dem Haus stand?«

»Nein, nicht, dass ich wüsste.«

Roland seufzte.

»Ich muss ehrlich mit Ihnen sein und Ihnen sagen, dass wir einen Tipp bekommen haben, bei dem von Ihnen die Rede war.«

Es gelang dem hellen Direktorengesicht beinahe, einen Ausdruck unschuldiger Verwirrung auszustrahlen.

»Von mir? Das verstehe ich nicht.«

»Man hat uns gesagt, wir sollten Sie mal genauer unter die Lupe nehmen und Sie fragen, was Sie so machen. Gibt es vielleicht etwas, das Sie uns erzählen möchten?«

Erik Adelskov schüttelte den Kopf.

»Dazu fällt mir gar nichts ein.«

»Keine Bootsausflüge mit kleinen Mädchen? Oder mit kleinen Jungs?«

Jetzt komm schon, dachte Roland. Du vergeudest meine Zeit. Er war überzeugt davon, dass es nur einen Grund dafür geben konnte, dass Hans Schultheiss den Ball an Adelskov weitergespielt hatte. Er musste ihn aus dem Milieu kennen. Die wussten doch alle voneinander. Roland hatte sogar gehört, dass die manchmal gemeinsame Sache machten. Was konnten sie sonst gemeinsam haben? Außer ihrer Lust auf Kinder?

»Ich bin nicht so veranlagt, wenn Sie das andeuten wollen«, schnaubte der Direktor. »So etwas tun wir nicht in meiner Familie.«

»In meiner auch nicht. Das Problem ist nur, dass es trotzdem Menschen gibt, die das tun, nicht wahr? Menschen, die es einfach nicht sein lassen können, obwohl sie wissen, dass sie damit alles aufs Spiel setzen. Ihr Familienleben und vieles andere mehr.«

»Ich glaube, wir haben jetzt nichts mehr zu besprechen. Reden Sie mit meinem Anwalt, wenn Sie etwas von mir wollen. Wenn Sie mich dann entschuldigen würden.«

Erik Adelskov nickte distanziert und entfernte sich mit langen Schritten vom Hafen.

Er verstand sich wirklich darauf, die Form zu wahren, dachte Roland und sah bei einem Blick auf sein Handy, dass er einen Anruf von Svendsen versäumt hatte. Er suchte die Nummer heraus.

»Was ist? Spuck's aus.«

»Ich habe mit dem Fischer gesprochen. Er hat mir erzählt, dass er das Fahrrad durch einen reinen Zufall gegen Viertel vor neun entdeckt hat, als er von seinem morgendlichen Fischzug zurückgekommen ist. Er hat es dann mit einem Bootshaken aus dem Wasser gezogen. Zuerst hat er nicht weiter darüber nachgedacht. Es ist nichts Ungewöhnliches, nach dem Wochenende Fahrräder oder Einkaufswagen im Hafenbecken zu finden. Er dachte sich, dass jetzt irgendwo ein kleines Mädchen traurig nach seinem Fahrrad suchte, aber da wurde ihm plötzlich klar, dass er dieses Rad kannte. Cecilie ist ja oft mit ihrem Vater in den Hafen gekommen, und noch am Tag zuvor war sie mit dem hellroten Fahrrad mit dem weißen Lenkerkorb im Hafen herumgekurvt. Ohne Rettungsweste, weshalb er noch gedacht hatte, dass die Eltern wirklich gedankenlos waren. Sie saßen an Deck ihres Bootes und aßen, während ihre Tochter auf dem Gelände herumradelte. Als er später im Radio hörte, dass das Mädchen verschwunden war, hatte er natürlich gleich gefürchtet, dass ein Unglück geschehen sein könnte, und hatte die Polizei angerufen.«

»Gut, was sonst noch?«

»Lange Lind hat im Sand an der Mole Reifenspuren gefunden, die zu dem Fahrrad passen könnten. Aber sie sind nicht sonderlich tief. Es sieht eher so aus, als hätte jemand das Fahrrad geschoben. Wir haben auch eine Fußspur und die kommt sicher nicht von einem kleinen Mädchen. Der ganze Bereich ist jetzt abgesperrt, damit niemand die Spur zerstören kann. Und wir haben einen Gipsabdruck gemacht.«

»Welche Schuhgröße?«

»Was war das für eine Schuhgröße?«, rief Carsten Svendsen, und Roland hörte Lange Lind etwas im Hintergrund brummeln.

»44.«

»Das deutet auf einen erwachsenen Mann hin. Was wissen wir sonst noch über den Schuh?«

»Hast du den Schuhabdruck in die Kriminaltechnik geschickt?«, rief Svendsen, und wieder antwortete Lange Lind im Hintergrund etwas.

»Ja. In dem Abdruck war der Teil eines Markenzeichens zu erkennen. Wir untersuchen noch, um welche Marke es sich handelt.«

Wieder meldete Lind sich im Hintergrund.

»Lind sagt, es sei nur etwa die Hälfte des Markenzeichens zu erkennen gewesen, wir brauchen also wohl einige unterschiedliche Schuhmarken zum Vergleich.«

»Gute Arbeit. Dann wissen wir also, dass das Fahrrad geschoben wurde?«

»Vermutlich. Aber jetzt kommt das Merkwürdige. Das Fahrrad ist von der Kriminaltechnik untersucht worden, und die sagen, dass dieses Rad auf keinen Fall nur eine halbe oder dreiviertel Stunde im Wasser gelegen hat. Und davon gehen wir im Moment ja noch aus.«

Per Roland spürte, wie sich die kleinen Haare in seinem Nacken aufstellten.

»Wie lange soll es dann da gelegen haben?«

»Ausgehend von den Lackschäden, die das Salzwasser verursacht hat, und den Algen und Tieren, die sich bereits am Rahmen festgesetzt haben, muss es mindestens zehn Stunden dort gelegen haben.«

Per Roland ließ seinen Blick über den Hafen schweifen. Plötzlich sah er die schönen Boote mit ihren gepflegten Teakdecks gar nicht mehr, und auch das beruhigende Geräusch des Großsegelfalls, das an den Mast schlug, erreichte seine Ohren nicht mehr.

»Ich glaube, wir müssen noch einmal mit Cecilies Eltern reden«, sagte er und legte auf.

Mit langen Schritten trabte er zurück in den Gammel Strandvej, wo der Hund jetzt mit seiner Arbeit fertig sein musste.

Er hatte noch nicht einmal die Abzweigung von der Uferstraße in den Gammel Strandvej erreicht, als das Handy in seiner Tasche erneut vibrierte.

»Kommen Sie bitte so schnell wie möglich«, hörte er den Hundeführer sagen.

»Schon unterwegs, ich bin in fünf Sekunden da.«

Per Roland begann zu laufen. Sein Magen rumorte nervös, und je näher er Cecilies Heim kam, desto sicherer war er, dass hier etwas ganz und gar nicht stimmte.

Der Hundeführer kam ihm an der Garage ohne seinen Hund entgegen. Roland sah es ihm gleich an. Diesen Blick kannte er.

»Sie haben sie gefunden, nicht wahr? Wo ist sie?«

9

Per Roland folgte dem jungen Beamten ins Haus und über die Treppe in den Keller. Sie passierten den Weinkeller, einen Trainingsraum, den Pumpenraum für den Pool, einen Waschkeller und einen Spielkeller mit allem möglichen Spielzeug, das ordentlich in Kisten in einem Regal verstaut war, einer kleinen Rutsche, einer Spielzeugküche, einem Sitzsack und einer Höhle, die mit ein paar alten Decken gebaut worden war. Hier also war Cecilies Reich, dachte er, hier durfte sie Kind sein. Nicht oben in ihrem eigenen Zimmer, sondern unter der Oberfläche, dort, wo niemand sie sah.

»Wir müssen hier runter.«

Der Hundeführer ging zu einer Klappe im Boden, die mit einem Teppich verdeckt gewesen war und weiter nach unten in einen alten Kriechkeller führte. Die Klappe stand jetzt offen, und Per Roland sah hinab ins Dunkel. Dann bekam er eine Taschenlampe und sah sich um. Der Keller war so flach, das dort niemand aufrecht stehen konnte, höchstens 60 Zentimeter, schätzte er. Er hatte einen Naturboden, in dem das aus Ziegeln errichtete Säulenfundament des Hauses verankert war. Unweit der Falltür fiel der Lichtkegel auf den Körper eines kleinen Mädchens. Er lag auf der Seite, und die Hände waren vor der Brust gefesselt.

Als Roland sich hinkniete und den Lichtstrahl auf ihr Gesicht richtete, erkannte er sie von den Bildern wieder.

Die kräftigen, langen, blonden Haare lagen wie eine Decke auf ihrer rechten Schulter. Im Polizeihandbuch hieß es: »Für Personen ohne medizinische Zusatzausbildung gibt es nur zwei sichere Anzeichen für den Tod einer Person: Enthauptung oder fortgeschrittene Verwesung.« Beides war hier nicht der Fall, und obgleich Per Roland keine medizinische Zusatzausbildung hatte, zweifelte er nicht daran, dass das Mädchen tot war. Ein süßlich schwerer Geruch, wie ihn nur ein Leichnam ausströmte, der schon eine gewisse Zeit in einem Raum lag, stieg ihm aus dem Keller entgegen. Das Seil, mit dem ihre Hände gefesselt waren, war straff gebunden und trotz des Abstands brauchte Per Roland nicht lange, um zu erkennen, dass es sich bei dem Knoten um zwei halbe Schläge und einen Rundtörn handelte.

Er stand wieder auf.

»Das Mädchen muss da rausgeholt werden, das soll aber lieber die Kriminaltechnik machen, damit wir keine Spuren verwischen. Sie waren der Erste am Fundort, also sind Sie für den Bericht verantwortlich. Sie erleben so etwas zum ersten Mal, nicht wahr?«

»Ja.«

»Gut. Denken Sie an die goldenen Regeln. Um keine Spuren zu zerstören, ist Rauchen verboten. Tragen Sie keine Handschuhe, Ihre eigenen Fingerabdrücke sind leichter zu identifizieren, Benutzen Sie weder Waschbecken noch die Toilette. Im Abfluss könnten noch Reste von Blut oder Gift nachzuweisen sein. Alle elektrischen Schalter müssen in der Stellung bleiben, in der sie waren, eventuelle Änderungen müssen notiert werden. Benutzen Sie am Fund- oder Tatort kein Telefon. Kurz gesagt: Verhalten Sie sich ruhig und tun Sie nichts.«

Der junge Beamte hörte ihm nickend zu.

»Es liegt in Ihrer Verantwortung, dass sich niemand dem Keller nähert, bevor die Kriminaltechnik da ist. Jedes noch so kleine Detail könnte eine wichtige Spur für die Aufklärung sein. Verstanden?«

»Ja.

»Und dann müssen wir mit den Eltern reden. Wo sind sie?«

»Die sitzen oben im Wohnzimmer.«

»Wissen sie etwas?«

»Nein.«

*

Die schwerste Aufgabe eines Polizisten ist ohne Zweifel die, Eltern mitzuteilen, dass sie ein Kind verloren haben. Doch wenn diese Aufgabe sich stellt, muss man bereit sein, sie zu übernehmen. Per Roland wusste aus Erfahrung, wie wichtig es war, diese Nachricht offen und direkt zu überbringen. Man durfte sich nicht abwenden oder in eine andere Richtung schauen. Es war eine Konfrontation mit Gefühlen, mit Reaktionen auf Worte gewaltiger Tragweite, weshalb es wichtig war, in sich zu ruhen und offen zu kommunizieren. Und Per Roland fürchtete sich nicht vor Tränen. Er hatte sie als Teil des Lebens akzeptiert.

Deshalb sah er Cecilies Eltern direkt in die Augen und sagte:

»Es tut mir sehr leid, Ihnen mitteilen zu müssen, dass wir Ihre Tochter gefunden haben ...«

Er kam nicht weiter, denn Anne Grethe Junge-Larsens perfekte Fassade fiel in sich zusammen. Tränen strömten über ihre Wangen und nahmen Schminke und Wimperntusche mit.

»Ich kann Ihnen nur mein Beileid zu Ihrem Verlust ausdrücken.«

Michael Junge-Larsen stand am Fenster, er hatte seinen Blick von Per Roland genommen. Draußen war das Orange jetzt vollends von der Dunkelheit geschluckt worden, und Roland hörte, dass auch der Wind sich gelegt hatte. Kein Zweig des Baumes, der dicht vor dem Fenster stand, bewegte sich.

»Ich muss Ihnen leider auch noch mitteilen, dass wir sie im Kriechkeller unter Ihrem Haus gefunden haben.«

»Hier im Haus. Aber mein Gott ... Michael ...«

Anne Grethe Junge-Larsen sah ihren Mann verwirrt an, doch er antwortete nicht. Dann ging er zu ihr und setzte sich neben sie.

»Bitte gehen Sie jetzt«, sagte Michael Junge-Larsen, ohne sich direkt an Per Roland zu wenden. »Meine Frau und ich würden jetzt gerne ein bisschen allein sein.«

»Ja, das verstehe ich, es gibt aber leider noch ein paar Dinge, die wir vorher klären müssen. Deshalb muss ich Sie beide bitten, mit aufs Präsidium zu kommen, damit wir eine DNA-Probe und Ihre Fingerabdrücke nehmen können. Außerdem müssen wir noch einmal mit Ihnen reden.«

»Mit uns? Aber verstehen Sie denn nicht ...?«, weinte Anne Grethe Junge-Larsen und sah ihren Mann fragend an.

»Ich verstehe, dass Ihnen das jetzt unbegreiflich vorkommen muss«, sagte Per Roland. Er wusste nur zu gut, wie unbarmherzig sein Anliegen auf sie wirken musste. »Wie gesagt, ich bedauere Ihren Verlust wirklich sehr, aber es gibt gewisse Prozeduren, die bei einem Mordfall durchgeführt werden müssen, und dieser Fall sieht eindeutig nach Mord aus. Es ist hart, aber wir brauchen Ihre Zeugenaussagen so schnell wie möglich, nicht zuletzt, um Sie beide als Täter ein für alle Mal auszuschließen.«

Anne Grethe Junge-Larsen legte die Hände vors Gesicht und ließ ihren Tränen freien Lauf. Per Roland wartete. Er wusste, dass die Nachricht sich erst setzen musste, und gab ihnen Zeit, ihre Wut, ihre Verzweiflung und all ihren Kummer herauszulassen. Die Trauer eines Menschen ist eine merkwürdige Größe. Sie unterscheidet sich deutlich von Person zu Person. Er sah die Eltern an, die sich in den Armen hielten, und gab ihnen noch ein paar Minuten, bevor er fortfuhr:

»Es tut mir wirklich leid, aber das ist ein Standardverfahren. Alle Angehörigen müssen überprüft werden. Aus Erfahrung wissen wir, dass der Täter bei Kindsmorden häufig aus dem nächsten Umfeld des Kindes stammt. Es ist äußerst selten, dass es sich bei solchen Fällen um einen anonymen Täter handelt, also einen Täter, der sein Opfer nicht kennt. Wenn wir Ihre Daten haben, können wir Sie schneller ausschließen. Das ist ganz einfach.«

Per Roland sah den trauernden Eltern direkt in die Augen. Mit Ehrlichkeit kam man am weitesten, dachte er. Er spürte den Kloß in seinem Hals, als er sah, wie Michael Junge-Larsen seiner Frau über die Haare streichelte und ihr Kinn anhob, damit er ihr in die Augen sehen konnte.

»Wir müssen jetzt stark sein«, sagte er leise. »Für Cecilie.«

Anne Grethe Junge-Larsen saß eine Weile reglos da. Dann nickte sie mit geschlossenen Augen.

»Ja, bringen wir es hinter uns.«

Sie stand auf und stützte sich auf die Schulter ihres Mannes, während sie leise die Treppe nach unten gingen.

»Sie sollten sich darauf vorbereiten, dass es eine Weile dauern wird, bis Sie wieder in Ihr Haus können«, sagte Per

Roland, als sie draußen standen. Einer der blauen Kastenwagen der Kriminaltechnik und zwei Streifenwagen waren bereits eingetroffen, und ein Beamter sperrte die Einfahrt mit einem Band ab.

»Wir müssen alle Spuren sichern«, erklärte er. »Und dann müssen wir den Mörder Ihrer Tochter finden.«

Michael Junge-Larsen blieb stehen und sah Per Roland an. Seine Augen wirkten jetzt ganz schwarz.

»Ich zahle jede nur erdenkliche Summe, damit Sie ihn finden«, sagte er mit heiserer Stimme und unterdrückte die Tränen, als er sich auf den Rücksitz eines der Streifenwagen setzte. »Jede Summe.«

Wenn es etwas gab, was Per Roland im Laufe der sechs Jahre in der mobilen Einheit gelernt hatte, dann war das die Tatsache, dass Mörder so unterschiedlich sein konnten wie Tag und Nacht, dass es aber trotzdem möglich war, sie in zwei Gruppen einzuteilen. Die organisierten und die unorganisierten. Jetzt, da er in dem weißen Einwegschutzanzug mit Mundbinde, Haarnetz, Handschuhen und den blauen Plastiküberzügen über den schwarzen Schuhen dastand und zusah, wie die Kriminaltechniker Cecilie aus dem Kriechkeller bugsierten, wusste er, dass sie es in diesem Fall mit einem organisierten Täter zu tun hatten. Mit jemandem, der genug Überblick hatte, um seine Tat zu verbergen. Jemandem, der versucht hatte, keine Spuren zu hinterlassen, aufzuräumen und die Leiche zu verstecken. Und bei dieser Art von Täter hatten sie es häufig gleich mit mehreren Tatorten zu tun. Dann gab es in der Regel einen Kontaktort, einen eigentlichen Tatort und schließlich den Fundort der Leiche. Die zwei ersten galt es also noch zu finden.

Zuallererst stand jetzt aber die Obduktion der Leiche an. Der Rechtsmediziner begutachtete die Tote, und Per Roland nutzte die Wartezeit, um den Rest seines Teams darüber zu informieren, dass sie Cecilie gefunden hatten. Liv war noch stiller und wortkarger als sonst, und nachdem er aufgelegt hatte, ärgerte Per Roland sich über sich selbst. Warum war er einfach so mit der Tür ins Haus gefallen? Schließlich war sie nicht nur eine professionelle, sachliche Polizistin, sondern auch Mutter zweier kleiner Mädchen.

Als der Rechtsmediziner ihn aus seinen Gedanken riss und zu sich rief, ging Per Roland zur Leiche. Zum ersten Mal sah er Cecilie richtig. Das 147 Zentimeter große und 38 Kilogramm schwere Mädchen lag auf dem Rücken. Ihre Haut war blass und grau mit bläulichen Leichenflecken. Die schönen eisblauen Augen starrten nach oben in die Luft. Sie trug eine hellrote Bluse mit Spitzenkragen, die sauber und ordentlich an ihrem Oberkörper saß, und auch ihre Jeans hatte keinerlei Flecken. Ihre Hände waren noch immer gefesselt. Mit einem Seil, wie man es auf einem Segelboot verwendete.

»Über die Todesursache kann ich noch nichts Endgültiges sagen«, begann der Rechtsmediziner. »Der Leichnam ist gewaschen und sauber. Kein Blut und keine Kratzer. Keine Schuss- oder Stichwunde. Sie hat ein paar punktartige Einblutungen im Auge, die auf einen Tod durch Ersticken hindeuten könnten, aber für ein endgültiges Urteil bin ich mir noch nicht sicher genug. Außerdem zeigt ihr Hals keine Spuren einer Strangulation.«

»Kannst du diese Obduktion vorziehen? Es ist wirklich dringend. Wir können mit der Feststellung der Todesursache nicht bis morgen warten«, sagte Roland und atmete tief in den Bauch.

»Es gibt keine Anzeichen eines Todeskampfes, und sollte es einen gegeben haben, hat der Täter alle Spuren entfernt. Sieh mal hier«, sagte der Rechtsmediziner, hob Cecilies Arme an und deutete auf einen ihrer Fingernägel. »Das sind Seifenreste.«

»Dann hat der Täter ihre Hände und Nägel gereinigt, um Spuren zu beseitigen?«

»Ja, aller Voraussicht nach hat das Mädchen ihn im Todeskampf gekratzt.«

»Ist sie vergewaltigt worden?«, fragte Roland.

Der Rechtsmediziner schüttelte den Kopf.

»Darauf deutet nichts hin. Gar nichts.«

»Dann haben wir es nicht mit einem Sexualverbrechen zu tun?«

»Ich denke nicht. Sie trägt noch ihre Kleider, und ich habe ihren Körper überprüft, er ist unversehrt. Es gibt keine Spuren von Gewalteinwirkung oder einer möglichen Schändung. Auf den ersten Blick könnte sie ebenso gut einen epileptischen Anfall bekommen haben und erstickt sein.«

»Kannst du etwas zum Zeitpunkt des Todes sagen?«

»Nun, wie du siehst, ist die Leichenstarre bereits eingetreten«, sagte der Arzt und zeigte auf ihre Beine. »Die beginnt zwei bis fünf Stunden nach dem Tod, abhängig von der Umgebungstemperatur.« Er zeigte auf ihr Gesicht. »Sie beginnt in der Kiefer- und Halsmuskulatur und breitet sich von dort über den Körper nach unten aus, zuletzt in Arme und Hände. Nach acht bis zwölf Stunden ist sie vollends ausgeprägt.«

»Und das ist sie hier?«

»Ja, das ist sie.«

»Dann ist sie seit mehr als acht Stunden tot?«

»Auf jeden Fall, ja. Die Leichenstarre bleibt ein bis drei Tage unverändert. Bei hohen Temperaturen hält sie am kürzesten. Dann verschwindet sie in der gleichen Reihenfolge, in der sie sich ausgebildet hat.«

»Das heißt, du kannst mit Sicherheit sagen, dass sie nicht länger als drei Tage tot ist?«

»Die Methode ist etwas unsicher, da die Leichenstarre temperaturabhängig ist, aber an ihrem Unterleib sind die ersten Anzeichen einer Grünfärbung zu erkennen.«

Per Roland sah nach unten und ahnte tatsächlich einen Grünton, als der Mediziner die Hose öffnete und die Bluse hochschob.

»Dieser Farbton breitet sich später am ganzen Körper aus, verbunden mit einem durchdringenden, scharfen, unangenehmen Geruch.«

»Den habe ich bereits bemerkt, als ich durch die Falltür nach unten geschaut habe.«

»Ja, die Verwesung setzt langsam ein«, sagte der Rechtsmediziner und zog ihr die Bluse wieder über den Unterleib.

»Wann beginnt die?«

»Normalerweise etwa zwei Tage nach dem Eintreten des Todes.« Per Roland spürte erneut die Haare in seinem Nacken. »Zwei Tage? Sie ist mehr als zwei Tage tot?«

Das passte alles überhaupt nicht zusammen. Hier stimmte doch etwas nicht.

»Ich würde sagen, ja. Vermutlich aber nicht viel länger. Denn dann wäre ihre Haut dunkelrot. In den Weichteilen entwickelt sich Luft, die aufquellend wirkt. Außerdem bildet die bei der Verwesung entstehende Flüssigkeit Blasen in der Haut, die sich schließlich in großen Fetzen lösen. Oft sickert dann auch eine braunrote Substanz aus Nase und Mund. Das ist hier nicht der Fall. Aber sie hat ja auch recht kühl gelegen, wodurch der Prozess verzögert worden sein kann.«

»Was ist mit ihrer Körpertemperatur?«

»Ja, nach dem Eintreten des Todes sinkt die Körpertemperatur, bis sie derjenigen der Umgebung entspricht. Die Temperatur einer bekleideten, nicht abgedeckten Leiche sinkt in Innenräumen um ein bis anderthalb Grad Celsius pro Stunde in den ersten etwa sechs Stunden, danach wird die Temperaturabnahme etwas geringer. Nach etwa 24 Stunden entspricht die Körpertemperatur der der Umgebung. Das ist hier der Fall.«

»Das heißt, dass sie zwischen 24 und 48 Stunden tot ist?«

Roland wurde wieder etwas ruhiger. Das stimmte besser mit den anderthalb Tagen überein, von denen sie ausgingen.

Der Arzt bewegte den Kopf hin und her und verzog den Mund.

»Hm, ziemlich sicher eher 48 Stunden, wenn man den Fortschritt der Verwesung berücksichtigt, schließlich liegt sie recht kühl.«

»Das heißt zwei Tage? Dann reden wir also von Sonntagabend? Sie ist aber doch erst seit Montag früh verschwunden!«

Per Roland war verwirrt.

»Nein, da muss sie schon tot gewesen sein, das ist klar. Ich würde sagen: Sonntagabend zwischen 20 Uhr und Mitternacht.«

»Und da bist du dir sicher? Absolut sicher?«

»Ja, absolut.«

Per Roland nahm sein Telefon und rief Liv an, die gemeinsam mit Max Motor im Präsidium saß und ein Takeaway-Essen aß, das sie sich gegenüber im Prøvestenscenter geholt hatten.

»Sind Cecilies Eltern schon da?«, fragte er.

»Ja, die sind unten. Es wird ihnen gerade Blut abgenommen. Danach werden sie zu uns hochgebracht«, sagte sie, den Mund voller Dürümrolle, Kebab und etwas zu viel Soße.

»Es ist an der Zeit, sie etwas unter Druck zu setzen. Die haben uns mehr als eine Lüge aufgetischt.«

10

Als alleinerziehende Mutter zweier Kinder war es für Liv nichts Besonderes, mehrere Dinge gleichzeitig zu erledigen. So gelang es ihr denn auch, von Per Roland über die Aussagen der Eltern sowie alle Details über den Fundort und die Leiche gebrieft zu werden, den Bericht über das Verhör von Hans Schultheiss fertig zu schreiben, Ole zu mailen und ihren Exmann am Telefon zu überreden, von morgen Nachmittag an für eine ganze Woche die Kinder zu nehmen. Claus, ihr aktueller Partner, hatte die beiden bereits von Kindergarten und Krabbelgruppe abgeholt und kümmerte sich mehr als gerne um sie, bis Liv wieder nach Hause kam.

Als Cecilies Eltern kurz darauf zur Tür hereinkamen, hatte Liv gerade den letzten Bissen ihrer Dürümrolle mit einem Schluck Wasser heruntergespült, wobei sie sich sehnsüchtig vorgestellt hatte, es wäre ein Bier. Die geliebte Zigarette nach dem Essen musste sie vertagen.

Gemeinsam mit Max führte sie das Elternpaar nach unten in das kleine Vernehmungszimmer, wo sie sich trennten. Liv und Max gingen mit der Mutter in einen anderen Raum, während Carsten Svendsen und Miroslav mit dem Vater redeten. Es war wichtig, dass die beiden ihre Aussagen getrennt voneinander machten, damit sie sich nicht gegenseitig beeinflussen konnten.

»Wir verstehen nicht, warum wir verhört werden sollen«, klagte Anne Grethe Junge-Larsen, als sie an dem kleinen

Tisch Platz genommen hatte. Liv nahm an, dass ihr Mann in diesem Moment im Raum nebenan exakt das Gleiche sagte.

Die Frage war nur, ob auch der Rest ihrer Aussagen gleichlautend sein würde.

»Nun, das können wir durchaus verstehen, aber dieses Vorgehen ist ganz normal«, sagte Max mit seiner beruhigend sanften Stimme. »Alle, die in den letzten Tagen vor Cecilies Tod Kontakt mit ihr hatten, müssen vernommen werden. Das ist ein wichtiges Element der Ermittlungen. Es ist gut möglich, dass uns ein kleines Detail Ihrer Aussage dazu verhilft, den Täter zu schnappen.«

»Deshalb würden wir auch gerne noch einmal ganz von vorne anfangen«, sagte Liv jetzt. »Und dieses Mal möchte ich Sie bitten, uns gegenüber wirklich ehrlich zu sein. Wir wissen inzwischen nämlich, dass Cecilie seit Sonntagabend tot ist. Und das stimmt nicht ganz mit dem überein, was Sie und Ihr Mann uns bisher aufgetischt haben, nämlich dass sie erst am Montagmorgen verschwunden ist.«

Liv wartete schweigend, damit die Information sich setzen konnte, und beobachtete Anne Grethe Junge-Larsens Gesichtsausdruck. Er veränderte sich. Der steife Blick und die zornigen Falten am Mund lösten sich auf, und die Betroffenheit, bei dieser Lüge ertappt worden zu sein, manifestierte sich in deutlich erröteten Wangen. Liv kannte das so unendlich gut. So viele Menschen logen, um nicht über etwas Unangenehmes sprechen zu müssen. Untreue, zum Beispiel. Wenn sie an einem Ort gesehen worden waren, an dem sie nicht gesehen werden wollten. Oder nicht wollten, dass andere erfuhren, dass sie dort gesehen worden waren.

»Außerdem zeigen die Untersuchungen an Cecilies Fahrrad, dass dieses bereits am Sonntagabend ins Wasser geworfen worden ist, und nicht erst Montag früh. Sie aber wollten uns glauben machen, Cecilie sei mit diesem Fahrrad zur Schule gefahren«, ergänzte Max jetzt.

Anne Grethe Junge-Larsen Blick flackerte. Ihre Fassade war jetzt vollends zusammengebrochen. Was für eine Achterbahn der Gefühle. Liv hatte fast Mitgefühl mit der Frau, als diese den Kopf senkte und zu weinen begann.

»Fangen wir einfach noch einmal von vorne an«, sagte Liv und achtete darauf, dass ihre Stimme weiterhin freundlich klang. Sie wusste inzwischen, dass es keinen Grund gab, die Harte zu spielen. Sie würde die Mutter schon zum Sprechen bringen. »Sie und Ihr Mann hatten Schwierigkeiten, Kinder zu bekommen, wie ich gehört habe. Das muss hart für Sie gewesen sein.«

Die Frau nickte schniefend, hob schließlich den Kopf und atmete tief ein.

»Ja, aber dann kam Cecilie.«

»Wie lange haben Sie auf ein Kind gewartet?«

»Fast zehn Jahre.«

»Das muss für Ihre Beziehung eine schwere Prüfung gewesen sein.«

»Es war eine harte Zeit, ja. Aber mein Mann stand mir die ganze Zeit bei.«

»Natürlich«, sagte Liv und dachte sich, dass sie diese Antwort auch schon im Voraus hätte notieren können. Selbstverständlich versuchte die Frau, sich an das zu klammern, was ihr noch geblieben war.

»Es muss eine ungeheure Erleichterung gewesen sein, als Sie endlich schwanger waren.«

Anne Grethe Junge-Larsens Gesicht leuchtete trotz der Tränen etwas auf.

»Das war es, ja. Wir haben uns unheimlich gefreut.«

»Und Sie waren Hebamme?«

»Ich bin ausgebildete Hebamme, ja. Aber seit meiner Schwangerschaft habe ich nicht mehr gearbeitet.«

»Warum nicht?«

»Es war immer der Wunsch meines Mannes, dass ich mich um unser Heim kümmere, und als ich endlich schwanger war, fanden wir beide, dass es aus Rücksicht auf das Kind so auch am besten wäre. Als Hebamme hat man doch sehr unregelmäßige Arbeitszeiten, außerdem ist die Arbeit sehr anstrengend, schließlich ist man die ganze Zeit auf den Beinen.«

»Die Nachtschichten müssen hart gewesen sein, denke ich mir, insbesondere wenn man schwanger und müde ist«, sagte Liv. Anne Grete Junge-Larsen nickte, und Liv fuhr fort: »Was war das für ein Gefühl, jeden Tag anderen Kindern auf die Welt zu helfen, wenn man sich selbst so sehnsüchtig ein eigenes Kind wünscht?«

»Die Arbeit hat mir immer viel gegeben. Ich liebe kleine Kinder über alles.«

»Vielleicht nicht mehr so sehr, wenn sie erst etwas größer sind?«

»Wie meinen Sie das?«

»Werden sie dann zu anspruchsvoll? Mädchen können einen manchmal ziemlich fordern, nicht wahr? Und sich wahnsinnig anstellen. Das weiß ich aus eigener Erfahrung. Ich habe selbst zwei im Alter von zwei und vier Jahren. Die werden manchmal richtiggehend hysterisch, wenn sie ihren Willen nicht kriegen. War Cecilie auch schon mal so?«

»Nie, Cecilie ist ein wohlerzogenes Kind.«

»Sie wollen mir also wirklich weismachen, dass Sie sich nie über Cecilie aufgeregt haben?«

»Natürlich habe ich mich manchmal aufgeregt, aber dann haben wir miteinander gesprochen. In unserer Familie gehen wir anständig miteinander um.«

Liv lächelte innerlich. Anne Grethe Junge-Larsen wahrte genau die verlogene Fassade, vor der sie als Jugendliche davongelaufen war.

»Dann haben Sie sie also nie angeschrien?«

Jetzt komm schon, los, hör endlich auf, uns anzulügen.

»Es ist doch ganz normal, auch mal wütend auf seine Kinder zu sein und laut zu werden«, übernahm Max.

»Nicht in unserer Familie. Wir reden anständig miteinander. Es tut mir leid, aber bei uns ist das so. Es ist doch wohl nicht strafbar, dass wir gut miteinander auskommen.«

Liv setzte den Hut ab und legte ihn auf den Tisch. Dann fuhr sie sich müde mit der Hand durch die Haare, so dass sie in alle Richtungen abstanden. Anne Grethe Junge-Larsen starrte sie an, als hätte sie am liebsten einen Kamm geholt und sie frisiert.

»Wie wäre es, wenn Sie uns endlich erzählen würden, was Sie wirklich am Sonntag gemacht haben?«, fragte Liv.

»Wir waren auf dem Boot und haben dort zu Mittag gegessen. Wir sind bis nachmittags dort geblieben. Etwa bis halb sechs.«

»Ein Fischer hat uns erzählt, dass Cecilie allein im Hafen Fahrrad gefahren ist. Warum hat sie das gemacht?«

Anne Grethe Junge-Larsen ließ die Luft durch ihre Zähne entweichen.

»Ach ja, immer dieses Gerede«, sagte sie ärgerlich. »Cecilie war nicht allein. Wir haben schließlich an Deck gesessen und konnten sie von dort aus sehen. Cecilie ist ... oder ...«Anne Grethe Junge-Larsen schlug den Blick nieder und begann erneut zu weinen, bevor sie fortfuhr: »Cecilie *war* ein großes Mädchen. Sie kam wirklich allein zurecht. Außerdem konnte sie schwimmen, ich meine, falls sie ins Wasser fallen sollte.«

Sie blickte auf und begegnete Livs Blick.

»Dann waren Sie nicht der Meinung, dass sie eine Rettungsweste hätte tragen sollen?«

»Nein, ganz sicher nicht«, sagte sie im Brustton der Überzeugung.

»Sie haben mit ein paar jungen Osteuropäern gesprochen. Über was haben Sie geredet?«

»Mein Mann hat mit denen gesprochen, ja. Ich weiß aber nicht, worüber. Ich habe nicht zugehört. Er hat mir hinterher gesagt, sie hätten über das Boot gesprochen.«

»Haben Sie noch mit anderen Menschen geredet?«

»Nur mit Erik Adelskov, er war hierher gesegelt, um seine Mutter zu besuchen. Unsere Nachbarin.«

»Über was haben Sie mit ihm gesprochen?«

»Über dies und das. Wie es mit seiner Investmentfirma läuft, und so. Die fallenden Aktienkurse und steigenden Zinsen betreffen uns ja alle. Immerhin mehren sich die Stimmen, dass ein Wirtschaftscrash nah bevorsteht. Ich verstehe ja nicht viel davon, aber ich höre zu, wenn die Männer reden.«

Liv sah sie an. Anne Grethe Junge-Larsen war offensichtlich eine intelligente Frau. Um Hebamme zu werden brauchte man einen sehr guten Abiturschnitt. Natürlich verstand sie das alles. Sie stellte sich nur dumm. Aber warum? Um in ihre Rolle zu passen? Als Hausfrau, als die Frau des Direktors? Um wie die Nachbarn zu sein?

»Wie lange sind Sie im Hafen geblieben?«

»Wir waren ein paar Stunden auf dem Boot und sind am Spätnachmittag nach Hause gefahren.«

»Alle zusammen? Wir haben ja auch schon mit Cecilies Freundin Astrid gesprochen, die ausgesagt hat, sie wäre am Abend mit ihr in der Reitschule gewesen.«

»Ja, Cecilie ist allein losgefahren. Mit dem Rad. Sie hat uns nicht gesagt, wohin sie wollte.«

»Warum hat sie Ihnen das nicht gesagt? Hatten Sie sich gestritten?«

Anne Grethe Junge-Larsen schwieg.

Im gleichen Moment ging Liv ein Licht auf.

»Und dann ist sie nicht mehr zurückgekommen?«, fragte sie.

Die Frau nickte, so dass ihr teurer Halsschmuck hin und her schwang.

»Ja, wir dachten, dass sie schon wiederkommt. Dass sie wieder zu Hause auftaucht, wenn sie hungrig ist.«

»Warum ist sie losgefahren, ohne etwas zu sagen? Worüber haben Sie sich gestritten?«

Die Frau seufzte schwer, und ihre Augen wurden feucht.

»Wir, das heißt, mein Mann und ich, hatten ihr verboten, abends mit Astrid in die Reitschule zu fahren. Deshalb ist sie wütend geworden. Wir sind dann davon ausgegangen, dass sie trotzdem gefahren ist. Gegen unseren Willen.«

»Was wollte sie in der Reitschule? Wollten sie am Abend noch reiten?«

»Ja, das haben wir uns auch gefragt. Wir fanden es auch seltsam, so spätabends, schließlich sollte sie am nächsten Tag in die Schule. Und nachmittags ins Aufnahmestudio. Da ist es nicht gut, wenn sie abends weg ist. Sie ist dann zu müde. Schließlich hat sie ein hartes Programm.«

»Aber warum haben Sie gelogen? Warum haben Sie uns über ihr Verschwinden nicht die Wahrheit gesagt?«

Anne Grethe Junge-Larsen sah Liv mit ihren grünbraunen Augen an.

»Weil wir geglaubt haben, dass sie schon nach Hause kommt. Erst am nächsten Morgen ist uns klar geworden, dass sie nicht die ganze Nacht bei ihrer Freundin war. Als sie von der Schule hier anriefen, habe ich Astrid kontaktiert. Sie sagte, Cecilie sei tatsächlich zu ihr gekommen und gemeinsam mit ihr in die Reitschule gefahren, später dann aber wieder mit dem Rad nach Hause gefahren.«

»Verdammt noch mal! Warum haben Sie nicht gleich die Polizei angerufen?«, fragte Max hörbar verärgert. »Ist Ihnen denn nicht klar, dass wir sie dann vielleicht noch hätten retten können? Wir hätten dann viel früher mit der Suche beginnen können, zu einem Zeitpunkt, als sie noch lebte.«

Liv holte tief Luft und legte die Hand auf den breiten Arm ihres Kollegen. Sie mussten sich beide beherrschen, damit Anne Grethe Junge-Larsen nicht die Mitarbeit verweigerte.

»Ja, warum haben Sie nicht angerufen? Wovor hatten Sie Angst?«, fragte sie freundlich.

»Wir dachten doch, dass sie am nächsten Tag wieder zur Vernunft kommen würde. Dass sie bei einer Freundin geschlafen hat und mit ihr zur Schule gefahren ist. Deshalb haben wir erst reagiert, als wir diesen Anruf aus der Schule bekommen haben.«

»Warum haben Sie uns angelogen?«

»Es macht ja nicht gerade einen guten Eindruck ... ich meine, wenn man erst so spät reagiert ...«

»Sie wollten in der Öffentlichkeit nicht als schlechte Eltern dastehen?« Liv fasste sich an den Kopf. »Sie haben gelogen, um wie gute Eltern zu wirken?«

Sie hörte selbst, wie schrill ihre Stimme wurde. Hatte sie

wirklich geglaubt, dass diese Frauen sie nicht mehr schockieren konnten? Egal, was sie machten?

»Verdammt nochmal, wie kann man als Eltern denn zu so etwas in der Lage sein, das ist doch unglaublich!«, schimpfte Max, sichtlich erregt, und dieses Mal hielt Liv ihn nicht zurück. Sollte er dieser Frau doch Angst einjagen.

»Kann man denn wirklich so blöd sein? Es ging doch um Ihr Kind! Muss man denn um jeden Preis den Schein wahren?«

Anne Grethe Junge-Larsen antwortete nicht. Sie saß mit gesenktem Kopf da und starrte auf die Tischplatte. Tränen liefen über ihre Wangen.

Liv nickte innerlich und antwortete für sie. Das musste man, das wusste sie aus eigener Erfahrung. Schließlich war sie damit aufgewachsen.

11

Für Per Roland waren die Ermittlungen jetzt in eine neue Phase eingetreten, schließlich war aus der Vermisstensache ein Mordfall geworden. Per Roland hatte im Laufe seiner Karriere schon zahlreiche Morde gelöst, und so erschreckte ihn auch der Besuch im Rechtsmedizinischen Institut nicht, wohin er gefahren war, nachdem ihn der Pathologe kurz vor Mitternacht per Telefon zu sich zitiert hatte.

Wie das kleine Mädchen ermordet worden war, war die zentrale Frage. Auch die Frage nach dem Tatort drängte sich auf. Per Roland war überzeugt davon, dass es nicht mehr schwer sein würde, den Täter zu überführen, wenn sie erst den Tatort gefunden hatten. Die Osteuropäer konnten sie bereits ausschließen. Es war kaum wahrscheinlich, dass sie das Mädchen getötet und dann im Kriechkeller ihrer Eltern versteckt hatten.

Per Roland bekam tatsächlich eine Gänsehaut, als er den sterilen Raum betrat, in dem Cecilie unter einem weißen Laken lag, führte das aber auf die Kälte und seine Müdigkeit zurück. Es war dunkel, und viele andere hätten sich sicher unwohl gefühlt, doch nicht so Per Roland. Nach seiner Auffassung befand sich das Unangenehme, Gefährliche in dieser Welt außerhalb dieser Wände.

»Grüß dich, alter Freund«, sagte Kim Hjort, der Rechtsmediziner, als er auf ihn zukam. »Da bist du ja wieder. Wie geht es Cynthia?«

»Ihr geht es gut, ich bin es, der leidet.«

»Seid ihr ...?«

»Ja, wir wurden vor drei Monaten geschieden. Wir haben alles gerecht geteilt. Sie hat das Haus und die Kinder bekommen, ich meine Arbeit.«

»Wenn du mich fragst, war sie einfach zu gut für dich«, sagte Kim Hjort mit einem Grinsen, trotzdem war seine Stimme voller Mitgefühl. Die beiden waren immer humorvoll miteinander umgegangen. Eine Notwendigkeit bei ihrer Arbeit, die sie fast nur in den kalten Räumen des Rechtsmedizinischen Instituts zusammenführte. Und immer unter den schlimmstmöglichen Umständen.

»Sie ist zu gut für alle«, antwortete Per Roland. »Was hast du für mich?«

»Komm, ich zeig's dir.«

Kim Hjort zog vorsichtig das weiße Laken weg, als wäre Cecilie noch am Leben, so dass ihr nackter Körper zum Vorschein kam. Eine dicke, überdimensional wirkende Naht zog sich über ihren Oberkörper.

»Wie sieht's mit der Identifikation aus?«

»Die Eltern waren hier. Ganz kurz. Danach sind sie wieder aufs Präsidium gebracht worden. So eine agile, junge Mannfrau mit Hut und ein kräftiger Rocker haben sie hergebracht.«

Per Roland musste im Stillen lachen und sah Max und Liv vor sich.

»Schreibst du noch immer deine Groschenromane?«

»Meine Krimis? Ja, aber die will ja niemand rausgeben. Angeblich zu viele Klischees. Aber ich mache weiter.«

»Was hast du rausgefunden?«, fragte Per Roland und richtete seinen Blick auf Cecilie.

»Tja, das war nicht so leicht.«

Der Rechtsmediziner trat auf die andere Seite von Cecilie, so dass Roland besser sehen konnte.

»Ich habe erst einmal die Seifenreste unter ihren Fingernägeln entfernt. Das war eine ganze Menge. Ich habe die Seife zur weiteren Untersuchung gegeben, damit wir die Marke bekommen, ich fürchte aber, dass die in dieser Gegend von einigen benutzt wird.«

Per Roland nickte. Die Menschen kauften schließlich in den gleichen Läden ein. Trotzdem wusste er, dass alle Details wichtig waren.

»Ihre Kleider waren auf den ersten Blick ordentlich und sauber, aber als ich ein bisschen genauer hingesehen habe, konnte ich auf der Innenseite ihrer Hose Pferdehaare sicherstellen, ebenso an einem ihrer Blusenärmel.«

»Welche Farbe?«

»Rot. Das Pferd war also ein Fuchs, wie das in der Fachsprache wohl heißt. Wir lassen die Haare analysieren, mit etwas Glück haben wir morgen die Pferderasse. Wenn das anhand von ein paar Haaren überhaupt möglich ist. Ich probiere das zum ersten Mal.«

»Was sonst noch?«

»Pflanzenteile im Umschlag ihrer Hose. Auch die lassen wir analysieren. Wir haben das Botanische Institut angefragt, damit wir möglichst bald wissen, um was für eine Pflanze es sich handelt.«

»Noch mehr? Keine DNA-Spuren?«

»Nein, leider. Weder Sperma noch Speichel oder Fingerabdrücke. Sie ist nicht vergewaltigt worden, sie ist noch Jungfrau. Der Täter hat peinlich genau darauf geachtet, keine Spuren zu hinterlassen.«

Das stimmte gut mit Per Rolands Bild von einer überaus organisierten Person überein, die alle Spuren beseitigt hatte. Immer mehr festigte sich in ihm die Befürchtung, dass er seinen alten Fall mit den Reitmädchen wieder öffnen musste. Es schien ein Muster zu geben. Auf jeden Fall gab es Übereinstimmungen in Vorgehensweise und Handschrift. Mädchen, die verschwanden, um dann ein paar Tage später tot mit vor dem Körper gefesselten Händen wieder aufzutauchen. Mit dem gleichen Knoten. Er musste überprüfen, ob der Täter von damals auf freiem Fuß war. Die Morde lagen inzwischen ja zehn Jahre zurück, so dass nicht auszuschließen war, dass der Täter aufgrund guter Führung vorzeitig entlassen worden war. Gleichzeitig wunderte es Per Roland, dass Cecilie nicht vergewaltigt worden war wie die anderen Opfer. Aber vielleicht war der Täter ja gestört worden? Oder es war gar nicht die Vergewaltigung, die ihn anmachte, sondern das Leiden seines Opfers? Das Gefühl, Macht über das Mädchen zu haben?

»Hast du sonst noch etwas gefunden?«, fragte er in der Hoffnung, dass es noch irgendetwas gab, das ihn dem Täter näher bringen könnte.

»Ja, wir haben das hier in ihrer rechten Tasche gefunden.«

Kim Hjort nahm ein Tütchen vom Stahltisch. Es enthielt eine kleine Porzellanfigur. Ein Hund, der nach oben blickte, weiß mit schwarzen Blumen, kaum größer als ein Schlüsselanhänger. Per Roland hatte spontan den Eindruck, dass der Hund irgendwie wütend aussah.

»Was ist das?«

Kim Hjort zuckte mit den Schultern.

»Keine Ahnung, sieht aus wie ein Hund, nicht wahr?«

Per Roland war sich nicht sicher, das war Cynthias Domäne gewesen.

»Wir müssen einen Fachmann fragen.«

»Vermutlich reicht ein Antiquitätenhändler«, sagte Kim

Hjort, der offensichtlich bemerkte, dass Roland einen kurzen Moment an seine Ex gedacht hatte.

»Bist du sicher, dass du wirklich mit ihr fertig bist?«, fragte der Rechtsmediziner.

»Nee, aber sie ist mit mir fertig.«

Roland hatte keine Lust, über Cynthia zu reden, weshalb er fortfuhr: »Wie sieht es mit der eigentlichen Todesursache aus, hast du die feststellen können?«

»Ja, ich glaube, ich habe herausgefunden, wie sie ermordet worden ist. Sieh mal hier«, sagte Kim Hjort und trat an Cecilies Gesicht. Ihre Augen waren jetzt geschlossen, und sie wirkte ganz friedlich, sah man einmal von der Umgebung und der Naht auf ihrem Oberkörper ab.

»Es gibt keine Anzeichen einer Betäubung, und sie hat weder äußere noch innere Verletzungen. Die punktförmigen Einblutungen in den Augen haben mich ja gleich an einen Tod durch Ersticken glauben lassen.«

Das wusste Roland bereits.

»Aber da es keine Spuren einer Strangulation gab – an ihrem Hals war ja nichts zu erkennen – war ich mir nicht sicher«, erklärte Kim Hjort. »Bis ich ihre Oberlippe angehoben habe. Sieh mal hier.«

Er klappte die Lippe hoch, so dass Roland die vier gleichförmigen Stellen an der Innenseite ihrer Oberlippe erkennen konnte.

»Das sind kleine Wunden«, sagte Kim Hjort und ließ ihre Oberlippe wieder los.

»Und was bedeutet das?«

»Jemand hat ihr etwas auf den Mund gepresst.«

»Was kann das gewesen sein?«

»Etwas Weiches, das keine Druckstellen auf der Haut hinterlässt.«

»Ein Kissen?«

»Ja, ein Kissen ist ziemlich wahrscheinlich.«

»Du glaubst, sie ist mit einem Kissen erstickt worden?«

»Ja, mit größter Wahrscheinlichkeit. Auf jeden Fall mit etwas, das ihr auf Mund und Nase gepresst wurde.«

Per Roland musste innerlich lächeln. Wenn sie nach einer ganz konkreten Tatwaffe suchen konnten, war auch der Tatort nicht mehr weit.

»Und dann wäre da noch etwas«, sagte Kim Hjort.

»Ja?«

»Die Hände.«

Roland warf einen Blick auf die Hände des Mädchens.

»Die sind mit zwei halben Schlägen gefesselt worden. Mit einer Art Schot.«

»Ja, aber sie sind gefesselt worden, *nachdem* der Tod eingetreten war.«

Roland starrte zuerst seinen Freund an und warf dann einen Blick auf die Hände.

»Wie kannst du dir da so sicher sein?«

»Das kann man deutlich erkennen, hier.«

Kim Hjort zeigte auf die Handgelenke, an denen das Seil gesessen hatte.

Per Roland konnte nichts sehen.

»Da ist doch gar nichts, oder?«

»Genau. Wenn nach Eintreten des Todes starker Druck auf die Haut ausgeübt wird, hinterlässt er keine Spuren.«

12

Liv protestierte, als er seine Hand auf ihren Bauch legte und sie zu streicheln begann. Sie hing noch ihrem letzten Traum nach und war noch nicht ganz wach. Seine Haut fühlte sich kalt an. Sein Glied war sofort steif, doch sie war sich nicht sicher, ob sie Lust hatte. Jetzt? Nach nur fünf Stunden Schlaf?

»Komm schon«, flüsterte er und zog sie fester an sich. »Du kannst ja einfach weiterschlafen.«

Sie ließ sich von ihm öffnen. Seine Hand strich über ihre Brust, die Finger waren nicht mehr kalt, und ihre Brustwarze wurde hart. Er zog leicht daran und rieb sie sanft zwischen seinen Fingern. Sie ließ ihn kommen, spürte, wie sein Glied sich langsam zwischen ihren Schenkeln hocharbeitete, und richtete sich auf alle viere auf. Er drang in sie ein und stöhnte hinter ihrem Rücken. Dann drehte sie sich auf den Rücken und ließ ihn von oben kommen. Sie sog seinen Duft ein. Oh, wie schön es war, wenn man sich gerade erst kennengelernt hatte und den Schweiß des anderen noch als Duft wahrnahm. Wenn man sich gegenseitig trinken konnte. Sie legte ihre Finger um sein Glied und half ihm zurück in die Wärme. Er bohrte sich in sie, als wollte er in der Tiefe verschwinden. Sie kosteten einander, küssten sich mit feuchten Lippen, fuhren mit dem Mund über den Körper des anderen, alles war noch so neu und unerforscht.

Sie spürte seine Ekstase gleichzeitig mit der ihren kommen, drehte ihn auf den Rücken, setzte sich rittlings auf ihn und ritt sie beide ins Himmelreich.

Wenn es doch immer so wäre, dachte sie, während sie am Fenster die Zigarette danach rauchte.

Ihre heimlichen Blicke beim Frühstück verrieten den morgendlichen Liebesakt, aber Josephine und Alba waren noch zu klein, um zu entdecken, dass ihre Mutter und ihr Freund im Gegensatz zu vielen anderen Paaren mit Kindern ihres Alters noch ein Liebesleben hatten.

Claus überflog schläfrig die Zeitung. Seine Haare standen in alle Richtungen ab, genauso wie Livs. Auf der Titelseite prangte ein hübsches Foto von Cecilie. Ihre blonden Haare leuchteten förmlich. »Lag ermordet im Keller der Eltern!«, lautete die Überschrift. Sie las den Artikel und überflog, was Per Roland der Presse gegenüber erwähnt hatte.

Auf die Frage, ob die Eltern unter Tatverdacht standen, hatte er geantwortet:

»Im Moment ermitteln wir noch in alle Richtungen. Wir vernehmen alle, die für den Fall relevant sein könnten, und sind offen für Hinweise aus der Bevölkerung. Wenn jemandem am Sonntagabend in der entsprechenden Region etwas aufgefallen ist oder er über Informationen verfügt, die für unsere Ermittlungen von Bedeutung sein könnten, bitten wir den Betreffenden, sich bei der Polizei zu melden.«

Die Frage, warum man erst davon ausgegangen sei, dass Cecilie am Montagmorgen verschwunden war, hatte Per Roland mit der Antwort pariert, darauf könne er aus ermittlungstechnischen Gründen nicht eingehen.

Nett von ihm, die Eltern nicht an den Pranger zu stellen, dachte Liv.

»Mama, Hilfe«, rief Josephine. Die Haarbürste steckte auf ihrem Kopf in den verfilzten Locken fest.

Liv seufzte. Mit diesen Locken hatte sie einen ewigen Kampf zu führen.

»Lass mich das machen«, sagte Claus hilfsbereit und stand auf.

Liv genoss den Anblick seines trainierten Rückens. Er kannte die Mädchen jetzt zwei Monate und kam wirklich gut mit ihnen aus. Daran gab es keinen Zweifel. Er war nett zu ihnen, und nachdem die erste Eifersucht abgeklungen war, hatten auch sie ihn lieb gewonnen.

»Ihr geht heute zu Papa«, rief Liv, während sie dabei waren, mehr Sachen aus ihren Taschen zu ziehen, als in diesen zu verstauen.

»Ja!«, jubelte Josephine, die mittlerweile zwei Zöpfe hatte, die sie fast wie Pippi Langstrumpf aussehen ließen. Sie war einfach süß mit ihren großen, braunen Augen und dem langen blonden Haar.

Es war ein Glück für Liv, dass die Kinder gern bei ihrem Vater waren. Er hatte sich im Zentrum von Helsingør eine schweineteure Wohnung gekauft, nachdem sie ihn, hochschwanger mit Nummer zwei, rausgeschmissen hatte, aus Wut darüber, dass er immer alles wissen musste, was sie tat. Also ehrlich. Als wenn sie sich darüber immer selbst im Klaren wäre!

Sie blätterte weiter durch die Zeitung, doch die Artikel überboten sich beinahe in ihrem Mitleid mit den Eltern. Zahlreiche Prominente drückten ihnen ihr Mitgefühl aus, und nicht wenige von ihnen distanzierten sich von der Polizei. Sie erachteten es als »schrecklich«, dass die Eltern gleich nach dem Fund des Mädchens vernommen worden waren.

Danach folgte ein doppelseitiges Porträt von Cecilie Junge-Larsen. Ihr kurzes Leben, dargestellt in Spots und ergänzt durch Bilder von ihrem Sieg bei »Deine Bühne« und einem Interview mit ihrem Manager. Der Mann war Mitte vierzig, hatte schütteres Haar und trug das obligate Halstuch. Aber auch was er sagte, passte ins Klischee.

»Wir lieben sie alle. Wir werden sie vermissen. Das ist eine fürchterliche Tragödie. Trotzdem haben wir uns dazu entschieden, ihr Album wie geplant herauszugeben. Wir wollen ihr damit unsere Ehre erweisen. Die Einnahmen werden in einen Gedächtnisfonds fließen.«

Welch Großmut, dachte Liv und blätterte weiter. Unter der Überschrift »Wenn sie nur nicht gelitten hat!« folgte ein weiterer Artikel, bebildert mit einem großen Bild der weinenden Mutter. »Ich weiß, dass ich sie wiedersehen werde, wenn meine Zeit gekommen ist«, zitierte die Zeitung. Liv überflog den Artikel und hatte plötzlich einen Kloß im Hals. Ihr Blick wanderte immer wieder zu ihren eigenen Mädchen, als eine Passage ihr Interesse weckte. Plötzlich bekam sie nicht einmal mehr mit, wie ihre Töchter zu streiten begannen und Claus zu vermitteln versuchte.

Dann faltete sie die Zeitung zusammen, klemmte sie unter den Arm und stand auf.

»Auf geht's, Kinder, wir müssen los.«

Es war Zeit für die Morgenbesprechung.

Der Morgen war für Per Roland die schlimmste Tageszeit. Jeden Tag wurde ihm dann aufs Neue bewusst, wie allein er war. Dabei war er heute gar nicht allein, denn Peter hatte bei ihm übernachtet. Obwohl sie nur müde Blicke wechselten und kaum miteinander redeten, genoss er es, ihn bei sich zu haben.

Cynthia hatte am Abend zuvor angerufen und ihn gebeten, einmal mit ihm zu reden. Allem Anschein nach war er wieder dabei erwischt worden, wie er zu Hause in Ballerup auf der Terrasse onaniert hatte. Der Nachbar hatte angerufen und protestiert, weil seine kleine Tochter oben aus ihrem Fenster den Penis des Jungen hatte sehen können.

Cynthia hatte wilde Ängste geäußert, der Junge könne sexuell abartig sein und womöglich eines Tages ein Mädchen vergewaltigen, doch Per Roland hatte sie beruhigt und ihr versprochen, nicht im Hotelzimmer zu übernachten, sondern nach Ballerup zu fahren und einmal von Mann zu Mann mit seinem Sohn zu reden.

»Peter, wenn du dir schon einen runterholen musst, dann mach das bitte drinnen, okay?«

»Ja, Papa!«

Mit diesen zwei Sätzen von Mann zu Mann war das Thema dann auch erledigt gewesen.

Jetzt saß Roland still vor sich hin lächelnd am Ende des Tisches im Sitzungszimmer, während seine Leute langsam eintrudelten. Carsten Svendsen saß bereits am Tisch und grummelte vor sich hin, er hatte morgens immer Schwierigkeiten, in Gang zu kommen. Max Motor war hinten in der Ecke dabei, seinen Helm, seine Lederjacke und sein Bandana abzulegen, während Lange Lind, Miroslav und Anette den Raum betraten und Platz nahmen. Max Motor begrüßte sie mit einem Nicken, Anette eingeschlossen, obwohl alle wussten, dass die beiden höchstwahrscheinlich zusammen ins Präsidium gekommen waren. Sie waren seit einem guten halben Jahr häufiger zusammen und bildeten so etwas wie eine sexuelle Zweckgemeinschaft. Egal, dachte Roland und hielt nach Liv Ausschau, die in diesem Augenblick ihren Auftritt hatte und sich auf ihre jungenhafte

Art auf einen Stuhl fallen ließ. Ihre Kleider waren genauso bunt wie am Vortag, und den Hut hielt sie in der Hand. Ihre Haare standen in alle Richtungen ab, als hätte sie gerade Sex gehabt. Vermutlich hatte sie das auch, dachte Roland, aber dann war er von sich selbst überrascht und beeilte sich, diese Bilder aus dem Kopf zu bekommen. Er sah auf seine Uhr. Konnte sie denn nicht wenigstens pünktlich kommen?

Alle saßen da, blätterten durch ihre Papiere und warteten darauf, dass ihr Chef das Wort ergriff.

»Es ist 9.05 Uhr«, begann er. »Heute ist der 18. September, einer der Unglückstage in Tycho Brahes Kalender. Denjenigen von euch, die zu jung sind, um so etwas zu wissen, sei gesagt, dass Tycho Brahe ein bekannter Astronom und Astrologe war, der Ende des 16. Jahrhunderts gelebt hat. Es heißt, er habe 32 Tage berechnet, an denen es seiner Meinung nach sehr gewagt ist, irgendetwas zu unternehmen. Der 18. September ist einer dieser Tage. Deshalb auch die Bezeichnung Tycho-Brahe-Tag.«

Per Roland ließ seinen Blick über die Anwesenden schweifen, die ihn erstaunt ansahen.

»Nur damit ihr es wisst«, brummte er, nahm sich einen Filzschreiber und ging zum Whiteboard.

»Keine Details sind zu klein oder unbedeutend«, kam es von Carsten Svendsen, »schreibt euch das hinter die Ohren.«

»Sehr witzig«, sagte Roland. »Nun, dann halten wir ein paar Dinge an der Tafel fest. Ich mache selbst den Anfang.

Die Obduktion gestern Abend hat ergeben, dass Cecilie nicht vergewaltigt worden ist, es ist auch kein Versuch einer Vergewaltigung unternommen worden. Ihr Körper zeigt keinerlei Spuren von Gewalteinwirkung. Die eigentliche Todesursache ist Ersticken durch einen weichen Gegenstand, der ihr auf Mund und Nase gepresst wurde, möglicherweise ein Kissen. An ihren Kleidern wurden Pflanzenreste gefunden, die heute Morgen bereits als Weißdorn identifiziert worden sind. Wir müssen herausfinden, wo in der Stadt der wächst. Unter Umständen ist das ein Hinweis auf einen Kontaktort, wenn nicht sogar auf den Tatort. Ich habe die Pflanze gegoogelt.«

Er holte einen Wikipedia-Ausdruck hervor.

»Hier steht, dass es sich um einen großen Laubbusch handelt, mit einem festen, dichten Wuchs. Er ist häufig von Grund auf verzweigt. Die Rinde ist erst rotbraun und fast haarlos. Später wird sie graugrün, und sie kann bei älteren Büschen fast gelbgrau werden. Alte Zweige sind grau und ausladend. Und jetzt kommt das Wichtigste«, sagte er und hob den Zeigefinger. »Der Busch trägt an den nichtblühenden Trieben zahlreiche steife Dornen. Die Knospen sind vergesellschaftet, rund und rötlich braun. Die wechselständigen Blätter sind stets auffällig gelappt, ganzrandige Blätter kommen nicht vor. Die Oberseite ist glänzend dunkelgrün, die Unterseite graugrün. Der Busch blüht etwa Mai bis Juni, und die Blüten sitzen auf kleinen, knotigen Zwergtrieben. Sie sind weiß und riechen streng. Die Früchte sind rote Beeren mit zwei Kernen, die schnell keimen.«

Roland sah zu seinen Mitarbeitern und hielt ein Bild hoch, damit alle die Pflanze sehen konnten.

»Sie wächst im Unterholz lichter Laubwälder oder am Waldrand und in Gebüschen und ist so gut wie in ganz Europa verbreitet, unter anderem auch in Dänemark«, schloss er seine Vorlesung. »Mit anderen Worten, eine recht gewöhnliche Pflanze. Wir müssen wissen, wo die in Espergærde wächst, und diese Gebiete dann untersuchen, um eventuelle Spuren sicherzustellen. Lind, das ist eine Sache für dich, wenn du hier im Haus fertig bist.«

Lange Lind nickte so eifrig, dass sein ganzer Körper mitschwang.

»Tatort? Auch das ist dein Ressort.«

Lind räusperte sich und beugte sich über den Tisch.

»Da der Fundort im Haus war und es sich bei der Tatwaffe vermutlich um irgendeine Art Kissen handelt, liegt der Gedanke nahe, dass der Mord in ihrem eigenen Haus passiert ist. Die Frage ist nur, in welchem Raum, und ob sie den Täter selber hereingelassen hat oder er sich auf andere Weise Zutritt zum Haus verschafft hat. Darauf hoffen wir heute im Laufe des Tages eine Antwort zu erhalten.«

»Du bleibst an der Sache dran, Lind«, sagte Roland und fuhr fort: »Wir müssen einen Kontaktort finden. Wo hat sie ihren Mörder getroffen? Neben den Pflanzenresten sind an Cecilies Kleidern auch Pferdehaare gefunden worden, was nicht verwunderlich ist, da wir aus den Verhören ja bereits wissen, dass sie mit ihrer Freundin Astrid zum Reiten gefahren ist, obwohl ihre Eltern ihr das verboten hatten. Wir müssen noch einmal mit Astrid sprechen, da sie Cecilie höchstwahrscheinlich als Letzte lebend gesehen hat. Sie soll gemeinsam mit uns durchgehen, was sie ab Sonntagnachmittag gemacht haben. Akribisch Stunde um Stunde. Und auch, mit wem sie gesprochen haben. Liv und Max, kümmert ihr euch darum.«

Liv sah zu Max hinüber, der sie anlächelte. Wunderbar, das passt, dachte Roland. Er kommt mit ihr zurecht.

»Unter Cecilies Nägeln sind Seifenreste gefunden worden, was darauf hindeutet, dass der Täter ihre Nägel nach der Tat gereinigt hat, vermutlich weil sie ihn in ihrem Todeskampf am Hals oder im Gesicht gekratzt hat. Der Täter ist stark und sehr berechnend, aber ihre Fingernägel haben vermutlich deutliche Spuren bei ihm hinterlassen. Achtet darauf, wenn ihr Verhöre führt. Wir untersuchen im Moment, wo im Ort die entsprechende Seifenmarke verkauft wird. Vermutlich ist das eine Sackgasse, da viele in der Stadt diese Seife gekauft haben können. Ich kümmere mich selbst darum. Und dann hat man bei Cecilie auch noch eine kleine Porzellanfigur gefunden. Einen kleinen – tja, am ehesten könnte man das wohl als einen kleinen, bissigen Hund bezeichnen.«

Roland reichte ein Bild des wütenden Hundes herum.

Vereinzeltes Kichern war zu hören.

»Verdammt, der sieht wirklich grimmig aus«, platzte Max Motor hervor.

»Lacht nur, aber das könnte wirklich eine Spur sein, ich fahre damit heute selbst noch zu einem Antiquitätenhändler.«

Roland machte eine Pause und nahm das Bild wieder entgegen.

»Das Letzte, was bei der Obduktion herauskam, war die Tatsache, dass Cecilies Hände erst *nach* ihrem Tod gefesselt worden sind. Besonders interessant ist aber die Art und Weise, wie der Täter sie gefesselt hat. Für uns bedeutet das, dass wir einen alten Fall wieder öffnen müssen, einen Fall, bei dem der Täter die gleiche Handschrift hatte, und den Svendsen und ich zur Genüge kennen. Vor zwölf Jahren verschwand ein Mädchen in Cecilies Alter, Kathrine Reinholdt. Auch sie stammte aus Espergærde. Sie war auf dem Rückweg vom Espergærde Reitcenter. Drei Tage später fand man sie tot an eine Laterne gefesselt in Næstved, vergewaltigt und misshandelt. Dieser Fall hat damals ganz Seeland erschüttert. Zwei Jahre später geschah es wieder. Eine junge Reiterin aus einem Dorf in der Nähe von Næstved verschwand und tauchte drei Tage später im Nachbarort wieder auf, an einen Baum gefesselt, misshandelt und vergewaltigt. In beiden Fällen waren die Hände der Mädchen mit zwei halben Schlägen vor dem Körper gefesselt.«

»Wie bei Cecilie?«, fragte Max.

»Genau wie bei Cecilie. Deshalb ist das ja so interessant.«

»Aber wir haben den doch eingebuchtet«, sagte Svendsen. »Ist der denn schon wieder draußen?«

»Nein, der sitzt noch. Ich habe eben mit dem Gefängnis telefoniert. Die bringen ihn her, damit wir schnellstmöglich mit ihm reden können. Ich kümmere mich selbst darum«, sagte er und hängte ein Foto des Mannes neben die Bilder der anderen Verdächtigen.

»Kent Levin«, sagte er und zeigte auf das Foto.

»Kann er im Freigang gewesen sein?«

»Das ist wahrscheinlich«, antwortete Roland.

»Vielleicht habt ihr damals ja den Falschen eingebuchtet«, schlug Miroslav vor, doch Svendsen widersprach ihm sofort aufs Schärfste.

»Natürlich war der das. Er wurde an beiden Tatorten gleich von mehreren Zeugen gesehen. Außerdem hatte er ein Seil im Auto, das mit dem übereinstimmte, mit dem die Opfer gefesselt worden waren, und einen Golfschläger, mit dem er sie niedergeschlagen hat.«

»War denn die DNA der Opfer an dem Golfschläger?«

»Damals war man noch nicht so weit mit der Sicherung von DNA-Material«, sagte Roland. »Weshalb wir nichts gefunden haben.«

»Nee, wir haben die hier genutzt«, sagte Svendsen und deutete auf seine Nase.

»Dann könntet ihr damals prinzipiell doch auch den Falschen festgenommen haben«, wiederholte Miroslav.

Svendsen hob an, um noch einmal zu protestieren, wurde von Roland aber gebremst.

»Vielleicht. Vielleicht auch nicht. Er hat nie gestanden. Wir müssen noch einmal mit ihm reden. Aber Liv, du hast dir die Seile angesehen, die in den drei Fällen benutzt worden sind?«

»Ja«, sagte sie und beugte sich vor, während sie ihre platinblonden Haare entwirrte. »Und ich bin zu dem Schluss gekommen, dass die Seile, die bei den ersten beiden Fällen benutzt worden sind, nicht ganz mit dem übereinstimmen, das jetzt zur Anwendung kam. Sie stammten zwar von einem Boot, es handelte sich aber nicht um eine Schot wie in Cecilies Fall.«

»Was war es dann?«

Liv blätterte durch ihren Block und fand ihre Notizen.

»Also, es gibt einen kleinen Unterschied, aber ...«

»Jedes Detail ist wichtig«, unterbrach Carsten Svendsen und erntete einen zurechtweisenden Blick von Anette.

»Lass das Mädchen doch ausreden, Carsten«, sagte sie lehrerinnenhaft.

»Mein Gott, ich wollte doch nur ein bisschen *Leben* in unser Gespräch bringen.«

»Das war noch nicht mal witzig«, sagte Anette.

»Red weiter, Liv«, bat Roland nur.

»Also, das erste Mädchen aus Espergærde und das aus Næstved wurden beide mit vor dem Körper gefesselten Händen gefunden. Das Seil, das damals benutzt wurde, war aber aus Polypropylen und Polyethylen. Das sind die billigsten Taue. Gut geeignet für Vertäuungen oder Schleppleinen, weil dieses Material schwimmt. Für Schote wird es nicht benutzt, weil es elastischer ist als Polyester. In Cecilies Fall wurde aber ein Seil aus Polyester benutzt, wie man es häufig an Deck von Segelbooten als Schote findet. Beide Seiltypen haben gemeinsam, dass sie kaum elastisch sind, also so gut wie nicht nachgeben, was praktisch ist, wenn man jemanden so fesseln will, dass er nicht freikommen kann.«

»Ich habe den Unterschied zwischen diesen Seilen noch nicht ganz verstanden«, sagte Miroslav.

»Das Seil, mit dem Cecilie gefesselt worden ist, sah aus wie eine Spillschot, während die beiden anderen mit einem Seil gefesselt wurden, das eher wie ein Fall aussah. So steht es im Bericht«, sagte Liv und sah zu Roland hinüber. »Wobei ich den genauen Unterschied auch nicht wirklich kenne.«

»Sag mal, du bist doch von hier, oder? Sind deine Eltern nicht gesegelt?«, fragte er.

»Als ich noch ziemlich klein war, ist mein Vater mal Boot gefahren, aber nur, wenn hinten ein Motor war, gesegelt ist er nie.«

Per Roland warf Liv einen mitleidigen Blick zu.

»Das tut mir leid. Was wir daraus aber ableiten können, ist, dass beide Seiltypen von einem Boot stammen. Wir haben es allem Anschein nach also mit jemandem zu tun, der segelt. Vermutlich ein routinierter Wassersportler, der seine Knoten kennt.«

»Das trifft sicher für die Hälfte der Stadt zu«, sagte Miroslav frustriert.

»Korrekt«, unterbrach Anette ihn. »Und damit nicht genug. Wir haben es mit einem organisierten, gut vorbereiteten Täter zu tun. Diese Seile lagen nicht zufällig da rum, als er seine Opfer überfallen hat. Die hat er von zu Hause mitgenommen. Das war alles bis ins letzte Detail geplant.«

Anette goss sich Kaffee nach und sah dabei, dass auch Rolands Tasse leer war. Sie schenkte ihm nach und erhielt als Dank ein Lächeln. Nachdem er einen Schluck getrunken hatte, fuhr er fort.

»Lange Lind? Was hast du zu erzählen?«

»Der Fundort der Leiche wird noch untersucht. Wir haben aber inzwischen die Schuhmarke desjenigen, der das Fahrrad unten zur Mole geschoben hat. Es handelt sich um einen Schuh Größe 44 der Marke Prada.«

»Nicht gerade ein Allerweltsschuh«, sagte Roland.

»Eine ziemlich teure Sache«, sagte Liv und offenbarte ein heimliches Interesse für Mode. »Der Kronzprinz soll solche Schuhe tragen.«

»Dann haben wir es also mit einem Reichen zu tun, der segelt und teure Schuhe trägt«, unterbrach Miroslav sie in gewohnt skeptischer Manier. »Davon gibt es hier in der Gegend ja kaum welche.«

»Einen gibt es auf jeden Fall«, sagte Roland und zeigte auf das Bild von Erik Adelskov, das sie neben Hans Schultheiss oben an die Tafel geheftet hatten. Dann verband er die beiden mit einem Strich. »Der eine sagt während des Verhörs, dass wir uns den anderen mal näher anschauen sollten. Was verbindet die beiden?«

»Sie mögen beide kleine Kinder«, sagte Max.

Roland nickte.

»Nach meinem Gespräch mit Adelskov unten im Hafen habe ich das Gefühl, dass Max recht hat. Aber das kann nicht alles sein. Warum sollte Schultheiss unsere Aufmerksamkeit auf Adelskov lenken?«

Max zuckte mit den Schultern.

»Um von sich selbst abzulenken?«

Jetzt zuckte Roland mit den Schultern.

»Vielleicht, aber würde das nicht dazu führen, dass wir nur noch tiefer im pädophilen Milieu Nordseelands graben würden? Dadurch würden sein Leben und sein Handeln doch nur noch unsicherer werden, oder nicht?«

»So weit denkt er nicht, wenn du mich fragst.«

»Vielleicht, vielleicht auch nicht.«

Roland schwieg und starrte auf die Bilder. Dann wandte er sich wieder zu seinen Leuten um. »Sonst noch etwas? Liv? Du hast Schultheiss doch verhört? Was hast du für ein Gefühl?«

»Jetzt, da der Tatzeitpunkt auf Sonntagabend vorgerutscht ist, hat er kein Alibi mehr. Er ist also noch immer verdächtig.«

Roland nickte.

»Dann war es auf jeden Fall richtig, diese Spur nicht zu schnell abzuhaken.«

Liv lächelte sarkastisch.

»Ich glaube aber noch immer nicht, dass er unser Mann ist«, sagte sie.

»Warum nicht? Er hat das bestmögliche Motiv«, protestierte Miroslav.

»Er würde sein Verbrechen niemals so gut verbergen können. Dazu ist er ganz einfach nicht in der Lage, nicht einmal, wenn er nüchtern ist.«

»Wir wissen ja nicht, ob er Sonntagabend getrunken hatte«, gab Miroslav zu bedenken.

»Wir wissen aber auch nicht, ob er nüchtern war«, fuhr Liv fort. »Außerdem läuft der ganz sicher nicht in Prada-Schuhen herum.«

Per Roland nickte wieder, nahm das Bild von Schultheiss

von der Tafel und hängte es weiter unten wieder auf. »So, jetzt ist er noch immer verdächtigt, gehört aber nicht mehr zu unseren Hauptverdächtigen.«

Oben an der Tafel hingen jetzt noch Erik Adelskov, Cecilies Eltern und Kent Levin.

»Ich würde euch gerne mal die Zeitung von heute Morgen zeigen«, sagte Liv plötzlich. Sie blätterte zu einem langen Artikel mit einem Foto von Cecilie auf der einen Seite und einem kleinen Artikel, fast nur einer Notiz, auf der anderen, die mit den Worten »Eltern verspielten Millionen« übertitelt war. »Hier.« Sie legte ihren Finger auf die Notiz. »Ein Journalist hat ein bisschen in der wirtschaftlichen Situation der Eltern gegraben. Allem Anschein nach hat der Vater vor einem halben Jahr ein Geschäft mit ein paar Osteuropäern gemacht, das ziemlich den Bach runtergegangen ist. Es endete damit, dass er einer tschechischen Firma letztlich mehr als hundert Millionen Kronen schuldete.«

»Wofür?«, fragte Carsten Svendsen.

Liv zuckte mit den Schultern.

»Darüber steht da nicht viel, nur dass er den Tschechen diese Wahnsinnssumme schuldet. Vielleicht sind die deshalb am Sonntag zum Hafen gekommen?«

»Das müssen wir auf jeden Fall überprüfen«, sagte Per Roland und notierte es auf dem Whiteboard. »Svendsen, kümmere du dich darum. Untersuche Michael Junge-Larsens finanzielle Situation. Was war das für ein Geschäft, und was waren das für Leute, mit denen er dieses Geschäft abgeschlossen hatte? Und warum ging es den Bach runter? Und so weiter. Das kann alles von Interesse sein. Aber verhalte dich neutral, wenn du dich umhörst, ja? Wir wollen die Geschäfte des Vaters ja nicht torpedieren, indem wir seine Glaubwürdigkeit in Frage stellen.«

Carsten Svendsen notierte sich etwas auf seinem Block.

»Wird gemacht, und ich werde neutral sein wie die Schweiz.«

»Gut. Du hast doch auch mit Cecilies Label gesprochen, ihrem Manager und dem Produzenten dieser Castingshow. Was ist dabei rausgekommen?«

Svendsen schüttelte den Kopf und kratzte sich die dünnen lockigen Haare. »Nicht viel. Ihr Manager ist ein typischer Kopenhagener, der entspricht wirklich allen Klischees. Natürlich ist er am Boden zerstört, weil sie jetzt weg ist, denn so kann er kein Geld mehr mit ihr machen, aber getötet hat er sie nicht. Da ist kein Motiv zu erkennen. Sie war schließlich sein Goldkehlchen. Und weder er noch jemand von der Plattengesellschaft hat sie seit Mittwoch letzter Woche gesehen, als sie ein neues Lied eingesungen hat.«

»Und was ist mit dieser Castingshow?«, fragte Roland.

Carsten Svendsen blätterte durch seine Papiere.

»Die Show wurde von Nordisk Film produziert. Im Moment haben die alle frei, bis im Frühjahr die neue Staffel beginnt. Ich habe aber trotzdem mit dem Verantwortlichen gesprochen. Von denen hat niemand Cecilie gesehen. Die wissen nichts. In gewisser Weise sind die ja auch fertig mit ihr. Das liegt jetzt alles in den Händen ihrer Plattengesellschaft.«

»Und was meinst du? Sollen wir in der Richtung weitergraben?«, fragte Roland.

»Wenn du keine Zeit vergeuden willst, nein. Wenn du mich fragst, und das tust du ja, ist das eine Sackgasse.«

»Dann ermitteln wir da nicht weiter«, sagte Roland und strich die Plattengesellschaft vom Whiteboard, bevor er sich umdrehte und sagte:

»Miroslav?«

Mirsolav hörte auf, mit dem Stuhl zu kippeln. »Ja, Boss?«

»Kannst du uns nicht mit ein paar Informationen über den Computer des Mädchens beglücken?«

Miroslav streckte sich aus und gähnte.

»Ja, also, ich habe mir die halbe Nacht um die Ohren geschlagen und mich in all den Foren getummelt, in denen sie aktiv war. Und ich habe mir mal ihre Homepage angeguckt, aber die ist nicht sonderlich interessant. Vor allem Bilder und Videos aus der Castingshow und von ihren verschiedenen Auftritten hier in der Umgebung. Und natürlich ein paar Kostproben von ihrer neuen CD, die ja bald rauskommt.

Sie steht aber nicht selbst hinter dieser Homepage, die wird von ihrem Label betrieben. Und die haben natürlich nichts Besseres zu tun, als die Suppe am Kochen zu halten. Ihr Debut-Album soll jetzt schon diesen Freitag erscheinen. Außerdem habe ich ihr Facebookprofil und ihren dort aufgelisteten Freundeskreis gecheckt. Sie hat 21344 Freunde. Ich hatte nicht die Zeit, die alle durchzugehen, aber ich habe die Nachrichten in ihrer In-Box gelesen. Eigentlich alles nur Fanpost von Hunderten von Kindern und Jugendlichen und ein paar Frauen um die vierzig, die sie alle fantastisch finden.

Heute Morgen hat sich eine Gruppe gebildet, die ihr Andenken bewahren will: ›Zum Gedenken an unseren blauen Engel‹, wie sie sie nennen – das blau spielt auf ihre schönen Augen an. Das ist ziemlich uninteressant für die Ermittlungen, spannender wurde es aber, als ich über ihren Internetanbieter herausgefunden habe, was sie in den letzten Monaten im Netz so getrieben hat. Ich habe dabei nämlich entdeckt, dass sie sich an Foren von Kindern und Erwachsenen beteiligt hat, die ihre richtigen Väter suchen. Sie hat selbst keinen Beitrag geschrieben, wohl aber die der anderen gelesen und einige Berichte auch kommentiert.«

»Was für Kommentare?«, fragte Anette.

»Zum Beispiel gab es da einen, der geschrieben hat: ›Wo ist mein Vater? Ich habe ihn nie getroffen. Wenn jemand von einem Mann gehört hat, der sein Kind nie gesehen hat, sagt es mir bitte.‹ Cecilie hat darauf geantwortet: ›Versuche es doch mal bei www.privatdetektiver.dk, das ist gratis, und die haben schon vielen geholfen.‹«

»Hatte sie selbst Kontakt zu denen?«, fragte Roland.

»Aus ihrer Webhistory konnte ich entnehmen, dass sie die Seite besucht hat, aber die Homepage existiert nicht mehr. Ich versuche deshalb zurzeit herauszufinden, wer hinter dieser Seite stand, aber das kann dauern.«

Er ist *wirklich* ein Zauberer, dachte Roland zufrieden, aber Miroslav war noch nicht fertig.

»Außerdem habe ich in ihrer Mailbox eine ganze Reihe von Nachrichten des immer gleichen Mannes gefunden.«

Miroslav blätterte durch einen Stapel Papiere.

»Ich habe ihre Korrespondenz ausgedruckt«, sagte er und nahm eine Seite in die Hand. »Also, hier schreibt sie, dass sie ihn treffen will, er antwortet ihr aber, dass das nicht möglich ist. Sie bombardiert ihn daraufhin immer weiter mit Mails und droht damit, ihn zu ›verraten‹. Das macht den Mann offensichtlich nervös, denn schließlich willigt er in ein Treffen ein.«

»Wo haben sie sich verabredet?«, fragte Liv, unterbrach sich dann aber selbst. »Lass mich raten, in der Reitschule?«

»Exakt«, antwortete Miroslav. »Sie haben ein Treffen in

der Reitschule vereinbart, in der ihre Freundin Astrid reitet, Espergærde Reitcenter, Sonntagabend, 19.30 Uhr.«

»Genau die Zeit, zu der Katrine Reinholdt vor zwölf Jahren zuletzt gesehen worden ist«, brummte Svendsen.

Roland nickte. Auch er erinnerte sich.

»Haben wir einen Namen?«

»Er nennt sich Knight-Rider. Wir arbeiten daran, den Computer zu identifizieren, von dem aus er ihr geschrieben hat.«

»Liv und Max, findet heraus, wer unser Ritter ist. Noch heute«, sagte Roland und erntete ein Nicken. »Nehmt Astrid mit, sie soll euch sagen, was da an dem Abend wirklich vor sich gegangen ist, und wen sie treffen wollten.«

»Wir sollten doch wohl auch die Eltern fragen, ob etwas an der Sache dran sein kann, dass sie einen anderen Vater hat«, fiel ihm Liv ins Wort. »Ich meine, kann das stimmen?«

»Willst du damit etwa andeuten, dass die feine Dame rumgevögelt hat? No way!«, kommentierte Miroslav.

»Du scheinst dich in der Welt der feinen Damen nicht sonderlich gut auszukennen«, antwortete Liv trocken. »Die haben mehr Geheimnisse als das ganze Stasi-Archiv.«

Max Motor lachte laut, und Mirolslav zwinkerte ihr zu.

»Liv spricht da etwas Wichtiges an«, sagte Roland. »Wir müssen mit der Mutter darüber reden. Carsten, du fährst zu den Eltern raus und sprichst mit der Mutter, aber allein. Frag sie, ob etwas an der Sache dran ist, dass Michael Junge-Larsen nicht Cecilies Vater ist.«

»Wird gemacht.«

»Sie sind in ihrem Sommerhaus in Hornbæk, bis wir in ihrem Haus in Espergærde fertig sind.«

»Okay, darf ich mir dein Auto leihen, Papa?«

Svendsen streckte die Hand aus.

Per Roland wühlte in seinen Taschen und suchte die Schlüssel des Dienstwagens heraus.

»Du, sei aber diskret, ja?«

»Du kennst mich doch. Diskretion ist mein Markenzeichen«, erwiderte Carsten grinsend.

13

Das ist hier ist Kathrine, erinnern Sie sich an sie?«, fragte Per Roland und legte ein Foto aus der Akte auf den Tisch.

Der Mann, der vor ihm saß, starrte regungslos auf das Foto. Kent Levin, der früher in einer Bank in Slagelse gearbeitet hatte, saß das elfte Jahr seiner vierzehnjährigen Haftstrafe für den Mord an den zwei jungen Mädchen ab.

Das Foto zeigte ein von Schlägen entstelltes Gesicht, und auch die deutlichen Druckstellen an dem Hals des Mädchens zeugten von dem bestialischen Verbrechen, dem sie zum Opfer gefallen war. Der Mann, der vor Per Roland saß, sah noch immer aus wie früher, wenn seine Haare auch dünner geworden waren und er im Gesicht ein paar Narben bekommen hatte. Seine Augen aber, in denen Per Roland so häufig nach Antworten auf seine Fragen gesucht hatte, waren noch so kalt wie früher.

»Kenn ich nicht«, sagte er und starrte Per Roland fast lächelnd an.

Roland legte ein neues Foto vor ihm auf den Tisch.

»Cecilie sieht ihr ein bisschen ähnlich, finden Sie nicht auch?«, fragte er.

Kent Levin antwortete nicht. Er lächelte noch immer.

»Sie wissen nichts. Niemand weiß was«, sagte er dann.

»Dann erzählen Sie es mir, Sie Schwein.«

»Sie haben mich vor Gericht fertiggemacht. Ich war bloß ein Fall, nicht wahr? Jemand, den Sie anschließend vergessen haben, Sie haben schon zehn Jahre meines Lebens kaputtgemacht. Mein ganzes Leben ist im Arsch.«

»Warum haben Sie Cecilie Junge-Larsen getötet?«, rief Roland.

»Ich habe niemanden getötet«, rief Kent Levin ebenso laut zurück. Seine Nasenflügel vibrierten, und Roland erinnerte sich, dass sie das auch damals getan hatten. Fieberhaft wühlte er durch seine Papiere und fand einen bestimmten Zettel, den er vor Kent Levin auf den Tisch legte. Es ärgerte ihn, dass er die Beherrschung verloren hatte.

»Sehen Sie hier!«

Kent Levin blickte auf das Blatt Papier. Dann sah er Roland fragend an.

»Was ist das?«

»Achten Sie auf das Datum! Sie hatten seit Freitag, dem 13., das ganze Wochenende Freigang!«

»Ja, ich musste zur Beerdigung meiner Mutter.«

»Cecilie Junge-Larsen wurde am Sonntag, den 15. getötet, Sie waren aber erst Montagfrüh um 8.00 Uhr, also am 16. wieder in Ihrer Zelle. Hätten wir das nicht bemerkt, wäre das das perfekte Alibi. Niemand verdächtigt jemanden, der im Knast sitzt.«

Stille.

»Antworten Sie mir!«

»Ich habe nichts zu sagen. Ich genieße es, Sie leiden zu sehen, weil Sie das Rätsel nicht lösen können.«

»Cecilies Hände waren genauso gefesselt wie die Ihrer Opfer. Das war Ihre Handschrift.«

»Vielleicht. Vielleicht auch nicht.«

»Wie meinen Sie das?«

»Vielleicht bin ich ja unschuldig.«

»Jetzt halten Sie aber den Mund.«

Roland starrte den Mann an, der ihn seit Jahren nachts in seinen Träumen heimsuchte. Stundenlang hatte er wach gelegen und sich gefragt, ob er am Ende den Falschen festgenommen hatte.

»Wir hatten damals fünf Zeugen, die Sie von beiden Tatorten in ihrem Allradfahrzeug haben wegfahren sehen.« Roland zeigte ihm fünf Finger. »Fünf Zeugen.«

»Vielleicht ein Zufall?«

»Dann war es etwa auch ein Zufall, dass Sie einen Golfschläger und das passende Seil im Kofferraum hatten?«

»Ich segle, und ich spiele Golf. Besser gesagt, früher einmal.«

»Natürlich, das haben Sie damals auch gesagt.«

»Sie haben mich eingebuchtet und mich einenUeckskerl genannt. Ich werde dafür sorgen, dass Sie für den Rest Ihres Lebens Dreck fressen. Diesen Fall hier werden Sie nie lösen«, sagte er höhnisch.

»Da irren Sie sich«, erwiderte Per Roland lächelnd, stand auf und schob scheppernd den Stuhl nach hinten. Er öffnete die Tür zum Flur und rief Lind, der in den Raum trat und sich vor Kent Levin setzte.

Per Roland nahm neben ihm Platz und sah sein Opfer überlegen an.

»Sie können rufen, wen Sie wollen, es bleibt dabei, dass ich unschuldig bin. Sehen Sie mich an. Ich werde in einem halben Jahr entlassen. Warum sollte ich so dumm sein, das aufs Spiel zu setzen?«

Roland lächelte und sah zu Lind hinüber.

»Sag ihm das mit dem Klebeband«, sagte er dann.

Lind räusperte sich.

»Ja also, wir haben seit neuestem eine Analysemethode ...«

Per Roland unterbrach ihn ungeduldig.

»Wissen Sie«, sagte er an Levin gewandt. »Als Sie damals Kathrine Reinholdt auf dem Rückweg von der Reitschule entführt haben, um sie später zu vergewaltigen und im Wald an einen Baum zu fesseln, waren unsere kriminaltechnischen Methoden noch nicht so gut. Inzwischen sind sie viel, viel besser, und das wird Sie zu Fall bringen.«

Er warf wieder einen Blick auf Lind.

»Sag ihm das mit dem Klebeband.«

Lind räusperte sich wieder und begann:

»Sowohl Kathrine Reinholdt als auch dem Mädchen aus Næstved, Mathilde Hansen, ist der Mund mit Tape verklebt worden. Im Auto des Festgenommenen, also in Ihrem, fand man später tatsächlich auch eine Rolle Klebeband.«

Kent Levin zuckte mit den Schultern.

»Es ist doch wohl nicht verboten, mit einer Rolle Klebeband im Handschuhfach herumzufahren. Ich glaube, fast alle Segler haben so etwas dabei.«

Lind räusperte sich wieder.

»Mag sein, und bis jetzt war es auch nicht möglich, den Beweis zu erbringen, dass ein abgerissener Streifen Klebeband von einer bestimmten Rolle stammt, doch jetzt gibt es da eine ganz neue Methode.«

Roland studierte Kent Levins versteinerte Miene und suchte nach Anzeichen einer Veränderung. Aber vergeblich. Was für ein kaltes Arschloch, dachte er.

»Sag ihm, wie das genau gemacht wird«, sagte Roland zu Lind.

»Klebeband ist nicht gleich Klebeband. Es ist eine sinnreiche Erfindung, die aus einer Tragesubstanz besteht, einer bestimmten Art Leim und Fiberglasfasern. Und selbst bei der gleichen Sorte von Klebeband unterscheidet sich jede Rolle von den anderen. Diese Unterschiede sind so groß, dass sie bereits für eine Reihe von Verurteilungen ausgereicht haben, unter anderem in Holland.«

Kent Levin sah noch immer aus, als ginge ihn das alles nichts an.

Lind fuhr fort und holte ein Stück Klebeband hervor. Er zeigte mit seinem Kugelschreiber.

»Entscheidend ist die Platzierung der horizontalen Fasern. Mit Hilfe eines Lösungsmittels, einer Pinzette, einer Kanüle und einer klaren Glasplatte kann man überprüfen, ob ein Stück Klebeband, und sei es noch so zusammengeknüllt, von einer bestimmten Rolle stammt oder nicht. Zuerst wird dafür der Leim des Klebebands aufgelöst, so dass das darunter liegende Skelett aus Glasfasern zum Vorschein kommt, das man dann mit dem Skelett des betreffenden Klebestreifens vergleicht. Hierbei geht es insbesondere um die Anzahl der Fasern, ihre Dicke und Platzierung, und um Fehler in der Produktion des Klebebandes, die häufig auftreten und eine klare Spur darstellen. Alsdann untersucht man die Zähne des Täters, denn häufig reißt man das Klebeband ja mit den Zähnen ein. Bei diesem Prozess bleiben winzige Fraktionen haften, die man mit Hilfe eines Polaroidfilters sichtbar machen kann, indem man den Weißanteil des Lichts herausfiltert«, sagte Lind und sah zu Roland hinüber, der anerkennend nickte.

Per Roland beugte sich über den Tisch.

»Was Anders Ihnen sagen will, ist, dass wir die Tapestreifen, mit denen den Mädchen der Mund verklebt worden ist, ebenso behalten haben, wie die Rolle aus Ihrem Auto. Wir haben das Ganze jetzt zur Analyse geschickt, und noch bevor Sie ›Klebeband‹ sagen können, werden wir wissen, ob

Sie wirklich so unschuldig sind, wie Sie immer behaupten. Und vielleicht können wir dann ja auch über Cecilie Junge-Larsen sprechen.«

»Sie lügen«, sagte Kent Levin.

Per Roland schüttelte den Kopf, sammelte seine Papiere zusammen und stand auf.

Lind folgte ihm.

»Wenn Sie mir nichts mehr zu sagen haben, schicke ich Sie zurück in Ihre Zelle. Wir reden dann weiter, wenn wir das Ergebnis der Analyse haben.«

Per Roland beugte sich zu Kent Levin hinüber. Er konnte hören, wie heftig er atmete.

»Nichts?«, fragte er dann.

Kent Levin schüttelte den Kopf.

»Ich bin unschuldig«, sagte er dann.

Roland zuckte mit den Schultern.

»Das werden wir dann ja herausfinden«, sagte er und verließ den Raum.

Draußen auf dem Flur seufzte er tief und lehnte den Kopf an die Wand. Er rieb sich beide Augen. Dann trat er mit dem Fuß fest gegen die Wand.

»Verdammt, der ist echt nicht kleinzukriegen«, stöhnte er, bevor er dem Gefängnisbeamten zu verstehen gab, dass sie fertig waren.

An Lind gewandt, sagte er: »Überprüfst du mal, ob wir dieses Klebeband wirklich noch haben?«

Lange Lind nickte.

»Und dann schickst du es zur Analyse, während ich höhere Mächte um Hilfe anflehe.«

14

Es war noch immer Vormittag, als Liv über die Schotterstraße zum Espergærde Reitcenter fuhr. Max saß neben ihr und summte ein Lied, das sie nicht recht platzieren konnte. Es erinnerte sie irgendwie an »Fly me to the moon«. Auf dem Rücksitz saß Astrid und kaute Nägel.

Liv versuchte, sie über den Rückspiegel anzulächeln.

»Bist du nervös?«, fragte sie.

»Das ist nur … weil …« Das kleine dunkelhaarige Mädchen mit dem Pferdeschwanz und dem dicken Pony seufzte schwer. »Ihre Eltern hatten ihr das ja verboten. Ihre Mutter hat mich am nächsten Tag schrecklich ausgeschimpft, als sie angerufen und nach ihr gesucht hat.«

Liv parkte den Wagen vor einem der weiß gekalkten Ställe und drehte sich zu ihr um.

»Es ist doch nicht deine Schuld, dass sie ihren Eltern nicht gehorchen wollte, oder? Cecilies Mutter hatte Angst, als sie dich anrief. Cecilie war ja die ganze Nacht nicht zu Hause gewesen. Aber das alles ist doch nicht deine Schuld.«

Astrids Gesicht hellte sich ein bisschen auf, soweit das möglich war, wenn man gerade seine beste Freundin verloren hatte, dachte Liv und wurde sich dann bewusst, dass sie eigentlich kaum etwas über ihre Freundschaft wusste.

Sie stiegen aus und hatten dank all der Pfützen alsbald nasse Füße. Nur Astrid war klug genug gewesen, wasserdichte Reitstiefel mit hohem Schaft anzuziehen.

»Hast du ein eigenes Pferd?«, fragte Liv, als sie in den Stall traten.

Der kräftige Geruch erinnerte sie plötzlich an ihre eigene, recht kurze Karriere auf dem Rücken der Pferde. In ihrem Fall war es bei einer 20-minütigen Reitstunde geblieben. Danach hatte sie sich lieber auf die Musik gestürzt und ihren Vater dazu gebracht, ihr eine E-Gitarre zu kaufen. »Kids Against Everything« hatte sich ihre Band genannt, aber das war wieder eine ganz andere Geschichte.

»Ja, sie steht hier«, beantwortete Astrid ihre Frage und zeigte auf ein schönes rotes, hochweiß gestiefeltes Pony mit weißer Blesse.

»Sie heißt Bianca«, sagte Astrid stolz.

Liv fand den Namen für ein rotes Pferd recht seltsam, sagte aber nichts.

»Sie ist meine beste Freundin.«

»Habt ihr sie am Sonntag geritten?«

»Ich schau mich mal ein bisschen um«, rief Max Motor und verschwand durch die doppelten Stalltüren.

Liv ignorierte ihn.

»Ja, Cecilie wollte unbedingt. Dabei hat sie sich sonst nie für Bianca interessiert. In der letzten Woche kam sie dann aber plötzlich an und meinte, sie würde gerne mal mit in die Anstalt kommen und sie sich angucken und vielleicht eine Runde reiten.«

»In die Anstalt?«

»Ach, so nennt mein Vater den Reitstall immer, er meint, dass ich hier zu viel Zeit verbringe. Aber das ist nur zum Spaß.«

Eigentlich nicht sonderlich witzig, dachte Liv.

»Was hast du zu ihr gesagt?«

»Ich habe gesagt, dass sie in der nächsten Woche gerne mal mitkommen könnte, aber sie wollte unbedingt am Sonntag und am liebsten so spät wie nur möglich. Ich fand das ganz schön merkwürdig.«

»Warum?«

»Weil die hier am Sonntag meistens geschlossen haben. Da können nur Leute mit eigenen Pferden zum Reiten kommen. Nicht einmal die Kantine ist dann auf.«

»Vielleicht wollte sie einfach ihren Frieden. Sie ist ja recht bekannt.«

»Damit hatte sie eigentlich kein Problem«, sagte Astrid und gab Bianca eine große Möhre.

»Wie meinst du das?«

Das Pferd kaute laut und suchte in Astrids Hand nach mehr. Das Mädchen gab nach und steckte ihr eine weitere Karotte ins Maul.

»Sie war immer ziemlich froh, wenn jemand sie erkannte. Unangenehm war ihr das auf jeden Fall nicht. Sie liebte es, wenn die Leute angerannt kamen und ein Autogramm von ihr wollten.«

»Hat sich eure Beziehung dadurch geändert, dass sie so bekannt geworden ist?«

»Doch, ja«, sagte Astrid und streichelte Bianca über die Nüstern. »Nein, jetzt kriegst du keine mehr«, sagte sie und erinnerte Liv plötzlich an sich selbst, wenn sie mit ihren Kindern sprach.

»Wie meinst du das?«

»Ja, also. Wir waren ja mal beste Freundinnen, aber als sie in der Schule so populär wurde, weil sie bei dieser Castingshow mitmachte, wollte sie mich irgendwie nicht mehr um sich haben.«

»Ist sie hochnäsig geworden?«, fragte Liv und erinnerte

sich an Freundinnen wie Cecilie, die einem plötzlich den Rücken zuwenden konnten.

Astrid lächelte. »Ja ... vielleicht.«

»Dann muss es dich doch gewundert haben, dass sie plötzlich mit dir reiten wollte.«

»Ja, das hat es auch. Andererseits habe ich mich aber auch total gefreut.«

»Warum?«

»Weil sie Bianca noch nie gesehen hatte. Ich wollte sie Cecilie schon so lange zeigen. Ich hole sie mal raus, ja?«

Liv nickte und trat einen Schritt zurück, damit das Mädchen das Pferd aus der Box führen konnte. Astrid öffnete die Tür und befestigte einen roten Strick am Halfter.

Dann führte sie Bianca zum Putzplatz, machte das Halfter an den beiden Ketten rechts und links des Pferdes fest und löste den Strick.

»Darf ich mir mal das Seil anschauen, das du da hast?«, fragte Liv. Sie war keine Expertin, aber der Strick, den Astrid ihr hinhielt, schien weder aus Nylon noch aus Baumwolle zu sein.

»Das sollte ich vielleicht mit ins Präsidium nehmen.«

Astrid sah Liv fragend an, überließ ihr dann aber das Seil.

»Nehmen Sie ihn ruhig, ich habe noch mehr.«

Sie öffnete ihren Putzkasten und begann das Pferd zu putzen.

»Wie seid ihr hier rausgekommen?«

»Cecilie hat mich am Nachmittag angerufen und gesagt, sie sei unten am Hafen. Sie wollte vorbeikommen und mich abholen. Wir haben erst etwas gegessen und sind dann mit dem Fahrrad zum Reitstall gefahren. Es war schon nach sechs Uhr, als wir zu Bianca kamen.«

»Dann hat sie dich von ihrem Handy aus angerufen?«

»Ja.«

»Hatte sie das die ganze Zeit bei sich, als ihr hier ward?«

»Ich denke schon.« Astrid dachte nach. »Ja, sie hatte es dabei, denn es hat ein paar Mal geklingelt, während sie drinnen in der Halle Bianca geführt hat. Ich weiß noch, dass ich es total nervig fand, dass sie es nicht mal beim Reiten ausmachen konnte.«

»Hat sie gesagt, wer sie da angerufen hat?«

Astrid schüttelte den Kopf und begann das Hinterteil des Pferdes fest zu bürsten. Ein angetrockneter Lehmklumpen löste sich in Staubwolken auf.

»Ein paar Mal, wie oft war das?«

»Zweimal glaube ich, nicht öfter.«

Liv machte sich auf ihrem Block Notizen. Wenn sie nur dieses verfluchte Handy finden würden. Sie hatten bei ihrer Telefongesellschaft die Anruflisten angefordert, aber es dauerte immer verdammt lange, bis sie die Daten bekamen.

»Und du hast nicht gesehen, dass sie es weggelegt oder irgendwie weggeschmissen hätte?«

»Das Telefon? Nein, sie ist beide Male drangegangen.«

»Hat sie lange gesprochen, wie zum Beispiel mit ihrer Mutter?«

»Nein, nur ganz kurz. Eigentlich hat sie kaum etwas gesagt. Nur Ja und Nein. Ich glaube nicht, dass sie den Anrufer gut kannte.«

Astrid warf die Kardätsche zurück in den Putzkasten, nachdem sie sie ausgespült hatte, und nahm den Striegel. Es wurde noch staubiger im Stallgang, und Livs Nase begann zu kribbeln.

»Hat sie nervös gewirkt? Ängstlich?«

»Ein bisschen nervös vielleicht. Aber ängstlich nicht. Es

gab eigentlich nichts, was Cecilie Angst einjagen konnte. Nicht mal Henrik aus dem Büro, und vor dem haben wir sonst alle Angst.«

»Warum habt ihr vor dem Angst?«

Astrid kicherte kindlich. Dann flüsterte sie:

»Der ist einfach so unangenehm, so aufdringlich. Er bestraft uns immer, wenn wir am Monatsersten nicht das Geld dabeihaben, um unsere Gebühren zu zahlen. Dann muss man ihm ausmisten helfen, aber er selbst steht dann nur daneben und beobachtet einen. Er sagt, es täte uns ganz gut, uns die Finger schmutzig zu machen, wir wären alle mit einem Silberlöffel im Mund auf die Welt gekommen. Der sagt immer irgendwie so was.«

»Aber Cecilie konnte er keine Angst einjagen?«

»Nein. Aber er war auch am Sonntag wieder da und hat uns angegafft, als wir geritten sind. Dabei kommt er sonst nie am Wochenende. Er hat uns oben vom Balkon aus beobachtet. Normal stehen dort die Eltern und sehen ihren Kindern bei den Reitstunden zu.«

»Waren noch andere da?«

»Nein, um diese Uhrzeit sind eigentlich alle mit Reiten fertig. Die Wochenendaufsicht geht dann zum Füttern in den Stall. Wir hatten auch überhaupt nicht bemerkt, dass er gekommen war, jedenfalls ich nicht. Cecilie hat ihn aber irgendwann gesehen und ihm dann zugewinkt, so, wie die Königin das immer macht. Nur aus Spaß, aber dann ist er verschwunden.«

»Und du bist dir sicher, dass er wirklich da war?«

»Ja, also, sein Gesicht konnte ich da oben nicht sehen, aber er hatte den grünen Hut auf, den er immer trägt.«

Liv notierte sich den grünen Hut.

»Was habt ihr dann gemacht?«

»Ich glaube, wir sind etwa eine halbe Stunde geritten. Cecilie durfte auf Bianca reiten.«

»War es denn schön, wieder mit ihr zusammen zu sein?«

Astrid blickte zu Boden.

»Nicht?«, fragte Liv.

Astrid schüttelte den Kopf.

»Sie war einfach nur nervig.«

»Wieso?«

»Ich hatte das Gefühl, dass Bianca ihr vollkommen egal war. Sie hat sie nicht mal richtig angeschaut. Und sie wollte mir auch nicht helfen, sie zu satteln.«

»Was ist geschehen, nachdem ihr geritten seid?«

»Cecilie hatte plötzlich keine Zeit mehr und wollte weg. Wir haben Bianca dann schnell wieder in den Stall gebracht und sind nach Hause gefahren.«

»Wie spät war es da?«

»Ich weiß nicht.«

»War es schon dunkel?«

Astrid dachte nach.

»Nein, noch nicht.«

Liv sah sie an.

»Die Sonne geht etwa um halb acht unter, es muss also vorher gewesen sein«, sagte sie dann.

Astrid nickte.

»Ich war auf jeden Fall vor acht Uhr zu Hause.«

»Seid ihr zusammen nach Hause gefahren?«

»Nein, als wir auf die Straße kamen, sagte Cecilie plötzlich, sie müsse in die andere Richtung. Sie hätte eine Verabredung mit ihrem Vater. Dann ist sie einfach gefahren.«

Astrid streichelte ein letztes Mal über den Rücken des Pferdes, fuhr ihm mit den Fingern durch Schweif und Mähne und küsste es aufs Maul.

»Hat dich das nicht gewundert?«

Astrid zuckte mit den Schultern.

»Neh, nicht wirklich. Cecilie war so seltsam. Ich kannte sie eigentlich gar nicht mehr richtig. Ich dachte nur, soll sie doch.«

»Kannst du mir zeigen, welchen Weg sie genommen hat?«

Astrid nickte, machte das Pferd los und schob es zurück in die Box.

»Du kommst später wieder raus«, flüsterte sie dem Tier zu.

Draußen entsprach das Wetter ganz dem Tycho-Brahe-Tag, dachte Liv, denn es begann Bindfäden zu regnen, kaum dass sie den Stall verlassen hatten. Gemeinsam mit Astrid rannte sie über den Hofplatz und suchte unter der windabgewandten Seite unter der schmalen Dachtraufe der Reithalle Schutz. Max Motor kam im gleichen Moment aus einem kleinen reetgedeckten Haus, das in der Mitte des Platzes stand. Er sah zum Himmel, trat in den Regen und lief zu Astrid und Liv hinüber.

»Was ist?«, fragte er und blieb im Regen stehen.

»Es regnet«, sagte Liv.

Max blickte auf.

»So was aber auch«, sagte er dann. Das schwarze Hemd klebte an seinem breiten Oberkörper, der einmal muskulös gewesen war, jetzt aber eher übergewichtig wirkte.

»Und wohin wollt ihr?«

»Wir wollten uns ansehen, welchen Weg Cecilie genommen hat, nachdem Astrid und sie sich am Sonntag getrennt haben. Wir warten nur darauf, dass der Regen etwas nachlässt.«

»Waschlappen«, sagte Max mit einem Lächeln. »So ein bisschen Septemberregen hat noch niemandem geschadet. Außerdem regnet es kaum mehr«, sagte er, und Liv stellte zu ihrer Überraschung fest, dass der Regen tatsächlich fast aufgehört hatte.

»Und, was hast du gemacht?«, fragte sie, als sie über die Schotterstraße gingen.

Max schüttelte wie ein Hund das Wasser von sich ab.

»Ich war im Büro und habe mit diesem Henrik Frandsen geredet.

Über alles Mögliche, unter anderem auch über die Angestellten hier.«

Max legte einen Finger an die Lippen, und Liv begriff, dass sie in Astrids Anwesenheit nicht darüber reden konnten.

»Sie ist mit ihrem Fahrrad in diese Richtung weggefahren«, zeigte Astrid, als sie den asphaltierten Weg erreicht hatten.

»In den Wald hinein?«

Astrid nickte.

Max Motor sah sich um.

»Und welchen Weg hast du genommen?«, fragte er.

»Na, den anderen, Richtung Stadt«, sagte sie und deutete zur anderen Seite.

»Was hat sie gesagt, als ihr euch getrennt habt?«, fragte Liv.

»Nur, wir sehen uns dann morgen in der Schule!«

»Und was für einen Eindruck hat sie auf dich gemacht?«

»Wie meinen Sie das?«

»War sie froh? Oder hattest du das Gefühl, dass sie Angst hatte?«

Astrid schüttelte den Kopf, dass ihr Pferdeschwanz hin- und herschwang.

»Sie war ganz normal.«

»Danke für deine Hilfe«, sagte Liv und ergriff Max' Arm. »Lass uns mal diesen Weg gehen.«

»Kann ich dann zurück zu Bianca?«, fragte Astrid hoffnungsvoll.

Sie nickten, und das Mädchen verschwand wieder in Richtung Reitschule.

Liv und Max begannen zu gehen.

»Warum nehmen wir nicht das Auto?«, stöhnte Max nach wenigen Minuten. Der Wald breitete sich nun rechts und links des Weges aus.

»Ein kleiner Spaziergang hat noch niemandem geschadet. Was wolltest du in Astrids Anwesenheit nicht sagen?«

»Bleib mal stehen. Machst du nie Pause?«

»Ich habe zwei Kinder, zwei und vier Jahre alt. Reicht dir das als Antwort?«, fragte Liv und ging im gleichen Tempo weiter.

»Ja, ja, okay. Aber du, diesen Typ im Büro müssen wir wirklich noch genauer unter die Lupe nehmen.«

»Diesen Henrik?«

»Ja, Henrik Frandsen. Ist vierundvierzig Jahre alt, Single und leitet die Reitschule. Er arbeitet jeden Tag in diesem Büro. Vor seinem Computer.«

»Daran ist doch nichts Ungesetzliches, oder?«, fragte Liv lächelnd.

»Nein, aber sein Hals war voller Kratzer.«

Liv blieb stehen. Max sah erleichtert aus.

»Hast du ihn deswegen zur Rede gestellt?«

»Er hat gesagt, das sei eine Katze gewesen. Er hat vier davon in seinem Büro herumrennen. Die schleppen allen möglichen Scheiß mit ins Büro, ich sag dir, da drin stinkt's ...«

Liv sah ihren Kollegen an.

»Er war am Sonntag da.«

»Ja?«

»Astrid sagte, er sei irgendwann aufgetaucht, obwohl er sonst an den Wochenenden nie da ist, und habe sie vom Balkon aus beobachtet. Sie meinte, er habe sich richtig angeschlichen. Und sie sagte auch, er habe immer eine Scheißfreude daran, sie mit Arbeit zu bestrafen. Sie erzählte, er sei aufdringlich, und alle hätten Angst vor ihm.«

»Kennt der vielleicht jemanden in Næstved? Vielleicht hat er ja auch mit der dortigen Reitschule zu tun?«

Liv sah Max an.

»Ich glaube, wir sollten da jemanden dransetzen, oder?«

Sie wühlte in ihrer Tasche nach ihrem Handy und rief im Präsidium an. Die Warteschleife war lang, bis sie endlich Carsten Svendsens Brummen am anderen Ende hörte.

»Ja, ja, warum nicht, ich stecke ja sowieso schon bis zum Hals in Recherchen. Ich kann euch sagen, es ist alles anders als leicht, etwas über diese Tschechen herauszufinden, da kommt es mir ganz recht, mich zur Abwechslung mal um einen Dänen kümmern zu dürfen. Das schaffe ich mit links.«

Liv wusste nicht, ob er sarkastisch war oder es wirklich so meinte, beschloss aber, dass ihr das egal sein musste.

Sie sah sich um. Sie waren auf einem ganz normalen Waldweg. Bäume und Büsche. Komm schon, wo hast du sie getroffen? Liv blieb stehen. Nicht weit vom Weg entfernt war eine Art Dickicht. Große Büsche mit steifen, dichten Ästen. Die wechselständigen Blätter waren auffällig gelappt, und an einigen Zweigen hingen rote Beeren.

Liv beugte sich hinunter und sah sich die Früchte genauer an.

»Weißdorn?«, fragte Max Motor.

Liv nickte und knickte einen Zweig ab. Dann zog sie eine Tüte aus ihrer Tasche und legte den Zweig hinein.

Im gleichen Moment klingelte das Telefon, das sie noch immer in der Hand hielt.

Es war Carsten.

»Unser Freund Henrik Frandsen ist ganz richtig Leiter der Reitschule in Espergærde, und diesen Job hat er seit 19 Jahren. Aber er ist in Südseeland aufgewachsen, und seine Mutter wohnt – und jetzt haltet euch fest – in Næstved.«

15

Was meint ihr? Ist die Verbindung so wichtig, dass wir schon heute Abend einen Haftbefehl beantragen sollten?«, fragte Per Roland seine Truppe, die wieder an dem ovalen Tisch im Sitzungszimmer saß und Kaffee schlürfte.

»Diese Entscheidung müssen wir jetzt treffen«, sagte Liv und sah die anderen an.

Miroslav und Max nickten.

»Ihr habt doch gesagt, dass er abgehauen ist, als ihr zurück in die Reitschule gekommen seid, um mit ihm zu reden? Und dass er danach nirgendwo zu finden war?«

»Ja«, brummte Max Motor. »Nachdem wir im Wald gewesen waren, wollten wir ihn bitten, für ein Gespräch mit aufs Präsidium zu kommen, aber er hat uns bemerkt, als wir auf den Hof kamen, ist schnell in sein Allradfahrzeug gestiegen und davongefahren. Direkt an uns vorbei. Niemand in der Reitschule hatte eine Ahnung, wohin er gefahren sein konnte. Normalerweise fährt er sonst immer erst am Spätnachmittag, hat uns die Frau in der Cafeteria erzählt. Sein Büro ist offiziell bis 16 Uhr geöffnet. An diesem Tag ist er aber bereits um 11.30 Uhr abgehauen. Wir haben auf ihn gewartet, wir dachten ja, er würde wohl gleich wiederkommen, aber nach einer Stunde war er noch immer nicht wieder aufgetaucht.«

»Lind?«, fragte Roland.

Der Kriminaltechniker sah von seinen Papieren auf. Seine Haare standen in alle Richtungen ab, aber das taten sie inzwischen bei ihnen allen. Außer bei Roland, aber dafür gab es eine ganz natürliche Erklärung.

»Hast du die Pflanze überprüft?«

»Jawoll, hab ich, es ist Weißdorn, die gleiche Art wie in Cecilies Hosenumschlag.«

»Können wir bestätigen, dass es sich bei dem Waldstück tatsächlich um den Kontaktort handelt?«

»Wir waren den ganzen Nachmittag mit den Hunden dort draußen, ein Teil des Busches ist auch wirklich ein bisschen zertrampelt. Da ist mit Sicherheit vor kurzem jemand rumgelaufen. Wir haben auch Fußspuren gefunden, die von einem Kind mit Cecilies Schuhgröße und einem Erwachsenen stammen, dem Gewicht nach vermutlich von einem Mann. Auch Cecilies Fahrrad war da. Wir haben den Abdruck eines Reifens, der mit ihrem Vorderrad übereinstimmt. Ob die Schuhabdrücke zu den teuren Prada-Schuhen passen, können wir im Moment noch nicht bestätigen, es ist aber nicht ausgeschlossen.«

»Also, was meinst du?«

»Sieht aus wie der Kontaktort, ja.«

»Wunderbar, gute Arbeit. Liv?«

»Ich habe den Strick des Pferdes untersucht. Es handelt sich um ein gewebtes Polyesterseil für 39 Kronen, gibt es in jedem Reitsportgeschäft. Es gleicht dem Seil, mit dem Cecilies Hände gefesselt waren.«

»Dann war es doch keine Schot?«

»Das kann noch immer nicht ausgeschlossen werden, ist aber möglich. Die gleichen sich wie ein Ei dem anderen.«

Per Roland kritzelte etwas auf das Whiteboard.

»Carsten? Die südseeländische Verbindung? Wie sieht es damit aus?«

»Henrik Frandsens Mutter wohnt in einer betreuten Wohnanlage in Næstved, und zwar in dem gleichen Stadtviertel, aus dem auch das Mädchen stammte, das am 2. April vor zehn Jahren verschwunden ist. Die Gegend heißt Herlufsholm«, las Svendsen vor. »Das ist gleich neben dem noblen Internat mit dem gleichen Namen.«

»Können wir nachweisen, dass Henrik Frandsen zu dem Zeitpunkt, als das Mädchen verschwunden ist, in Næstved war?«

»Das können wir«, fuhr Carsten Svendsen fort, den Kopf in seinem Block vergraben. »Henrik Frandsens Mutter hat mir heute bestätigt, dass er am 1. und 2. April 1998 bei ihr war. Sie weiß das deshalb so genau, weil er an diesem Datum immer bei ihr ist. Sie hat nämlich am 1. Geburtstag, und er bleibt an diesem Tag immer über Nacht bei ihr.«

Per Roland kritzelte weiter das Whiteboard voll. Sein Magen rumorte.

»Wir können also nachweisen, dass er zum Zeitpunkt des Næstved-Mordes 1998 vor Ort war, und wir haben eine Zeugin, die beobachtet hat, dass er Cecilie nur Stunden vor ihrem Tod oben vom Balkon aus beobachtet hat. Wir sind dicht dran: Sonst noch etwas?«

»Sein Allradfahrzeug«, sagte Liv. »Er fährt einen dicken Jeep. Ein Fahrzeug dieser Art ist doch auch bei Kathrines Verschwinden und am Fundort der Leiche des Mädchens aus Næstved gesehen worden.«

»Äußerst interessant«, sagte Roland und machte sich Notizen, bevor er wieder in den Raum blickte. »Noch mehr?«

»Die Kratzspuren an seinem Hals«, sagte Max Motor. »Mir gegenüber hat er behauptet, mit seiner Katze gespielt zu haben.«

»Hast du ihn gefragt, wo er am Sonntagabend gewesen ist?«

»Ja, er hat gesagt, er habe zu Hause ferngesehen. Wir wissen nach Astrids Aussage aber, dass das eine Lüge war, schließlich stand er oben auf dem Balkon, als sie in der Halle geritten sind.«

Per Roland legte den Stift auf die Halterung am Whiteboard.

»Für mich sind das genug Übereinstimmungen. Wir müssen ihn wirklich gründlich unter die Lupe nehmen. Wir verhören ihn als Verdächtigen. Lasst uns ausrücken und ihn noch heute Abend holen. Aber wir müssen uns gut vorbereiten. Wenn er hinter den drei Morden steht, ist er gefährlich und berechnend. Und da er abgehauen ist, nachdem er mit Max Motor gesprochen hat, weiß er offenbar, dass wir ihm auf den Fersen sind. Es deutet alles darauf hin, dass er sich zur Wehr setzen wird. Carsten, du hast dir sein Haus angeschaut, oder? Kannst du uns kurz ins Bild setzen?«

Per Roland zeigte mit dem Stift auf ihn.

Carsten Svendsen räusperte sich und trat etwas verunsichert an die Tafel. Der Stift steckte wie ein Fremdkörper zwischen seinen Fingern. Dann begann er Vierecke und Striche auf das Whiteboard zu zeichnen.

»Also«, erklärte er. »Das Haus, in dem er wohnt, ist ein Nebengebäude eines alten Bauernhofs am Kellerisvej, nicht weit von der Reitschule. Er hat es gemietet. Der Bauer, dem das Haus gehört, hält hier in der Gegend Kühe. Er ist übrigens ein alter Bekannter von uns, der sich schon mehrfach geweigert hat, seine Kälber mit Ohrmarken zu versehen und registrieren zu lassen. Der Bauer wohnt im Hauptgebäude, hier«, sagte er und zog einen Kreis um das große Gebäude.

»Und Henrik Frandsen wohnt hier in diesem Haus. Es ist

von Feldern und Pferchen umgeben, die der Bauer für seine Kühe nutzt. In dem kleinen Nachbarhaus wohnt noch ein altes Ehepaar.«

»Die wir natürlich nicht zu Tode erschrecken dürfen«, sagte Per Roland, während Carsten sich wieder setzte. Dann zeigte er auf die Tafel.

»Wir brauchen zwei Leute in den Büschen rechts und links des Hauses, sollte er einen Fluchtversuch unternehmen wollen. Zwei Leute gehen durch den Haupteingang rein, während zwei weitere auf der Rückseite bei der Hintertür und den Fenstern Wache halten. Liv und Max gehen rein und nehmen die Festnahme vor, Lind und Miroslav kümmern sich um die Hintertür, während Svendsen und ich uns im Garten postieren, okay?«

Alle nickten. Miroslav sah enttäuscht aus. Carsten Svendsen brummte.

»Was wolltest du sagen, Carsten?«, fragte Roland. »Hattest du andere Pläne für heute Abend?«

»Ach, nicht wichtig.«

»Gut, die sind auf jeden Fall gecancelt. Dann beenden wir jetzt die Besprechung. Geht etwas essen. Die Aktion beginnt um 18.00 Uhr, in knapp zwei Stunden. Zieht euch um und bereitet euch vor.«

*

»Scheißwetter«, schimpfte Liv, als sie mit Max aus dem Auto stieg. Die Bäume schwankten beunruhigend im Wind, während ihnen der Sprühregen ins Gesicht fegte. Sie steckte sich den Ohrhörer des Walkie-Talkies ins Ohr.

»Liv, Max? Bitte kommen!«, krächzte Roland.

Liv antwortete.

»Wir sind gerade angekommen. Over.«

»Sind alle Einheiten am Platz? Miroslav und Lind? Bitte kommen«, war wieder Roland zu hören.

Nach reichlich Knistern drang endlich Mirsolavs Stimme durch.

»Wir stehen bis zu den Knien im Matsch – oder ist das vielleicht sogar Kuhscheiße? Ich hoffe nur, ihr wisst es zu schätzen, dass ihr den Haupteingang nehmen könnt. Wir nähern uns dem Haus jetzt von hinten. Warten weitere Befehle ab. Over.«

»Seid so leise und unauffällig wie eben möglich«, knisterte Roland. »Und denkt an den Ohrhörer! Carsten, bitte kommen!«

»Mir ist bereits eiskalt«, kam es jetzt von Svendsen. »Ich liege hier zwischen irgendwelchen stacheligen Büschen in einem arschkalten Wind. Melde, dass ich langsam zu alt für diesen Scheiß bin. Over.«

»Wir sind jetzt auf dem Weg zum Haupteingang. Over«, gab Liv durch und setzte sich gemeinsam mit Max in Bewegung. Mit gezückter Dienstpistole schlichen sie am Rand der geschotterten Einfahrt entlang, um möglichst wenig Krach zu machen. Dann fielen sie in einen leichten Trab, wenn bei Max Motor denn überhaupt irgendetwas als leicht bezeichnet werden konnte.

»Wir sind gleich da, over«, sagte Liv.

»Alle Einheiten am Platz«, gab Roland durch. »Stand-by, bis es losgeht. Over.«

»Wir sind da«, krächzte Miroslav. »Er ist im Wohnzimmer. Ich präzisiere: Der Verdächtige sitzt im Wohnzimmer auf dem Sofa und sieht fern. Er hat uns den Rücken zugedreht, sieht also in eure Richtung. Ich habe ihn im Visier. Könnte ihn grad so wegblasen. Over.«

»Halt deine Gangsterneigungen im Zaum, bis du wieder im Ghetto bist. Beobachte all seine Schritte. Liv und Max nehmen ihn fest. Ist das verstanden? Bitte kommen.«

»Verstanden«, brummte Miroslav.

»Liv und Max. Seid ihr da? Bitte kommen!«, fragte Roland noch einmal nach.

»Wir sind bereit. Wir rücken vor. Over«, sagte Liv. Sie gab Max ein Zeichen, weiter zum Haus vorzurücken.

Im gleichen Moment nahm der Regen zu, und sie hielt sich den Arm über die Augen, um besser sehen zu können. Die Regentropfen klatschten an die Fensterscheiben. Liv schlich bis direkt vor die Tür und bezog daneben Stellung, während Max sich auf der anderen Seite postierte.

»Wir sind jetzt da. Over«, flüsterte sie ins Walkie-Talkie.

»Gut«, antwortete Roland. »Wie ist der Status des Verdächtigen? Miroslav? Bitte kommen!«

»Der Verdächtige ist gerade aufgestanden und hat das Wohnzimmer verlassen«, kam es von Miroslav. »Ich habe keinen Sichtkontakt mehr. Ich wiederhole, ich kann den Verdächtigen nicht mehr sehen. Over.«

»Versuch ihn wieder in den Blick zu bekommen, Miroslav! Bitte kommen«, bat Roland.

»Verdammt ich kann ihn nicht mehr sehen. Over.«

»Versuch es durch ein anderes Fenster, over!«

»Verstanden, over.«

»Liv und Max, noch nicht reingehen«, kam es von Roland. »Alle sind im Stand-by. Svendsen, wo bist du? Bitte kommen!«

»Ich hocke noch immer in meinem Busch und friere. Over«, meldete sich Carsten.

Liv hockte sich hin und presste ihren Rücken gegen die

Wand. Ihre Finger umklammerten die Dienstwaffe so fest, dass sie zu schmerzen begannen. Komm schon, verdammt!, dachte sie.

»Ich habe ihn wieder. Er ist in der Küche, er telefoniert. Over.«

»Wartet, bis er fertig ist. Ich wiederhole: Wartet, bis er mit dem Telefonat fertig ist. Over«, rief Roland in Livs Ohr.

Sie seufzte und sah zu Max auf. Er lächelte.

»Jetzt ist er fertig und legte das Telefon auf den Tisch. Er geht in den Flur ... und nimmt ein ... Seil. Over.«

»Er nimmt was?«, fragte Roland.

»Ein Seil, er hat ein Seil vom Haken genommen. Jetzt zieht er sich seine Jacke an. Eine lange Wachsjacke. Und er setzt sich einen grünen Hut auf. Jetzt geht er zur Tür. Er drückt die Klinke. Over.«

»Zugriff!«, rief Roland. »Er läuft euch direkt in die Arme, nehmt ihn fest. Jetzt!«

Die Tür ging auf.

Eine Gestalt kam in der Öffnung zum Vorschein.

Liv und Max sprangen wie die Kastenteufelchen mit gezückten Dienstwaffen hoch, als der Mann auf der zweiten Treppenstufe war. Sie stürzten sich auf ihn und warfen ihn um. Max drehte ihm den Arm auf den Rücken und hatte seinen Blick nach unten auf den Boden gerichtet.

Und dann kam das, was sie übersehen hatten. Ein Hund. Ein schwarzer Pitbullterrier. Das personifizierte Übel in Pechrabenschwarz. Er knurrte laut, und noch ehe sie reagieren konnten, sprang er Max an und biss sich in einem seiner Stiefel fest. Während Max schrie und den Hund abzuschütteln versuchte, zielte Liv mit ihrer Waffe auf Henrik Frandsen.

»Was zum Teufel geht hier vor?«, schrie er.

»Bleiben Sie still liegen. Und bringen Sie Ihren Köter dazu, meinen Kollegen loszulassen«, schrie Liv.

Aber Henrik Frandsen unternahm gar nichts.

»Lassen Sie mich zuerst aufstehen«, sagte er. »Solange Sie mich bedrohen, wird er nicht loslassen.«

»Ich spaße nicht!«, schrie Liv. Die Waffe zitterte in ihren Fingern, während um sie herum die Hölle losbrach.

Aus dem Gebüsch links von ihnen sprang Per Roland in voller Kampfmontur. Er rannte auf sie zu, die Hand mit der Waffe nach vorn ausgestreckt und brüllte, dass er den Köter zurückpfeifen sollte, bevor er ihm eine Kugel durch den Kopf jagte. Von der anderen Seite rannte Svendsen herbei, auch er in Kampfuniform, während Miroslav die Hintertür eintrat, unelegant durchs Haus stolperte, sich im Flur auf den Bauch warf, die Waffe nach vorn streckte und lauthals damit drohte, dem Köter die Rübe wegzublasen. Nur Lange Lind hielt sich zurück und sah sich die kinoreife Szenerie, die sich von ihm aus auf der anderen Seite des Hauses abspielte, in aller Ruhe durch die Fenster an. Schließlich zielten sie alle mit ihren Dienstwaffen auf den Hund und Henrik Frandsen, während Max sich noch immer schreiend zu befreien versuchte. In sein Fluchen und Stöhnen mischte sich dann auch noch ein lautes Geschimpfe, das sich vom Haupthaus her näherte.

Sämtliche Gesichter drehten sich in Richtung des Lärms.

»Was zum Henker geht da vor? Verschwindet hier, aber ein bisschen plötzlich«, brüllte ein älterer Mann in Hausanzug und Holzschuhen, während er über die Treppe nach unten auf den Vorplatz seines Hauses stolperte.

Liv nahm an, dass das der Bauer war. Er zielte mit einer großen, braunen Jagdflinte auf sie.

»Ihr fasst meine Tiere nicht an!«, brüllte er vom Hofplatz und begann wild drauflos zu schießen.

»Ich bestimme immer noch selbst, ob die eine Ohrmarke kriegen oder nicht!«

Die Patronen flogen ihnen um die Ohren, so dass sie sich, ohne nachzudenken und in seltener Synchronität, in den Matsch warfen, um nicht getroffen zu werden.

»Nicht schießen! Wir sind von der Polizei«, rief Per Roland, aber der Bauer hörte ihn nicht, oder zog es vor, nichts zu hören, um ein für alle Mal mit der Polizei abzurechnen.

»Verschwindet von meinem Hof«, rief er, traf zum Glück aber nicht.

Per Roland nahm sich ein Herz, sprang auf und rannte auf den Bauern zu, eher dieser wieder schießen konnte. Er warf sich auf ihn, so dass beide zu Boden gingen. Ein letzter Schuss löste sich, und die Patrone flog Richtung Himmel.

Als die zwei Männer prustend am Boden lagen, dachte Liv, dass Rolands schmächtiger Körper in den Armen des kräftigen Bauern fast verschwand. Es würde nicht lang dauern, bis er ihn abschüttelte wie ein buckelndes Pferd seinen Reiter. Doch dann geschah erneut etwas Unvorhergesehenes. Dieses Mal war es ein Handy, dessen Klingelton sich anhörte, als sei die Kavallerie unterwegs.

Liv blickte in Richtung der Trompetenfanfare und sah Svendsen feuerrot werden. Mit Mühe gelang es ihm, sich aufzurappeln, seine Taschen zu durchwühlen und unter den Augen aller das Handy hervorzuholen. Er zuckte mit den Schultern und sagte: »Ups, tut mir leid.«

Das Telefon in seiner Hand klingelte immer aufdringlicher.

»Jetzt geh schon dran«, rief Roland ärgerlich.

Svendsen gehorchte, und nach kurzem Schweigen und

einer markanten Veränderung seines Gesichtsausdrucks, sagte er plötzlich auf singendem Westjütländisch:

»Wieder ein Mädchen? 4300 Gramm?«

Mit einem Mal geriet alles ins Stocken. Der Bauer gab seinen Kampf gegen Roland auf, der Hund ließ Max Motors Bein los, Miroslav stand auf, die Waffe noch immer in der Hand, und Lange Lind betrat langsam die Bühne und stellte sich in die Türöffnung. Ja, Liv hatte beinahe den Eindruck, als hielte sogar der Wind für einen Moment den Atem an.

Alle Blicke waren auf Svendsen gerichtet, der sein Gespräch beendete und das Telefon zurück in seine Jackentasche gleiten ließ. Er sah irgendwie wie glücklich und zufrieden aus, wie ein Weihnachtsmann, der mit seiner roten Nase zu lange im Kalten gestanden ist. Seine dünnen, lockigen Haare standen wirr vom Kopf ab, und er fuhr sich mit der Hand über den Mund, als wollte er sich Bierschaum aus dem Bart wischen.

»Tja, da bin ich wohl wieder Großvater geworden«, sagte er mit breitem, zufriedenem Grinsen.

Niemand sagte etwas. Alle starrten Carsten wie versteinert an. Schließlich war es der Bauer, der Roland stehen ließ, in seinen riesigen, schwarzen Holzschuhen durch den Matsch auf Svendsen zuging, ihm die Hand reichte und lauthals sagte:

»Herzlichen Glückwunsch.«

Zum Dank nahm dieser den laut protestierenden Alten fest.

Nur Henrik Frandsen lag noch immer stöhnend und strampelnd im Schlamm. Er versuchte etwas zu sagen, aber Liv drückte ihm noch immer das Knie in den Rücken und hielt ihn am Boden. Sie sah zu Max hinüber, der sich noch immer unter Schmerzen wand. Dann ergriff sie das Wort:

»Henrik Frandsen. Heute ist Mittwoch, der 18. September, es ist 18.12 Uhr. Ich nehme Sie unter dem Verdacht fest, Cecilie Junge-Larsen ermordet zu haben. Alles, was Sie jetzt sagen, kann und wird gegen Sie verwendet werden …«

16

Keiner der Anwesenden im Besprechungszimmer des Präsidiums in Helsingør zweifelte mehr daran, dass der gute Tycho Brahe irgendwo da oben in den Wolken hockte und sich über sie amüsierte. Carsten Svendsen war das in diesem Moment aber egal. Er hielt das Handy in der Hand und sah sich die Bilder an, die ihm seine Tochter nur wenige Minuten nach der Geburt geschickt hatte. Anette, die für heißen Tee und Kaffee gesorgt hatte, sah ihm über die Schulter.

»Oh, ist die süß!«, jubelte sie, während Svendsen zufrieden nickte.

Per Roland saß am Ende des Tisches und sah gefasst aus, während er die Misere des Abends zusammenfasste:

Ein verhafteter Reitschulleiter, der darauf wartete, verhört zu werden. Ein verhafteter, schießwütiger Bauer, der sie unten bei den Arrestzellen zum Wahnsinn trieb. Ein verbotener, höchst gestörter Pitbullterrier, den sie nirgends unterbringen konnten, weil niemand ihn haben wollte, so dass er bis auf Weiteres an einen Heizkörper gebunden worden war. Ein verletzter Kommissar, der mit einer Bisswunde ins Krankenhaus gebracht worden war, ein niesender, hoch aufgeschossener Kommissar der Kriminaltechnik mit beginnender Halsentzündung, ein zutiefst beleidigter, enttäuschter Star unter den Sternchen und eine lokale Polizeikommissarin, die bald jeglichen Respekt vor ihren Kollegen verloren hatte. Und nicht zu vergessen: ein frischgebackener Großvater und ein über die Maßen müder Ermittlungsleiter, der im Moment nicht einmal ansatzweise wusste, ob er sie ausschimpfen oder ihnen allen Beifall klatschen sollte.

Carsten Svendsen sah Roland an.

»Ja, also, entschuldige bitte, das war mein Fehler«, sagte er dann. »Ich dachte wirklich, ich hätte es ausgemacht. Ich spendiere dafür abends mal eine Runde.«

Roland hob die Hand, um ihm zu signalisieren, dass er nicht weiterzureden brauchte.

»Geschehen ist geschehen«, sagte er. »Wir haben unseren Mann ja gekriegt.«

Dann fasste er einen Entschluss.

»Liv, du kommst mit mir.«

Henrik Frandsens Ausstrahlung war wirklich unangenehm, dachte Liv, als sie vor ihm saß. Nicht wegen seines Äußeren, sondern wegen der Tatsache, dass er vor seinem Haus im Schlamm gelegen hatte, während sechs Polizisten versucht hatten, ihn, seinen Hund und seinen Vermieter festzunehmen. Seine Haare waren nass und verklebt und seine Kleider bis zum Bauch feucht und schlammig. Auch im Gesicht hatte er braune Schlammspritzer, die langsam zu trocknen begannen. Er war ein großer, hagerer Kerl mit braunen Augen und hellen Strähnen in den halblangen Haaren. Die Hände steckten noch immer in den Handschellen hinter dem Rücken.

»Ich habe nichts damit zu tun«, sagte er mit ruhiger Stimme, als er erneut über seine Rechte aufgeklärt wurde.

»Sie haben da am Hals eine ganz schöne Kratzwunde«, sagte Roland und deutete auf Frandsens Hals.

Liv schloss die Handschellen auf, und Henrik Frandsen hob die Hände an seinen Hals und fühlte mit den Fingern nach.

»Ja, das waren diese verfluchten Katzen. Ich spiele oft mit denen, aber da ist eine, die weiß nie, wann aus dem Spiel Ernst wird und sie aufhören muss.«

»Meine Ex und ich hatten früher auch mal eine Katze, mit der ich gespielt habe. So tief hat die mich aber nie gekratzt«, sagte Roland.

»Mag sein, bei dieser Katze ist das aber anders. Die liebt es, einen in den Bartstoppeln zu kratzen.«

»Cecilie Junge-Larsen? Sagt Ihnen dieser Name etwas?«, fragte Roland.

»Ja, aber ich habe nichts damit zu tun, das habe ich doch schon gesagt.«

»Womit?«

»Na, mit ihrem Tod. Sie ist doch im Keller ihres Elternhauses gefunden worden, oder? Ich sehe auch fern. Diese Nachricht konnte man beim besten Willen nicht übersehen. Weder im Frühstücksfernsehen noch in den Zeitungen.«

»Was wissen Sie über das Mädchen?«

Henrik Frandsen schüttelte den Kopf.

»Sie ist hier aus Espergærde. Ihre Eltern wohnen angeblich unten am Strandvej. Sie singt und hat neulich diese Castingshow gewonnen. Ich kenne sie nicht besser als alle anderen.«

Per Roland wechselte die Taktik. Er lehnte sich auf seinem Stuhl zurück und sah aus, als entspannte er sich.

»Wie ist es, Leiter einer Reitschule zu sein?«

»Wie meinen Sie das?«

Per Roland zuckte mit den Achseln.

»Ich meine, macht das Spaß? Ist es hart? Warum sucht man sich so eine Arbeit?«

Henrik Frandsen sah ihn überrascht an.

»Aus den gleichen Gründen, aus denen man sich eine andere Arbeit sucht. Weil sie einen interessiert.«

Gute Antwort, dachte Liv und fuhr in Rolands Spur fort.

»Machen Sie das, weil Sie Pferde lieben? Reiten Sie selbst?«

»Ja, ich reite, seit ich Kind bin. Und ich habe Moucha, meinen Wallach, der steht auch in der Reitschule im Stall. Ich bin ausgebildeter Bereiter.«

»Sie sind der einzige männliche Angestellte der Reitschule«, fuhr Roland fort. »Die anderen Reitlehrer, Ausmister oder wie man die sonst nennt, Pferdepfleger, sogar die Leute in der Kantine, das sind alles Frauen. Warum?«

»Tja, das ist wohl eher ein Frauenberuf. Mädchen lernen von klein auf, Pferde zu lieben, und einige von ihnen verbringen ihr ganzes Leben damit. Wenn Männer in dieser Branche bleiben, dann in der Regel im anspruchsvollen Turniersport oder in der Pferdezucht.«

»Oder als Leiter einer Reitschule?«, fragte Liv.

»Oder als Geschäftsführer, ja.«

»Sie haben mitten auf dem Hof ihr Büro. Von da aus können Sie alles verfolgen, was vor sich geht. Werfen Sie dabei hin und wieder auch mal ein Auge auf die kleinen Mädchen?«

»Natürlich tue ich das!«

»Gefallen Ihnen kleine Mädchen in Reithosen?«, fragte Roland. »Wenn sich der Stoff so straff um ihre kleinen Pos legt?«

Henrik Frandsen lachte.

»Nein, darauf fahre ich nun wirklich nicht ab.«

»Aber Sie bestrafen sie hin und wieder?«

»Haben sie Ihnen das gesagt? Ja, das stimmt. Aber eigentlich ist das in erster Linie ein Spaß. Wenn sie vergessen haben, das Geld für den nächsten Monat mitzubringen, dürfen sie ausmisten. Es tut ihnen nur gut, sich mal die Finger schmutzig zu machen. Das sind alles schrecklich überbehütete, verwöhnte Oberklassemädchen. So sind die Regeln hier bei uns in der Reitschule. Als ich das letzte Mal nachgesehen habe, war das noch nicht verboten.«

Dann übernahm Liv:

»Vor zwölf Jahren ist ein anderes Mädchen verschwunden, Kathrine. Sie war auf dem Rückweg von Ihrer Reitschule. Was wissen Sie über den Fall?«

»Ich erinnere mich gut daran. Das war fürchterlich. Aber ich kannte auch sie nicht. Es sind jeden Tag so viele Mädchen zum Reiten bei mir auf den Hof. Die kann ich nicht alle kennen.«

»Die Leiche des Mädchens tauchte schließlich in Næstved wieder auf. Sie sind da aufgewachsen, und Ihre Mutter wohnt heute noch dort.«

»Ich habe nichts mit dieser Sache zu tun. Das habe ich damals auch schon angegeben«, sagte er zu Per Roland. »Ich habe ein Alibi.«

Liv blätterte durch ihre Papiere.

»Aus dem Bericht von damals geht hervor, dass Sie mit ihrer damaligen Freundin unterwegs waren.«

»Wir waren für ein Wochenende in Schweden, ja. Wir hatten da eine Hütte gemietet.«

»Im Prinzip hätten Sie es durchaus schaffen können, hin und her zu fahren«, sagte Roland. »War das so? Haben Sie einen kleinen Abstecher nach Dänemark gemacht, das Mädchen überfallen, vergewaltigt, erstickt und sie dann versteckt? Vielleicht haben Sie sie dann ja, ein paar Tage später, als sie ohnehin auf dem Weg zu Ihrer Mutter waren, irgendwo in den Wald gebracht?«

»Nein.«

»Zwei Jahre später verschwand noch ein weiteres Mädchen aus Næstved. Am 2. April 1998. Gerade als Sie zu Besuch bei ihrer Mutter waren«, sagte Liv. »Sie wurde ein paar Tage danach gefunden. Genau so gefesselt wie Kathrine und Cecilie, vergewaltigt und ermordet. Sowohl das Mädchen aus Næstved als auch Kathrine hier aus Espergærde wurden mit bloßen Händen erwürgt. Cecilie wurde mit einem Kissen erstickt. War das leichter?«

Henrik Frandsen rutschte auf seinem Stuhl herum. Er schnaubte leise.

»Ich wiederhole: Ich hatte mit keinem dieser Mädchen zu tun. Das ist ein Zufall.«

»Sie wollen uns weismachen, es sei ein Zufall, dass das erste Mädchen, das verschwunden ist, aus Ihrer Reitschule stammte, und dass das zweite Mädchen, das auf die gleiche Weise verschwand und später exakt so vergewaltigt, ermordet und gefesselt wurde wie das erste, ausgerechnet aus Næstved stammte?«, fuhr Per Roland fort.

»Ich habe keine Ahnung, wovon Sie sprechen. Ich weiß nicht, ob das ein Zufall ist, aber das alles hat nichts mit mir zu tun. Außer natürlich, dass Kathrine zufällig auf dem Rückweg von der Reitschule verschwand, die ich leite.«

»Und dass Cecilie zuletzt lebend gesehen wurde, als sie mit dem Fahrrad von der Reitschule losfuhr, die Sie leiten«, sagte Roland. »Und natürlich auch, dass Sie eine recht enge Verbindung nach Næstved haben, wo das eine Mädchen tot wieder auftauchte und das andere zwei Jahre später verschwand. Verstehen Sie, warum wir Sie sehr interessant finden?«

Henrik Frandsen biss sich auf die Unterlippe. Jetzt kamen die Gefühle, dachte Liv. Er stand unter Druck. Der innere Kampf. Komm schon, sag uns die Wahrheit.

»Was sind zwei halbe Schläge?«, fragte Roland dann.

»Ein Seglerknoten.«

Henrik Frandsen sah ihn verwirrt an.

»Können Sie den?«

»Ja, den kann ich. Als Kind bin ich Optimist gesegelt, außerdem benutze ich diesen Knoten, um unsere Gatter zusammenzubinden, wenn irgendwo ein Stützpfosten umgestürzt ist. Nur damit es hält, bis der Zaun richtig repariert wird. Es ist nützlich, wenn man so etwas kann.«

»Wie praktisch«, sagte Roland.

»Ja, das ist wirklich praktisch.«

»Und womit binden Sie den Zaun zusammen?«

»Egal, was ich gerade zur Hand haben.«

»Einen Strick zum Beispiel?«

»Ja, zum Beispiel. Die eignen sich sehr gut dafür.«

»Ja, die sind nicht so elastisch. Die geben nicht nach.«

»Genau.«

Per Roland lächelte nickend. Henrik Frandsen war jetzt wirklich verwirrt. Ein Mensch konnte einem Fragezeichen kaum ähnlicher sehen als Frandsen in diesem Augenblick, dachte Liv.

»Sie sind Single, nicht wahr?«, fuhr sie fort.

»Ja.«

»Keine Frau, keine Geliebte?«

»Nein, im Moment nicht.«

»Warum nicht?«, fragte Roland dann. »Wollte keine davon Ihre Spielchen mitmachen?«

Henrik Frandsen sah Roland verärgert an.

»Muss ich das eigentlich alles über mich ergehen lassen?«

»Das müssen Sie, ja«, antwortete Liv und fuhr fort: »Sind Sie nicht manchmal einsam?«

»Doch, wie die meisten anderen auch.«

»Wenn Sie in Ihrem Büro sitzen, chatten Sie dann auch schon mal mit anderen im Netz?«

»Das kommt vor, ja.«

»Auch mit kleinen Mädchen?«

»Nein.«

Der ist aalglatt, dachte Liv. Kein noch so kleines Anzeichen, dass er lügt. Kein Flackern mit den Augen, keine Hände vor dem Gesicht, keine geweiteten Nasenflügel, nichts, auf das man reagieren könnte.

»Dann haben Sie sich nicht mit Cecilie Junge-Larsen geschrieben und ein Treffen für Sonntagabend in der Reitschule vereinbart?«, fragte Roland schließlich.

Jetzt wurde Henrik Frandsen ernst.

»Nein, das habe ich weiß Gott nicht!«

Henrik Frandsen gehörte zu den wenigen Menschen, die in der Lage sind, lediglich eine Augenbraue hochzuziehen, und genau das tat er jetzt.

»Warum sollte ich das tun?«

Liv zuckte mit den Schultern.

»Um sie nach da draußen zu locken? Was hatte sie gegen Sie in der Hand? Was war ihr kleines Geheimnis? Sie hat damit gedroht, es an die große Glocke zu hängen, oder?«

Henrik Frandsen schüttelte den Kopf. Seine Augen strahlten so etwas wie Verachtung aus.

»Das klingt in meinen Ohren vollkommen verrückt.«

»Sie haben ihr also nicht geschrieben?«

Jetzt zog er beide Augenbrauen hoch.

»Nein, verdammt!«

»Denken Sie noch einmal gründlich nach. Wir haben Ihren Computer, und unser Experte überprüft gerade, ob Sie es waren. So etwas kann man nämlich zurückverfolgen«, sagte Roland mit einem Grinsen und machte eine Pause. »Knight-Rider«, sagte er dann. »Ein hübscher Name.«

Henrik Frandsens Wangen wurden plötzlich rot, was sogar durch den Lehm zu erkennen war.

»Habe ich getroffen?«, fragte Roland.

»Das stimmt schon. Ich nenne mich manchmal so, aber nur auf meinen Datingseiten, also bei Dating.dk und HotFlirt.dk.«

Im gleichen Moment flog die Tür des kleinen Büros auf. Miroslav steckte den Kopf herein, rief Roland zu sich, flüsterte ihm etwas ins Ohr und verschwand wieder.

Roland setzte sich mit einem Seufzen hin.

»Tja, es hat den Anschein, als müssten wir hier noch eine Weile weitermachen.«

Er richtete seinen Blick auf Henrik Frandsen und sah ihm tief in die Augen.

Wie ein Vater, der von seinem halbwüchsigen Sohn enttäuscht ist, dachte Liv und freute sich überhaupt nicht darauf, selber einmal so mit ihren Mädchen reden zu müssen. Wenn sie erst im Teenageralter waren.

»Sie haben uns nämlich angelogen«, sagte er dann. »Wir haben gerade die Bestätigung erhalten, dass die Mails, die an Cecilie Junge-Larsen geschickt worden sind, von ihrem Computer stammen. Von Ihrem Laptop.«

»Wie wollen Sie uns das erklären?«, übernahm Liv.

Henrik Frandsen sah aufrichtig verwirrt aus.

»Jetzt hören Sie aber auf, das kann nicht stimmen!«

»Aber das tut es.«

»Aber … aber ich habe die nicht geschrieben … Ich weiß wirklich nicht, was ich sagen soll. Ich habe das Gefühl, dass ich mich mit jeder weiteren Aussage nur noch mehr belaste.«

Roland starrte ihn misstrauisch an.

»Sie behaupten noch immer, unschuldig zu sein?«

»Ja, ich kenne das Mädchen überhaupt nicht.«

Jetzt war es Liv, die sich entspannt zurücklehnte.

»Gut, dann fangen wir doch mal mit gestern Nachmittag an. Was war da los? Warum sind Sie so überstürzt mit Ihrem Wagen abgehauen, als sie uns gesehen haben, wenn Sie doch so unschuldig sind?«

»Ja, aber ich hatte doch schon mit Ihnen geredet. Mit Ihrem Kollegen, der war lange bei mir.«

»Aber wir sind zurückgekommen, um uns noch weiter mit Ihnen zu unterhalten. Und als Sie uns gesehen haben, hatten Sie es plötzlich sehr eilig.«

»Woher sollte ich denn wissen, dass Sie noch einmal zu mir wollten? Ich hatte meiner Mutter versprochen, sie in Næstved zu besuchen. Es geht ihr zurzeit nicht so gut. Ich habe mir deshalb etwas früher freigenommen, das ist doch wohl nicht verboten.«

»Nein, ist es nicht. Aber Sie müssen doch zugeben, dass das etwas merkwürdig aussieht?«, übernahm Roland wieder.

»Eigentlich nicht, ich hatte es ganz einfach eilig.«

»Wie wäre es, wenn Sie uns erzählen würden, wo Sie Sonntagabend gegen sieben oder halb acht Uhr waren?«, wechselte Liv die Strategie.

»Ich war zu Hause. Hab ferngesehen. Aber auch das habe ich Ihrem Kollegen schon gesagt.«

»Waren Sie den ganzen Abend da?«

»Ja.«

»Wir haben nämlich einen Zeugen, der Sie in der Reitschule gesehen hat, als Cecilie Junge-Larsen ganz zufällig mit ihrer Freundin dort war. Kurz bevor sie ermordet wurde.«

»Aber das kann nicht stimmen. Ich war zu Hause. Sie müssen mir glauben. Da stimmt etwas nicht!«

Henrik Frandsens Stimme überschlug sich vor Verzweiflung.

»Was haben Sie sich angeschaut?«, fragte Liv dann.

»Keine Ahnung. Hab vermutlich bloß rumgezappt.«

»Versuchen Sie, sich zu erinnern.«

Henrik Frandsens Augen flackerten. Er sah Liv an, ehe er seinen Blick wieder auf Per Roland richtete.

»Normalerweise gucke ich am Spätnachmittag diese Serien auf TV2. *Friends* und so etwas. Und dann um 18.00 Uhr die Nachrichten, bis ich gegen halb sieben zu Abend esse. Danach habe ich mir einen Film angesehen, den ich mir ausgeliehen hatte. Sie dürfen gerne die Quittung sehen.«

»Wann haben Sie sich den ausgeliehen?«

»Am Nachmittag.«

»Nicht gerade ein Alibi«, murmelte Roland.

»Hat Sie jemand gesehen, als Sie zu Hause waren? Ihr Vermieter vielleicht?«, fragte Liv.

Henrik Frandsen schüttelte den Kopf.

»Haben Sie mit jemandem telefoniert?«

»Nein, nicht dass ich wüsste.«

»Mit Ihrer Mutter vielleicht? Mütter rufen doch gern am Sonntagabend an.«

»Meine Mutter nicht. Ich rufe immer sie an. Sie ist durch ihre Diabetes halbblind, sie kann die Tasten nicht mehr erkennen.«

»Dann haben Sie für den Abend also kein Alibi, die Briefe von Cecilies vermutlichem Mörder stammen von Ihrem

Laptop, und Sie sind kurz vor ihrem Tod in Ihrer Nähe gesehen worden. Sie merken wohl selbst, dass es schlecht für Sie aussieht.«

Henrik Frandsen starrte Roland mit weit aufgerissenen Augen an und richtete seinen Blick dann auf Liv.

»Warum sollen wir an Ihre Unschuld glauben?«

»Ich glaube, ich möchte jetzt mit einem Anwalt reden.«

Verdammt, dachte Liv. Diese wenigen Worte machten alles kaputt. Hätten Sie nur noch einen Moment weitermachen können, hätten sie ihn überführt.

»Sind Sie sicher? Wir unterhalten uns doch nur mit Ihnen«, sagte Roland freundlich. »Sind Sie sich wirklich sicher, dass es nicht doch etwas gibt, was Sie uns sagen möchten? Etwas, was Ihnen auf der Seele brennt?«

Henrik Frandsen schüttelte den Kopf.

»Ich sage nichts mehr, bis mein Anwalt hier ist.«

»Manchmal ist es recht angenehm, sich sein Herz zu erleichtern«, fuhr Liv fort. »Wir können Ihnen bestimmt helfen.«

Aber Henrik Frandsen hatte sich allem Anschein nach entschlossen, nichts mehr von sich zu geben.

Per Roland sah zu Liv und dann zu Henrik Frandsen.

»Tja, wenn das so ist, können wir nichts mehr für Sie tun.«

»Diese verfluchten Krimiserien«, schimpfte Per Roland, als Henrik Frandsen von zwei Beamten abgeholt und zurück in den Arrest gebracht worden war. »Ich will einen DNA-Test von ihm, und dann müssen wir das Haus untersuchen, vom Keller bis zum Dachboden. Wir brauchen innerhalb der nächsten 24 Stunden einen klaren Beweis dafür, dass er in Cecilies Haus war. Etwas, was vor Gericht Bestand hat.«

17

Per Roland betrachtete sein Spiegelbild in dem dunklen Fenster der herrschaftlichen Küche. Durch die offene Terrassentür hörte er die Wellen des Øresunds, und für einen kurzen Moment wünschte er sich in sein H-Boot. Er dachte an Cynthia. Sie hatte nie Freude am Segeln gehabt, aber es würde ihr gefallen, in Junge-Larsens mächtiger Villa zu wohnen, und eine ganz besondere Freude wäre es ihr sicher jeden Tag aufs Neue gewesen, in die schmucke Küche zu treten, in der jetzt Per Roland und seine Leute mit gesenkten Blicken saßen.

Max Motor mit seinem verbundenen Bein fummelte an einer Espresso-Maschine herum. Miroslav sah müde aus, dachte Roland.

Liv und Carsten starrten in die Luft, Anette lehnte an der Anrichte und beobachtete Max' Bemühungen, während Lange Lind als Einziger trompetend und niesend durchs Haus lief, überall Proben nahm und jedes Kissen als vermeintliche Mordwaffe genau unter die Lupe nahm.

»Und was machen wir, wenn wir nichts finden?«, brach Liv plötzlich das Schweigen.

Per Roland drehte sich nicht um, sondern starrte weiter auf die dunkle Fensterscheibe. Warum waren die Stimmen der Menschen so unterschiedlich? Warum klang Cecilies wie der Gesang der Engel, während Livs Stimme eher an einen Schneidbrenner erinnerte? Lag das wirklich nur an der unterschiedlichen Länge der Stimmbänder, wie er es einmal in einem Artikel in der *Illustrierten Wissenschaft* gelesen hatte? Die der Männer waren länger als die der Frauen, weshalb ihre Stimmen tiefer waren. Doch auch die Größe des Brustkorbs sollte sich auf die Klangfarbe auswirken. Vielleicht klang Livs Stimme deshalb manchmal so schrill und dünn. Sie war einfach zu schmächtig, dachte er, ohne zu wissen, ob es wirklich so einfach war. Vielleicht war ihm ihre Stimme aber auch deshalb so schrill vorgekommen, weil ihre Frage ihn ärgerte.

»Wir haben doch noch immer ihre Korrespondenz«, sagte Max Motor und nippte vorsichtig an dem starken Kaffee. »Reicht die nicht?«

Max musste unglaublich lange Stimmbänder haben, dachte Roland.

»Nein, die reicht leider nicht«, antwortete er, wandte sich seinen Leuten zu und versuchte, aufmunternd zu lächeln.

»Aus der Tatsache, dass er ihr fünf Mails geschickt hat, kannst du nicht mit Sicherheit ableiten, dass er sie auch ermordet hat«, brummte Miroslav. »Das kann doch jeder tun, Mann. Er kann ja behaupten, dass er das alles nur zum Spaß gemacht hat. Oder dass er diese Mails gar nicht verschickt hat, sondern jemand anderes seinen Computer benutzt hat.«

»Miroslav hat recht. Wir brauchen zwingend eine konkrete Verbindung zwischen Henrik Frandsen und Cecilie. Wir können ihn nicht mit dem Kontaktort in Verbindung bringen. Leider. Die Schuhabdrücke im Wald sind nicht genau genug. Wir müssen also auf Spuren am Fundort oder am Tatort hoffen. Und da Cecilie hier im Keller gefunden wurde, müssen wir davon ausgehen, dass sie auch irgendwo in diesem Haus umgebracht worden ist.«

»Aber die Eltern waren doch zu Hause«, gab Liv zu bedenken.

»Ja, aber es hätte für den Täter wenig Sinn, sie irgendwo anders zu töten und dann hierher in ihr eigenes Zuhause zu schleppen und im Keller zu verstecken.«

Liv zuckte mit den Schultern.

»Da hast du wohl recht. Es ist aber doch irgendwie merkwürdig, dass die nichts mitbekommen haben.«

Jetzt war es Per Roland, der mit den Schultern zuckte.

»Das Haus ist groß. Wenn sie oben ferngesehen haben, wie sie angegeben haben ...«

»Die Frage ist nur, ob Cecilie ihren Mörder selbst hereingebeten hat oder ob er später gekommen ist«, sagte Max Motor.

»Was meint ihr, sollten wir vielleicht mal überprüfen, ob Henrik Frandsen Prada-Schuhe hat?«, fragte Liv.

»Da sind wir dran.«

»Und was ist mit den Eltern?«, fragte Liv erneut.

»Svendsen? Was haben sie dir gesagt? Du warst doch draußen in ihrem Sommerhaus«, fragte Roland.

»Sie bestreiten, dass Cecilie einen anderen Vater hat.«

»Hast du mit der Mutter allein gesprochen? Vielleicht will sie ja nicht, dass ihr Mann das erfährt?«

»Ich habe nur mit der Mutter gesprochen. Der Vater war in Kopenhagen, um an der Fernsehsendung ›Guten Abend Dänemark‹ mitzuwirken. Die Mutter hatte abgesagt, sie traute sich das nicht zu. Aber sie hat mir mit allem Nachdruck versichert, dass sie es doch wohl wissen müsse, wenn ihr Mann nicht Cecilies Vater sei, und dass das vollkommen aus der Luft gegriffen sei.«

»Lügt sie?«

»Das ist schwer zu sagen.«

Auch Lange Lind tauchte jetzt in der Küche auf und setzte sich an den Esstisch.

»Ich glaube, es ist in ihrem Zimmer passiert«, sagte er schließlich. »Nein, das ist falsch formuliert. Ich bin mir zu 89,5 Prozent sicher, dass sie in ihrem Zimmer ermordet worden ist.«

»Endlich. Worauf basiert deine Annahme?«, fragte Roland.

»Wie du selbst bemerkt hast, stehen fünf Bücher im Regal auf dem Kopf. Außerdem habe ich ein Bild von Cecilie gefunden, das vor ein paar Monaten in ihrem Zimmer aufgenommen worden ist, und darauf kann man erkennen, dass einige Dinge im Regal jetzt vollkommen anders stehen. Der ganze Kleinkram ist total umgebaut worden, was darauf hindeuten könnte, dass die Sachen vom Brett gestürzt sind, vielleicht bei einem Handgemenge. Möglicherweise hat der Täter anschließend aufgeräumt, ohne genau zu wissen, wo was stand.«

»Hm, klingt plausibel«, antwortete Roland. »Keine weiteren Spuren oder Fingerabdrücke?«

»Es ist ziemlich gründlich saubergemacht worden, so dass ich nichts gefunden habe. Ich glaube aber zu wissen, wie der Täter reingekommen ist.«

Per Roland spürte selbst, wie sich seine Stimmung aufhellte. Auch die anderen am Tisch waren jetzt ganz bei der Sache.

»Erzähl.«

»Draußen im Garten vor Cecilies Zimmer steht eine sehr lange Leiter. Der Täter kann da hinaufgeklettert und dann durch Cecilies Fenster gekrochen sein. Die Mutter hat bei einem Verhör gesagt, dass sie immer mit offenem Fenster schlafen, solange es noch nicht friert. Das sei am gesündesten für die Atemwege, und außerdem brauche man so keine Mittel gegen Hausstaub. So in etwa hat sie sich ausgedrückt. Der Täter kann auf jeden Fall auf diese Weise ins Haus gekommen sein«, sagte Lind.

»Okay«, antwortete Roland. »Dann gehen wir also davon aus, dass sich der Täter per Mail mit Cecilie an der Reitschule verabredet hat.«

Anette hob ihren Arm und unterbrach ihn.

»Wir dürfen aber nicht vergessen, dass Cecilie selbst ihn zu diesem Treffen gedrängt hat.«

»Was kann das bedeuten?«, fragte Liv.

»Vermutlich hat sie irgendetwas gewusst, was unseren Täter gefügig gemacht hat. Es muss schon etwas Ernstes gewesen sein, wenn er sich gegen seinen Willen zu einem solchen Treffen bereit erklärt hat. Vielleicht hat sie ihn erpresst. Auf jeden Fall muss er sich bedroht gefühlt haben. Vielleicht stand seine Existenz auf dem Spiel.«

»Du meinst wirklich, dass sie irgendetwas über den Täter gewusst hat, was sein Leben hätte zerstören können?«

Anette nickte.

»So in der Art.«

»Kann dieses Geheimnis denn so wichtig gewesen sein, dass er sie deshalb getötet hat?«

Anette zuckte mit den Schultern.

»Möglich ist es.«

Liv und Roland nickten beide. Das könnte ein Motiv sein.

»Auf jeden Fall ist sie mit ihrer Freundin in die Reitschule gefahren, um ihn anschließend dort zu treffen«, fiel ihm Liv ins Wort.

Roland nickte.

»Ja, und dann hat er kalte Füße bekommen, vielleicht weil sie mit einer Freundin zusammen war. Er hatte Angst, gesehen zu werden.«

»Deshalb der Hut«, sagte Liv.

Roland zeigte auf sie.

»Genau. Er sieht vom Balkon aus, dass sie nicht allein ist, und ruft sie an, um das Treffen zu verlegen. Sie treffen sich dann anschließend im Schutz des Waldes.«

»Sie reden, und sie sagt ihm, was sie weiß. Vielleicht droht sie, alles an die Öffentlichkeit zu bringen, und sie geraten aneinander …«

»Oder er geht auf ihre Bedingungen ein, damit sie den Mund hält«, unterbrach Anette ihn und wurde dann selbst von Roland unterbrochen:

»Und dann beschließt er, sie ein für alle Mal zum Schweigen zu bringen. Er folgt ihr, als sie mit dem Fahrrad nach Hause fährt, vielleicht wartet er draußen vor ihrem Fenster, bis sie ins Bett gegangen ist. Und dann steigt er über die Leiter oben bei ihr ein, erstickt sie mit ihrem eigenen Kissen und trägt sie dann nach unten, wo er sie im Kriechkeller versteckt.

»Und fesselt ihr die Hände mit dem Seil«, ergänzte Liv.

»Seine persönliche Handschrift, ja. Das muss er tun«, sagte Anette.

Sie sahen einander an. Alle. Für einen Augenblick breitete sich Zufriedenheit aus. So konnten die Fakten zusammenhängen.

Dann mischte Miroslav sich ein.

»Aber warum zum Henker wartet er, bis sie zu Hause ist? Warum macht er sie nicht gleich im Wald tot?«

Männliche Stimmen konnten also auch schrill sein, dachte Roland und schloss die Augen. Wäre er ein Kind gewesen, hätte er sich jetzt die Ohren zugehalten und zu singen begonnen. Aber er war kein Kind, leider.

»Warum *ermordet* er sie nicht gleich im Wald, heißt das«, korrigierte Roland ihn.

»Whatever«, antwortete Miroslav. »Warum *ermordet* er sie erst zu Hause?«

»Vielleicht ist ihm erst nach einer Weile bewusst geworden, dass er sie aus dem Weg räumen muss?«, antwortete Roland. »Oder er hatte vielleicht Angst, jemand könnte ihn hören.«

»Das Risiko, entdeckt zu werden, ist bei ihr zu Hause doch wohl um einiges größer. Schließlich waren ihre Eltern im Haus. Und das bringt mich zum nächsten Punkt. Warum hören die Eltern den Lärm nicht, wenn wirklich Sachen aus dem Regal gefallen sind?«

Per Roland schwieg. Er musste einräumen, dass sein Kollege recht hatte, aber noch kannten sie ja die Motive des Täters nicht. Vielleicht gab es ihm einen Kick, sie in ihrem eigenen Heim umzubringen? Vielleicht wollte er warten, bis sie schlief, damit sie nicht so viel Widerstand leistete? Oder wollte er den Verdacht auf die Eltern lenken? Haben die nichts gehört, weil sie oben so laut ferngesehen haben? Irgendwie musste es doch eine logische Erklärung geben, die gab es doch immer, verflucht noch mal! Sogar bei der Mondlandung und den Stimmbändern.

Wenn das nur nicht bedeutete, dass sie vollends auf dem Holzweg waren!

Und das waren noch nicht einmal alle Details: Das Handy des Mädchens war noch immer nicht aufgetaucht, und es war mehr als unwahrscheinlich, dass Henrik Frandsen etwas von der Existenz des Kriechkellers unter dem Haus der Junge-Larsens wusste. Schließlich war der Eingang durch einen Teppich verdeckt gewesen.

Per Roland ging in Gedanken alles noch einmal durch,

wagte es aber nicht, seine Schlussfolgerung laut zu äußern. Stattdessen sagte er zum ersten Mal in richtiger Chefmanier:

»Verdammt noch mal, können wir denn wirklich nichts finden, was Henrik Frandsen definitiv mit diesem Haus hier in Verbindung bringt? Jetzt geht schon an die Arbeit, los, ihr wisst, was ihr zu tun habt. Ich will wissen, welches Kissen benutzt worden ist. Ich will wissen, in welchem Zimmer genau sie umgebracht worden ist. Und dann will ich einen Fingerabdruck, einen Tropfen Speichel oder Sperma. Es ist mir scheißegal, Hauptsache, ihr findet etwas, womit wir ihn festnageln können. Jeder Täter hinterlässt irgendeine Spur. Jeder macht einen Fehler. Los jetzt!«, rief er und spürte, wie seine Stimmbänder kürzer und schmaler wurden.

Er sah aber auch, dass es wirkte.

18

Eigentlich sollte sie auf dem Weg nach Hause sein. Roland hatte sie alle mit einem Dank für den Tag entlassen und war dann selbst nach Hause gefahren. Und vor wenigen Augenblicken hatte sie sich auch von Max Motor und Miroslav verabschiedet, die als Letzte gegangen waren. Jetzt saß sie allein im Büro und fragte sich, warum es ihnen nicht gelungen war, im Haus der Junge-Larsens den schlagenden Beweis zu finden, nach dem sie so intensiv gesucht hatten. Waren sie auf der falschen Fährte? War es in Wirklichkeit so einfach, dass doch Kent Levin alle drei Morde begangen hatte, den letzten während seines Freigangs aus dem Gefängnis? Oder hatte Henrik Frandsen alle seine Spuren bis zur Perfektion beseitigt?

Liv fasste sich an den Kopf. Sie stand auf und betrachtete die Tafel aus dem Sitzungsraum, die in ihr Büro geschoben worden war. Sie starrte auf das Foto von Henrik Frandsen. Leiter der Reitschule. Was hatten sie übersehen? Waren sie so müde, dass sie nichts mehr sahen?

Das Telefon auf ihrem Tisch klingelte. Es war der Wachhabende. Er hatte jemanden in der Leitung, der vorgab, Hinweise im Fall des ermordeten Kinderstars zu haben.

»Trauen Sie sich zu, den Anruf entgegenzunehmen? Nur Sie sind noch im Haus, nicht wahr?«

Liv seufzte. Jeden Tag gingen gut hundert Anrufe von Menschen bei ihnen ein, die zu wissen glaubten, wer den kleinen Star ermordet hatte. Trotzdem musste jeder Anrufer mit dem gleichen Ernst behandelt werden.

»Stellen Sie den Anruf durch.«

»Bitte«, sagte der Wachhabende und ging aus der Leitung.

»Mordkommission, Sie sprechen mit Liv Moretti.«

Ein heftiges Stöhnen war am anderen Ende zu hören, und Liv wollte schon wieder auflegen, als eine dünne Frauenstimme flüsterte:

»Ich weiß, wer es getan hat.«

Dann wurde es still.

»Okay, aber zuerst muss ich wissen, mit wem ich spreche«, sagte Liv, doch die Leitung blieb erst einmal wieder stumm. Nur der schwere Atem verriet, dass die Frau noch da war.

»Ich muss Sie um Ihren Namen bitten«, sagte Liv wieder mit der freundlichsten Stimme, die sie aufbieten konnte.

Es war jetzt vollkommen still am anderen Ende, und Liv gab die Hoffnung schon auf, als sie plötzlich eine andere Stimme rufen hörte, dass sie auflegen sollte. Sie presste sich den Hörer aufs Ohr und lauschte.

»Auflegen!«, rief die Person wieder, und Liv erkannte, dass es ein Mann war.

Dann wurde die Verbindung unterbrochen.

Liv starrte auf den Hörer und legte auf. Dann schüttelte sie den Kopf. Dieser Fall zog wirklich die merkwürdigsten Menschen an. Aber dieser Anruf war irgendwie anders. Wer war dort im Hintergrund gewesen? Sie nahm das Päckchen Zigaretten vom Tisch, schnippte eine heraus und griff zum Feuerzeug. Dann trat sie an das große Fenster und öffnete es.

Die kühle Abendluft erschien mit einem Mal sehr angenehm. Obwohl sie wusste, dass sie allein war, sah sie sich noch einmal um. Dann schloss sie die Tür und ging zurück ans Fenster. Eine einzelne Zigarette am Fenster würde doch niemand bemerken. Das Feuerzeug warf einen Lichtschein auf ihr Gesicht, als sie die Zigarette anzündete. Sie atmete aus und beobachtete zufrieden, wie der Rauch vom Wind mitgerissen wurde. Das Einkaufszentrum drüben auf der anderen Straßenseite war schon eine Weile geschlossen, trotzdem warteten an der Bushaltestelle noch ein paar Menschen auf den Bus.

Sie dachte an den Anruf. Warum rief jemand bei der Polizei an, um so etwas zu sagen? Und was war geschehen, nachdem der Hörer aufgelegt worden war? Sollte sie überprüfen, ob alles in Ordnung war, oder griff sie damit zu sehr in die Intimsphäre dieser Menschen ein? Es konnte ja die Stimme des Mannes oder Lebensgefährten der Anruferin gewesen sein. Liv nahm noch einen Zug und knibbelte an ihren Nägeln. Und wenn die Frau am anderen Ende *tatsächlich* wusste, wer der Täter war? Und jetzt etwas mit ihr geschah? Liv fluchte innerlich. Diesen Gedanken würde sie die ganze Nacht hindurch nicht loswerden.

»Verdammte Scheiße«, sagte sie laut und drückte die Zigarette in einer Topfpflanze aus. Sie ließ das Fenster noch eine Weile offen stehen, damit der Rauchgeruch verfliegen konnte, und rief den Wachhabenden an.

»Eine Frage: Können wir den letzten Anruf zurückverfolgen?«

»Das kriege ich hin«, sagte er und legte auf.

Liv stand wieder auf und sah aus dem Fenster. Jetzt war die Bushaltestelle leer. Ein einsames Auto fuhr draußen im Dunkeln vorbei, als ihr Telefon klingelte. Es war der Wachhabende.

»Mette Berendsen«, sagte er. »Kelleris Vang 10, in Espergærde.«

»Sie sind ein Schatz«, rief Liv und notierte sich Namen und Adresse.

»Gerne geschehen«, sagte er und legte auf.

Liv parkte den Dienstwagen vor einem kleinen Reihenhaus in dem Neubauviertel am Kelleris Vang. Als sie noch ein Kind war, hatte es hier nur weite, goldene Felder gegeben. Mit schnellen Schritten ging sie über die Einfahrt, vorbei an einem kleinen Vorgarten mit einer frisch gepflanzten, schütteren Buchenhecke. Die Vorhänge im Haus waren geschlossen, kein Lichtstrahl fiel nach draußen.

Sie klingelte und warf einen Blick auf ihr Handy. Es war drei Minuten nach neun. Hoffentlich hatte der Vater ihrer Kinder ihre beiden Süßen rechtzeitig ins Bett gebracht. Sonst waren sie am nächsten Tag immer so nervig. Sie seufzte. Plötzlich vermisste sie ihre beiden ganz schrecklich.

Sie klingelte noch einmal. Noch immer keine Antwort, aber da sie aus dem Inneren des Hauses Stimmen hörte, fasste sie an die Klinke und stellte zu ihrer Verwunderung fest, dass die Tür unverschlossen war. Dann hörte sie einen Mann rufen. Liv zuckte kurz zusammen, bis sie erkannte, dass die Stimmen aus dem Fernseher kamen. Im Wohnzimmer waren alle Lampen gelöscht, nur der Fernseher hüllte den Raum in ein bläuliches Licht.

»Mette Berendsen?«

Liv trat vorsichtig auf den Flur, ihren Polizeiausweis vor sich ausgestreckt.

»Hier ist die Polizei.«

Ein großer, geblümter Sessel stand mit dem Rücken zur

Tür vor dem Fernseher. Liv erkannte einen Arm auf der Lehne und über dem Sesselrücken den oberen Teil eines Kopfes. Sie rief noch einmal, erhielt aber keine Antwort. Zunehmend verunsichert eilte sie ins Wohnzimmer.

»Hallo? Mette Berendsen? Schlafen Sie?«

Als sie den Sessel erreicht hatte und um ihn herumging, verschlug es ihr den Atem. Eine dicke Frau, bei der es sich, wie Liv annahm, um Mette Berendsen handelte, starrte sie mit weit aufgerissenen Augen an. Ihr Mund stand offen, und ihr Kopf war seitlich auf die Schulter gesackt.

Liv rang nach Atem. Die Spuren an ihrem Hals sprachen eine deutliche Sprache: mit bloßen Händen erwürgt. Sie beugte sich über die Frau und tastete an ihrem Hals nach einem Puls, konnte aber nichts finden. Ihre Haut war noch warm. Sie konnte erst wenige Minuten tot sein.

Liv trat einen Schritt zurück und starrte die beleibte Frau an. Ihr Körper schien fast mit dem Sessel verwachsen zu sein. Auf dem Boden lag ein Stück Pizza, und die Finger ihrer rechten Hand glänzten fettig. Leere Tüten und Verpackungen von Kuchen, Chips und Fertiggerichten, die sie allem Anschein nach direkt aus der Packung gegessen hatte, türmten sich auf dem Sofatisch. Eine Dose geschmolzenes Eis war umgekippt und tropfte zu Boden. Die Frau war ermordet worden, während sie versucht hatte, sich zu Tode zu fressen.

Liv sah sich rasch im Haus um und konstatierte, dass sie allein war. Dann wühlte sie in ihrer Tasche nach ihrem Handy und rief Per Roland an.

»Wir haben einen weiteren Mord«, hörte sie sich selbst sagen.

19

Max Motor wurde im Hotelzimmer im Zentrum von Helsingør von Anettes Telefon geweckt, das als Erstes klingelte. Als seines läutete, war er – wie Per Roland richtig vermutet hatte – bereits angezogen.

Miroslav schrak von seiner Matratze im Einzimmerapartment eines Freundes in Vapnagaard auf, bei dem er schlafen konnte, während sie in der Stadt waren.

Carsten Svendsen wachte im Sessel seines Hotelzimmers auf, in dem er mit einem belgischen Bier in der Hand eingeschlafen war, während Lange Lind die ganze Nacht über am Tatort gewesen war, um bei der Spurensicherung zu helfen. Die Kriminaltechniker waren fast fertig, und die erste, vorläufige Leichenschau war soeben beendet worden.

Liv und Roland waren beide für ein paar Stunden zu Hause gewesen und hatten geschlafen. Zu Rolands Verwunderung sah Liv überraschend frisch aus. Auf jeden Fall waren sie jetzt bereit, den Fall zu bearbeiten.

Als letzter von ihnen allen trat Miroslav durch die Tür des kleinen Reihenhauses. Auch er sah erstaunlich wach aus.

»Was haben wir?«, fragte er mit einer Frische, die Roland einen Moment lang vergessen ließ, dass es erst kurz nach sechs war.

Die ganze Gruppe starrte Miroslav an, und Roland fragte sich, wie er es nur geschafft hatte, in so kurzer Zeit zu duschen, sich Wachs in die Haare zu kneten und wie ein ganzer Parfümladen zu duften.

»Eine Frau, fünfundzwanzig Jahre alt, auf ihrem Sessel erwürgt«, sagte er.

Die Gruppe war sichtlich verwirrt.

»Und was zum Henker hat das mit unserem Fall zu tun?«, fragte Miroslav.

»Zwei Morde in ein und derselben Stadt, und das innerhalb weniger Tage, sind selten ein Zufall. Außerdem hat die Frau kurz vor ihrer Ermordung im Präsidium angerufen und mit Liv gesprochen.«

Liv übernahm. »Sie hat nicht viel gesagt. Eigentlich nur einen Satz.«

»Und der ist wichtig«, fiel ihr Roland ins Wort.

»Ja, ich dachte erst, sie würde auch nur mit so einem haltlosen Hinweis kommen, wie wir sie häufig aus der Öffentlichkeit bekommen, aber dann sagte sie, sie wisse, wer es getan hat.«

Liv zuckte mit den Schultern.

»Komm schon, erzähl alles«, sagte Roland etwas ungeduldig.

»Dann hörte ich einen Tumult im Hintergrund, gefolgt von einer Männerstimme, die ihr befahl, den Hörer aufzulegen.«

Max Motor rieb sich die Wangen, auf denen noch die Schlaffalten zu erkennen waren.

»Und dann?«

»Dann bin ich hingefahren und habe sie erwürgt in ihrem Sessel gefunden.«

»Wie geht es dir?«, fragte Anette.

Liv zuckte wieder mit den Schultern. »Es geht schon, denke ich. Ich hätte kaum anders vorgehen können.«

Anette nickte und legte ihr eine Hand auf die Schulter.

»Gibt es sonst noch etwas, was diese beiden Morde miteinander verbindet?«, fragte Miroslav.

»Nur dass auch sie mit bloßen Händen ermordet worden ist. Wie Kathrine Reinholdt und Mathilde Hansen«, antwortete Roland.

»Cecilie wurde ebenfalls erstickt, nur eben auf andere Weise«, sagte Max Motor.

»Ja, und ich glaube, wir haben es mit dem gleichen Mann zu tun«, antwortete Roland, während sie sich alle dem Sessel näherten, in dem Mette Berendsen mit einem Stück Pizza in der Hand ihren letzten Atemzug getan hatte.

Roland sah, wie sich Miroslav mit einem schockierten Laut die Hand vor den Mund hielt.

»Jetzt sei doch ruhig«, schimpfte Carsten Svendsen.

»Fuck, Mann, ist das scheußlich!«, platzte Miroslav hervor.

»Können wir wirklich sicher sein, dass sie sich nicht einfach zu Tode gefressen hat?«, fragte Max Motor, während er um die Frau im Sessel herumhinkte, um besser sehen zu können. Ihr Bauch hing wie eine Decke auf ihren Beinen.

Per Roland nickte und zeigte auf Mette Berendsens Hals.

»Da sind deutliche Fingerabdrücke. Es muss eine sehr kräftige Person gewesen sein, hat der Rechtsmediziner bei der Leichenschau gesagt. Ihr Hals ist so dick, dass man schon verdammt fest zudrücken muss, um ihr wirklich die Luft abzudrücken.«

»Dann suchen wir mit Sicherheit nach einem Mann, oder?«, fragte Carsten.

»Einem kräftigen Mann, ja. Und das passt auch zu der Männerstimme, die Liv am Telefon gehört hat.«

»Henrik Frandsen kann es dann ja nicht gewesen sein«, sagte Miroslav.

Roland schüttelte den Kopf.

»Nein, der sitzt noch bei uns in Untersuchungshaft.«

»Kann jemand in seinem Auftrag gehandelt haben?«, fragte Liv.

»Wäre möglich. Wenn Mette Berendsen irgendeinen Beweis hatte oder etwas wusste, das ihn belastet.«

»Die Frage ist nur: Was hat sie gewusst?«, setzte Liv den Gedanken fort.

»Kent Levin kann es auch nicht gewesen sein«, murmelte Miroslav.

Roland hörte es trotzdem.

»Nein, den können wir dann wohl auch ausschließen.«

»Außer jemand hat in seinem Auftrag gehandelt«, sagte Liv und sah sich um. Schubladen waren herausgezogen und auf dem Boden ausgekippt worden, überall lagen Papiere herum, im Schlafzimmer türmten sich auf Boden und Bett die Kleider, und sogar ein Regal war umgestürzt worden.

»Es sieht fast nach einem Einbruch aus«, sagte sie.

»Wenn nicht jemand versucht hat, es wie einen Einbruch aussehen zu lassen«, sagte Lange Lind, der am Boden hockte und einen Lehmklumpen untersuchte.

»Wie meinst du das?«, fragte Liv.

»Auf der Kommode im Schlafzimmer liegt ein ganzer Stapel Geld. Wäre das ein Einbruch gewesen …«

»Dann wäre das Geld wohl weg, ja …«

»Wer war sie?«, fragte Carsten.

»Die Ermordete heißt Mette Berendsen. Sie ist hier in Espergærde geboren und aufgewachsen. Seit sie vor vier Jahren von zu Hause ausgezogen ist, wohnt sie hier in diesem Reihenhaus. Sie lebt von ihrer Invalidenpension.«

Per Roland schwieg und sah sich am Tatort um.

Liv ergriff für ihn das Wort.

»Ich habe heute Abend schon mit der Nachbarin gesprochen, kurz nachdem das geschehen ist. Sie hat gesagt, dass sie plötzlich gegen halb neun einen schrecklichen Lärm aus diesem Haus gehört hat. Es hat wie ein Kampf geklungen, und sie hat eine Männerstimme gehört. Danach ist ihr ein Mann mit breiten Schultern und einer kurzen, schwarzen Jacke aufgefallen, der gegen Viertel vor neun aus ihrem Haus kam. Sie hat sich sehr darüber gewundert, da sie bei Mette Berendsen nie jemand anderen als ihre Mutter gesehen hat.«

»Wie ist der Täter reingekommen?«, fragte Max Motor und sah sich um.

»Vermutlich durch das Küchenfenster da drüben«, sagte Roland und ging in den Nebenraum.

»Das steht jedenfalls offen, und innen vor dem Fester ist Erde«, erklärte er und zeigte auf das Parkett, auf dem braune Erdklumpen zu erkennen waren, offensichtlich von einem großen Schuh oder Stiefel.

Svendsen sah verwirrt aus.

»Aber das ist doch verrückt. Unser Täter hat doch kleine Mädchen, also elf- bis zwölfjährige vergewaltigt und getötet, wieso kommt der jetzt auf einmal auf die Idee, eine fünfundzwanzigjährige Frau zu ermorden? Da kann es doch kein sexuelles Motiv geben?«

»Das ist eine wirklich gute Frage«, antwortete Per Roland und sah zu Anette hinüber, die die verschränkten Arme ratlos hochzog.

»Wir müssen uns jetzt wirklich auf das Motiv des Täters konzentrieren. Wie du schon sagst, diese Sache hier ist nicht wie bei den Mädchen sexuell motiviert.«

Anette ging zu Mette Berendsens Sessel und sah sich die Tote an. Dann richtete sie ihren Blick wieder auf Roland.

»Das war ein ziemlich gewalttätiger, brutaler Mord.«

Anette streckte die Arme aus und tat so, als würde sie Mette Berendsen mit den Händen erwürgen.

»Bei der Masse, die diese Frau hatte, muss unser Täter wirklich seine ganze Kraft aufgewendet haben. Und er hat ihr bei ihrem Todeskampf direkt in die Augen gesehen. Da muss eine unheimliche Wut im Spiel gewesen sein.«

»Ein Mord im Affekt?«

Anette nickte.

»Er hasste diese Frau. Wir müssen uns aber die Frage stellen, welche Vorteile er davon hatte, sie umzubringen. Die kleinen Mädchen haben ihn angemacht. Sie hier hat er gehasst. Warum?«

»Vielleicht weil sie wusste, was Cecilie wusste?«, mutmaßte Liv.

Anette zuckte mit den Schultern.

»Vielleicht. Und deshalb mussten beide aus dem Weg geräumt werden.«

Roland drehte sich um und sah Liv an.

»Sprichst du mit der Mutter?«, fragte er.

»Ich bin schon weg.«

Roland ertappte sich dabei, wie er ihr hinterherblickte.

20

Mette Berendsens Mutter wohnte in einem Einfamilienhaus im Sølvvejen, nur wenige hundert Meter vom Reihenhaus ihrer Tochter entfernt. Sie war eine kleine, schmächtige Frau mit kurzen, blondierten Haaren und – wie Liv fand – viel zu viel Make-up. Sie selbst schminkte sich nie. Liv lehnte Make-up nicht wirklich ab, fand es aber unglaublich nervig, jeden Morgen eine Ewigkeit vor dem Spiegel zu verbringen, und war überdies wirklich keine Meisterin im Schminken.

Sie stellte sich Frau Berendsen vor und wurde sogleich hereingebeten.

»Nennen Sie mich ruhig Lone«, sagte die kleine Frau und setzte sich aufs Sofa. Sie hielt eine Serviette in der Hand, mit der sie sich die Nase abwischte. »Einer Ihrer Kollegen hat mich bereits heute Nacht angerufen und mich unterrichtet.«

»Es tut mir sehr leid«, sagte Liv ehrlich. »Ich muss Ihnen aber auch noch ein paar Fragen stellen. Ich weiß, wie unangenehm das sein muss, wenn man gerade jemanden verloren hat, der einem nahestand, aber für die Ermittlungen ist das sehr wichtig.«

Die Frau schniefte und nickte.

»Natürlich«, sagte sie.

»Wohnen Sie allein?«

»Ja, mein Mann ist vor nicht ganz fünf Jahren gestorben. Ein Blutgerinnsel im Gehirn.«

»War er übergewichtig?«

»Nein, gar nicht.«

Liv notierte sich auf ihrem Block, dass der Vater eines natürlichen Todes gestorben war, und fragte sich, wie Mette Berendsen bei diesen Eltern so dick hatte werden können.

»Ich weiß ganz genau, was Sie denken«, sagte Lone Berendsen leise.

Liv sah sie fragend an.

»Sie fragen sich, wie meine Tochter derart übergewichtig werden konnte.«

»War sie als Kind auch schon so füllig?«

»Nein, nein, als Kind war sie ganz schlank. Es begann erst im Teenageralter. Etwa mit dreizehn Jahren legte sie plötzlich unheimlich zu, und wir bemerkten damals, dass sie heimlich aß. Kuchen und Chips. Alles Mögliche. Wir schickten sie zu einem Psychologen, aber auch der konnte sie nicht davon abbringen. Er sagte, sie habe Depressionen und meinte, dass sie irgendein Kindheitstrauma haben müsse, also dass sie irgendetwas Unangenehmes erlebt hat, was sie durch das Essen zu verdrängen versuchte.«

Lone Berendsen schnaubte.

»Aber so ist das wohl immer mit Psychologen, die suchen doch ohnehin nur einen Weg, den Eltern Vorwürfe zu machen.«

»Haben Sie herausgefunden, was für ein Geschehnis sie zu verdrängen versuchte?«

»Nein, niemals. Ich glaube auch nicht, dass es da etwas gegeben hat. Sie hat einfach zu gerne gegessen, wenn Sie mich fragen. Zu guter Letzt lernten wir damit zu leben.«

Liv machte sich Notizen.

»Ich muss Sie leider fragen, wo Sie gestern Abend gegen neun Uhr waren. Das ist eine reine Formalität.«

»Ich war unten in der Badmintonhalle. Ich spiele da mit drei anderen Frauen einmal in der Woche. So halten wir uns fit«, sagte sie mit einem etwas gezwungenen Lächeln. »Ja, ich habe immer wieder versucht, Mette zu bewegen, doch einmal mitzukommen, aber ... na ja, Sie wissen schon.«

Liv erwiderte ihr Lächeln und notierte das Alibi auf ihrem Block.

»Haben Sie irgendeine Idee, wer Ihrer Tochter den Tod gewünscht haben könnte?«

Die kleine Frau schüttelte den Kopf und starrte auf den Sofatisch. Neben einer alten Kaffeetasse lag ein Fotoalbum.

»Ich habe keine Ahnung, wer einen Grund haben könnte, ihr etwas anzutun. Sie hat doch niemandem etwas getan. Sie war immer für sich, hat sich vollkommen isoliert. Manchmal hatte ich den Eindruck, dass sie sich selbst zu bestrafen versuchte, aber ich verstehe nicht, warum.«

Die Frau schniefte und putzte sich die Nase, bevor sie fortfuhr:

»Die zwei Polizisten, die vorher hier waren, sagten, es habe wie ein Einbruch ausgesehen, bei dem irgendetwas schiefgegangen ist. Bei Ihnen klingt das jetzt ganz anders. Ermitteln Sie nicht mehr in diese Richtung?«

»Es deutet vieles darauf hin, dass dieser Mord kein Zufall war«, sagte Liv und sah, wie sich Lone Berendsens Gesicht unter Tränen zusammenzog.

»Oh mein Gott«, sagte sie und versteckte ihr Gesicht hinter der Serviette.

Liv blickte auf das Fotoalbum auf dem Tisch.

»Darf ich da mal einen Blick reinwerfen?«, fragte sie schließlich.

Die Mutter nickte und stand auf.

»Wenn Sie mich kurz entschuldigen würden«, sagte sie und verließ das Wohnzimmer.

Liv konnte sie im Badezimmer weinen hören, und der Kloß in ihrem eigenen Hals wurde noch dicker. Trotzdem öffnete sie das Album und begann die Bilder aus Mette Berendsens Kindheit zu studieren. Ganz gewöhnliche Bilder von einem ganz normal aussehenden Mädchen.

Nach einer Viertelstunde tauchte Lone Berendsen wieder auf, setzte sich neben Liv aufs Sofa und blickte ihr über die Schulter.

»Da waren wir in Österreich in den Skiferien«, sagte sie. »Mette war richtig gut, Sie hätten sehen sollen, wie sie die Pisten heruntergefegt ist. Als Kind war sie wirklich sportlich. Aber damit war Schluss, als sie ein Teenager war.«

Liv nickte und blätterte weiter. Fotos aus der Schule folgten.

»Da war sie in der sechsten Klasse.«

»Wer ist das, um den sie da den Arm gelegt hat? Mir ist aufgefallen, dass die beiden auf allen Schulfotos eng beieinander stehen.«

Lone Berendsen lächelte.

»Das war damals ihre beste Freundin. Bis es mit ihr bergab ging und Mette sich zu isolieren begann. Sie waren wirklich unzertrennlich.«

»Was ist passiert?«

»Sie ist verschwunden.« Lone Berendsen schüttelte kräftig den Kopf. »Eine merkwürdige Geschichte.«

»Verschwunden? Wie?«

Lone Berendsen zuckte die Achseln.

»Es weiß wohl niemand richtig, was geschehen ist. Aber eines Tages – Mette war damals dreizehn – ist ihre Freundin einfach nicht mehr zur Schule gekommen. Niemand hier hat sie mehr gesehen.«

»Kann sie nicht einfach weggezogen sein?«

Lone Berendsen schüttelte den Kopf.

»Der Rest der Familie wohnt ja noch immer hier. Unten im Gammel Strandvej.«

Liv zog die Augenbrauen zusammen.

»Wie hieß sie?«

»Katja Adelskov«, sagte Lone Berendsen und lächelte traurig.

Liv starrte die Frau an, deren Make-up mittlerweile auf der Serviette klebte. Dann notierte sie den Namen auf ihrem Block.

»Und Sie haben nie daran gedacht, das Verschwinden des Mädchens der Polizei zu melden?«

Lone Berendsen sah sie überrascht an.

»Nein, die Familie hätte sie doch selbst vermisst gemeldet, wenn etwas geschehen wäre. Vermutlich ist sie einfach irgendwo auf ein Internat geschickt worden.«

Das traurige Lächeln erstarb auf Lone Berendsens Gesicht. Nur die Trauer blieb zurück, als Liv ihr für den Kaffee dankte und mit dem Schulfoto in der Hand das kleine Einfamilienhaus am Sølvvej verließ.

21

Für Per Roland war eine Obduktion so, als würde er jemanden bei einer wissenschaftlichen Forschungsarbeit beobachten. Jedes Mal, wenn er dem Rechtsmediziner bei der Arbeit zugesehen hatte, hatte er dieses Gefühl. Sein Ansatz war höchst vernünftig und ohne große Emotionen: Eine Leiche war schließlich nur ein toter Mensch, dessen Seele ihre kühle sterbliche Hülle längst verlassen hatte. Wohin sie entschwunden war, beschäftigte ihn nicht. Ihn interessierte, was mit dem Körper geschehen war, als die Seele noch darin wohnte und der Mensch am Leben war.

An diesem Abend aber war die Leiche nicht nur ein toter Mensch. Dieser Körper sah aus, als hätte er zwei oder drei Menschen beherbergen können. Eine gewaltige Masse aus Haut und Fett, die gleich auf zwei sterile Stahltische gebettet werden musste.

Zum ersten Mal wurde Per Roland im Rechtsmedizinischen Institut übel. Er schrieb das der Wärme zu, wobei er sich nicht erklären konnte, warum er unter dem weißen Kittel, in den man ihn gesteckt hatte, so schwitzte, da es im Institut sonst immer recht kalt war.

»Geht es dir wirklich gut?«, fragte Kim Hjort. »Du schwitzt und bist so blass wie dein Kittel.«

»Doch, doch, es geht mir gut«, log er.

Tatsache war, dass sich ihm beim Anblick des gewaltigen Körpers der Magen umdrehte. Das Frühstück, das er auf der Fahrt hierher im Auto gegessen hatte – eine Tasse Kaffee und einem Croissant von einer Tankstelle – meldete sich plötzlich zurück.

Sein Freund sah ihn mit seinem Ärzteblick an.

»Bist du sicher? Du siehst eher so aus, als wolltest du gleich einen Herzanfall bekommen.«

»Es geht mir gut.«

Hjort musterte ihn noch immer.

»Wie du willst.«

»Kannst du schon etwas sagen?«, fragte Roland.

»Nicht viel mehr als das, was du sowieso weißt.«

»Tu es trotzdem.«

»Na dann. Wir haben eine Frau, etwa Mitte zwanzig, stark übergewichtig, Größe 1,65 Meter, Gewicht etwa 180 Kilogramm, hellhäutig mit braunen Haaren. Sie ist gestern, am Mittwoch, den 18. September, zwischen 20 und 22 Uhr verstorben.«

»Wir wissen, dass Liv sie um 21.05 Uhr gefunden hat, und die Nachbarin hat um Viertel vor neun Lärm aus dem Nachbarhaus gehört«, ergänzte Roland. »Außerdem haben wir einen registrierten Anruf von ihr im Präsidium, der dort um 20.43 Uhr eingegangen ist.«

»Dann ist sie irgendwann zwischen 20.43 und 21.05 Uhr ermordet worden. Wir halten das gerne als Tatsache fest und danken der Fähigkeit der Menschen, sich an gewisse Uhrzeiten zu erinnern«, sagte Kim Hjort.

»So weit, so gut«, sagte Roland. Die Auflistung der Fakten half ihm, seine Fassung wieder zurückzugewinnen.

»Als Todesursache halten wir Strangulation fest.«

»Mit bloßen Händen?«

»Das ist korrekt. Kein Detail ist zu klein oder unwesentlich.« Kim Hjort nickte.

»Stimmt. Und es ist wirklich vollkommen sicher, dass sie mit bloßen Händen erwürgt worden ist?«

»Ja.«

»Kein Seil?«

»Nein. Sieh mal hier.«

Kim Hjort deutete auf ihren Hals, und Roland beugte sich über sie.

»Breite blaue Flecken auf beiden Seiten, und die passen exakt zu den entsprechenden Fingern.«

»Können wir die irgendwie verwenden?«

»Wir können daraus ein ziemlich exaktes Bild der Hände des Täters ableiten. Auf jeden Fall muss es sich um einen erwachsenen Mann handeln.«

»Reicht das für eine Identifikation?«

»Vor Gericht reicht das nicht, aber im Prinzip ist das schon ziemlich aussagekräftig. Findest du eine passende Hand, handelt es sich bei ihrem Besitzer höchstwahrscheinlich um den Täter. Ihr braucht aber noch mehr.«

»Das ist klar.«

»Was kann man sonst noch über den Täter sagen? Wie viel Kraft muss er haben?«

»Es handelt sich unzweifelhaft um einen kräftigen, vermutlich recht großen Mann. Du musst bedenken, dass sie eine sehr dicke Person war. Wenn du mich fragst, ist der Mörder groß, stark, zielstrebig, kaltblütig und total verrückt.«

»Verrückt? Nein, das glaube ich nicht«, sagte Roland nachdenklich.

»Wie meinst du das?«

»Diese Art zu töten birgt eine unheimliche Gewalt in sich. Man braucht sicher einen ungeheuren Hass, um so eine Tat zu begehen. Er handelt sehr überlegt. Entweder ist es etwas Persönliches, oder die Mädchen, die er tötet, repräsentieren etwas, was er hasst. Trotzdem muss man sich fragen, was seinen Hass derart angestachelt hat. In Mette Berendsens Fall glauben wir, dass sie etwas Wichtiges gewusst hat, und er sie für immer am Reden hindern wollte. So einfach ist das.«

»Aber ihr wisst nicht, warum zwei der Mädchen an Bäume gefesselt im Wald ausgestellt wurden. Die Riesenfrau ist in gewisser Weise ja auch öffentlich zur Schau gestellt worden. Nur Cecilie passt nicht, ihre Leiche wurde versteckt«, sagte Kim Hjort laut.

Per Roland fühlte sich, als hätte er einen Schlag in den Magen bekommen. Es gab ganz einfach zu viele Dinge, die nicht zueinanderpassten. Überhaupt nicht. Roland sah seinen Kollegen an.

»Hast du sonst noch etwas für mich? Ich würde mich sonst wieder auf den Weg machen.«

Kim Hjort lächelte, und Rolands Gesicht hellte sich auf. Diesen Blick kannte er.

»Du hast etwas?«

»Hautreste unter ihrem Fingernagel«, sagte er dann. »Sie muss ihn im Todeskampf gekratzt haben.«

»Genug für eine DNA-Analyse?«

»Genug für das DNA-Profil deines Täters, ja.«

Per Roland sah Kim an und hätte ihn in diesem Moment küssen können.

»Du bist ein Zauberer.«

»Ganz sicher nicht«, sagte der Rechtsmediziner und gab Roland mit einem Zeichen zu verstehen, dass er verschwinden sollte. »Das war's, jetzt fangt diesen Teufel endlich.«

Roland nickte. Draußen atmete er tief durch. Die frische Luft tat seinen Lungen gut.

Es gibt immer eine logische Erklärung, dachte er auf dem Weg zurück nach Espergærde. Trotzdem wunderte er sich, dass der Täter dieses Mal so unachtsam gewesen war. Warum hatte er Mette Berendsens Nägel nicht geputzt und gewaschen, wie er es bei Cecilie getan hatte? Da hätte er ja gleich seine Visitenkarte dalassen können. Aber so war es wohl, jeder machte mal einen Fehler.

22

Liv fuhr für ihr Leben gern Auto. Ob das Gefühl der Macht oder das der Freiheit überwog, wusste sie nicht, wohl aber, dass sie dabei Musik hören musste. Laute Musik. Sehr laute. Am liebsten nicht zu harten Rock wie von Chris Daughtry, Hinder oder Nickelback.

In der letzten Zeit hatte sie allerdings auch eine Vorliebe für eine neue Art von Musik entwickelt, so dass jetzt Natasjas Reggaerap durchs Auto dröhnte, als sie mit Per Roland auf dem Beifahrersitz und Max Motor auf der Rückbank losfuhr.

»Ich will nach Kopenhagen zurück, so wie früher, in den guten alten Zeiten«, sang Natasja, und Liv grölte mit. Im wahrsten Sinne des Wortes. »Jetzt guck doch, begreif es, der Staat war okay, sie werden ihn niemals ersetzen können«, sang sie und sah plötzlich zu Roland hinüber, der sich aber so auf seine bevorstehende Aufgabe zu konzentrieren schien, dass er den provokanten Text gar nicht mitbekam. Es schadet ihm bestimmt nicht, ein bisschen durchgeschüttelt zu werden, dachte sie und sang weiter, während sie in Richtung Hornbækvej abbog.

Kurz darauf bemerkte sie, dass Roland sie ansah.

»Geht's dir gut?«, fragte er.

»Wieso? Wie meinst du das?«, fragte sie etwas schroff.

»Ich meine nur, du hattest Mette Berendsen ein paar Minuten vor ihrem Tod noch an der Strippe, du könntest dir unter Umständen Vorwürfe machen, nicht schnell genug reagiert zu haben.«

Liv schüttelte den Kopf.

»Das hätte auch nichts genützt. Er war schon da, als sie anrief«, sagte sie und versuchte den Stich in ihrem Inneren zu ignorieren.

»Und du bist dir sicher, dass dir das nicht zusetzt? Das wäre ziemlich normal.«

Liv sah ihn an. Dann bremste sie so hart, dass ihr Passagier nach vorn geschleudert wurde.

»Verdammt, Liv!«, stöhnte Roland.

»Verschon mich mit dieser Psychologenscheiße!«, sagte sie.

»Immer mit der Ruhe«, sagte Roland. » Ich werde es nicht mehr erwähnen, mein Gott.«

»Du kannst mich einfach Liv nennen«, sagte sie und lächelte. Dann trat sie wieder aufs Gaspedal und zündete sich mit dem Zigarettenanzünder eine Zigarette an.

»Mensch, Liv, kannst du damit nicht warten, bist du allein bist?«, jammerte Per Roland und kurbelte auf seiner Seite die Scheibe bis nach unten herunter.

Max Motor war auch nicht besser.

»Warum müssen wir anderen leiden?«

Liv sah ihre Mitfahrer an und lachte.

»Mein Gott, was habe ich denn da für Schulmädchen im Auto? Bis vor einem Jahr war Rauchen noch vollkommen normal, jetzt ist es fast schon verboten, sich mal eine Kippe zur Entspannung zu gönnen.«

»Ist es wirklich so entspannend, quälend langsam an einer Raucherlunge einzugehen?«, fragte Max.

Liv streckte ihm die Zunge raus, schob die Zigarette in den Mundwinkel, blinkte, schaltete herunter und hielt vor einer roten Ampel, wo sie aus dem Fenster aschte.

»He, und dann geben sie das Jugendzentrum dieser fanatischen Sekte mit dem Kreuz im Arsch, das ist gemein!«, rappte sie weiter und erinnerte sich an ihre Jugend. Damals hatten sie geglaubt, die Welt mit ihren Aktionen ändern zu können. In Wirklichkeit aber hatte sie wohl wie so viele andere in dem Alter bloß die Spannung und den Kick gesucht.

»Wir wollen das Zentrum zurück, das Zentrum, gebt uns unser Zentrum zurück!«, sang Liv und machte die Musik aus. Dann bog sie erst in den Strandvej und dann in den Gammel Strandvej, ließ den Wagen vor dem schmiedeeisernen Gitterzaun der Adelskovs ausrollen und parkte den Wagen.

»Mann, was für ein Klotz!«

Max Motor pfiff beeindruckt durch die Zähne.

»Die ziehen ihre Hosen aber genauso an wie wir. Ein Bein nach dem anderen«, brummte Roland und zog seine braune Lederjacke an.

»Neid ist eine üble Sache«, zog Max ihn auf.

»Die, die hier wohnt, trägt niemals eine Hose«, sagte Liv.

»Wie meinst du das?«, fragte Roland.

»Benedikte Adelskov ist eine echte Dame. Als solche trägt man keine Hosen. Sie trägt nur Kleider und Hüte«, sagte sie und konnte sich ihr Lächeln nicht verkneifen.

Die zwei Kollegen sahen sie an.

»Was denn? Ich bin zehn Häuser weiter längs aufgewachsen, da wo der alte Strandvej nach Humlebæk rüberführt. Ich kenne die Leute, die hier wohnen. Und Benedikte Adelskov trägt Kleider, lange Pelzmäntel und Hüte.«

»Meinst du diese kleinen Deckel, die auch die aus dem Königshaus tragen, wenn sie das Parlament eröffnen? Für mich sehen die immer aus wie umgedrehte Sandkasteneimer«, sagte Max.

Liv lachte laut und ganz und gar nicht strandvejartig.

»Da kannst du drauf wetten«, sagte sie, während das Kleeblatt langsam auf die Tür zuging, die Per Roland hartnäckig als Portal bezeichnet.

»Schließlich besteht sie aus zwei Teilen«, argumentierte er, als sie sich genau mit dem Knirschen öffnete, das man von einer derart beeindruckenden Tür – eben einem Portal – auch erwarten durfte.

Eine kleine Frau in grünen Crocs und mit Gummihandschuhen öffnete ihnen die Tür.

»Ja?«, fragte sie mit breitem Lächeln.

»Wir hätten gerne mit Frau Adelskov gesprochen«, sagte Per Roland und zeigte seine Polizeimarke. »Benedikte Adelskov. Dürfen wir hereinkommen?«

Mit diesen Worten schob er die Tür ganz auf und trat in die große Halle. Dieses Mal wollte er sich nicht wieder die Finger einklemmen lassen.

Liv folgte ihm, und Max hinkte ihnen hinterher.

Drinnen führte eine beeindruckende Treppe nach oben, von wo gleich darauf eine laute, klare Stimme zu hören war.

»Was um alles in der Welt geht da vor? Was bilden Sie sich eigentlich ein?«

Benedikte Adelskov trug tatsächlich ein Kleid. Es war lang und violett, und ihre Stimme klang trotz der nicht zu überhörenden Verärgerung affektiert.

Die kleine Frau mit den hässlichen Crocs verschwand mit ihrem Mopp.

»Polizei, gute Frau«, sagte Roland und streckte ihr seine Marke entgegen, als könnte sie von dort oben etwas erkennen.

Sie schwebte die Treppe herunter.

»Haben wir nicht bereits mit Ihnen gesprochen, Herr Kommissar?«, fragte sie, als sie die hellen Marmorfliesen unten in der Halle erreichte. Sie musterte die Polizisten von Kopf bis Fuß und versuchte, einen Blick auf Rolands Dienstmarke zu werfen.

»Das ist korrekt, aber es sind weitere Fragen aufgetaucht, weshalb wir Sie bitten müssen, uns noch ein klein wenig Ihrer Zeit zu schenken«, sagte er.

Liv war beeindruckt über den freundlichen Klang seiner Stimme. So etwas traf bei Frauen wie Benedikte Adelskov genau ins Schwarze, wusste sie.

Die ältere Frau lächelte.

»Nehmen wir doch nebenan Platz. Kann ich Ihnen eine Erfrischung anbieten?«

»Nein danke, das ist nicht notwendig«, sagte Roland.

»Dann einen Kaffee«, flötete Frau Adelskov und rief die Frau in den Crocs herbei.

»Wir nehmen im kleinen Salon einen Kaffee«, sagte sie leise. Die kleine Frau nickte.

Benedikte Adelskov ging vor ihnen her zu der doppelten Tür und öffnete gleichzeitig beide Türflügel. Ein gigantischer Raum lag vor ihnen. Die Wände schmückten Gemälde aus der Renaissance, auf dem Boden lagen echte Teppiche, und bei den Stühlen mit den handgeschnitzten Lehnen und den Rosshaarpolstern handelte es sich ohne Zweifel um Antiquitäten. Die Aussicht beeindruckte Liv und ihre zwei Kollegen. Sie verloren kein Wort, sondern starrten nur durch die riesigen Panoramafenster auf den stillen Øresund.

»Das Meer ist fast spiegelblank«, sagte Roland überrascht.

Max Motor nickte anerkennend.

Liv lachte innerlich. Für jemanden, der selbst mit Meerblick und teuren Möbeln aufgewachsen war, war all dies weniger beeindruckend. Es erinnerte sie bloß an ihre Kindheit, in der sie weder auf dem Sofa hatte sitzen noch über die Teppiche hatte laufen dürfen.

»Wenn das der kleine Salon ist, wage ich mir gar nicht vorzustellen, wie der große aussieht«, sagte Max leise und nahm auf dem roten Rokokosofa Platz. Seine Kollegen setzten sich neben ihn, während Benedikte Adelskov auf dem Sessel gegenüber Platz nahm.

»Nur eine halbe Tasse«, sagte Per Roland, als die kleine Frau in den Crocs einschenken wollte.

»Womit kann ich Ihnen behilflich sein?«

Frau Adelskov bekam ein Stück Zucker in ihren Kaffee und rührte um. Auch Liv bekam eine Tasse. Sie trank ihren Kaffee schwarz.

»Sagen Sie mal, sind Sie nicht die kleine Moretti? Die Tochter von Juliane und Piero?«, fragte Frau Adelskov.

Liv nickte.

»Dachte ich es mir doch«, sagte die Witwe. »Tja, Ihre Familie sieht man ja nicht mehr so oft, seit Ihr Vater …« Sie verstummte mit einem Mal und trank mit schmalen Lippen einen Schluck Kaffee. »Also«, sagte sie dann und sah die anderen an. »Womit kann ich Ihnen dienen?«

Liv musste sich wirklich zusammenreißen, um nicht laut loszuprusten. Die Strandvejsfrauen und ihre Berührungsängste.

»In gewisser Weise suchen wir nach Ihrer Tochter, Katja Adelskov«, begann Per Roland. »Wir haben versucht, sie aufzuspüren, aber sie ist noch immer hier bei ihnen gemeldet, und wir können nichts über sie herausfinden. Sie hat sich weder ein Auto gekauft noch hierzulande ein Bankkonto eröffnet. Sie hat nie Steuern bezahlt oder eine Immobilie gekauft. Uns ist zu Ohren gekommen, dass sie hier seit gut zwölf Jahren nicht mehr gesehen worden ist, und da wir eine Reihe von Verbrechen an jungen Mädchen untersuchen, die hier in der Gegend in dieser Zeit geschehen sind, wollten wir uns vergewissern, dass nicht auch ihr etwas zugestoßen ist.«

Benedikte Adelskovs Lippen wurden schmal. Sie stand langsam auf und trat ans Fenster, wo sie ein paar Minuten stehen blieb und nach draußen starrte.

»Ich habe keine Tochter mehr«, sagte sie dann und stellte sich die Kaffeetasse auf die Handfläche.

»Wie meinen Sie das?«

Benedikte Adelskov drehte sich mit einem eleganten Schwung um.

»Meine Tochter ist vor zwölf Jahren verschwunden. Ich habe sie seither nicht mehr gesehen.«

Benedikte Adelskov führte die Tasse wieder an die Lippen und trank, wobei sie unverwandt über das Meer und die sonnenbeschienene schwedische Küste schaute.

»Sie war damals aber doch erst dreizehn Jahre alt«, sagte Liv. »Haben Sie denn nie nach ihr suchen lassen?«

»Dafür haben wir keinen Grund gesehen, nein.«

»Wir?«

»Mein Sohn, Erik, und ich.«

»Warum nicht?«, fragte Max Motor.

»Kurz nachdem sie weggelaufen war, haben wir einen Brief von ihr erhalten. Aus London, sie hat eine Cousine dort. Sie schrieb, dass sie uns nicht mehr sehen wolle, und diesen Wunsch haben wir respektiert.«

»Dürfen wir diesen Brief mal sehen?«

»Wir haben ihn nicht aufgehoben.«

»Und sie haben nicht versucht, sie zu finden?«

Benedikte Adelskov schnaubte.

»Nein, das haben wir sicher nicht. Wir laufen niemandem nach und flehen ihn an, doch mit uns zusammen zu sein. Wenn Katja keine Adelskov mehr sein wollte, dann war das ihre eigene Entscheidung.«

»Warum ist sie weggelaufen?«, fragte Liv. Die Gleichgültigkeit in der Stimme der Frau kannte sie nur zu gut. Sie erinnerte sich noch genau daran, wie es sich angefühlt hatte, als ihre Mutter ihr, als sie gerade elf Jahre alt gewesen war, mitgeteilt hatte, diese mütterlichen Pflichten seien einfach nichts für sie.

»Das ist Privatsache«, sagte Benedikte Adelskov und stellte die Tasse vor sich auf den Sofatisch. »Ich möchte nur so viel sagen, dass wir uns nicht immer in allem einig waren. Weiter in die Tiefe müssen wir da nicht gehen. Und jetzt entschuldigen Sie mich bitte. Finden Sie selber den Weg nach draußen?«

»Wir müssen uns leider vergewissern, dass damals kein Verbrechen passiert ist«, sagte Per Roland und erhob sich. »Können Sie uns versichern, dass Ihre Tochter am Leben ist und es ihr gut geht?«

Benedikte Adelskov sah ihn an.

»Sie ist gesund und munter, der Rest ist unsere Privatsache«, schnaubte sie und verschwand durch die doppelten Türen.

Liv hörte ihre hastigen Schritte auf dem kalten Marmorboden.

23

Helsingør hatte eine ungewöhnlich große Anzahl an Antiquitätenhändlern, dachte Per Roland, als er über die Stengade in die aus drei Straßen bestehende Fußgängerzone ging. Im Präsidium hatte er im Internet gleich vier unterschiedliche Läden und diverse Gebrauchtwarenläden gefunden. Er fragte sich, wie es zu dieser Häufung kam, wusste sich darauf aber keine Antwort zu geben. Dafür musste er aber feststellen, dass er trotz der lobenden Erwähnung der vielen Antiquitätenläden auf der Webseite der Touristinformation jetzt keinen einzigen davon finden konnte.

Er blieb stehen und warf einen Blick in eine kleine, gepflasterte Seitengasse mit alten Fachwerkhäusern, die so schief waren, als wollten sie jeden Augenblick einstürzen. Erstaunlich, dass jemand das Risiko einging, in derart alten Kisten zu wohnen, dachte er. Drinnen konnte man sicher nicht einmal aufrecht stehen, jedenfalls nicht, wenn man einigermaßen normal gebaut war. Er wusste natürlich, dass viele Leute diese alten Viertel romantisch fanden. Er selbst konnte ihnen nichts abgewinnen.

Blumen-, Bier-, Wein- und Käsegeschäfte lagen dicht nebeneinander, doch einen Antiquitätenladen konnte er noch immer nicht finden. Erst als er kehrtmachte und über die Stjernegade bis zur nach rechts abzweigenden Sct. Olai gade ging, fand er einen kleinen Kellerladen. Nachdem er über die drei Stufen nach unten gestiegen war und die

Holztür mit der großen Glasscheibe und der geschnitzten Klinke hinter sich gelassen hatte, befand er sich plötzlich in einer Vergangenheit, die ihm fremd war. In einer Welt, in der Menschen wie Benedikte Adelskov und Livs Eltern zu Hause waren, wie er jetzt wusste.

Und inmitten all der Schatullen, Standuhren und Kommoden aus dem 18. Jahrhundert tat ihm Liv mit einem Mal schrecklich leid. All dieses alte Zeug, dachte er. Es war so dunkel, so düster und entsprach ihr so ganz und gar nicht. Roland schüttelte den Kopf. Was hatte diese Frau nur? Sie irritierte und verunsicherte ihn, trotzdem fühlte er sich aber auch irgendwie zu ihr hingezogen, auch wenn er nicht verstand, warum.

Ein Mann, der nur unwesentlich älter als Per Roland war, glitt hinter einem Vorhang hervor, der ein Nebenzimmer verdeckte. Er blieb einen Moment stehen und betrachtete seinen Kunden, ehe er mit ausgestreckter Hand auf ihn zukam.

»Guten Tag, mein Name ist Simon, was kann ich für Sie tun?«, fragte er mit einem unangenehmen Lächeln.

»Polizei«, sagte Roland mit langen Stimmbändern und weitem Brustkorb. Als er seinen Ausweis zeigte, legte der Mann die Hand vor den Mund.

»Oje, oje, was habe ich jetzt wieder angestellt?«, säuselte er, den Zeigefinger vor seinen Kussmund gelegt.

»Es geht um die hier«, sagte Per Roland, ohne auf den Versuch des Verkäufers einzugehen, lustig zu sein. Er streckte ihm den kleinen wütenden Hund in der durchsichtigen Plastiktüte hin.

»Oh, das ist schade, dann kann ich Sie also nicht verführen?«

»Verführen?«

»Ja, zu einer neuen Esszimmersitzgruppe? Wir haben sie gerade hereinbekommen. Die ist fan-tas-tisch.«

Der Verkäufer zeigte auf einen ovalen Tisch aus dunklem Holz.

»Echt Eiche, wunderschön, wenn Sie mich fragen.«

Roland lächelte müde.

»Nein, danke. Ich möchte Sie nur bitten, sich einmal diesen Hund anzuschauen. Er ist ein wichtiges Indiz in einer aktuellen Ermittlung.«

»Sehr gerne, aber dafür müssen Sie ihn schon herausholen.«

»Herausholen?«

Simon lächelte und legte den Kopf auf die Seite.

»Den Hund, Schätzchen.«

Er zeigte auf die Tüte.

»Ah ja, natürlich.«

»Was haben Sie denn gemeint? Also wirklich.«

»Jetzt reißen Sie sich aber mal zusammen«, sagte Per Roland. Er hätte am liebsten mit der Faust auf den Tisch geschlagen und den Brustkorb aufgeblasen. Stattdessen nahm er den Hund aus der Tüte und stellte ihn mit der männlichsten Bewegung, die ihm möglich war, vor Simon hin.

Simon holte eine Lupe aus dem Tisch, wie Roland sie nur von Uhrmachern kannte, und studierte lange den kleinen geblümten Hund, der Roland mit hoch erhobener Nase anstarrte. Das Tier sah fast schon höhnisch aus, dachte er mit einem Mal. Nach einer Ewigkeit fragte er ungeduldig und mit tiefer Stimme:

»Nun, was meinen Sie?«

Simon hob die Hand, um ihn zu stoppen.

»Moment noch.«

Es dauerte tatsächlich noch ein paar Minuten, bis er die Lupe vom Auge nahm und Roland ansah.

»Ja?«

»Das ist ein englischer Spaniel. Aus Fayence, vermutlich aus dem letzten Teil des 19. Jahrhunderts, möglicherweise aus Staffordshire«, sagte er affektiert. »Der verwendete Stempel ist sicher bekannt, aber im Moment kann ich ihn nicht zuordnen, der Schriftzug hingegen ist eindeutig: *China porcelain*.«

Simon drehte den Hund in der Hand, ehe er wieder zu Roland aufblickte. Dann fragte er lächelnd:

»Aber wo ist sein Partner?«

Roland starrte Simon an.

»Sein Partner?«

»Ja, sein Gegenstück, wenn Sie so wollen. Diese Hunde sind immer paarweise hergestellt worden, in der englischen Oberklasse sind diese Tierchen sehr populär. In Dänemark sehen wir die nicht so oft. Zusammen sind sie etwa 3000 Kronen wert, aber allein ist der wertlos.«

»Dieses Gegenstück, sieht das genauso aus?«

»Ja, abgesehen davon, dass alles spiegelverkehrt ist.«

»Wie?«

»Sehen Sie hier, Kette und Halsband zeigen bei diesem hier nach rechts. Bei seinem Partner werden sie nach links zeigen. Wie auch der Rücken in die andere Richtung geht. Wissen Sie, die Idee ist ja, dass diese Tierchen irgendwo auf einer Schatulle oder einem Mahagonisekretär stehen und die Köpfe zusammenstecken.«

Simon beugte sich vor und sagte leise: »Sie wissen schon, als würden sie sich Geheimnisse erzählen.«

»Aber ist es nicht normal, dass die getrennt sind?«

»Nein, Gott bewahre! So etwas sollte gesetzlich verboten werden. Solche Hunde dürfen nicht getrennt werden. Sehen Sie lieber zu, dass Sie die wieder miteinander vereinen.«

Simon lächelte wieder.

Per Roland räusperte sich und zog die Augenbrauen zusammen. Dann streckte er seine Hand aus, um den Hund zurückzubekommen.

Simon sah ihn lange an und legte ihm dann vorsichtig den Hund auf die Handfläche.

Per Roland schloss seine Faust und zog die Hand etwas zu rasch zu sich, so dass ihm das Porzellantierchen beinahe aus den Fingern gerutscht wäre.

»Ja ja, schon gut, Sie sind heterosexuell, I get it«, sagte Simon.

Per Roland hastete aus dem Laden und die Treppe hoch.

Wenige Minuten später fuhr er aus dem Parkhaus, während ihn der Hund vom Beifahrersitz aus durch das Plastik anstarrte.

Irgendwo musste sein Gegenstück sein. Aber wer hatte Cecilie diesen Porzellanhund gegeben, und warum hatte sie ihn an dem Abend, als sie zum Reiten ging, bei sich?

24

Es saßen bereits alle wartend im Sitzungszimmer, als Per Roland hereingestürmt kam. Er hatte sie aus dem Auto angerufen und gebeten, sich zu einem schnellen Update zu versammeln. Liv knibbelte an der Naht ihrer karierten Leggings herum, die sie unter einer grünen Shorts trug, als er mit einem Blick auf seine Armbanduhr die Sitzung mit den Worten eröffnete:

»Willkommen zu einer etwas verspäteten Morgenbesprechung. Reichlich verspätet, schließlich ist es bald eins. Aber egal. Heute ist der 19. September. Das Jahr hat noch 103 Tage und außerdem ist heute der Tag, an dem 1934 Bruno Hauptmann wegen der Entführung von Charles Lindberghs Sohn verhaftet wurde. Vermutlich unschuldig. Trotzdem wurde er später wegen dieses Verbrechens hingerichtet. Aber das ist eine ganz andere Geschichte. Ich habe Henrik Frandsen aus der Haft entlassen. Wir haben seinen Pass behalten, da er noch immer unter Verdacht steht, aber bis auf Weiteres haben wir nicht mehr genug gegen ihn in der Hand, um ihn hier festzuhalten«, sagte er und sah in die Runde, für den Fall, dass jemand eine Frage haben sollte.

»Wir haben überdies versucht, Katja Adelskov zu finden«, fuhr Roland fort, da niemand sich meldete, »aber die Mutter sagt, sie sei vor zwölf Jahren nach London zu einer Verwandten abgehauen, wo sie vermutlich noch wohnt. Die Mutter hat heute keinen Kontakt mehr zu ihr, ist aber vollkommen sicher, dass ihre Tochter noch am Leben ist. Sie gibt an, das Mädchen sei aus eigenem Antrieb davongelaufen und habe ihnen kurz nach ihrem Verschwinden einen Brief aus London geschickt.«

»Sie kann doch unmöglich allein zurechtgekommen sein, sie war erst dreizehn«, sagte Anette mit ihrer üblichen mütterlichen Fürsorge.

»Also, ich war mit dreizehn reif für den Auszug«, konterte Liv.

»Das meintest *du* vermutlich. Aber als Eltern kann man doch nicht einfach aufgeben«, fuhr Anette fort.

»Das alles ist sehr interessant, aber vollständig irrelevant«, kam es jetzt von Carsten Svendsen, der mit seiner Kaffeetasse auf dem Schoß in der Ecke saß.

Alle sahen ihn an. Seine Augen waren müde. Er war wirklich einer der Männer, die man sich als Großvater für seine Kinder wünschte, dachte Liv und fragte sich einen Augenblick, welche Beziehung ihre Kinder zu ihrem Großvater haben würden, wenn er irgendwann einmal aus dem Gefängnis kam. Liv selbst hatte ihn in den letzten zwölf Jahren kaum gesehen.

»Ich will dir deine Frühreife nicht absprechen, Liv, obwohl ich es nett finde, dass du uns so weit eingeweiht hast«, sagte Svendsen mit einem Lächeln. »Aber ich habe mit der Frau unten im Sundkiosk gesprochen …«

Liv lachte.

»›Das Orakel vom Strand‹ nennt man sie auch«, sagte sie.

»Genau, ich habe heute Morgen mit dem Orakel gesprochen«, sagte Svendsen ruhig. »Wir kamen auch auf Katja Adelskov zu sprechen, und sie nannte wirklich ganz andere Gründe für das Verschwinden des Mädchens.«

»Welche?«

»Sie meinte, man habe sie weggeschickt, weil das Mädchen schwanger war, mit erst dreizehn Jahren. Und sie habe nicht verraten wollen, wer der Vater war.«

Alle am Tisch rissen die Augen auf.

»Waren das nur Gerüchte? Oder wie hat das Orakel das damals erfahren?«, fragte Liv mit der Skepsis der Erfahrung. Sie hatte schon zu viele Geschichten gehört, die weder Hand noch Fuß hatten.

»Das ist ja das Witzige, wenn man bei einer solchen Geschichte überhaupt etwas witzig finden kann.« Svendsen sah in die Runde. »Sie wusste das von ihrer Tochter, die hier in Espergærde Ärztin ist und Katja Adelskov behandelt hat. Sie hat ihrer Mutter die Geschichte erzählt, nachdem das Mädchen verschwunden war. Aus Frustration darüber, dass sie nicht hatte helfen können. Aber sie hatte das Mädchen untersucht und die Schwangerschaft festgestellt.«

»So viel zum Thema Schweigepflicht«, platzte Miroslav hervor.

»Auf jeden Fall hat dieses Orakel sich das nicht einfach nur ausgedacht«, sagte Roland nachdenklich. »Carsten, du folgst dieser Spur und rufst die Ärztin an. Am besten machst du das gleich«, sagte er, und Carsten verschwand mit dem Handy in der Hand.

»Habt ihr noch mehr?«, fragte Roland. »Haben wir die Schwester gefunden? Miroslav?«

»Ich habe mit der Familie in England gesprochen, und die sagen, dass sie seit dem Tod des Vaters niemals mehr jemanden aus dem dänischen Zweig der Familie zu Gesicht bekommen hätten. Sie gehören zu seiner Seite der Familie.«

Liv sah ihn überrascht an.

»Aber das bedeutet dann doch, dass sie nicht bei der Familie in London ist?«

Miroslav nickte, und im gleichen Moment öffnete sich die Tür des Sitzungszimmers.

»Es stimmt.«

Carsten Svendsen trat wieder ein und steckte das Handy in seine Tasche.

»Sie war im vierten Monat schwanger, als die Ärztin sie untersucht hat. Erst wenige Monate zuvor war sie wegen ihrer ersten Menstruation bei ihr gewesen. Sie machte sich Sorgen, weil diese plötzlich ausblieb. Die Ärztin riet zu einer Abtreibung, aber davon wollte die Mutter nichts hören. So etwas tun wir nicht in unserer Familie, soll sie damals in etwa gesagt haben. Danach hat die Ärztin das Mädchen nie mehr gesehen. Es ist ihr nur irgendwann zu Ohren gekommen, dass die Mutter ihre Tochter fortgeschickt haben soll. Wohin, wusste sie aber nicht.«

»Auf jeden Fall nicht zu ihrer Familie nach London«, sagte Miroslav. »Die haben, wie gesagt, keine Ahnung, wo sie sich aufhält.«

»Okay, okay, fassen wir mal kurz zusammen«, sagte Roland und schrieb an die Tafel.

Liv trank einen Schluck Kaffee und fragte sich, wohin man einen schwangeren Teenager schicken würde, wenn man ein Adelskov war.

»Was, wenn sie ermordet worden ist und niemand es entdeckt hat, weil die Familie sie nicht vermisst gemeldet hat?«, fragte Max Motor und erntete Schweigen von der ganzen Gruppe.

»Aber sie haben doch einen Brief von ihr bekommen, und die Mutter behauptet zu wissen, dass ihre Tochter am Leben ist«, antwortete Roland. »Lasst uns jetzt nicht die Pferde scheu machen. Im Moment wissen wir nicht, ob sie nicht doch von ihrer eigenen Familie fortgeschickt worden ist.«

»Jedenfalls nicht zu ihren Verwandten nach London«, wiederholte Miroslav.

Per Roland seufzte.

»Das wissen wir jetzt, danke. Hört mal, Leute. Wir haben niemanden, der sie sucht, keine Leiche, kein Anzeichen eines Verbrechens, es ist also nicht unser Fall. Solange da keine Anzeige eingeht, ist das eine reine Familienangelegenheit. Vielleicht war es ihnen peinlich, dass sie schwanger war. Es ist doch möglich, dass sie sie für die Geburt irgendwo hingeschickt haben, wo sie dann einfach geblieben ist. Konzentrieren wir uns jetzt auf die zwei Morde, die wir haben. Mette Berendsen und Cecilie Junge-Larsen. Mit Blick auf Cecilies Eltern: Was ist aus der Spur geworden, die nach Tschechien führte, und aus dem Geld, das die Eltern noch schuldig sind? Carsten?«

»Da konnte ich wirklich nicht viel herausfinden. Auf jeden Fall haben sie eine Unmenge Geld in ein Projekt investiert, durch das neue Methoden der Trinkwasseraufbereitung für Katastrophengebiete mit drohenden Epidemien entwickelt werden sollten. Eine Art Tablette, mit der Tausende von Menschenleben auf der ganzen Welt gerettet werden könnten. Aber das ist in die Hose gegangen, weil ihnen eine deutsche Firma zuvorgekommen ist. Danach hat Junge-Larsen sich zurückgezogen. Um die lange Geschichte kurz zu machen: Die Tschechen sitzen jetzt auf einer Rechnung über mehrere hundert Millionen Kronen, die ihrer Meinung nach Junge-Larsen bezahlen muss. Es stimmt, dass sie den Eltern gedroht haben, und auch, dass einige von ihnen am Sonntag am Hafen waren. Wenn du mich fragst, deutet aber nichts darauf hin, dass sie Cecilie umgebracht haben. Und das wolltest du doch wissen, oder?«

»Apropos«, sagte Miroslav.

Alle sahen ihn an. Seine Haare waren wie immer perfekt gestylt und mit reichlich Haarlack leicht nach oben frisiert. Von keinem sonst in der Gruppe konnte man so etwas behaupten, dachte Liv. Inzwischen sahen sie alle etwas verkommen aus. Besonders Roland, der bald einen Vollbart hatte.

»Apropos was?«, fragte Roland.

»Einfach so. Ich habe mir die Mails noch einmal angeschaut, die Cecilie von diesem Unbekannten bekommen hat, den sie treffen wollte. In einer davon fragt sie ihn nach einer Decke, die sie in einem Schrank gefunden hat. Später schreibt sie, dass sie jetzt wisse, dass es seine ist.«

Per Roland runzelte die Augenbrauen.

»Was antwortet er darauf?«

»Er sagt, er könne ihr alles erklären, wenn sie sich treffen.«

»Hm …«, kam es von Max Motor.

»Was?«

»Wir sind uns doch noch immer einig, dass die Person, mit der sie sich geschrieben hat, Henrik Frandsen ist, oder?«

»Das wissen wir nicht mit Sicherheit«, antwortete Roland.

»Die Mails sind aber auf seinem Computer geschrieben worden?«

»Theoretisch kann natürlich auch jemand anderes seinen Computer benutzt haben, nicht wahr? Was meinst du, Miroslav?«

»Theoretisch ist das möglich, als Beweis reicht das aber auf keinen Fall aus.«

»Das heißt noch lange nicht, dass Henrik Frandsen unschuldig ist«, sagte Roland. Er wollte weiterreden, als er von einem Klopfen an der Tür des Sitzungszimmers unterbrochen wurde. Von ihrem Platz aus erkannte Liv den Wachhabenden in der Türöffnung. Er sprach kurz mit Roland, dann fiel die Tür wieder ins Schloss.

Als Per Roland sich wieder umdrehte, wusste Liv, was mit »Totenblässe« gemeint war. Dafür hatte sie im Laufe ihrer Polizeikarriere genug Tote gesehen. Nie aber einen lebendigen Menschen, der einer Leiche derart glich wie Per Roland jetzt.

»Was ist los, Roland?«, fragte Anette.

»Geht's dir gut, Boss?«, rief Miroslav.

Carsten Svendsen, Max Motor und Liv beugten sich gleichzeitig vor und warteten darauf, dass er endlich den Mund aufmachte.

»Was ist los, alter Freund?«, fragte Svendsen.

»Es …«, begann Roland stammelnd. »Es ist schon wieder etwas passiert. Eine ganz neue Wendung des Falls. Eine, für die es verdammt noch mal eine natürliche Erklärung geben muss, aber im Moment verstehe ich überhaupt nichts mehr.«

»Was denn?« Lange Lind klappte seinen Laptop zu und starrte den Ermittlungsleiter an. »Was ist denn passiert?«

»Das war Palle, der Wachhabende. Er sagt, es hätte sich gerade eine Zeugin gemeldet, die Cecilie unten am Strand in Espergærde hat sitzen sehen. Aufs Meer blickend, und zwar höchst lebendig.«

25

Eigentlich war es ungesetzlich, und als Vertreter des Gesetzes sollten sie es eigentlich besser wissen. Aber wenn die Naturgesetze für eine Weile außer Kraft gesetzt schienen, konnte ihrer Meinung nach auch die Straßenverkehrsordnung nicht länger Bestand haben. Außerdem waren sie schließlich die Polizei.

Sie saßen zu viert in Livs Wagen. Alle ohne Gurt, und das einzig und allein aus dem Grund, dass niemand daran gedacht hatte. Natasja rappte noch immer aus den Lautsprechern, allerdings dieses Mal, ohne Gehör zu finden.

Liv steuerte den Wagen, der sich einigermaßen stabil in die lange Linkskurve des Klostermosevejs gelegt hatte, auch wenn das Quietschen der Reifen etwas anderes vermuten ließ. Neben ihr saß Per Roland und fluchte. Sein Auto hatte ihm ganz einfach den Dienst verweigert, als sie alle gemeinsam durch die gläserne Eingangstür des Präsidiums hinausgestürmt waren. Stattdessen hatte er sich daher mit Max Motor und Lange Lind, die auf der Rückbank saßen, in Livs Auto geworfen. Hinter ihnen folgten Carsten Svendsen und Miroslav in ähnlich halsbrecherischem Tempo.

»Achtung, jetzt kommt die nächste Kurve«, rief Liv, und die Passagiere im Fond stöhnten auf, als Max auf dem Schoß von Lange Lind landete.

Liv lenkte den Wagen wieder geradeaus und raste trotz Gegenverkehr, der eigentlich Vorfahrt hatte, wütend hupte und die Lichthupe aufblitzen ließ, unter den zwei kleinen Brücken hindurch. Per Roland wühlte im Handschuhfach herum und fand das mobile Blaulicht, das er aus dem Fenster hielt und trotz der enormen Fliehkräfte, die in der nächsten Kurve zu wirken begannen, auf dem Dach zu platzieren versuchte. »Achtung, festhalten!«, rief Liv, als sie unten in Höhe von Snekkersten den Strandvej erreichten und hart nach rechts Richtung Espergærde abbogen.

Das Wetter war perfekt für einen Segelausflug, dachte Roland, bevor das Wasser wieder hinter den großen Villen am Ufer verschwand, von denen sich Peter Schmeichel eine gekauft hatte, wenn er sich richtig erinnerte.

Guter Wind, sieben bis acht Meter pro Sekunde, schätzte er aus den Bewegungen der Bäume, und wolkenloser Himmel. Genau das Wetter, das Per Roland in seinem Segelrevier am liebsten hatte. Gerade Wind genug, um perfekt in Fahrt zu kommen, mit einer Hand zu segeln und mit der anderen ein Bier zu trinken.

Jetzt tauchte die Egebæksvang Kirche auf, dann der Hafen, und als Liv den Strand erblickte, gingen alle Pferde mit ihr durch: Sie fuhr schräg über die Gegenfahrbahn, donnerte über den Straßenrand und die anschließende Wiese und raste auf den öffentlichen Strand zu. Am Spülsaum hatte sich bereits eine Menschenmenge versammelt.

Noch bevor sie ganz standen, sprangen alle aus dem Auto, gleich darauf war auch Carsten Svendsen mit seinem Wagen zur Stelle. Gemeinsam liefen sie auf die Menschen zu, die in einem Halbkreis um etwas herum standen und miteinander diskutierten.

»Aber das *ist* sie doch, oder?«, hörten sie jemanden fragen.

»Doch, das muss sie sein«, antwortete ein anderer.

»Hier in der Stadt hat niemand sonst so schöne, lange blonde Haare. Und schaut doch mal die Augen«, sagte ein Dritter.

»Seht doch mal, wie blass sie ist«, meldete sich die erste Stimme wieder.

»Aber ist die denn nicht tot?«, fragte ein Vierter mit Entsetzen in der Stimme. »Die Polizei hat sie doch in diesem Keller in ihrem Elternhaus gefunden, oder?«

»Polizei«, sagte Roland und hielt seine Marke in die Höhe. »Bitte lassen Sie uns durch!«

Die Menschenmenge machte ihnen Platz, so dass die Beamten hindurchgehen konnten. Roland blieb stehen.

Da. Direkt vor ihnen saß ein nacktes kleines Mädchen mit angezogenen Beinen auf den Ufersteinen. Sie hatte ihnen den Rücken zugedreht. Ihre nassen, blonden Haare hingen ihr über die Schultern herab. Per Roland näherte sich ihr und ging vorsichtig um sie herum.

Dann verschlug es ihm den Atem. Er konnte nicht glauben, was er sah.

Es *war* Cecilie.

Alles, die Wangenknochen, das Kinn, die Nase, der Mund, die Augen, sogar ihre Haare waren wie bei Cecilie. Ihre eisblauen Augen starrten aufs Meer, und auf ihren Lippen zeichnete sich ein stilles, fast seliges Lächeln ab. Irgendwie sah sie wie eine Porzellanpuppe aus. Die Haut ihres Gesichts und ihres Körpers war so durchsichtig, dass man die Adern durchscheinen sah. Wassertropfen glänzten auf ihrer Haut, sie hatte am ganzen Körper Gänsehaut.

Vorsichtig hockte er sich vor sie hin. Als sie ihn erblickte, zuckte sie mit einem leisen, überraschten Laut zusammen.

»Du musst keine Angst haben«, sagte er ruhig, aber das

Mädchen zitterte am ganzen Körper, und als er versuchte, sich ihr zu nähern, wich sie zurück und kauerte sich dann in Embryonalhaltung zusammen.

Erst in diesem Moment sah er das Blut, das ihr aus dem Ohr und über die Wange rann.

Per Roland sprang auf und rief aus vollem Hals:

»Wir brauchen eine Decke und einen Krankenwagen! Schnell!«

26

Das ist alles höchst merkwürdig«, sagte der Arzt und sah Per Roland nachdenklich an. Sie saßen auf den blauen Stühlen im Flur des Krankenhauses von Helsingør. Es war Spätnachmittag, und die Ärzte waren gerade mit der ersten Untersuchung des Mädchens fertig.

»Wann können wir sie verhören?«

»Bei ihrem Zustand? Sie schläft in Folge der Medikamente, die wir ihr geben mussten, immer wieder spontan ein. Das macht es schwer, mit ihr zu sprechen. Sie müssen warten. Ihr Zustand ist noch nicht stabil. Sie war vor einer halben Stunde eine Weile wach und hat dann gleich versucht, das Bett zu verlassen.«

»Was halten Sie von ihr? Wo kommt sie her?«

Der Arzt zuckte mit den Schultern und schnitt eine Grimasse, aus der Roland entnahm, dass auch der Arzt vollkommen überfragt war.

»Es klingt wahnsinnig, aber auf den ersten Blick würde ich sagen, dass sie noch niemals zuvor im Tageslicht war. Ihre Haut und ihre Augen sind extrem empfindlich. Sie muss unbedingt eine Sonnenbrille tragen, wenn sie aufwacht, ihre Augen vertragen auf keinen Fall Sonnenlicht.«

»Wie ist ihr physischer Zustand?«

»Sie hat einen Schlag seitlich auf den Kopf bekommen, möglicherweise hat sie dadurch ihr Gedächtnis verloren. Außerdem steht sie vermutlich unter Schock.«

»Können Sie sagen, womit sie geschlagen worden ist?«

»Es muss eine Art Keule gewesen sein, trotzdem hat sie diesen Schlag auf seltsame Weise fast ohne Verletzung überstanden. Das grenzt wirklich an ein Wunder. Außerdem hat sie ein bisschen Wasser in der Lunge gehabt, das wir abgesaugt haben. Sie muss wohl im Wasser gelegen haben, das passt auch dazu, dass ihr Körper unterkühlt war, als sie eingeliefert wurde, ihre Temperatur lag aber nur etwas unter der normalen Körpertemperatur. Ansonsten ist sie in einem guten Allgemeinzustand. Sie ist gut ernährt, gepflegt, ihre Nägel sind geschnitten, und ihre Haare sind sowohl mit Shampoo als auch mit Spülung gewaschen worden.«

»Sie ist also mit einer Keule geschlagen und dann ins Wasser geschmissen worden?«

»Ja, das ist wahrscheinlich.«

»Dann hat jemand versucht, sie umzubringen?«

»Das kann ich nicht sicher mit Ja oder Nein beantworten.«

»Natürlich nicht, das ist ja auch mein Ressort«, sagte Roland und fuhr fort: »Irgendwie hat sie es aber geschafft, an Land zu kommen. Ist es möglich, dass sie sich an irgendetwas geklammert hat?«

»Auch dazu kann ich nichts sagen. Der Schlag auf den Kopf wird ihr das Bewusstsein genommen haben, es kann aber sein, dass sie durch den Kontakt mit dem Wasser wieder aufgewacht ist. Und dann … nun, es klingt plausibel, dass sie etwas in die Finger bekommen und sich daran festgehalten hat. Ich bezweifle auf jeden Fall, dass sie schwimmen kann.«

Roland nickte.

»Wie sieht es mit ihrem mentalen Zustand aus?«

»Es ist sehr schwer, dazu bereits jetzt eine Aussage zu treffen. Wir brauchen wohl eine ganze Reihe von Psychologen, um sie einschätzen zu können. Sie scheint ungeheure Angst vor Menschen zu haben, und wir versuchen, die Anzahl der Personen, die zu ihr Kontakt haben, auf ein Minimum zu begrenzen.«

»Wie alt ist sie?«

»Zehn oder elf, würde ich sagen.«

»Und sie sagt nichts darüber, wer sie ist oder woher sie kommt?«

Der Arzt nahm die Brille ab und schüttelte den Kopf.

»Nein, sie ist ja noch gar nicht in der Lage zu reden.«

Roland kratzte sich wild seinen immer dichter werdenden Bart.

»Aber sie sieht dieser kleinen Cecilie Junge-Larsen ja wirklich zum Verwechseln ähnlich«, fuhr der Arzt fort. »Wäre es da nicht eine Idee, mal ein Wort mit den Eltern zu reden?«

»Klar! Denen müssen wir einige Fragen stellen.«

»Sie sollten sich beeilen. Was glauben Sie, wie lange es dauern wird, bis die Presse Wind von der Sache bekommt?«

»Ja, verdammt«, sagte Roland. Sie mussten schnellstmöglich die Frage klären, wie mit der Presse umgegangen werden sollte. Diese Sache musste strikt geheim gehalten werden, ohne sein Wissen durfte nichts, aber auch gar nichts an die Öffentlichkeit gelangen. Allerdings redeten die gut zwanzig Leute, die das Mädchen am Strand gesehen hatten, bevor die Polizei ankam, sicher bereits mit der Presse.

»Wir müssen herausfinden, wer dieses Mädchen ist, und diese Frage müssen die Eltern uns beantworten«, sagte er und sah zu Max und Liv hinüber, die mit ihm ins Krankenhaus gefahren waren, während der Rest der Truppe am abgesperrten Strand geblieben war, um die Spurensicherung zu unterstützen.

»Können Sie ein DNA-Profil von ihr erstellen?«, fragte Liv. »Dann wissen wir, ob sie die gleichen Eltern hat.«

»Das habe ich gleich gemacht, nachdem sie eingeliefert worden ist«, sagte der Arzt und nahm ein Blatt Papier aus der Tasche, auf dem er mit einem Bleistift etwas notiert hatte, »um die DNA mit der von Cecilie zu vergleichen und eine eventuelle Verwandtschaft zu erkennen.«

»Kann das rasch erledigt werden?«

Roland dachte an all die Male, in denen er wochenlang auf das DNA-Profil eines Täters gewartet hatte.

Der Arzt lächelte freundlich.

»Ja, ich kenne jemanden in der Vaterschaftsabteilung. Er hat sich gleich darum gekümmert. Mit dem richtigen Einsatz kriegen die das auch schnell hin, wenn es wirklich dringend ist, und als ich sagte, es könne sich um eine enorm wichtige Spur im Fall Cecilie Junge-Larsen handeln, waren alle gleich zur Zusammenarbeit bereit. Außerdem hatten wir Cecilies Daten ja bereits, so dass der Aufwand nicht so groß war. Erleichternd kommt hinzu, dass die Identifikation bei lebenden Personen leichter ist als auf Basis von nicht mehr vollständig intaktem Material. Was soll ich sagen, die Sache war sogar einfacher, als ich gedacht hatte, der Vergleich ging ganz schnell.«

»Warum?«

Alle drei beugten sich vor. Liv und Max saßen auf der anderen Seite des Flurs, während Roland neben dem Arzt saß. Er versuchte einen Blick auf das Papier zu werfen, das dieser in den Händen hielt. Aber diese medizinischen Hieroglyphen waren wirklich nicht sein Ding.

Der Arzt warf noch einen Blick auf sein Blatt und blickte dann wieder zu ihnen auf.

»Weil ihre DNA identisch ist.«

Per Rolands Augen wurden größer als die von Kermit und drohten ihm aus den Höhlen zu quellen.

»Wie ist das möglich?«, stammelte er.

»Können zwei Menschen wirklich die gleiche DNA haben?«, fragte Liv.

»Ja, das können sie, aber es gibt nur zwei mögliche Erklärungen dafür. Entweder liegt da drinnen wirklich Cecilie Junge-Larsen«, sagte der Arzt und sah von einem geschockten Gesicht zum nächsten, »oder es handelt sich um ihre eineiige Zwillingsschwester.«

Liv sah zu Max, der seinen Blick auf Roland gerichtet hatte.

»Da ich bereits in der Rechtsmedizin angerufen und mich vergewissert habe, dass Cecilie noch immer dort ist, müssen wir von der zweiten Möglichkeit ausgehen«, sagte Roland und fügte an Max und Liv gewandt hinzu:

»Ich denke, es ist verdammt noch mal an der Zeit, mit ihren Eltern zu reden. Eine Mutter sollte doch wohl wissen, ob sie Zwillinge bekommen hat oder nicht!«

27

Die Sonne war inzwischen hinter der Wolkenbank verschwunden, die die herannahende Schlechtwetterfront am Nachmittag vor sich her geschoben hatte. Jetzt kam der Wind aus Südwest und sollte sich im Laufe des Abends zum ersten Herbststurm des Jahres entwickeln. Das jedenfalls hatte vor kurzem der Wetterbericht auf TV2 verkündet. Und es würde auch nicht mehr lange dauern, bis der Regen an die Scheiben des Büros klatschte, das Per Roland im Präsidium von Helsingør zugeteilt worden war. Er saß am Schreibtisch und starrte nach draußen in die zunehmende Dunkelheit.

Das tägliche Nachtritual der Natur.

Er erinnerte sich noch, wie sein Sohn Peter als Kind die Sonnenuntergänge geliebt hatte. Anschließend hatten sie immer nach draußen gehen müssen, um nach dem Mond zu suchen. Wie groß seine Enttäuschung an den Abenden gewesen war, an denen der Mond nicht zu sehen war! Minutenlang hatte er darüber plaudern können, dabei hatte er damals gerade erst sprechen gelernt.

In der Erkenntnis, dass sie an diesem Abend nicht mehr viel würden ausrichten können, und weil seine Leute inzwischen selbst wie Porzellanfiguren aussahen, hatte Roland sie alle nach Hause geschickt. Mit Ausnahme von Miroslav, der an seinem Schreibtisch saß und mit Mette Berendsens Computer kämpfte.

Cecilies Eltern waren nicht aufzutreiben gewesen, als

Svendsen und Lange Lind zu ihrem Sommerhaus nach Hornbæk gefahren waren, so dass sie dort heute auch keine Antworten mehr erhalten würden. Sie hatten die örtliche Polizei gebeten, einmal stündlich eine Streife vorbeizuschicken, um zu überprüfen, wann die Eltern zurückkamen, doch dazu fehlten die Ressourcen, wie der Wachhabende verkündete. Stattdessen hatte Roland sich mit den Nachbarn in der Gegend verbündet und sie gebeten, ihn anzurufen, sollte das Ehepaar Junge-Larsen auftauchen.

Gleichzeitig hatte er genug damit zu tun, die Fragen der Pressevertreter zu beantworten, die in einem fort im Präsidium anriefen und Details wissen wollten. Aus ermittlungstechnischen Gründen hatte er ihnen die Einzelheiten verschwiegen, aber natürlich hatten sie alles auf anderem Wege erfahren. Einige gingen sogar davon aus, dass es Cecilie *war*, die aus dem Wasser aufgetaucht war, was Per Roland jedoch mit allem Nachdruck abstritt.

»Ihre Leiche ist noch bei uns in der Rechtsmedizin, und da bleibt sie vorerst auch.«

Obwohl das gefundene Mädchen Cecilie aufs Haar glich, hatte er die Journalisten daran erinnert, wie viel Emotion bei diesem Fall im Spiel war und die Menschen verunsicherte und verwirrte, so dass sie schnell Dinge sahen, die es gar nicht gab. Die Zeitungen sollten den Ball schön flach halten. Sie durften bei ihren Lesern nicht den Glauben erwecken, Cecilie würde bald wieder im Fernsehen auftreten und Liedchen trällern. Zu Rolands großer Überraschung hatte sich tatsächlich auch eine Zeitung gemeldet, die sich mit übernatürlichen Phänomenen beschäftigte. Diesem Redakteur hatte er lediglich gesagt:

»Es gibt immer eine logische Erklärung, so auch in diesem Fall.«

Jetzt nahm er den Hörer ab und tippte eine andere Nummer ein.

»Hallo?«, meldete sich am anderen Ende ein Paar sehr langer Stimmbänder. »Anders hier, am Apparat von Cynthia.«

Die Zeit geriet für Per Roland ins Stocken, plötzlich brachte er keinen Laut mehr über die Lippen. Stattdessen unterbrach er die Verbindung und warf das Telefon auf den Tisch. Er saß lange da und starrte auf das schwarze Sony Ericsson Handy. Dann stand er auf, ging um seinen Bürostuhl herum, betrachtete sein Spiegelbild im Fenster und nahm das Telefon erneut in die Hand.

»Anders hier, am Anschluss von Cynthia. Hallo?«, war wieder die jetzt etwas verärgerte Männerstimme zu hören. »Hallo? Ist da jemand?«

»Ja, äh … öh …«, begann Roland etwas sprachlos. »Ich wollte mit Cynthia sprechen.«

»Sie ist gerade im Bad. Wer ist denn am Apparat? Soll ich ihr etwas ausrichten?«

Roland saß still da. Ganz still, als habe er Angst, dass ihn jemand hören könnte. Entlarven. Dann legte er wieder auf.

»Ich weiß eigentlich gar nicht, warum ich hier bin«, log Per Roland. In Wahrheit wusste er es ganz genau. Nachdem er ziellos, stundenlang in seinem Dienstwagen durch Regen und Wind gefahren war, hatte er schließlich selbst diesen Entschluss gefasst.

»Nein, aber ich weiß es«, antwortete Liv und zog ihn in das große Haus mit den Panoramafenstern.

Das wohnliche Chaos, das ihm schon im Flur begegnete, legte Zeugnis davon ab, das hier Menschen wohnten, Kinder. Roland vermisste mit einem Mal diese Zeit. Sobald die Kinder groß waren, hatte Cynthia es schrecklich eilig gehabt, alle Spuren dieser Zeit zu verwischen, so dass ihr Haus beinahe klinisch und kalt geworden war. Skandinavisch mochte manch einer das vielleicht nennen.

»Störe ich?«, fragte er vorsichtig, als er die Schuhe auszog und oben auf den Berg von Familienschuhen stellte.

Er sah Liv an. Die schmale Frau trug eine Trainingshose und ein kleines, ärmelloses Top. Ihre Kleidung war etwas weniger auffällig, als er es gewohnt war. Nur ihre Haare waren strubbelig wie immer. So wie sie mit ihrer Kaffeetasse in der Tür stand, hatte er Lust, ihr durch die Haare zu streichen.

»Kriege ich einen?«, fragte er und nickte in Richtung Tasse.

Sie lächelte.

»Klar doch! Komm rein«, sagte sie und verschwand.

Per Roland ging vorsichtig auf Socken in die Küche und setzte sich an den Esstisch. Er seufzte, als würde alle Luft aus ihm entweichen. Liv stellte eine dampfende Tasse vor ihn und setzte sich ihm gegenüber rittlings auf einen Stuhl.

»Und, Roland?«, fragte sie nach einer kurzen Pause, in der sie beide an ihren Tassen nippten. »Was passiert in deinem Leben?«

Roland sah sich um. Er hatte keine Ahnung, was er darauf antworten sollte. Stattdessen wich er der Antwort aus.

»Was sagst du zu den Geschehnissen heute?«

»Zu Cecilie 2?«

»Hm-m«, nickte Roland und trank einen weiteren Schluck.

Liv schüttelte den Kopf.

»Das ist echt zu merkwürdig, wenn du mich fragst. Die Eltern müssen ja total verlogen sein.«

»Die Frage lautet wirklich, was sie uns bis jetzt schon für Lügen aufgetischt haben.«

Liv sah nachdenklich aus.

»Bei all der Presse wird es die Hölle werden, wenn wir damit rausrücken, dass sie ihr eineiiger Zwilling ist. Die werden sich darauf stürzen wie Geier. Aber wo kommt sie her? Der Arzt meinte, ihre Haut wäre noch nie in Kontakt mit Sonnenlicht gewesen. Wo kann sie denn gelebt haben?«

Roland trank wieder einen Schluck.

»Drinnen.«

Liv nickte.

»Glaubst du, dass die Eltern sie eingesperrt hatten? Isoliert von der Außenwelt?«

»Vielleicht. Es wäre nicht das erste Mal.«

»Aber warum sollten Eltern ein Kind einsperren und das andere nicht?«

Roland zuckte mit den Schultern.

»Keine Ahnung, ich hatte gehofft, du hättest eine Idee.«

Liv dachte nach.

»Kann es sein, dass ihr irgendetwas fehlt, und dass die Eltern nicht wollten, dass die Leute hier im Ort das mitbekommen?«

»Du denkst an eine Behinderung oder so?«

»Ja, in diesen Kreisen werden mitunter schon Kleinigkeiten sorgsam unter den Teppich gekehrt. Damit die Nachbarn nicht reden. Ich kenne einige Geschichten von behinderten Kindern, die für den Rest ihres Lebens in irgendwelche Heime abgeschoben worden sind und nie wieder Besuch bekommen haben, weil ihre Eltern nichts von ihnen wissen wollten. So ein Verhalten ist typisch für die Frauen am Strandvej.«

Roland nickte. An diese Möglichkeit hatte er noch gar

nicht gedacht. Der Arzt hatte nichts von einer Behinderung gesagt, aber diese konnte ja auch psychischer Natur sein. Und darüber konnten sie erst eine Aussage machen, wenn sie mit dem Mädchen gesprochen hatten.

»Wann können wir mit ihr sprechen?«, fragte Liv.

»Der Arzt wusste es nicht. Wenn es ihr besser geht«, antwortete Roland und ließ den Blick durch Livs freundliches Heim schweifen. Auf dem Küchenfußboden türmten sich die Sachen der Kinder: Spielzeug, Bauklötze, Puppenwagen, eine Trommel und eine Unmenge kleiner Ponys mit langen Mähnen, die man kämmen konnte. Er erinnerte sich daran, dass auch Christina mit so etwas gespielt hatte, als sie klein gewesen war. Das Spielzeug hatte sich seither nicht sonderlich verändert. Es gab jetzt nur mehr davon.

»Wo ist deine Familie?«

Liv lächelte und trank einen Schluck.

»Die Mädchen sind die ganze Woche bei ihrem Vater, damit ich mich auf den Fall konzentrieren kann. Und Claus ist mit ein paar Freunden ausgegangen.«

Roland nickte langsam und versuchte so zu tun, als verstünde er alles.

»Vermisst du sie nicht? Die Kleinen?«

Sie begann laut zu lachen, und Roland war verunsichert.

»Ha! Na klar. Aber zwischendurch ist es mal ganz angenehm, ein bisschen Ruhe und Frieden für die Arbeit zu haben. Außerdem kann ihr Vater ruhig auch einmal seinen Teil leisten, nicht wahr?«

»Da hast du recht«, sagte Roland und fragte sich, ob Cynthia wohl der Meinung war, dass er seinen Teil geleistet hatte, als die Kinder klein waren. Vermutlich nicht. Auch damals hatte ihn die Arbeit viel zu sehr gefordert. Er konnte ihr im Grunde keinen Vorwurf machen, dass sie ihn leid geworden war.

»Was ist mit Claus?«

Liv lächelte und sah ihn verschmitzt an, was ihn noch mehr verwirrte.

»Was soll mit ihm sein?«

»Ist er gut zu dir?«

Liv zuckte mit den Schultern.

»Ich habe doch keinen Lover, damit er gut zu mir ist.«

Roland runzelte seine breiten Augenbrauen.

»Warum dann?«

Liv trank noch einen Schluck und lächelte.

»Für den Sex. Was sonst?«

»Und Liebe?«

Liv zuckte wieder mit den Schultern.

»Du stellst zu viele Fragen, Roland.«

Er lachte lautlos.

»Das ist mein Job.«

Liv lächelte.

Per Roland sah sie an und fragte sich, wer sie wohl so verletzt haben mochte. Er bohrte aber nicht weiter. Gewisse Dinge brauchte er nicht zu wissen.

»Und was ist mit dir, Roland? Trauerst du noch immer um deine Exfrau?«

Er biss sich auf die Lippe, bis sie aufplatzte.

»Oje, lass mich mal sehen«, sagte Liv und stand auf, um eine Serviette zu holen. Sie trat dicht zu ihm, legte ihm die Hand auf die Wange und tupfte mit der anderen das Blut ab.

»So«, sagte sie und sah ihm in die Augen. »Das war wohl ein Volltreffer, was?«

Roland schwitzte und atmete schnell. Er war verwirrt

von ihrer plötzlichen Fürsorge und Weiblichkeit, die sie im Alltag so perfekt versteckte. Mit einem Mal verspürte er den starken Drang, ihr die Hand in den Nacken zu legen und sie zu sich nach unten zu ziehen, besann sich aber im letzten Augenblick. Sie zögerte, als wartete sie genau darauf. Dann lächelte sie und setzte sich wieder rittlings auf ihren Stuhl.

Mein Gott, was bist du für ein Idiot, schimpfte Roland sich innerlich.

»Was ist denn das mit dir und ihr … wie hieß sie noch mal?«

»Cynthia.«

»Cynthia.« Liv ließ den Namen auf sich wirken. »Das ist kein dänischer Name, ist sie …?«

»Sie ist halb deutsch«, unterbrach er sie. »Und schöner als der Sonnenaufgang über dem Øresund.«

Liv pfiff anerkennend.

»Schön. Du liebst sie wirklich. Warum seid ihr nicht zusammen?«

Roland trank seine Tasse aus. Der letzte Schluck schmeckte immer schrecklich. In der Regel war er kalt und zu stark.

»Wir sind geschieden.«

»Und jetzt hat sie einen anderen gefunden, ist es das?«

Roland nickte etwas überrascht. Liv konnte die Menschen wirklich durchschauen. Auf jeden Fall ihn. Aber das war vielleicht auch nicht sonderlich schwer.

»Ich habe es erst heute herausgefunden. Da war plötzlich ein Mann am Telefon, als ich bei ihr angerufen habe.«

Liv sah ihn mitleidig an. Irgendwie machte ihn das ärgerlich.

»Ich glaube, ich habe genau das, was du jetzt brauchst.«

Sie stand auf und verschwand über die Treppe nach oben. Roland hörte sie über sich herumkramen und fragte sich, was sie wohl machte. Wenn sie jetzt nur nicht mit der Telefonnummer irgendeiner einsamen Freundin ankam, die einen One-Night-Stand brauchte. Das wäre einfach zu schlecht.

Gleich darauf kam sie wieder nach unten geschlendert. In der Hand hielt sie eine kleine Tüte. Sie setzte sich an den Tisch und kippte den Inhalt der Tüte aus.

»Das hilft mir immer, wenn ich down bin«, sagte sie, während sie ein grün-schwarzes Plättchen aus dem Silberpapier schälte. Es sah aus wie Schokolade, Roland wusste aber sofort, was es wirklich war. Die Tüte enthielt auch ein Päckchen Zigaretten, Papers und Filter. Roland sah Liv mit seinen Kermit-Augen an.

»Was zum Henker machst du da?«

»Das ist echt klasse. Ein Superstoff. Der beste, den du zurzeit auf dem Markt kriegen kannst.«

»Das ist doch nicht das, was ich glaube, oder?«

»Natürlich ist es das nicht. Du kannst es gerne als ein schmerzstillendes Mittel bezeichnen, wenn du willst«, zog sie ihn lächelnd auf.

Roland stöhnte und überlegte, ob er gehen sollte.

»Verdammt, jetzt entspann dich doch mal, Roland«, sagte Liv, während sie den Tabak auf ein kleines Stück Karton krümelte. Dann brach sie ein Klümpchen von der grünschwarzen Masse, erwärmte es und bröselte es über den Tabak. »Ich verspreche dir, dass du nicht dran stirbst.«

»Verdammt, Liv. Wir können hier doch nicht …«

»Du siehst doch, dass wir das können. Lass mal die Zügel schleifen, mein Freund, es passiert schon nichts. Außerdem ist das zum eigenen Gebrauch. Ich habe nicht mehr, als man darf.«

Liv streute den Tabak auf das Jointpapier, drehte das Paper zusammen, leckte die Gummierung und klebte die Tüte zu.

»Du bist ein Profi, das sieht man«, platzte Roland hervor. Verärgert, aber auch neugierig.

Liv lächelte und reichte ihm den Joint und das Feuerzeug. »Der erste Zug ist der beste«, sagte sie. »Du riskierst höchstens, deine Ex zu vergessen und einen netten Abend zu haben. Versuch mal was Neues.«

Er starrte sie an. Neugierig, etwas zu probieren, was er bisher immer abgelehnt hatte, besorgt, dass ihn jemand erwischen könnte und scheißbesorgt, dass er sich lächerlich machen oder ihr auf den Boden kotzen könnte. Stärker als all seine Ängste und Sorgen war aber der Drang, seine Ex zu vergessen und ein bisschen auszuflippen. Er wollte das Telefonat vergessen, das er eben geführt hatte, wollte vergessen, dass sie jemals zusammen gewesen waren.

Und er wusste, dass ihm das alles vollkommen egal sein würde – jedenfalls solange der Rausch anhielt –, wenn er jetzt einen Zug von diesem Joint nahm.

»Versuch etwas Neues, erforsche dich selbst«, hatte Cynthia gesagt, als sie ihn damals vor die Tür gesetzt hatte.

Verdammt, dachte er und nahm Joint und Feuerzeug entgegen. Dann zündete er ihn an. Vorne loderte eine kleine Flamme auf, erlosch aber gleich wieder, als das Papierende abgebrannt war. Roland zog den Rauch so tief in seine Lungen, wie er nur konnte, und spürte ein Brennen in seinem Hals.

Liv sah ihn gespannt und mit einem schiefen Lächeln auf den Lippen an.

»Immer mit der Ruhe«, sagte sie. »Lass mir auch noch etwas übrig.«

28

Es war nicht so, als hätte sie nicht schlafen können. Als Mutter zweier kleiner Kinder bekam sie eigentlich permanent zu wenig Schlaf, aber es war erst zwanzig nach neun, und außerdem schien sich Roland vorgenommen zu haben, einen ganzen Wald abzusägen.

Sie schlang sich eine Decke um den nackten Körper, setzte sich mit angezogenen Beinen auf das Fensterbrett und blickte über den schwarzen Øresund, während sie eine Zigarette rauchte und den Qualm aus dem offenen Fenster blies. Der Fall ging ihr nicht aus dem Kopf. Immer wieder musste sie an Cecilie Junge-Larsen und ihre erst heute aufgetauchte Zwillingsschwester denken. Und an Mette Berendsen und das Chaos, das der Täter bei ihr hinterlassen hatte. Hatte er das wirklich nur getan, damit es wie ein Einbruch aussah?

»Er muss nach etwas gesucht haben«, murmelte sie. Dem Anruf konnte sie entnehmen, dass die Frau etwas gewusst haben musste. Vielleicht hatte sie ja auch irgendeinen Beweis gehabt, der sich möglicherweise noch immer im Haus befand?

Plötzlich begann ihr Handy zu klingeln, das auf dem Nachtschränkchen lag. Sie warf die Zigarette aus dem Fenster, beeilte sich aber nicht sonderlich, das Gespräch entgegenzunehmen. Roland durfte ruhig wach werden, damit sie ihn aus dem Haus bekam. Aber der Joint schien ihn vollkommen ausgeschaltet zu haben, jedenfalls quittierte er das Klingeln nur mit einem Grunzen, um sich dann auf die andere Seite zu drehen und weiterzuschlafen.

»Hier ist Ole«, kam es brummend vom anderen Ende.

Liv wandte sich lächelnd wieder der Aussicht zu. In der Ferne, drüben in Schweden, blinkten Autoscheinwerfer auf.

»Was ist los, Alter?«

»Heh, der Einzige, der mich alt nennen darf, bin ich selbst.«

Liv lachte, woraufhin Roland sich ein weiteres Mal umdrehte.

»Du, ich habe über eine Sache nachgedacht.«

»Ja.«

»Ich habe deinen Bericht über diese Dicke gelesen.«

»Über Mette Berendsen?«

»Ja, genau, diese Mette. Du schreibst, dass sie ein eigenes Haus am Kellerisvang in Espergærde bewohnte.«

»Ja, laut ihrer Mutter ist sie da vor vier Jahren eingezogen. Und?«

»Und sie lebt von ihrer Invalidenrente?«

»Ja, anscheinend war sie zu fett zum Arbeiten.«

»Wundert es dich denn gar nicht, dass so etwas möglich ist?«

»Wie meinst du das?«, fragte Liv.

»Also, wenn ich richtig informiert bin, haben die Eigentumswohnungen am Kellerisvang einen Wert von etwa 2,8 Millionen Kronen. Wie hat sie sich das leisten können?«

Liv zog die Augenbrauen zusammen. Ole hatte recht. Da passte etwas absolut nicht zusammen.

»Was willst du damit andeuten?«

»Ich denke, es würde sich lohnen, mal einen Blick auf ihr Konto zu werfen. Woher hatte sie das Geld? Natürlich kann es auch eine ganz simple Erklärung geben. Vielleicht hatte sie ja geerbt, ihr Vater ist doch gestorben, oder? Wie gesagt, das ist bloß so ein Gedanke.«

»Aber ein guter.«

Liv schwieg ein paar Sekunden und sah zu Roland hinüber, ohne ihn wirklich zu sehen. Ihre Gedanken waren an einem anderen Ort. Dann fasste sie einen Entschluss.

»Ich glaube, dass der Täter bei ihr zu Hause nach irgendetwas gesucht hat, deshalb das Chaos«, sagte sie. »Ich fahr da noch mal raus.«

Sie legte auf, bevor Ole protestieren konnte, und rief Miroslav an, der gerade erst das Büro und Mette Berendsens Computer verlassen hatte.

»Kannst du mal ihr Konto überprüfen? Eine Frau wie sie hat sicher Internetbanking gemacht, ich meine, die ist doch nie rausgegangen. Ich muss wissen, woher sie ihr Geld bekam und wie sie sich das Haus leisten konnte, in dem sie wohnte.«

»Das geht dann aber erst morgen, ich muss dringend nach Hause und schlafen.«

»Morgen ist gut«, sagte Liv und legte auf.

Sie zog eine löchrige Jeans und einen Kapuzenpulli aus dem Schrank, nahm ihren Hut und stürmte aus dem Haus. Einen Moment überlegte sie, ob sie das Auto nehmen sollte, entschied sich dann aber doch für ihr Fahrrad. Auch wenn Roland den größten Teil des Joints geraucht hatte, lohnte es sich nicht, ein solches Risiko einzugehen.

Mit einer geschmeidigen Bewegung schlüpfte sie unter dem Absperrband der Polizei hindurch und betrat das leere Reihenhaus. Drinnen sah es aus wie bei einem Ausverkauf, bei dem alle einfach gegangen waren, nachdem sie gefunden hatten, was sie gesucht hatten. Sie sah sich in den Räumen um, die einmal ein Zuhause gewesen waren, oder in diesem Fall vielleicht eher eine Höhle. Ein Versteck vor der Welt, aus der die Ermordete sich abgemeldet hatte.

Liv ging durch das Wohnzimmer und über die Treppe nach oben ins Schlafzimmer. Sie hob eine Schachtel vom Boden auf und durchwühlte sie. Schmuck und diverse Spangen für die Haare lagen wild durcheinander. Dann ließ sie ihren Blick durch den Raum schweifen.

Warum hat sie sich versteckt? Was hatte sie erlebt? Was war so fürchterlich gewesen, dass es sie vollkommen aus der Bahn geworfen hatte? Und war dieses Erlebnis schließlich auch der Grund für ihren Tod?«

»Ich weiß, wer das getan hat«, hatte sie Liv am Telefon gesagt, unmittelbar bevor sie ermordet worden war.

»Was war dein Geheimnis?«, flüsterte Liv in das leere Schlafzimmer.

Sie ging um das Bett herum und versuchte, nicht auf eine der zahllosen Sachen zu treten, die am Boden lagen. Kleider, Nippes, Essen und leere Colaflaschen, alles wild durcheinander. Sie seufzte und ließ ihren Blick weiter durch den Raum schweifen. Wo würde man wichtige Sachen verstecken? Ihr Blick fiel auf den geöffneten Kleiderschrank, in dem all die großen Blusen und T-Shirts von den Bügeln gerissen worden waren. Sie trat dicht an den Einbauschrank heran, steckte den Kopf hinein und tastete mit der Hand die Innenseiten, die Rückwand und den Boden ab. Dann ging sie in die Knie und durchsuchte noch einmal alles. Nichts. Sie erhob sich und musterte das Bett, rüttelte an den Bettpfosten, aber keiner war locker oder ließ sich öffnen. Stöhnend setzte Liv sich aufs Bett. Vielleicht gab es doch nichts zu finden? Sie stützte sich mit den Händen auf der Matratze ab, bevor sie plötzlich aufsprang und den Bettbezug herunterriss. Das Bett bestand aus zwei nebeneinander gelegten Matratzen. Sie krabbelte in die Mitte und fuhr mit der Hand den Spalt zwischen den Matratzen ab. Dann kniete sie sich auf den Boden und blickte unters Bett. Am Lattenrost war mit breitem Tape etwas befestigt worden. Sie löste es und stellte fest, dass es sich um ein kleines Buch handelte. Auf dem hellroten Umschlag prangten Prinzessinnen. Das Buch sah sehr kindlich aus. Es hatte ein kleines Schloss, das Liv mit dem Schraubenzieher aufbrach, den sie immer in der Tasche hatte und der ihr schon mehrmals aus misslichen Lagen geholfen hatte. Dann ging sie mit dem Buch nach unten, setzte sich an den Küchentisch und schlug es auf.

Auf der ersten Seite stand »Mettes Tagebuch«. Sie blätterte weiter und las Mette Berendsens Gedanken und Erlebnisse, als sie elf Jahre alt war. Liv lächelte und lachte über etwas Lustiges, was sie geschrieben hatte. Dann blätterte sie weiter, bis sie zum Jahr 1996 kam, in dem Mette Berendsen dreizehn Jahre alt war. Liv las, was Mette alles mit ihrer Freundin Katja Adelskov erlebt hatte. Sie las über die Jungs, die die beiden interessant fanden, wen in der Klasse sie nicht mochten und welche Filmstars sie heiraten wollten, wenn sie groß waren. Alles ganz normal für ein dreizehnjähriges Mädchen.

Bis sie zum 3. September 1996 kam, an dem das Tagebuch komplett seinen Charakter änderte. Plötzlich waren die Sätze wild und unzusammenhängend, irgendetwas war mit ihrer Freundin geschehen, Mette war unglücklich gewesen. Liv las weiter und verstand plötzlich.

»Sie wurde vergewaltigt«, sagte sie laut vor sich hin, kam aber nicht mehr weiter, denn im gleichen Moment traf sie etwas Hartes am Kopf. Ein unbeschreiblicher Schmerz durchzuckte ihren Körper, so dass sie in einem Sternenregen vornüber stürzte.

29

Die Kopfschmerzen waren wirklich unbeschreiblich. Sie kamen irgendwie von innen, bohrten sich ihren Weg hinter die Augen und strahlten in jeden Winkel aus, in jeden Nerv, in jede Zelle des Gesichts. Per Roland versuchte, den Kopf zu bewegen, doch es ging nicht. Weit entfernt hörte er eine Stimme. Jemand mit langen Stimmbändern, trotzdem kam die Stimme ihm schrill vor.

Er begnügte sich damit, ein Augenlid etwas hochzuziehen, und sah das Gesicht eines jungen Mannes. War das Peter? War er zu Besuch? Aber nein, das konnte nicht Peter sein. Dieses Gesicht sah ihm nicht einmal ähnlich. Dann kam die Erinnerung. Er schlug beide Augen auf und sah den jungen Mann in voller Größe vor sich stehen. Erschrocken wollte er sich aufrichten, bemerkte dann aber, dass er nackt unter der Decke lag, so dass er sich wieder hinlegte. Dann sah er zu Livs Seite hinüber. Sie war leer.

»Ich bin Claus«, sagte der junge Mann und reichte ihm die Hand.

Roland schlug vorsichtig ein. Der junge Kerl war groß.

»Also, entschuldige, ich wollte dich nicht stören«, sagte Claus und lächelte, »ich brauche nur …« Er zeigte auf den Kleiderschrank. »Ich brauche nur ein paar saubere Klamotten. Schlaf nur weiter. Es ist erst halb sieben. Ich muss in einer halben Stunde zur Arbeit.«

Roland lächelte etwas gezwungen und nickte.

»Schon okay«, sagte er. »Ich muss jetzt auch aufstehen.«

Claus zog sich ein paar Sachen aus dem Schrank, während Roland noch weiter unter die Decke kroch. Er hielt nach seinen eigenen Sachen Ausschau und fand sie am Boden liegend. Hatten sie …?

»Wo ist eigentlich Liv?«, fragte Claus.

Roland sah noch verwirrter aus.

»Ich dachte, das könntest du mir sagen.«

Claus zuckte mit den Schultern.

»Vielleicht war heute Morgen irgendetwas mit den Mädchen«, sagte er. »Sie wird schon wieder auftauchen. So ist das immer bei ihr. Sie fragt mich auch nicht, wo ich heute Nacht geschlafen habe.«

In Per Rolands Kopf drehte sich alles mit überhöhter Geschwindigkeit. Vielleicht war er einfach zu alt für all das.

»Schon in Ordnung«, sagte er zum zweiten Mal an diesem Morgen.

»Ich wette, du bist bloß aus Neugier hierhergekommen«, sagte Claus. »Du wolltest doch bestimmt wissen, wie es ist, mit einer wie Liv Sex zu haben.«

Roland sah Claus verwirrt an. Dann begann seine am Boden liegende Hose zu klingeln, und er suchte nach seinem Handy, während er sich ärgerte, dass er zu high gewesen war, um sich daran zu erinnern, wie es mit einer wie Liv gewesen war.

Es war der Wachhabende.

»Die Nachbarn haben angerufen. Michael und Anne Grethe Junge-Larsen sind wieder zurückgekommen und befinden sich jetzt in ihrem Sommerhaus.«

»Danke, ich komme sofort«, sagte Roland und stand eilig aus dem Bett auf.

»Vom Telefon gerettet«, sagte er leise zu sich selbst, als er in seinem Auto saß und Liv anzurufen versuchte. Nach drei Versuchen hinterließ er ihr eine Nachricht, bevor er vor dem Präsidium vorfuhr.

»Guten Morgen, alle zusammen«, begann Per Roland die Morgenbesprechung, die zu seiner Überraschung ohne Liv beginnen musste. Etwas irritiert schloss er die Tür des Raumes.

»Heute ist Freitag, der 20. September, wir haben in diesem Jahr noch 102 Tage vor uns. Es ist der Namenstag von Tobias und der Tag, an dem Magellan 1519 von Spanien aus mit fünf kleinen Schiffen zu seiner ersten Weltumsegelung aufbrach.«

»Liv fehlt noch«, sagte Max Motor.

Roland nickte.

»Das sehe ich«, sagte er.

»Wo ist sie?«

»Woher soll ich das denn wissen?«, polterte er und bemerkte, wie überrascht seine Mitarbeiter über seine etwas zu heftige Reaktion waren. »Bei mir hat sie sich nicht gemeldet, okay?«

»Ich hab doch nur gefragt«, murmelte Max. »Es könnte ja etwas passiert sein.«

Per Roland trank einen Schluck Kaffee und sah in die Runde. Er hoffte von ganzem Herzen, dass das nicht der Grund ihres Fehlens war.

»Sie taucht schon noch auf«, sagte er nur. »Fangen wir an. Wo stehen wir?«

»Ich bin in Mettes PC reingekommen und werde wohl heute damit fertig werden«, sagte Miroslav. »Liv hat mich gestern Abend noch angerufen und gebeten, Mettes Konten zu checken. Sie hat sich gefragt, wie die Frau sich das Reihenhaus leisten konnte, in dem sie wohnte.«

Roland nickte.

»Ein guter Gedanke. Dann hoffen wir, dass der Computer ein paar Informationen beinhaltet. Weiter?«

Im gleichen Moment ging die Tür auf.

»Ich habe etwas«, kam es von Liv, die plötzlich in der Türöffnung stand. In der Hand hielt sie ihren braunen Herrenhut. Ihre Haare standen in alle Richtungen ab und sahen schlimmer aus als je zuvor. Außerdem sah sie etwas verwirrt und müde aus. Zuerst lächelten alle bei ihrem Anblick, doch dann machte sich eine gewisse Unruhe breit.

»Liv, geht's dir gut?«, fragte Anette und stand auf.

Sie zog einen Stuhl zurück, und Liv ging zu ihr und setzte sich. Anette sah sich ihren Hinterkopf besorgt an und blickte dann zu Roland.

»Liv, du hast Blut in den Haaren«, sagte sie dann. »Was ist passiert?«

Liv fasste sich an den Hinterkopf und bekam blutige Finger. Dann legte sie ihren Hut auf den Tisch. Er war in der Mitte ganz plattgedrückt und blutverschmiert.

»Das ist eine längere Geschichte«, sagte sie dann. »Ich glaube aber, dass der Hut das meiste abgefangen hat.«

»Wir haben genug Zeit, um uns deine Geschichte anzuhören«, sagte Max und goss ihr eine Tasse Kaffee ein.

Liv trank einen Schluck und atmete ein paar Mal tief durch.

»Okay. Gestern Abend bin ich noch einmal zu Mette Berendsens Reihenhaus gefahren.«

»Warum?«, wollte Anette wissen. Ihre Stimme klang noch immer besorgt.

»Ich habe mich einfach zu sehr über das Chaos in ihrer Wohnung gewundert. Ich dachte, dass der Täter etwas bei ihr gesucht haben könnte, und dass es vielleicht deshalb so unordentlich war. Und es war doch möglich, dass er es noch nicht gefunden hatte.«

»Kein dummer Gedanke«, sagte Svendsen.

»Unter dem Bett war mit Tape ein Tagebuch festgeklebt. Ich setzte mich hin und begann zu lesen, wurde dann aber von hinten niedergeschlagen. Als ich aufwachte, lag ich auf dem Boden, und das Tagebuch war weg.«

Per Roland fasste sich an den Kopf und schnaubte.

»Verdammt, Liv, du hättest erschlagen werden können. Was hast du dir denn dabei gedacht? Allein an einen Tatort zu fahren ...«

Anette warf ihm einen Blick zu.

»Nicht jetzt, Roland, okay? Das Mädchen steht doch noch unter Schock ... sie hat einen ordentlichen Schlag auf den Kopf gekriegt, das siehst du doch. Du solltest in die Ambulanz gehen, Liv, das muss genäht werden.«

Liv tastete noch einmal mit den Fingern die Wunde ab.

»Das werde ich auch tun, aber erst muss ich euch noch erzählen, was ich in diesem Tagebuch gelesen habe. Mette begann etwa mit elf Jahren, darin zu schreiben, und hat am 3. September 1996 ihre letzte Eintragung gemacht. An dem Tag wurde Katja Adelskov vergewaltigt.«

»Vergewaltigt?«, sagten alle Anwesenden im Chor.

»Stand das im Buch?«, fragte Max.

»Ja, und nicht nur das.«

Sie alle erstarrten.

»Mette Berendsen hat es beobachtet.«

»Ah«, sagte Anette und schien plötzlich alles zu begreifen. »Das war es also, was sie zu verdrängen versuchte. Sie hat dabei zugesehen, wie ihre beste Freundin vergewaltigt wurde und hat diese unerträgliche Belastung seither zu vergessen versucht. Hat sich mit Essen vollgestopft, um das Gefühl von Scham und Furcht zu betäuben.«

Per Roland runzelte die Augenbrauen.

»Scham, wieso das denn?«, fragte er.

Anette zuckte mit den Schultern.

»Vielleicht weil sie nicht eingegriffen hat? Weil es ihr nicht gelungen ist, den Täter zu stoppen.«

Sie sah zu Liv.

»Wer hat das gemacht?«

Liv schüttelte den Kopf.

»Das stand da nicht.«

Roland hob einen Finger und sah aus wie ein Lehrer.

»Der Täter scheint aber zu glauben, dass es da steht. Deshalb hat er das ganze Haus durchsucht und Liv niedergeschlagen. Er wollte dieses Buch.«

Alle nickten.

»Ich denke, Mette Berendsen hat den Täter erpresst, sie hat damit gedroht hat, sein Geheimnis zu verraten«, sagte Liv.

»Meinst du, dass deshalb so viel Geld auf der Kommode lag?«, fragte Lind.

»Ja, und dass sie es sich deshalb leisten konnte, in diesem Haus zu wohnen.«

»Dann wurde Mette Berendsen also getötet, weil sie etwas gegen jemanden in der Hand hatte? Weil sie wusste, wer Katja Adelskov vergewaltigt hat?«, fragte Max Motor.

»Und wer sie geschwängert hat, das dürfen wir auch nicht vergessen«, ergänzte Anette. »Psychologisch betrachtet kann das eine noch größere Rolle spielen.«

»Wie das?«, fragte Miroslav.

»Es verband ihn mit seinem Opfer und machte das Verbrechen erst sichtbar.«

»Kann das der Grund sein, weshalb Mette Berendsens Hände nicht gefesselt waren wie bei Cecilie und den anderen Mädchen?«, fragte Roland. »Weil dieser Mord keine sexuelle Grundlage hatte?«

Anette nahm ihre Lesebrille ab und zuckte mit den Schultern.

Roland reagierte verärgert.

»Aber verdammt, Anette, so etwas solltest du doch wissen! So etwas *musst* du wissen!«

Sie hob die Hände.

»Es ist sicher eine Möglichkeit, aber konkret ist diese Frage schwer zu beantworten, wenn man den Täter nicht besser kennt.«

»Das musst du mir erklären.«

»Also, ausgehend von den Morden an den ersten beiden Mädchen würde ich ihn als einen sadistischen Vergewaltiger und Mörder der schlimmsten Sorte einschätzen. Jemand, der mordet und seine Opfer ausstellt, um uns zu zeigen, was er kann, wozu er in der Lage ist. Der Mord an Cecilie war weniger sadistisch, sie wurde nicht vergewaltigt, und auch das Ersticken war weniger barbarisch. Desgleichen der Fundort der Leiche – die hatte mehr den Charakter eines Verstecks als eines Präsentiertellers. Im Gegenzug war da aber seine persönliche Handschrift. Der Mord an Mette Berendsen war dann wieder eher brutal, doch dieser Mord kam einer Liquidierung gleich, ohne jeden sexuellen Unterton.« Anette schwieg eine Sekunde. »Auf den ersten Blick kann ich da kaum einen roten Faden erkennen.«

»Wir können aber doch wohl schlussfolgern, dass es der gleiche Täter ist, der unsere vier Morde begangen und Katja Adelskov vergewaltigt hat?«, stellte Roland in den Raum.

Seine Mitarbeiter antworteten mit Schweigen.

»Jetzt komm schon … es muss doch derselbe Täter sein, wenn er Mette Berendsen wie die kleinen Mädchen tötet?«

Anette zuckte mit den Schultern.

»Prinzipiell kann es derselbe sein, ja.«

»Aber was glaubst du?«

»Fragst du mich als Mensch oder als Psychologin?«

Roland breitete die Arme aus.

»Ist das jetzt nicht egal? Ich will einfach nur wissen, ob wir denselben Kerl suchen, und ob du glaubst, dass er Katja Adelskov umgebracht hat?«

Anette blickte auf die Tafel mit den Bildern der drei Mädchen und Mette Berendsen. Dann stand sie auf, trat dicht an die Tafel heran und studierte eine nach der anderen ganz genau.

Roland sah auf seine Uhr und trommelte mit den Fingern auf den Tisch. Dann stöhnte er demonstrativ, aber Anette reagierte nicht. Sie konzentrierte sich weiter auf die Bilder der Ermordeten, bis sie sich schließlich langsam zu ihm umdrehte.

»Sollte es wirklich derselbe Täter sein, glaube ich nicht, dass er das allein gemacht hat. Die vier Morde sind sehr unterschiedlich.«

Roland hatte gerade den Mund aufgemacht, um etwas zu sagen, als sein Handy zu klingeln begann. Er holte es aus der Tasche und zeigte auf Anette, bevor er das Gespräch entgegennahm.

»Wir müssen noch reden«, sagte er und hielt sich das Handy ans Ohr. Nach einem kurzen Gespräch legte er auf und sah in die Runde.

»Das war der Wachhabende. Die Junge-Larsens sind heute Morgen wieder aufgetaucht, und ich habe eine Streife rausgeschickt, um sie zu holen und zum Krankenhaus zu fahren. Der Wagen ist jetzt unterwegs. Liv und Max, ihr fahrt mit mir dorthin. Es ist langsam an der Zeit, dass sie uns erklären, wer das gefundene Mädchen ist, außerdem kann Liv sich dann das Loch in ihrem Kopf behandeln lassen.«

30

Vor dem Haupteingang des Krankenhauses von Helsingør wartete bereits eine größere Schar von Journalisten mit Diktiergeräten und Notizblöcken, samt einigen großgewachsenen Männern mit Kameras auf der Schulter. Roland parkte hinter dem Ü-Wagen von TV2, aus dem immer live gesendet wurde. Max öffnete Liv die Autotür und reichte ihr die Hand, sie ließ sich aber nicht helfen, sondern stieg selbst aus. Das Blut war auf ihrem Kopf angetrocknet und klebte wie eine harte Kruste in den blonden Haaren. Auf dem Weg zum Eingang wurden sie gleich von den Journalisten und ihren Fotografen bestürmt, die sie mit Fragen und Blitzlichtern bombardierten.

»Geht ihr rein, damit sich jemand um Livs Kopf kümmern kann, ich halte die hier so lange auf«, sagte Roland.

Liv und Max nickten und schoben sich rasch an den Journalisten vorbei. Nur einer rannte ihnen nach und fragte nach Livs Verletzung, wurde aber brüsk von ihr abgefertigt. Die anderen feuerten ihre Fragen auf Roland ab.

»Sind Sie gekommen, um sich Cecilies Doppelgängerin anzusehen?«

»Stimmt es, dass es sich um Cecilies Schwester handelt?«

»Wo ist sie all die Jahre gewesen? Haben ihre Eltern sie eingesperrt?«

»Wie sieht es mit einer Pressekonferenz aus? Wann erfahren wir endlich etwas Konkretes?«

»Haben Sie Cecilies Mörder gefunden?«

Die meisten Fragen blieben unbeantwortet oder wurden mit den Antworten »dazu kann ich mich jetzt noch nicht äußern« oder »das werden die Ermittlungen zeigen« abgewürgt. Die Journalisten gaben aber nicht auf, obgleich sich nun auch Per Roland in Bewegung setzte.

»Haben Sie einen Verdächtigen verhaftet?«

»Was ist mit Kent Levin?«

Roland blieb stehen. Der junge Mann, der die letzte Frage gestellt hatte, kam vom *Ekstra Bladet*. Er hielt Roland ein Handy vors Gesicht. Viele der Journalisten nutzten ihre Telefone als Diktiergeräte. »Er ist doch damals 1998 wegen der Morde an den beiden Mädchen verurteilt worden, die auf die gleiche Weise gefesselt waren wie Cecilie Junge-Larsen, nicht wahr?«, fragte der junge Journalist. »Haben Sie mit ihm gesprochen?«

»Er sitzt im Vestre Gefängnis«, sagte Roland und hoffte, den Journalisten mit diesem Kommentar zum Schweigen zu bringen. Es durften jetzt keine Spekulationen aufkommen, andererseits war es vermutlich bereits zu spät, denn was er auch erwiderte, das Gesicht von Kent Levin würde morgen auf den Titelseiten prangen, begleitet von der Frage, ob wieder ein Serienmörder während des Hafturlaubs einen Mord begangen hatte.

Roland ging mit schnellen Schritten zum Haupteingang und stellte sich von Angesicht zu Angesicht mit den Kameras vor den Schwingtüren auf.

»Eine Pressekonferenz ist derzeit nicht geplant«, sagte er dann. »Wir haben im Cecilie Junge-Larsen Fall noch keinen dringend Tatverdächtigen, wohl aber eine Reihe von Verdächtigen.«

»Was ist mit Mette Berendsen? War das derselbe Täter?«

»Wir wissen noch nicht, ob es derselbe Täter war, dazu

fehlen noch einige kriminaltechnische Untersuchungen, aber der Gedanke liegt nahe. Auf jeden Fall sind beide Opfer erstickt worden. Das kleine Mädchen, das hier im Krankenhaus liegt, ist Cecilies Zwillingsschwester, aber wir wissen noch nicht, wo sie bisher gelebt hat. Darauf werden wir hoffentlich bei der für später geplanten Vernehmung der Eltern eine Antwort erhalten. Wenn Sie mich jetzt entschuldigen würden, ich muss meine Arbeit tun«, sagte er und verschwand zum Ärger der Journalisten durch die Schwingtüren nach drinnen.

»Cecilies Eltern werden vernommen?«, riefen sie ihm hinterher.

»Wie geht es dem kleinen Mädchen?«

Roland ließ die Fragen im Raum stehen und stürmte zum Aufzug. Dann fuhr er in den 3. Stock hinauf, wo er den Arzt vom Tag zuvor begrüßte.

»Wie geht es ihr?«, fragte Roland.

Der Arzt lächelte.

»Gut. Ihr Zustand ist noch immer stabil.«

»Ist sie wach?«

Der Arzt schüttelte den Kopf.

»Leider nein. Sie müssen mit der Befragung noch ein bisschen warten.«

Roland sah sich um. Er wollte sichergehen, dass niemand ihr Gespräch belauschte.

»Die Eltern sind auf dem Weg hierher«, sagte er mit leiser Stimme. »Gibt es einen anderen Eingang als den Haupteingang, vor dem die Journalisten stehen?«

»Ja, den Hintereingang. Aber dort führt nur eine Straße hin, und die geht am Haupteingang vorbei.«

»Dann ist es nicht zu vermeiden, dass die Journalisten sie sehen?«

»Kaum.«

»Erst recht nicht, wenn sie in einem Streifenwagen kommen«, murmelte Roland. Er holte sein Handy und rief den Wachhabenden an.

»Geben Sie Order, dass der Streifenwagen zum Hintereingang fährt. Wir werden sie dann schon irgendwie durch die Journalisten lotsen.«

»Verstanden«, sagte der Wachhabende.

Roland fuhr mit dem Fahrstuhl nach unten und ging zum Hintereingang.

Durch die großen Scheiben sah er, dass auch dort bereits einige Fernsehjournalisten Stellung bezogen hatten, als hätten sie seine Gedanken gelesen. Er kratzte sich am Kopf.

»Verfluchter Mist«, sagte er laut, als er im gleichen Moment den Streifenwagen mit den Eltern vorfahren sah. Er trat durch die Glastüren nach draußen und ging zu dem Wagen, den die ersten Journalisten bereits umringt hatten, während immer weitere angerannt kamen.

»Lassen Sie die armen Menschen doch in Ruhe«, schimpfte Roland und öffnete die hintere Tür, damit die Eltern aussteigen konnten.

»Stimmt es, dass Sie Ihre Tochter eingesperrt hatten?«, lautete die erste Frage.

Roland warf dem fragenden Journalisten einen wütenden Blick zu und versuchte die Eltern vor der Horde abzuschirmen. Aber er hatte sich verrechnet und nicht daran gedacht, dass das Ehepaar Junge-Larsen die Presse im Griff hatte. Arm in Arm bauten Michael und Anne Grethe Junge-Larsen sich vor den zahlreichen Journalisten auf, während Blitzlichter aufflackerten, man ihnen Handys entgegenstreckte und die Fernsehkameras ihre Positionen einnahmen. Michael Junge-Larsen zögerte einen Augenblick, als müsse er einen Moment nachdenken, doch Roland hatte den Verdacht, dass er ihnen in Wirklichkeit nur die Zeit geben wollte, ihre Objektive scharf zu stellen und sich bereit zu machen. Die Presse sollte alles mitbekommen.

»Es stimmt, wir glauben, dass das Mädchen, das hier drinnen im Krankenhaus liegt, unsere Tochter ist«, sagte er dann.

Die Journalisten hielten die Luft an.

»Sie ist vor vielen Jahren verschwunden, und ihr Verlust war für uns kaum zu ertragen.«

Ein Reporter öffnete den Mund und wollte etwas sagen, wurde aber von Michael Junge-Larsen unterbrochen.

»Die näheren Umstände ihres Verschwindens würden wir gerne erst mit der Polizei besprechen, bevor wir damit an die Öffentlichkeit gehen«, sagte er und entwaffnete die Journalisten damit vollständig.

»Wir hoffen auf Ihr Verständnis. Es war eine unerträglich schwere Zeit für unsere kleine Familie, aber vielleicht erhalten wir heute ja eine unserer beiden Töchter zurück.«

Michael Junge-Larsen sah seine Frau an, die stumm nickte.

Auch die Journalisten schwiegen, und Roland spürte eine seltsame Zusammengehörigkeit. Als hätte Michael Junge-Larsen echtes Verständnis bei ihnen geweckt.

Schnell gab er dem Paar ein Zeichen, ihm durch die Glastüren zu folgen, während die Journalisten stehen blieben. Sie schienen sich tatsächlich mit der Antwort zufriedenzugeben, die sie erhalten hatten.

31

Der Arzt öffnete vorsichtig die Tür zu dem kleinen Einzelzimmer, in dem das Mädchen mit geschlossenen Augen auf dem Bett lag. Wären da nicht die Schläuche in der Nase und der Tropf an der Hand gewesen, hätte man den Anblick friedlich nennen können, dachte Per Roland und trat ein. Das Ehepaar Junge-Larsen folgte ihm, noch immer Hand in Hand. Es war dunkel, die Gardinen waren zugezogen, und das Licht aus Rücksicht auf die empfindlichen Pupillen des Mädchens gelöscht worden. Die Haut des Kindes wirkte noch immer durchsichtig, so dass die darunterliegenden Adern zu erkennen waren.

Anne Grethe Junge-Larsen war sichtlich bewegt und lächelte den Arzt an.

»Darf ich?«, fragte sie.

Der Arzt nickte, und sie beugte sich über das Bett und berührte das Mädchen sanft am Gesicht. Ihr Zeigefinger fuhr zärtlich über Stirn und Wangen des Kindes.

Per Roland sah, dass sie ihre Tränen nur schwer zurückhalten konnte. Dann legte sie ihren Kopf neben dem des Kindes auf das Kissen.

»Mein kleiner Engel«, flüsterte sie und küsste die Wange des Kindes. Dann brach sie in Tränen aus, und Michael Junge-Larsen musste sie festhalten, als die Beine unter ihr nachgaben.

»Entschuldige«, flüsterte sie, während ihr Mann sie festhielt und zu beruhigen versuchte.

»Schschsch, alles wird gut. Jetzt sind wir wieder eine Familie«, sagte er.

Anne Grethe Junge-Larsen kam wieder auf die Beine, sammelte sich und setzte sich neben dem Bett ihrer Tochter auf einen Stuhl. Sie versuchte, sich wieder zu fassen.

»Wie geht es ihr?«, fragte sie den Arzt.

»Sie ist schwach und leidet unter starkem Vitamin-D-Mangel, der sich bereits auf ihre Knochen ausgewirkt haben könnte. Es ist wichtig, dass wir das in den Griff kriegen, andernfalls drohen schwere Krankheiten. Überdies werden ihre Augen viel Zeit brauchen, sich an das Licht zu gewöhnen, sie muss draußen unbedingt eine Sonnenbrille tragen. Ansonsten sieht es gut aus, sie wird wohl bald längere Phasen wach zu sein, so dass Sie sie begrüßen können«, sagte er mit einem Lächeln. »Vielleicht schon morgen.«

Die Eltern erwiderten sein Lächeln.

»Aber wo war sie all diese Jahre? Was glauben Sie?«, wandte sich Michael Junge-Larsen an Roland.

»Wir hatten eigentlich gehofft, dass Sie uns diese Frage beantworten können. Aber lassen Sie uns das im Präsidium besprechen«, sagte er und sah den Arzt an. »Ich lasse Sie jetzt erst einmal einen Moment mit Ihrer Tochter allein, die Vernehmung können wir danach durchführen.«

Der Arzt nickte zustimmend.

Anne Grethe Junge-Larsen setzte sich neben das Bett, während ihr Mann auf die andere Seite trat und die Hände seiner Tochter nahm.

Per Roland schloss die Tür hinter sich und sah Liv und Max auf dem Flur auf ihn zukommen. Er ging ihnen entgegen, und als Liv ihn sah, drehte sie sich um, so dass er sehen konnte, dass man ihr ein paar Haare abrasiert hatte, um ihre Kopfhaut nähen zu können.

»Sieben Stiche«, sagte sie mit einem Lächeln. »Ohne Betäubung.«

Roland nickte anerkennend.

»Beeindruckend.«

Livs Lächeln wurde immer breiter.

»Und die Eltern?«

»Sie sind bei ihr.«

»Was sagen sie?«

Roland schüttelte den Kopf.

»Die wissen auch nicht, wo sie war.«

Liv sah ihn misstrauisch an.

»Ist sie entführt worden?«

Roland zuckte mit den Schultern.

»Ich denke, wir sollten sie aufs Präsidium bringen und ihnen ein paar Antworten entlocken«, sagte Liv und ging einen Schritt in Richtung Krankenzimmer.

Roland legte seine Hand auf ihre Schulter.

»Warte«, sagte er. »Lass ihnen etwas Zeit.«

Anne Grethe und Michael Junge-Larsen sahen bedrückt, aber glücklich aus, als sie sich in dem kleinen Raum, der für die Vernehmungen genutzt wurde, an den Tisch setzten. War das ein Lächeln, das Liv auf Anne Grethe Junge-Larsens Lippen ausmachte? Roland hatte sich neben sie gesetzt, und Anette stand in der Ecke am Fenster und hörte zu.

»Sie haben in der letzten Zeit eine ziemliche seelische Achterbahn durchgemacht«, sagte Liv.

Das Paar sah sich an und nickte.

»Es ist so fantastisch, dass wir unsere kleine Tochter wieder zurückbekommen haben. Sie wissen ja gar nicht ...« Anne Grethe Junge-Larsen verbarg ihr Gesicht an der Schulter ihres Mannes und weinte.

Liv blickte zu Anette, die einen Schritt vortrat und der Frau die Hand auf die Schulter legte.

»Lassen Sie sich nur Zeit«, sagte sie. »Immer mit der Ruhe, wir wissen, wie hart das für Sie sein muss.«

Anettes Hand verschwand, und Anne Grethe Junge-Larsens Gesicht tauchte wieder aus der Jacke ihres Mannes auf.

»Sie müssen entschuldigen, aber Sie sagen es ja selbst, die letzten Tage waren wirklich schrecklich für uns.«

Roland räusperte sich und beugte sich vor.

»Sie werden sicher verstehen, dass wir ein paar Antworten brauchen, um diese ganze Geschichte irgendwie nachvollziehen zu können.«

Das Paar nickte, und Michael Junge-Larsen übernahm.

»Das verstehen wir.«

»Gut«, sagte Liv und beugte sich ihrerseits vor. »Wir möchten Sie bitten, uns zu sagen, wann Ihre Tochter … wie heißt sie eigentlich?«

Das Paar sah sich an, und Anne Grethe Junge-Larsen antwortete: »Julie.«

Liv notierte auf ihrem Block.

»Julie. Also, wann ist Julie verschwunden? Und warum haben wir das nie erfahren? Wie kann es sein, dass es nirgendwo in unserem System vermerkt ist, dass Sie Ihre Tochter verloren haben?«

Michael Junge-Larsen seufzte.

»Das ist eine lange Geschichte.«

»Wir haben reichlich Zeit.«

Er sah seine Frau an.

»Julie«, sagte er zögernd, als wollte ihm der Name nicht recht über die Lippen.

Seine Frau nickte. Sie sah angespannt aus.

»Julie wurde aus dem Kinderwagen entführt, als sie kaum zwei Monate alt war.«

Michael Junge-Larsen starrte auf die Tischplatte, blickte dann zu Liv und Roland und sah schließlich seine Frau an.

»Es hat uns damals jemand erpresst.«

Er seufzte wieder und ließ seinen Blick erneut durch den Raum schweifen.

Liv sah zu Anette, die das Paar beobachtete.

Im gleichen Moment klopfte es an der Tür. Der Wachhabende steckte den Kopf herein und rief Roland zu sich, der nach draußen auf den Flur ging. Liv und Anette sahen sich erstaunt an.

Liv setzte zur nächsten Frage an:

»Warum sind Sie nicht zur Polizei …«, wurde aber von Roland unterbrochen, der wieder in das Zimmer gekommen war.

»Das Krankenhaus hat angerufen. Ihre Tochter ist aufgewacht und sitzt im Bett.«

Liv beobachtete das Ehepaar, das erst zögerte, sich dann aber lächelnd umarmte.

»Können wir gleich zu ihr?«

Roland blickte zu Anette und hob resignierend die Arme.

»Natürlich können Sie das«, sagte sie und sah Roland etwas ärgerlich an. »Du willst ihnen doch wohl nicht das Wiedersehen mit Ihrer Tochter verwehren, die sie seit elf Jahren nicht mehr gesehen haben?«

Auch Liv sah ihn an.

»Nein, das will ich nicht«, sagte er und breitete die Arme noch weiter aus. »Wir fahren alle zusammen ins Krankenhaus. Den Rest bereden wir dann später.«

Liv stand auf und wartete, damit die Eheleute Junge-

Larsen mit Roland den Raum verlassen konnten. Bevor sie durch die Tür treten konnte, hielt Anette sie am Arm fest.

»Sie lügen«, sagte sie. »Irgendetwas verbergen sie.«

Liv sah sie an.

»Man sieht es ihren Augen an«, sagte sie. »Michael Junge-Larsen ist euren Blicken bewusst ausgewichen, als du nach dem Namen des Mädchens gefragt hast.«

32

Anette fuhr mit Liv, während Roland die Eltern in seinem Wagen mitnahm. Als sie alle gemeinsam am Krankenhaus aus den Autos stiegen, sah Liv den Eltern ihre Nervosität an. Michael Junge-Larsen hatte den Arm um seine Frau gelegt, während sie zum Hintereingang gingen.

Die Journalisten waren verschwunden, anscheinend rechnete niemand damit, dass noch etwas geschehen würde, nachdem die Eltern zuvor bereits das Gebäude verlassen und der versammelten Presse zugewinkt hatten.

Liv wusste nicht, ob sie es ertragen würde, der Widervereinigung beizuwohnen. Große Gefühle lagen ihr nicht sonderlich.

»Ich bleibe draußen«, sagte sie deshalb zu Roland, als sie auf dem Weg zum Aufzug waren.

Die Eheleute Junge-Larsen sahen sie nicht einmal an, sie hatten ihre Blicke konstant zu Boden gerichtet.

»In Ordnung«, antwortete Roland, ohne sie nach einem Grund zu fragen.

Anette beugte sich zu ihm hinüber.

»Vielleicht ist es anfänglich besser, wenn nur einer von uns mit im Raum ist«, sagte sie mit leiser Stimme. »Sonst wirkt das für die Kleine möglicherweise zu aufdringlich. Nach allem, was wir wissen, hat sie sich ja den Großteil ihres Lebens drinnen aufgehalten und außer ihrem Entführer vielleicht kaum jemanden gesehen. Fünf fremde Menschen können ihr da schnell zu viel werden.«

Roland seufzte.

»Du hast recht. Es ist aber wichtig, dass einer von uns dabei ist. Ihre ersten Worte könnten für die Ermittlungen von entscheidender Bedeutung sein. Vielleicht nennt sie irgendwann einen Namen, an den sie sich erinnert.«

»Also, was schlägst du vor?«, fragte Liv und fuhr sich mit der Hand durch die Haare, die rings um die rasierte Stelle noch immer hart und blutverklebt waren.

Roland fuhr mit leiser Stimme fort:

»Anette geht mit rein und hört zu, was das Mädchen sagt. Sie kann auch die Eltern unterstützen, sollten sie das nötig haben. Sie kennt sich mit so etwas aus. Wir warten draußen.«

Liv nickte erleichtert.

Der Aufzug hielt an, und sie betraten den Flur. Wortlos gingen sie am Schwesternzimmer vorbei, in dem eine einzelne Schwester saß und eine Tasse Kaffee trank. Liv wunderte sich, dass ihnen auf dem Weg zu dem Zimmer nicht noch mehr Personal oder Ärzte begegneten. Vor der Tür angekommen, blieb sie mit Roland auf dem Flur stehen, während sich Anette und die Eltern bereit machten, den Raum zu betreten. Die Eltern zögerten eine Sekunde vor der Tür und sahen zu Anette hinüber.

»Atmen Sie tief durch«, sagte sie mit einem leichten Lächeln. »Das ist Ihre Tochter dort drinnen. Denken Sie aber daran, dass sie Sie nicht wiedererkennen wird. Sie hat Sie nicht gesehen, seit sie wenige Monate alt war, und kann sich aller Voraussicht nach nicht an Sie erinnern. Es wird lange dauern, bis Sie wieder eine Beziehung zueinander aufgebaut haben.«

Sie nickten und atmeten beide tief durch.

»Sind Sie bereit?«, fragte sie und öffnete die Tür.

Liv sah die beiden nicken, erkannte aber auch, dass Anettes Gesichtsausdruck sich plötzlich veränderte.

»Liv, Roland«, sagte sie laut, während sich Anne Grethe Junge-Larsen mit einem Aufschrei an ihren Mann klammerte.

Durch die offene Tür sah Liv eine Krankenschwester am Boden liegen. Das Bett, in dem Julie gelegen hatte, war leer.

Liv und Roland hasteten in das Zimmer und forderten die Eltern auf, draußen zu warten. Sie drehten die Schwester um und sahen sogleich die große Beule auf ihrer Stirn. Neben ihr lag ein Tablett. Saft, Kartoffelbrei, Fleischsoße und ein kleiner Tablettenbecher lagen in einer Art Birnenbrei am Boden. Die Frau stöhnte und fasste sich an den Hinterkopf, als sie sich aufrichtete. Der Stuhl, auf dem die Mutter zuvor gesessen hatte, lag umgestürzt am Boden.

»Was zum Teufel ist hier geschehen?« Roland schrie die Schwester beinahe an. »Wo ist Julie?«

Die Schwester sah Roland verwirrt an und schüttelte den Kopf.

»Wer?«

»Das Mädchen, das in diesem Bett da gelegen hat?«, sagte Liv. »Für das das Essen bestimmt war.«

Die Krankenschwester schüttelte den Kopf.

»Ich habe keine Ahnung. Das Letzte, woran ich mich erinnere, ist, dass ich hier ins Zimmer gekommen bin. Dann muss mir jemand von hinten auf den Kopf geschlagen haben. Im Fallen bin ich mit der Stirn am Bett angeschlagen.« Sie zeigte auf das Stahlgitter des Bettes.

»Wer war das?«, fragte Liv.

Die Krankenschwester zuckte mit den Schultern und fasste sich an den Kopf.

»Au, verflucht!«

Liv hob den Stuhl auf und stellte ihn wieder hin.

»Könnten Sie vielleicht hiervon getroffen worden sein?«, fragte sie und hob ihn leicht an.

Die Schwester warf einen Blick darauf und nickte.

»Schon möglich.«

Roland lief wie in Trance hin und her.

»Verdammt, irgendjemand muss doch wissen, wohin dieses Mädchen verschwunden ist!«, sagte er dann.

»Ruhig«, sagte Anette. »Befragen wir zuerst mal das Personal, vielleicht haben die ja etwas gesehen.«

Roland stürmte aus dem Zimmer, vorbei an den Eltern, die ihm mit fragendem Blick nachschauten, und lief zum Schwesternzimmer, wo er alle auszuschimpfen begann, die sich in der Nähe befanden.

»Wohin ist sie verschwunden? Kann mir hier denn wirklich niemand sagen, wohin sie verschwunden ist?«, rief er. »Sie wollen mir doch wohl nicht weismachen, dass sich ein elfjähriges Mädchen ganz einfach in Luft auflöst. Ohne, dass irgendjemand sie zu Gesicht bekommen hat.«

»Hören Sie«, sagte eine Frau in einem weißen Kittel. »Wir tun unser Bestes, aber wir müssen uns auch um die anderen Patienten kümmern.«

»Ja, aber, verflucht. Sie war doch nicht irgendwer! Hat denn wirklich niemand gesehen, ob jemand sie abgeholt hat? Oder sind Sie auch zu beschäftigt, um so etwas mitzubekommen? Kann hier jeder einfach reinkommen und sich ein Kind holen?«

Eine ältere Schwester seufzte.

»Wir haben nicht genug Leute, um eine einzelne Patientin rund um die Uhr zu bewachen«, sagte sie dann. »Außerdem wäre es vielleicht ganz sinnvoll, mal nach ihr zu suchen, statt hier bloß herumzulamentieren!«

»Verdammter Mist«, schimpfte Roland und trat beim Verlassen des Zimmers gegen einen Stuhl.

Draußen auf dem Flur sah er zu Liv und Anette hinüber, die in der Zwischenzeit die Eltern beruhigt hatte.

»Wir müssen sie einfach finden«, sagte er.

»Bevor unser Ermittlungsleiter vollends in die Luft geht«, erwiderte Anette und erntete ein ironisches Grinsen von Roland.

»Ja, ja, ja, ich habe überreagiert, I know. Entschuldige.« Er fuhr sich mit der Hand über seinen kahlen Schädel. »Aber verflucht, was machen wir jetzt?«

»Haben die an den Eingängen nicht Überwachungskameras?«, fragte Liv. »Dann können wir doch überprüfen, ob sie das Krankenhaus verlassen hat.«

Roland sah sie erleichtert an.

»Liv, du bist echt der Stern in dieser Ermittlungseinheit«, sagte er und begann rückwärts Richtung Ausgang zu gehen. »Ich laufe nach unten und frage an der Rezeption nach. Ihr sucht hier auf der Etage. Für den Fall, dass sie sich bloß irgendwo versteckt hat.«

Liv und Anette nickten, während Roland im Aufzug verschwand, wo sie ihn über seine eigene langsame Reaktionszeit fluchen hörten.

»Könntest du ihm nicht irgendwann einmal so einen *Wie kriege ich meine Wut in den Griff-Kurs* geben?«, fragte Liv.

Anette lachte warmherzig. Sie mochte Roland sehr, das konnte Liv spüren.

»Nimm du diese Seite, dann kümmere ich mich um die andere«, fuhr Liv fort.

»Sie weiß vermutlich selbst nicht, dass sie Julie heißt. Der Entführer hat ihr bestimmt einen anderen Namen gegeben«, sagte Anette.

»Verstanden«, sagte Liv, bevor sie sich trennten.

33

Schwitzend betrat Liv den letzten Raum der Etage, ein Wartezimmer. Sie warf ihre Lederjacke auf die blauen Stühle, die neben einem kleinen Tisch standen, auf dem Magazine über Gesundheit und schöneres Wohnen mit grellen Frauenzeitschriften wetteiferten. Ein einsames eingerissenes Donald-Duck-Heft hatte sich zwischen die Zeitschriften verirrt.

Sie kniete sich hin und sah unter alle Stühle, aber Julie versteckte sich auch nicht in diesem Zimmer. Sie hatte inzwischen jeden Winkel dieser Etage durchkämmt. Wenn sie so weitermachten, würden sie den ganzen Tag brauchen, um das gesamte Krankenhaus abzusuchen, selbst wenn sie eine weitere Einheit um Unterstützung baten. Liv ließ sich auf einen der Stühle plumpsen und starrte auf die Zeitschriften. Es war ein gut gehütetes Geheimnis, dass sie Donald Duck liebte und das Heft abonniert hatte. In erster Linie natürlich für die Mädchen.

Im gleichen Moment steckte Anette ihren Kopf herein. Liv sprang auf. Sie wusste nur zu gut, dass ihr das schlechte Gewissen anzusehen war. Anette musterte sie.

»Roland hat Neuigkeiten«, sagte sie dann.

Liv nahm ihre Jacke und folgte Anette, die mit schnellen Schritten zum Aufzug ging. Sie fuhren nach unten zur Pforte, an der Roland zusammen mit einer rothaarigen Frau mittleren Alters stand.

»Kommt, seht selbst«, sagte er.

Sie stellten sich hinter ihn und starrten auf einen kleinen Überwachungsbildschirm, während Roland an der Maschine unter der Tischplatte herumfingerte und das Video zurückspulte.

»Guckt mal hier«, sagte er und zeigte auf den Bildschirm. Liv sah Menschen durch die Schwingtüren des Haupteingangs ein und aus gehen.

»Das ist gerade erst eine halbe Stunde her.«

Plötzlich erschien auf dem Bildschirm ein kleines Mädchen, in dem Liv sofort Julie erkannte. Sie ging an der Hand eines Mannes, der einen grünen Hut und einen langen schwarzen Mantel trug, durch die Tür nach draußen.

»Können wir den nicht deutlicher kriegen?«

»Ich werde dafür sorgen, dass der Mitschnitt zu Miroslav ins Präsidium geschickt wird«, sagte Roland. »Er kann da mit seinen Zaubertricks bestimmt was machen. Bis dahin müssen wir wohl unsere Fantasie spielen lassen. Ich habe den Wachhabenden gebeten, eine Meldung an alle Streifenwagen durchzugeben.«

Roland ging zum Ausgang und sah nach draußen.

»Kann das ihr Entführer gewesen sein?«, fragte Liv.

»Mit größter Wahrscheinlichkeit«, antwortete Roland.

»Aber wo bringt er sie hin?«

»Wohin *kann* er sie bringen?«, fragte Roland. »Ich meine, sie ist in aller Munde, und ihr Bild ist heute auf den Titelseiten aller Zeitungen. Sie können nirgendwohin gehen, ohne dass sie jemandem auffällt.«

Beide sahen erwartungsvoll zu Anette hinüber, die sich Zeit zum Überlegen ließ.

»Ein Ort, den sie beide kennen«, sagte sie schließlich nachdenklich, während sie durch die großen Glastüren schaute. Dann wandte sie sich zu Roland und sah ihn lange an: »Der Ort, an dem der Entführer all die Jahre mit ihr allein war. Ungestört.«

»Sie scheint freiwillig mitzugehen, oder?«, sagte Liv.

»Du musst daran denken, dass dieses arme Mädchen die Welt draußen vermutlich noch nie gesehen hat. Und dann wacht sie in einem Krankenhaus auf, umgeben von Menschen, die sie nicht kennt, die an ihr herumfingern und Fragen stellen. Sie muss eine Heidenangst gehabt haben. Und dann kommt der, mit dem sie ihr ganzes Leben zusammen war, und holt sie. Natürlich folgt sie ihm dann, ohne zu zögern. Nur er kann sie an den Ort zurückbringen, an dem sie sich sicher fühlt. Wie fürchterlich dieser Ort in unseren Augen auch aussehen mag.«

Roland nickte.

»Okay, aber *wo* ist das? Wo?«

Anette zuckte mit den Schultern.

»An exakt diesem Punkt hört meine Arbeit auf, und deine fängt an«, sagte sie.

Sie blieben noch ein paar Sekunden stehen und sahen aus dem Fenster.

»Kann das Henrik Frandsen sein?«, fragte Liv.

»Wegen dem Hut, meinst du?«

Liv nickte.

Rolands Handy klingelte, und er nahm es heraus, redete kurz und wandte sich wieder den Frauen zu.

»Heute ist das Glück auf unserer Seite«, sagte er. »Das war der Lange.«

Liv und Anette sahen ihn neugierig an.

»Ein Taxifahrer hat gerade im Präsidium angerufen. Er ist auf dem Strandvej von einem großen Allradfahrzeug überholt worden. Auf dem Beifahrersitz hat ein kleines Mädchen gesessen. Beim Vorbeifahren hatte er kurz Augenkontakt mit ihr und ein paar sehr blaue Augen erkannt.«

»Julie«, sagte Liv.

»Genau. Der Fahrer sah den Wagen im Gammel Strandvej verschwinden. Er war so schockiert darüber, das Mädchen gesehen zu haben, dass er nicht weiter auf den Fahrer geachtet hat.«

»Aber die Eltern sitzen doch oben, die waren die ganze Zeit mit uns zusammen, als das Mädchen entführt wurde«, sagte Liv.

»Sie müssen einen Helfer haben. Vielleicht hat der ihnen die ganze Zeit über geholfen, jemand, zu dem Julie Vertrauen hat«, sagte Roland.

Anette nickte zögernd.

»Liv, du kommst mit mir«, fuhr Roland fort. »Anette, kannst du die Eltern wieder aufs Präsidium bringen? In ihrer Lebensgeschichte stimmt irgendetwas ganz und gar nicht«, rief er und nahm Livs Arm. Gemeinsam hasteten sie durch die Schwingtüren zu dem geparkten Auto.

Die Klingel klang ganz anders als beim letzten Mal, als er vor dem Messingschild mit dem geschwungenen Schriftzug »Junge-Larsen« gestanden hatte. Er fragte sich, warum er klingelte, schließlich wurde das Ehepaar Junge-Larsen gerade von Anette ins Präsidium gebracht. Vielleicht tat er es, um das kleine Mädchen nicht zu Tode zu erschrecken. Er wollte nicht mit gezückter Waffe brüllend ins Haus stürmen. Wobei das keinen Unterschied gemacht hätte, denn alles blieb still, niemand reagierte.

»Lass mich«, sagte Liv und zog einen kleinen Schraubenzieher aus ihrer kurzen, schwarzen Lederjacke. Sie stocherte kurz im Schloss herum, und plötzlich stand die Tür offen. »Nach dir«, sagte sie mit einem Lächeln und betrat nach Per Roland die Eingangshalle.

»Polizei!« rief Roland. »Julie?« Seine Stimme dröhnte durch das ganze Haus.

»Julie?«, rief nun auch Liv. »Ist hier jemand? Wir sind von der Polizei«, fuhr sie fort, während sie das Erdgeschoss durchsuchte.

Roland konnte sie hören, während er sich selbst um das Wohnzimmer und die Zimmer im ersten Stock kümmerte. Er blickte über den Pool und verharrte einen Moment bei dem traumhaften Blick über den Øresund. Der schmale Streifen hellroten Lichts mitten im Grau verriet ihm, dass die Sonne bereits unterging. Roland fluchte. Es war wirklich verdammt wichtig, dass sie sie fanden, bevor es dunkel wurde. Er rief noch einmal.

»Ist hier jemand? Hallo?«

Roland fasste sich müde an den Kopf, der nach den Ausschweifungen des vergangenen Abends noch immer schwer war. Wo zum Teufel war sie? Wenn es sich so verhielt, wie er glaubte, wenn die Junge-Larsens sie versteckt und die Entführung nur erfunden hatten, mussten sie sie doch in diesem Haus versteckt haben. Und folglich auch in dieses Haus zurückbringen, oder nicht? Aber wer war ihr Helfer gewesen? Wen hatten sie dazu überredet, sie aus dem Krankenhaus zu holen? Roland hatte Lind und Carsten sicherheitshalber zu Frandsens Haus geschickt, aber der Taxifahrer hatte sie schließlich hier im Gammel Strandvej verschwinden sehen. Also musste sie auch irgendwo hier sein! Wo würde man ein Kind verstecken? Es gab nur einen Raum, der wie ein Kinderzimmer eingerichtet war, und in dem hatte Cecilie gelebt. Bei den anderen Zimmern handelte es sich um das elterliche Schlafzimmer, ein großes Wohnzimmer mit Blick auf den Pool, eine Küche und ein gigantisches Bad. Ein Stockwerk tiefer lagen noch einmal zwei miteinander verbundene Wohnzimmer, ein Fernsehzimmer mit einem 60-Zoll-Flachbildfernseher an der Wand, ein Umkleideraum, ein weiteres Bad, das an den Pool angrenzte, und der Keller.

Roland blickte über das Geländer nach unten.

»Liv! Sieh im Keller nach!«

»Bin schon unten«, ertönte leise ihre Antwort.

Roland stürmte über die Treppe nach unten und traf Liv auf dem Weg nach oben.

»Da ist nichts, aber du kannst das gerne noch einmal selbst überprüfen«, sagte sie.

Roland ging über die mit Teppich verkleidete Treppe nach unten. Er erinnerte sich plötzlich an das letzte Mal, als er dort gewesen war und fürchtete, die Geschehnisse könnten sich wiederholen. Trotzdem ging er minuziös den ganzen Keller mit all seinen Räumen durch und warf zu guter Letzt auch noch einen Blick in den Kriechkeller, in dem sie Cecilie gefunden hatten. Julie war nicht dort.

Mit schweren Schritten stapfte er über die Treppe wieder nach oben. Liv wartete in der Halle auf ihn.

»Verdammt, wo ist sie bloß?«, fragte er.

Liv zuckte mit den Schultern.

Roland fasste sich an den Kopf und versuchte, klar zu denken.

»Okay, wir müssen noch einmal ganz von vorne anfangen.«

Liv seufzte und knetete eine Haarsträhne.

»Der Taxifahrer hat sie in einem Allradfahrzeug in den Gammel Strandvej einbiegen sehen. Aber wohin genau ist sie verschwunden? Laut Anette zurück an den Ort, an dem sie all die Jahre eingesperrt war. Aber dann muss es hier im Haus doch irgendwo einen Ort geben …«

»Wenn es nicht das verkehrte Haus ist«, unterbrach Liv ihn. Im gleichen Moment klingelte ihr Handy.

Während sie das Gespräch annahm, dachte er über ihre Worte nach.

Nachdem sie aufgelegt hatte, schwieg sie einen Moment und wühlte sich durch die Haare.

»Was ist?«, fragte Roland aufgebracht.

»Lass mich mal 'ne Sekunde nachdenken!«, bat sie.

Roland seufzte demonstrativ.

»Wer war da am Telefon?«, fragte er und fürchtete, wie ein eifersüchtiger Exlover zu klingen. Aber auf diese Idee schien Liv gar nicht zu kommen.

»Miroslav«, antwortete sie.

»Was wollte er?«

»Ich habe ihn gestern Abend angerufen und gebeten, sich mal Mette Berendsens Konto vorzunehmen. Ich fand da etwas komisch, das heißt, eigentlich war es Ole aufgefallen, aber egal. Es ist einfach seltsam, dass sie in einem Haus wohnte, das mehrere Millionen kostet, und dabei auch noch einen für ihre Invalidenrente recht hohen Lebensstandard hatte.«

Roland zog beeindruckt die Augenbrauen hoch. Warum war er nicht selbst auf diesen Gedanken gekommen?

»Ja und?«

»Deshalb habe ich Miroslav gebeten, mal nachzuforschen, woher ihr Geld kommt. Er hat aber nur die monatliche Überweisung von der Gemeinde gefunden.«

»Wenn sie jemanden erpresst hat, wäre das doch in bar über die Bühne gegangen, oder irgendwie so, dass es niemand merkt.«

»Genau. Zum Beispiel in Form eines Hauses.«

»Eines Reihenhauses?«

»Ja, das Haus, in dem sie wohnt, ist auf ihren Namen eingetragen worden, aber das Geld, mit dem es bezahlt worden ist, war nicht von ihr.«

»Und wo kam es dann her?«

»Es wurde von einer Firma überwiesen. Einer Investmentfirma in Snekkersten.«

Liv ging auf die Tür zu und öffnete sie.

»Wir müssen Erik Adelskov finden.«

34

Erik Adelskovs Frau, Marlene, war tatsächlich so schön, wie Roland sie sich vorgestellt hatte. Eine richtige Trophäenfrau. Natürlich hatte sie auch noch keine Kinder bekommen, dachte er, als er ihr an der Tür der großen sandgestrahlten Villa am Strandvej zwischen Snekkersten und Helsingør seinen Polizeiausweis entgegenstreckte.

Vielleicht war dieses Paar ja eines der wenigen, die gar nicht erst vorhatten, Kinder in die Welt zu setzen, dachte er weiter, als er in ihrem Wohnzimmer stand und die wenig kindgerechte Einrichtung betrachtete. Überall standen antike Vasen und Skulpturen, und auf dem Boden lagen echte Teppiche.

»Wir suchen nach Ihrem Mann, Erik Adelskov.«

»Was wollen Sie denn von ihm? Hat er irgendwas gemacht, oder steht er unter Verdacht?«

»Wir müssen nur mit ihm reden. Er hat Informationen, die für uns von Bedeutung sind.«

»Nun, ich denke, er ist noch in seinem Büro. Er hat eben angerufen und gesagt, dass es heute etwas später wird«, antwortete sie und warf einen Blick auf ihre exklusive Armbanduhr. »Versuchen Sie, ihn dort zu finden, ich muss jetzt los. Ich war gerade auf dem Sprung.«

»Wir haben bereits mit seiner Sekretärin gesprochen. Er ist nicht in seinem Büro«, sagte Liv, die sich mitten im Eichenholz-Esszimmer aus dem 19. Jahrhundert postiert hatte.

Marlene Adelskov seufzte und zuckte resigniert mit ihren schmalen Schultern.

»Dann kann ich Ihnen auch nicht weiterhelfen. Ich muss, wie gesagt, los. Ich kann versuchen, ihn auf seinem Handy zu erreichen.«

Sie holte ein hübsches, mit Diamanten besetztes Telefon aus der Handtasche und drückte ein paar Tasten. Dann schüttelte sie den Kopf und steckte das Handy zurück in ihre Tasche.

»Nein, er geht nicht ran. Wenn ich Sie jetzt bitten dürfte, ich muss wirklich …«

Die Frau gab Roland und Liv zu verstehen, dass sie mit ihr aus dem Haus gehen sollten, aber Roland hielt sie zurück.

»Wo könnte Ihr Mann denn sonst noch sein?«

»Versuchen Sie es bei seiner Mutter«, sagte sie nach kurzem Zögern. »Er ist ständig bei ihr, ich weiß auch nicht, was er da immer zu tun hat.«

»Im Gammel Strandvej in Espergærde?«

»Ja.« Sie lachte ein helles, sehr weibliches Lachen, das ihre Verbitterung aber nicht überspielen konnte. »Er ist beinahe mehr bei ihr als hier. Mehr weiß ich aber wirklich nicht. Allenfalls könnte er noch auf seinem Boot sein.«

»Wo liegt das?«, fragte Max.

»Im Hafen von Snekkersten. Direkt unterhalb des Segelclubs.«

Sie hatten die Einfahrt erreicht, in der ihr großer, schwarzer Porsche Cayenne stand. Marlene Adelskov setzte sich mit einem eleganten Schwung in das protzige Auto. Liv schien das ganz und gar nicht zu beeindrucken, und Roland kam erst in diesem Moment wieder in den Sinn, woher sie stammte.

»Vom Ort her passt das ziemlich gut zu dem, was der Taxifahrer gesagt hat«, sagte sie.

Sie sahen sich an und rannten wie auf Kommando zum Dienstwagen. Dann rasten sie mit Blaulicht über die Uferstraße zurück Richtung Espergærde.

35

Sie parkten den Wagen am Straßenrand am Gammel Strandvej. Per Roland schloss für einen Moment die Augen. Er spürte es jetzt in seinem Körper. Die letzten Nachwehen des Rausches waren verflogen. Geblieben waren nur die graue, triste Wirklichkeit und die Kopfschmerzen. Er fühlte sich alt und wusste, dass er das nur schlecht verbergen konnte. Seine Augen waren schmal und seine Haut aschgrau.

»Sollen wir sie holen?«, fragte er, als sie auf der Straße standen und zu Benedikte Adelskovs Anwesen hinüberschauten. Das schmiedeeiserne Tor stand offen, und in der Einfahrt stand ein großes Allradfahrzeug.

Das Haus sah dunkel und verlassen aus. Kein Licht fiel durch die zahlreichen Fenster. Alle Gardinen waren zugezogen. Nichts deutete darauf hin, dass jemand zu Hause war. Draußen war die Sonne untergegangen. Es hatte zu regnen begonnen.

Liv und Roland gingen mit schnellen Schritten auf das Haus zu und klingelten.

»Polizei! Öffnen Sie bitte«, rief er und legte all seine Autorität in seine Stimme.

Niemand antwortete. Er sah zu Liv hinüber, die ihren Schraubenzieher hervorholte.

»Die Tür stand offen, als wir gekommen sind, nicht wahr?«, sagte Roland, als sie sich mit einem Klick öffnete und sie Adelskovs Heim betraten. »Sollte jemand fragen.«

»Natürlich«, antwortete Liv und folgte ihm.

Sie zogen ihre Waffen.

»Hallo? Hier spricht die Polizei!«, rief Roland. »Ist jemand hier?«

Sie öffneten die doppelten Türen zum Wohnzimmer und sahen hinein.

»Hier ist niemand«, sagte Roland verärgert.

»Die sind hier, ich spüre das«, flüsterte Liv.

Rolands Blick fiel plötzlich auf eine Kommode, auf der ein kleiner Porzellanhund stand und ihn wütend anstarrte. Er ging hinüber und nahm ihn in die Hand.

»Heh, sieh mal hier«, sagte er zu Liv und hielt ihr den Hund hin.

»Das Gegenstück«, sagte sie, während Roland den Hund zurückstellte.

Liv sah sich um. Dann deutete sie auf einen offen stehenden Schrank an der Wand.

»Jagdgewehre«, flüsterte Roland.

Sie nickte.

»Und eins fehlt.«

In diesem Augenblick hörte Roland einen leisen Ruf.

»Hast du das gehört?«

Liv nickte.

»Das kam von da«, sagte sie und zeigte auf eine angelehnte Tür.

Sie öffneten sie und standen am Ende einer langen Kellertreppe. Stufe für Stufe schlichen sie sich nach unten und kamen in einen großen Raum mit zahllosen Regalen, auf denen Vorräte und Weinflaschen standen.

»Da«, flüsterte Liv und streckte den Arm aus.

Am Ende des Raums war eine breite Stahltür mit einem elektronischen Nummernschloss. Sie stand offen.

»Komm«, flüsterte Liv.

Auf der anderen Seite folgte ein mehrere Meter langer Flur, der an einer weiteren, angelehnten Tür endete, hinter der Liv und Roland Stimmen hörten. Langsam schlichen sie weiter und sahen hinein.

Der Raum war nicht sonderlich groß, vielleicht 40 Quadratmeter. Er war fensterlos, so dass kein Tageslicht hereinfiel. Das einzige Licht kam aus einer Neonröhre unter der Decke. Er war mit einem Esstisch, drei Stühlen und einem Sofa samt einem Fernseher auf einem kleinem Clubtisch möbliert. Auf dem Boden stand eine Vase mit Plastikblumen, und an der Wand hinter dem Sofa hingen zahlreiche Kinderzeichnungen. Ansonsten war der Raum vollkommen schmucklos.

In einem angrenzenden Zimmer konnten sie zwei schmale Betten ausmachen, während auf der gegenüberliegenden Seite eine kleine Teeküche mit einem Waschbecken und einer kleinen, schmalen Waschmaschine lag. Aus diesem Zimmer führte eine weitere Tür in einen Raum, in dem Roland eine Toilette vermutete.

In diesem Moment hielten sich vier Personen im vorderen Raum auf. Ihnen zugewandt stand Benedikte Adelskov. Vor ihr hatte sich ein großer Mann mit grünem Hut und schwarzem Mantel aufgebaut, der sie mit einem Jagdgewehr bedrohte. Auf dem Sofa saß eine kleine, blasse, magere Frau, die sie nicht kannten, die aber Julie an sich drückte. Sie sah ebenso zerbrechlich und wächsern aus wie das Mädchen.

»Ich mache da nicht mehr mit, Mutter«, sagte der Mann unter Tränen. »Ich habe genug.«

Benedikte Adelskov schnaubte.

»Jetzt reiß dich doch zusammen. Du bist immer so ein Jammerlappen gewesen.«

»Nein! Ich will nicht mehr. Du hast mich zu all dem gezwungen. Du hast mein Leben zerstört. Unser aller Leben!«

»Hör mit dem Geschwätz auf«, fauchte Frau Adelskov.

»Du weißt ganz genau, dass wir so handeln mussten.«

»Hatte ich denn eine Wahl? Du hast gesagt, dass du sie fortschicken und unser Kind weggeben würdest. Und dass ich sie niemals wiedersehen würde.«

»Und das hätte ich besser tun sollen. Dann stünden wir jetzt nicht hier.«

»Ich habe sie geliebt. Und ich liebe sie noch heute! Was ist falsch daran, jemanden zu lieben? Was zum Teufel ist falsch daran?«

»Sie ist deine Schwester, Erik! Für so etwas geht man ins Gefängnis. Man bekommt keine Kinder mit seiner eigenen Schwester. Ihr seid selbst schuld daran, dass wir jetzt hier stehen.«

Der Mann hob das Gewehr an und zielte auf Benedikte Adelskov.

»Es reicht«, sagte er.

Liv sah zu Roland hinüber, und als er nickte, trat sie die Tür auf und stürmte in den Raum.

»Tun Sie das nicht«, sagte Roland.

Sie richteten ihre Waffen auf die Personen in dem kleinen Raum, und Liv ging zu dem Mann mit dem Gewehr.

»Ich jage ihr eine Kugel in den Kopf, wenn Sie noch näher kommen«, rief Erik Adelskov mit zitternder Stimme.

»Denken Sie an Ihre Tochter«, sagte Liv. »Wenn Sie Ihre Mutter töten, bekommen Sie lebenslänglich. Dann werden Sie Julie nie aufwachsen sehen.«

»Amalie«, sagte Erik, während ihm die Tränen über die Wangen strömten.

»Amalie?«

»Sie heißt Amalie.«

Erik Adelskov zitterte am ganzen Körper.

»Gut«, sagte Liv. »Wenn Sie Ihre Mutter erschießen, kommt sie zu leicht davon.«

Tränen rannen wie Sturzbäche über Eriks Wangen. Dann schüttelte er den Kopf.

»Sie hat mein Leben zerstört«, sagte er und warf das Gewehr weg. »Sie hat unser aller Leben zerstört.«

36

Wir stehen jetzt draußen vor dem Sommerhaus, aber die Eltern sind nicht hier. Seit heute Abend, als der Nachbar Licht bei ihnen bemerkt hat und das Auto in der Einfahrt stand, sind sie nicht mehr gesehen worden. Die sind wie vom Erdboden verschluckt«, sagte Carsten Svendsen.

»Hört euch bei Nachbarn und Freunden in ganz Hornbæk um, und auch bei denen in Espergærde. Überwacht ihr Haus, das ganze Programm. Wir müssen sie einfach finden.«

Per Roland rief fast ins Telefon, bevor er auflegte und es in die Tasche steckte.

»Verdammt«, stöhnte er und sah Liv an, die neben ihm stand. »Wie konnte Anette nur so dumm sein, sie gehen zu lassen?«

»Jetzt hör aber auf, Roland«, sagte Liv. »Sie hatte keinerlei Grundlage, die beiden noch länger festzuhalten.«

Roland seufzte müde, als sie zurück ins Vernehmungszimmer gingen. Sie hatten Benedikte Adelskov jetzt zum zweiten Mal hier oben, sie weigerte sich aber noch immer zu sprechen. Nach 15 Stunden in einer Zelle ohne Haushälterin und Zucker im Kaffee hätte sie eigentlich weich genug sein sollen, aber ihr starrer Gesichtsausdruck ließ anderes vermuten. Sie hatten bereits Katja Adelskov und ihre Tochter Amalie vernommen, die im Anschluss beide für weitere Untersuchungen ins Krankenhaus gebracht worden waren. Erik Adelskov hatte bei der Festnahme einen Nervenzusammenbruch erlitten und konnte noch nicht vernommen werden, da er unter dem Einfluss starker Medikamente stand.

»Hören Sie, wir haben von Ihrer Tochter bereits die ganze Geschichte gehört. Sie hat uns gesagt, dass Sie sie in Ihrem Keller eingesperrt haben, nachdem Sie herausgefunden hatten, dass sie schwanger war. Warum haben Sie das gemacht?«

Sie schwieg noch immer.

»Okay, dann fangen wir noch einmal von vorne an und beginnen mit dem, was wir wissen. Sie können dann ja die Löcher füllen, sollte es welche geben, okay?«

Die ältere Frau sah ihn nur an.

»Katja hat ausgesagt, dass sie 1996 mehrmals mit ihrem Bruder Erik Adelskov geschlafen hat. Sie waren ineinander verliebt, nicht wahr?«

Die ältere Frau biss sich auf die Lippe und spitzte den Mund, sagte aber noch immer nichts.

»Ich nehme das mal als eine Bestätigung. Einmal beobachtet ihre Freundin Mette Berendsen sie zufällig dabei und vertraut dieses Erlebnis ihrem Tagebuch an. Sie hält das Gesehene für eine Vergewaltigung, und als Katja ihr anvertraut, dass sie schwanger ist, bezahlen Sie sie für ihr Schweigen, nicht wahr? Sie vereinbaren anfänglich eine bestimmte Summe und glauben damit, das Geheimnis dieser Schande für immer bewahrt zu haben. Aber Mette stellt immer weitere Forderungen und sagt Ihnen, dass sie sich alles aufgeschrieben hat. Sie bekommen es mit der Angst zu tun. Nach Cecilies Tod glaubt sie einen Zusammenhang zu sehen, ruft wieder an und fordert weiteres Geld, doch Sie machen der Sache ein Ende und bringen sie um.«

Plötzlich wurden Benedikte Adelskovs Augen feucht, eine einzelne Träne löste sich, rann über ihre Wange und verschwand dann in einer Falte in ihrem Gesicht. Beschämt über ihre eigene Schwäche wollte sie sie rasch wegwischen, aber Roland ergriff ihre Hand.

»Zu spät, Frau Adelskov.«

Sie sah ihn an und ließ die Hand wieder sinken.

»Erzählen Sie uns einfach, wie es gewesen ist«, sagte Liv. »Von Anfang an.«

»Sie müssen verstehen«, sagte sie heiser und räusperte sich.

Roland spürte ein Rauschen, als sie schließlich doch zu sprechen begann.

»Unsere Ehre stand auf dem Spiel. Der Name unserer ganzen Familie.«

Roland nickte und tat so, als würde er verstehen.

»Katjas Ärztin hat uns gesagt, dass sie schwanger ist. Sie war erst dreizehn Jahre alt! Erst nach langem Druck gestand sie uns, wer der Vater war, und dass ihr Bruder und sie, ja also … unsere ganze Welt ist da zusammengebrochen.«

Benedikte Adelskov machte eine Pause und holte tief Luft. Roland erinnerte sich daran, dass auch seine Großmutter das immer getan hatte, wenn sie über etwas enttäuscht war oder sich einfach nur einsam fühlte.

»Ich war ganz einfach gezwungen, etwas zu tun. Unsere Familienehre stand auf dem Spiel und die Zukunft meiner Kinder.«

Benedikte Adelskov senkte den Kopf.

»Katja hat uns erzählt, dass sie einfach nur zusammenleben wollten«, sagte Roland, »dass sie Ihnen gegenüber dar-auf bestanden hat, das Kind zu behalten und mit Erik eine Familie zu gründen.«

»Sie war doch selbst noch ein Kind und verstand nicht, dass das, was sie getan hatten, ein Fehler war. Sie weigerte sich sogar, das Kind zur Adoption freizugeben, ich konnte sie nicht überreden. Sie hat wirklich geglaubt, sie könnte das Kind austragen und eine Familie mit ihrem Bruder gründen, ohne dass die Behörden sich einschalteten.«

Benedikte Adelskov fasste sich an den Kopf.

»Ich wusste aber, dass man ihr das Kind wegnehmen würde, sobald es auf der Welt war. Und dass sie dann beide eingesperrt werden würden. Erik war achtzehn und würde ins Gefängnis kommen. Sie war schließlich nicht nur seine Schwester, sondern auch noch minderjährig. Und Katja wäre vermutlich in irgendeine Erziehungsanstalt gekommen. Ich war *gezwungen*, etwas zu unternehmen. Ich bin selbst in einem Kinderheim aufgewachsen und weiß, was es heißt, auf der untersten Stufe der Gesellschaft zu leben. Meine Kinder sollten so nicht enden. Ich habe dafür gekämpft, die zu sein, die ich jetzt bin. Und ich habe dafür gekämpft, dass meine Kinder ein anderes Leben führen dürfen als ich es führen musste.«

»Wie haben Sie es geschafft, den Keller so einzurichten?«

»Ich habe Erik darum gebeten, eine Stahltür mit einem elektronischen Schloss zu besorgen und einbauen zu lassen. Er hat eine Sicherheitsfirma angerufen und ihnen erklärt, wir hätten ganz besonders wertvolle Dinge, die wir dort im Keller wegschließen wollten. Gemälde und so, was weiß ich. Dann hat er den Keller mit Bett und Fernsehen eingerichtet. Eine lokale Sanitätsfirma hat da unten dann eine Toilette und das Waschbecken eingebaut. Der Mann hat schrecklich viele Fragen gestellt, und wir mussten ihm eine hübsche Summe zahlen, damit er seinen Mund hielt.«

»Hieß die Firma zufällig VVS-World?«, fragte Liv.

Benedikte Adelskov nickte.

»Ich glaube, das war der Name, ja.«

»Und dann haben Sie Katja nach unten gelockt? Oder haben Sie sie gezwungen?«

»Als ich die Zeit für reif hielt, weil man Katjas Bauch zu sehen begann, habe ich sie eines Nachmittags gebeten, mir bei etwas unten im Keller zu helfen. Sie ist freiwillig mitgekommen.«

Benedikte Adelskov holte wieder tief Luft.

Liv reichte ihr eine Papierserviette.

»Was haben Sie dann getan?«

»Ich habe … habe hinter ihr die Stahltür verschlossen.«

Per Roland schloss die Augen und legte sich eine Hand vors Gesicht. Er ließ sie still nach unten über den Mund gleiten und legte sie wieder auf den Schoß. Für einen Moment sah er Christina vor sich. Dann blickte er wieder in Benedikte Adelskovs starres Gesicht.

»Wie konnten Sie das tun?«

Benedikte Adelskov rang sich noch eine Träne ab und wischte sie weg.

»Das war das Härteste, was ich jemals in meinem Leben habe tun müssen. Die ersten Nächte waren fürchterlich. Sie hämmerte dort unten unablässig gegen die Tür. Aber so war es für alle das Beste. Dabei bleibe ich.«

Roland seufzte.

»Und es hat nie jemanden gegeben, der sie gehört hat? Was ist mit Ihrer Putzfrau?«

»Nein, die haben wir noch nicht so lange, und nachdem sie die ersten Nächte geschrien und geklopft hatte, hat Katja sich beruhigt. Erik hatte die Erlaubnis, jeden Tag zu ihr nach unten zu gehen. Er hat ihr alles erklärt und ihr gesagt, dass sie nur so zusammen sein konnten. Ich glaube, sie hat das mit der Zeit akzeptiert.«

»Welche Rolle spielte er sonst?«

»Ich konnte mich selbst nicht überwinden, dort hinunter zu gehen, weshalb ich immer ihn geschickt habe. Er hat dafür gesorgt, dass sie Essen bekommen hat. Mehrmals in der Woche ging er mit Vorräten nach unten, mit allem, was sie brauchte. Es hat ihr an nichts gefehlt. Erik ist gekommen, hat gemeinsam mit ihr gekocht und war mit ihr und Amalie zusammen. Später hat er dem Mädchen Lesen und Schreiben beigebracht. Er hat gut für sie gesorgt, sie hatten ihr eigenes Leben dort unten. Sie waren glücklich, wenn sie zusammen waren. So gesehen hatten sie alles.«

Abgesehen von Freiheit und frischer Luft, dachte Roland, während er die kleine Frau anstarrte. Ihm fehlten einfach die Worte. Eine derartige Grausamkeit war ihm nie zuvor untergekommen. Er trank einen Schluck Wasser aus dem Plastikbecher, den er mit in das kleine Vernehmungszimmer genommen hatte, und fand es irgendwie gerecht, dass nun auch Benedikte Adelskov viele Jahre in einem kleinen Raum eingesperrt werden würde, wo sie von der mehr oder weniger großen Barmherzigkeit der anderen abhängig war.

»Wie haben Sie die Geburt geschafft?«, fragte er.

Benedikte Adelskov wischte sich mit der Papierserviette eine Träne weg. Es war eigentlich seltsam, wie schnell das Aristokratische aus einem Menschen entwich, wenn er erst am Boden lag. Tief in unserem Inneren sind wir doch alle gleich, dachte er, egal wie die Verpackung aussieht.

»Es war beängstigend. Erik hatte eine Heidenangst, dass etwas schiefgehen könnte. Sie schrie so schrecklich laut. Aber ich hatte schließlich selbst zwei Kinder auf die Welt gebracht, so dass ich zu wissen glaubte, was ich tun musste. Doch dann kamen da plötzlich zwei Kinder. Erik bekam Panik, weil sie nur schrien, besonders das eine der beiden.

Cecilie. Sie hörte nicht auf zu schreien, Nacht für Nacht. Sie litt unter Koliken. Ich sagte Erik, es sei seine Verantwortung, sich um sie zu kümmern, so dass er ein paar Nächte bei ihnen geschlafen hat. Später habe ich ihm dann aber verboten, dort zu übernachten. Er durfte dann auch nur noch ein paar Mal pro Woche nach unten.«

»Warum?«

»Er musste doch sein Leben hier oben weiterführen. Es war wichtig, dass niemand etwas bemerkte.«

»Wann ist er von zu Hause ausgezogen?«

»Ich habe ihn vor die Tür gesetzt, als er dreiundzwanzig Jahre alt war. Mit Druck. Er hat mich angefleht und darum gebettelt, bei seiner Familie bleiben zu dürfen.«

»Warum haben Sie ihn fortgeschickt?«

»Ich wollte, dass er ein normales Leben führt. Außerdem sollte er ja auch den Namen der Familie weiterführen.«

Liv fuhr sich mit der Hand durch die Haare und stöhnte.

»So sind sie, die Strandvejfrauen«, sagte sie an Per Roland gewandt.

»Aber was ist dann mit Cecilie geschehen? Wie ist sie zu den Nachbarn gekommen?«

»Ich konnte dieses Geschrei nicht länger ertragen.«

»Und Sie befürchteten vermutlich auch, jemand könnte etwas bemerken, nicht wahr?«

»Natürlich.«

»Wer ist auf die Idee gekommen, das Kind den Nachbarn zu geben?«

Benedikte Adelskov starrte auf die Tischplatte. Dann atmete sie tief durch und blickte auf.

»Erik«, sagte sie.

»Sie wussten, dass sie noch immer kinderlos waren, obwohl sie seit Jahren alles unternommen hatten, um schwanger zu werden. Hat Erik das Kind dann einfach dort abgegeben?«

Benedikte Adelskov nickte lautlos.

»Hat er Geld dafür bekommen?«

Sie nickte wieder.

»Dann haben Sie das Kind verkauft?«

»Ja.«

»Vermutlich gekoppelt an die Bedingung, niemals nach der Herkunft des Kindes zu fragen und es wie ihr eigenes aufzuziehen? Und dem Mädchen nie die Wahrheit zu sagen?«

Sie nickte wieder.

»Haben sie denn nie gefragt?«, wollte Roland wissen.

Benedikte Adelskov schüttelte den Kopf.

»Wir haben nie wieder darüber gesprochen. Wir sahen Cecilie aus der Entfernung aufwachsen. Es ging ihr gut.«

Roland seufzte wieder.

»Hatte Erik weiterhin eine sexuelle Beziehung zu seiner Schwester?«, fragte er und spürte, wie sich in ihm alles umdrehte.

Benedikte Adelskov zögerte lange mit der Antwort. Dann nickte sie.

»Ja.«

»Warum haben Sie dem kein Ende gemacht?«

Benedikte Adelskov blickte auf. Ihre Lippen wurden schmal.

»Sie verstehen nicht. Er hat sie wirklich geliebt. Er konnte ohne sie nicht leben. Ich fürchtete, er könne sich etwas antun.«

»Wie haben sie es vermieden, noch mehr Kinder zu kriegen?«, fragte Roland.

»Mit Kondomen.«

Liv trank aus ihrem Wasserglas und lehnte sich zurück.

»Kathrine Reinholdt, sagt Ihnen dieser Name etwas?«, fragte sie.

Benedikte Adelskov nickte.

»Sie war eine von Katjas Reitfreundinnen. Sie wurde … na ja, Sie kennen die Geschichte ja sicher.«

»Waren sie beide oben im Espergærder Reitstall?«

»Ja, aber mit dieser Sache hat mein Sohn nichts zu tun«, sagte sie.

»Kam er auch in die Reitschule?«

»Ja, er ist ja ein paar Jahre älter als Katja, und als er seinen Führerschein hatte, hat er sie immer dorthin gebracht. Manchmal hat er dort auch auf sie gewartet, bis ihre Reitstunde zu Ende war und sie dann wieder mit nach Hause genommen.«

»Klar. Fährt er noch immer dorthin?«

»Ja, das kommt vor. Seine Frau reitet, sie hat ein eigenes Pferd dort im Stall.«

Roland nickte und notierte etwas auf dem Zettel, der vor ihm auf dem Tisch lag, bevor er fortfuhr.

»Hat er Kathrine Reinholdt umgebracht?«

Benedikte Adelskov schüttelte heftig den Kopf und kniff die Lippen zusamen.

»Und was ist mit Mathilde Hansen?«

Liv holte einen Stapel Bilder aus ihrer Mappe und warf sie vor der älteren Frau auf den Tisch. Benedikte Adelskov sah sie sich an und schüttelte wieder den Kopf.

»Was ist das? Was soll das?«

»Das sind Kathrine Reinholdt und Mathilde Hansen, so sahen sie aus, als sie gefunden wurden.«

»Ist Erik auf das Herlufsholm-Internat in Næstved gegangen?«

»Ja, aber nur ein halbes Jahr lang. Bis zum Tod seines Vaters.«

»Dann war er 1998 nicht mehr dort?«

Benedikte Adelskov schüttelte den Kopf.

»Nein, er war 1995 dort, aber nur ein paar Monate. Danach brauchte ich seine Hilfe hier zu Hause. Nach dem Tod seines Vaters habe ich ihn aus dem Internat genommen und hier in Espergærde auf dem Gymnasium angemeldet.«

»Und Sie brauchten ja auch sicher seine Hilfe, nachdem zwei Jahre später die Kleinen auf die Welt gekommen sind«, sagte Liv.

»Das heißt aber noch lange nicht, dass er Kathrine Reinholdt und Mathilde Hansen nicht doch getötet hat. Auch wenn er nicht mehr dort zur Schule ging. Mit einem Allrad ist es ja nur ein Katzensprung bis dort«, setzte Roland sie weiter unter Druck.

»Nein, nein, er hat diese zwei Mädchen nicht umgebracht.«

»Wohl aber Mette Berendsen, das wissen wir mit Sicherheit. Sein DNA-Profil stimmt mit dem überein, das wir unter ihren Fingernägeln gefunden haben.«

»Das war etwas anderes.«

»Warum?«

»Wir mussten sie ein für alle Mal zum Schweigen bringen. Er hatte keine Wahl.«

Liv blätterte durch ihre Papiere.

»Man hat immer eine Wahl. Was war mit Cecilie?«

Sie sah Per Roland verwundert an.

»Warum sollte er denn sein eigenes Kind töten?«

Roland hob resigniert die Hände.

»Ja, warum nur? Ich würde eher fragen, warum nicht? Schließlich hat er seine eigene Schwester und ihr gemeinsames Kind in einem Keller eingesperrt. Warum sollte er dann nicht auch seine eigene Tochter töten?«

»So etwas würde Erik niemals einfallen.«

»Und da sind Sie sich sicher?«, fragte Liv.

Benedikte Adelskov nickte.

Liv nahm einen Stapel Papiere aus einer Mappe.

»Cecilie hat mit Erik Kontakt aufgenommen, nicht wahr?«

Die ältere Frau nickte.

»Sie hat im Keller der Eltern eine Decke mit unserem Monogramm gefunden. Im Internet ist sie dann auf ein Detektivbüro gestoßen, das ihr geholfen hat, Erik zu finden. Das hat Kontakt mit meinem Sohn aufgenommen und gesagt, Cecilie würde gerne in Verbindung mit ihm treten. Und dann haben sie ihm ihre E-Mail-Adresse gegeben. Er war so dumm, ihr zu schreiben.«

»Aber doch wohl nicht von seinem eigenen Computer aus?«

»Nein, ich war natürlich besorgt, als ich gehört habe, dass dieses Büro Kontakt zu ihm aufgenommen hatte. Er hat mich aber beruhigt und gesagt, dass niemand seine Identität herausfinden könne, weil er ihr von einem anderen Computer aus und unter einem Pseudonym geschrieben hat. Er hat den Computer der Reitschule genutzt, und niemand hat bemerkt, dass er den Computer dort benutzt hat.«

»Wie ist er auf das Pseudonym gekommen?«

»Das ist ihm im Computer der Reitschule aufgefallen, der Leiter nutzte es als Name für so Kontaktseiten, auf denen die Jugendlichen sich treffen.«

»Und das hat er einfach benutzt, um nicht entdeckt zu werden?«

Benedikte Adelskov nickte.

»Cecilie hat ihn aber unter Druck gesetzt, um ein persönliches Treffen zu erreichen?«

Sie nickte wieder.

»Und was ist dann passiert?«

»Er ist in die Reitschule gefahren, um sie zu treffen. Sie hatte behauptet, sein Geheimnis zu kennen und es zu verraten, wenn er nicht käme. Er hatte natürlich gleich geglaubt, sie hätte seine Familie im Keller entdeckt, weshalb er eingewilligt hat zu kommen. In der Reitschule kriegte er es dann aber mit der Angst, als er sah, dass sie in Begleitung einer Freundin war. Er hat sie dann angerufen und einen neuen Treffpunkt vereinbart. Im Wald neben der Reitschule.«

»Sie hatte seine geheime Familie aber gar nicht entdeckt?«

»Nein, das Geheimnis, auf das sie anspielte, war ihre Vermutung, dass er ihr richtiger Vater war, was ja auch stimmte. Sie hatte die Decke gefunden und verdächtigte ihre Mutter, Cecilies Vater mit dem Nachbarjungen betrogen zu haben.«

»Wie viel hat er ihr erzählt?«

»Was weiß ich?«

»Er hat ihr aber gesagt, dass er ihr leiblicher Vater ist, nicht wahr?«, fragte Roland.

»Ja, aber das hatte sie ja selbst schon erraten.«

»Was sonst noch?«

»Dass ihre Eltern sie ihm abgekauft hatten.«

»Wie haben Sie darauf reagiert?«, fragte Liv.

»Er hat es mir erst hinterher erzählt, sonst hätte ich ihm das natürlich verboten.«

»Aber wie haben Sie reagiert?«

»Ich war wütend. Er war unglücklich, als er mir das alles erzählte. Er ist so naiv, stellen Sie sich das mal vor, er hatte wirklich erwartet, sie würde ihm um den Hals fallen, wenn er ihr die Wahrheit erzählte. Er war vollkommen am Boden zerstört, als sie es nicht tat. Dabei sollte es doch jedem klar sein, dass ein junges Mädchen nicht gerade froh ist zu erfahren, dass ihre Eltern nicht ihre richtigen Eltern sind und dass sie von klein auf belogen worden ist.«

»Sie wusste jetzt aber doch, dass er ihr Vater war und hätte es ihren Eltern erzählen können, nicht wahr? War das für Sie nicht bedrohlich?«

»Zum Glück hat er ihr ja nur gesagt, dass er ihr Vater ist. Und als er ihr gesagt hat, dass er sie verkauft hat, ist sie vor Wut einfach davongefahren, ohne sich von ihm zu verabschieden. Es würde ihr ja ohnehin niemand glauben. Sie war schließlich noch ein Kind.«

»Aber Erik hat ihr doch auch den Porzellanhund gegeben. Und der brachte sie direkt in Verbindung mit Ihrem Haus, in dem das Gegenstück stand. Das muss Sie doch wütend gemacht haben, oder nicht?«

Benedikte Adelskov sah verwirrt aus.

»Davon wusste ich nichts. Das hat er mir nicht erzählt.«

»Sicher nicht? Haben Sie sie nicht deshalb zum Schweigen gebracht?«, fragte Roland.

Erst jetzt wurde der Frau bewusst, worauf sie hinauswollten.

»Nein, nein, nein. Ich war das nicht. Zu so etwas wäre ich niemals in der Lage.«

»Sie waren aber sehr wohl dazu in der Lage, Amalie umzubringen, oder es jedenfalls zu versuchen. Sie hat uns erzählt, dass Sie sie aus dem Keller geholt und mit einem kleinen Motorboot auf den Øresund hinausgefahren haben. Weit draußen haben Sie ihr dann mit einem Kerzenständer auf den Kopf geschlagen und sie über Bord geworfen.«

Benedikte Adelskov starrte auf die Tischplatte. Sie knibbelte an ihren Fingern.

»Ich dachte, sie wäre tot … bis ich dann die Zeitungen gesehen habe.«

Roland machte eine lange Pause und sah die alte Frau eindringlich an. Auch Liv starrte die Frau an, bis ihr Blick in den Unterlagen verschwand. Es vergingen ein paar Minuten, bis sie wieder aufsah.

»Hatten Sie vor, beide aus dem Weg zu räumen? Also auch Katja?«

Benedikte Adelskov blickte leer vor sich hin.

»Ich merkte, dass uns der Boden unter den Füßen heiß wurde. Sie kamen ständig hier an, und ich fürchtete, dass alles ans Licht kommen würde.«

»Und deshalb mussten die beiden ausgeschaltet werden wie Cecilie und Mette Berendsen?«

»Mit dem Mord an Cecilie habe ich nichts zu tun.«

Jetzt war es Liv, die seufzte.

»Was trägt Erik eigentlich für Schuhe?«

Die Frau sah sie überrascht an.

»Die kauft in der Regel seine Frau für ihn. Vorwiegend Lloyd.«

»Nicht Prada?«

»Nein.«

»Wissen Sie, ob er zu Hause ein Paar von Prada hat?«

Frau Adelskov dachte nach.

»Er hat ein paar Sachen von Prada, aber keine Schuhe, glaube ich. Darf ich fragen, warum Sie das wissen wollen?«

»Egal, reden Sie weiter.«

Benedikte Adelskov sah Roland und Liv mit fragender Miene an.

Roland holte ein Foto von Cecilie heraus. Es zeigte sie so, wie sie sie im Keller gefunden hatten.

Er schob es zu Benedikte Adelskov hinüber, so dass es neben den Fotos von Kathrine und Mathilde lag.

»Was uns wundert, ist, dass alle drei Mädchen mit vor dem Körper gefesselten Händen gefunden worden sind. Auch das Seil und die Knoten stimmen überein«, sagte Roland. »Und alle drei sind erstickt worden. Wir sehen darin ein Muster und meinen, dass es sich um denselben Täter handeln könnte.«

Benedikte Adelskov studierte die Bilder genau. Dann sah sie zu Roland auf.

»Nein«, sagte sie schließlich.

Roland sah sie scharf an.

»Wie meinen Sie das?«

»Die drei Knoten sind nicht gleich.«

Roland starrte auf die Bilder.

»Doch. Jeweils zwei halbe Schläge.«

»Segeln Sie?«, fragte sie.

Roland runzelte die Stirn. Die Art, wie sie fragte, gefiel ihm nicht.

»Ja.«

»Dann wissen Sie auch, dass es einen Unterschied gibt zwischen zwei halben Schlägen und zwei halben Schlägen mit einem Rundtörn?«

Roland nickte. Worauf wollte sie hinaus? Natürlich wusste er, dass man bei einem Rundtörn mit zwei halben Schlägen das Seil erst durch einen Ring oder etwas Ähnliches führte, dann um das Seil herum und unter sich selbst hindurch, während man bei zwei einfachen halben Schlägen das Seil bloß um das zu bindende Teil herum und dann unter sich hindurch führte. Und dass man einen Rundtörn mit zwei halben Schlägen für alle möglichen Vertäuungen nutzte, während zwei halbe Schläge in der Regel nur für weniger anspruchsvolle Dinge zur Anwendung kamen, zum Beispiel wenn ein Fender angebunden werden sollte.

»Das da ist ein Rundtörn mit zwei halben Schlägen«, sagte sie und zeigte auf das Bild von Cecilie. »Die beiden anderen Knoten sind nur zwei halbe Schläge.«

In Rolands Kopf drehte sich alles im Kreis. Er wusste das doch ganz genau! Warum war ihm das noch nicht aufgefallen! Oder war es ihm aufgegangen, und war diese Erkenntnis bloß im Laufe der Ermittlungen untergegangen? Ihm brummte der Kopf. Die Details, Roland! Die Details!

37

Die Redewendung, dass es einem »kalt den Rücken herunterläuft«, ist eigentlich merkwürdig, denn das Gefühl ist eindeutig mehr innerlich als äußerlich, dachte Roland. Er saß jetzt schon eine ganze Weile da und starrte Benedikte Adelskov an, während Liv die Vernehmung fortsetzte. Seit dem Hinweis auf den Unterschied zwischen den Knoten hatte er nicht mehr zugehört. Stattdessen betrachtete er die Frau, ihren eingeschrumpelten Mund mit den schmalen, trockenen Lippen.

Dann stand er auf.

»Wir müssen die Vernehmung später fortsetzen«, sagte er und gab Liv zu verstehen, dass sie abbrechen sollte.

»Was ist los?«, fragte sie, als sie draußen auf dem Flur standen.

Er hob den Zeigefinger und wollte gerade etwas sagen, als Lange Lind auf sie zustürmte.

»Du musst dir das hier ansehen, Roland«, sagte er mit einem breiten Grinsen und reichte ihm eine Mappe. »Siehst du, wir haben alles richtig gemacht.«

Als Roland von den Papieren aufblickte, lächelte er ebenso breit wie Lind.

»Wunderbar, wirklich wunderbar, Lind. Eine Superidee mit dem Tape.«

»Ja, jetzt steht es eindeutig fest: Das Klebeband, das bei den Morden an Kathrine und Mathilde verwendet wurde, entspricht mit 95-prozentiger Wahrscheinlichkeit dem, das

Kent Levin in seinem Handschuhfach hatte. Außerdem hat er es mit den Zähnen abgerissen, und der Abdruck konnte erfolgreich mit seinem Gebiss abgeglichen werden. Alles passt!«

»Du bist echt fantastisch!«

Roland umarmte Lange Lind so heftig, dass er ins Schwanken geriet.

»Komm, wir haben es eilig«, sagte er zu Liv, die ihm über den Flur folgte.

»Worüber habt ihr da geredet?«, fragte sie, während sie hinter ihm her hastete. Roland ging mit extra langen Schritten über die Treppe nach unten in die Halle. Erst draußen auf dem Parkplatz blieb er stehen und atmete tief durch.

»Wir haben *doch* den Richtigen eingelocht«, sagte er. »Er war es wirklich!«

Liv lächelte.

»Kent Levin?«

»Genau. Und Benedikte Adelskov hat uns eben erst gesagt, dass wir es bei diesen vier Morden nicht mit ein und demselben Täter zu tun haben. Mette Berendsen wurde von Erik Adelskov ermordet, während Kathrine und Mathilde – wie wir schon damals richtig herausgefunden haben – von Kent Levin brutal vergewaltigt und getötet worden sind.«

»Und was ist mit Cecilie?«

»Darauf werden wir bald eine Antwort haben«, sagte er und hielt Liv die Autotür auf. Seine Kollegin sah ihn fragend an.

»Du mutierst jetzt aber nicht zu so einem Gentleman, der mir die Tür aufhält oder mir seine Jacke gibt, wenn ich friere, okay?«

Roland lachte herzhaft.

»Ich glaube, da hast du nichts zu befürchten«, sagte er und stieg ein.

*

Zwanzig Minuten später stand Liv gemeinsam mit Per Roland vor der Tür des Sommerhauses in Hornbæk und klingelte Sturm. Niemand öffnete.

Roland klopfte an.

»Machen Sie auf, hier ist die Polizei«, rief er, doch hinter der Tür regte sich nichts. Es brannte kein Licht, und in der Einfahrt stand auch kein Auto.

»Lass mich mal«, sagte Liv und holte ihren kleinen Schraubenzieher aus der Jacke.

Roland lächelte, sagte aber nichts. Er versicherte sich, dass seine Dienstwaffe im Schulterhalfter steckte, und klopfte mit dem Zeigefinger auf den Kolben, wie er es immer tat. Wie er es immer tun *musste*. Dreimal. Klopf, klopf, klopf. Eine alte Gewohnheit, dachte er. Ein bisschen neurotisch vielleicht, aber wer litt nicht unter der einen oder anderen Zwangshandlung?

Nach einer Weile glitt die Tür auf, und sie traten in einen typischen Ferienhausflur. Die Wände und Decken waren aus hellem Holz, während der Boden mit großen Fliesen ausgelegt war. Der Ofen im Wohnzimmer war kalt, die Zeitungen lagen im Korb für das Brennholz, die Küchenschränke waren leer, und auch die Schränke im Schlafzimmer waren ausgeräumt worden. Überdies waren die Betten gemacht und das Haus erst vor kurzem durchgewischt worden, wie der dezente Zitronenduft verriet.

»Der Vogel ist ausgeflogen«, sagte Roland, nachdem sie alle Zimmer inspiziert hatten.

»Die Vögel«, antwortete Liv.

»Ja, alle beide«, sagte Roland mit einem bitteren Lachen. »Hast du eine Idee, wohin sie gefahren sein könnten?«

Im gleichen Moment klingelte Rolands Telefon. Er zerrte es hektisch aus seiner Tasche. Lange Lind meldete sich am anderen Ende.

»Wir überwachen seit ein paar Tagen sein Bankkonto und haben dabei festgestellt, dass er gerade einen Millionenbetrag auf ein Schweizer Bankkonto überwiesen hat, weshalb wir jetzt bei seinem Haus in Espergærde sind. Mir ist dabei gerade etwas in den Sinn gekommen.«

»Was denn?«, fragte Roland.

»Wenn der Täter abends spät zu Cecilie ins Zimmer geklettert ist, muss er doch die Leiter benutzt haben, die am Haus steht, da sind wir uns doch einig, oder?«

»Ja, zu dem Schluss sind wir gekommen.«

»Eben, mich wundert nur, dass da keine Abdrücke sind. Ich meine, wenn ein erwachsener Mensch mit dem Gewicht eines erwachsenen Menschen über diese Leiter nach oben geklettert ist, müssten wir doch an der Stelle, an der die Leiter gestanden hat, zwei tiefe Abdrücke haben, oder?«

»Willst du mir damit sagen, dass unser Täter diese Leiter gar nicht benutzt hat?«

»Da, wo die Leiter jetzt steht, ist sie jedenfalls nicht benutzt worden.«

»Du beeindruckst mich immer mehr. Danke!«, sagte Roland und legte auf.

»Worum ging es?«, fragte Liv.

»Noch mehr Theater«, sagte Roland. »Die Leiter ist nicht benutzt worden, um bei Cecilie einzusteigen. Unser Täter war bereits im Haus.«

»Die Eltern.«

»*Back to basics*, wenn du mich fragst. Das hängt alles miteinander zusammen.«

Liv drehte eine Zigarette zwischen den Fingern.

»Und es passt alles ziemlich gut, Roland«, sagte sie mit einem Lächeln.

Roland sah sich fieberhaft um. Sie waren so verflucht dicht dran.

»Wir müssen sie jetzt nur noch finden und so gründlich wegsperren, dass sie nie wieder rauskommen. Lind hat mir gesagt, dass sie gerade einen Millionenbetrag auf ein Konto im Ausland überwiesen haben. Was sagt dir das?«

»Dass sie abhauen wollen«, sagte Liv.

»Genau«, sagte Per Roland und sah sich um. Dann schob er die Kissen vom Sofa auf den Boden, drehte die Matratzen auf den Betten um, öffnete alle Schränke und suchte alle Ecken ab, aber ohne Erfolg. In diesem Haus gab es keine Spuren mehr.

Liv starrte plötzlich auf das Gemälde eines Segelbootes im Sturm.

»Das Boot«, sagte sie. Sie sahen sich an.

»Das Boot«, wiederholte Roland. »Damit können sie nach Polen oder in eines der baltischen Länder segeln und sich von dort aus absetzen.«

In Riesensätzen rannte er zum Auto, dicht gefolgt von Liv.

»Max und Lind, bitte kommen!«, rief Roland ins Funkgerät, als sie mit fast 200 Stundenkilometern über den Hornbækvej durch die kleine Ortschaft Tikøb rasten. Vor einem Laden standen ein paar Jungs und winkten ihnen jubelnd zu. Liv hatte das Blaulicht aufs Dach gestellt und saß, den

Blick auf die Straße gerichtet, neben Roland. Sie grinste. Er spürte, dass sie diese Einsätze mochte, auch wenn sie nicht selbst hinter dem Steuer saß. Sie ist wirklich nicht ganz normal, dachte Roland.

»Max und Lind, bitte kommen!«, rief er noch einmal und erhielt endlich eine Antwort.

»Max und Lind hier, was ist denn los?«, kam es aus dem Funkgerät.

»Wir glauben, dass die Eltern sich im Hafen befinden. Vermutlich wollen sie mit ihrem Boot abhauen. Fahrt zum Hafen und folgt ihnen, wenn nötig. Wir sind unterwegs Richtung Espergærde, over.«

»Verstanden.«

»Korrektur, wir sind gerade in Espergærde angekommen und werden in wenigen Minuten auf den Strandvej einbiegen. Wir sehen uns dann da unten«, sagte Roland.

Inzwischen hatte er den Strandvej erreicht und fuhr Richtung Hafen, vorbei am Café und dem öffentlichen Strand, an dem Amalie aufgetaucht war. Nach dem Sundkiosk und dem italienischen Eiscafé bogen sie scharf nach rechts zum Hafen ab. Sie parkten den Wagen am Restaurant, als Max und Lind um die Ecke bogen und nicht ganz so elegant neben ihnen zum Stehen kamen.

»Junge-Larsens Boot ist das große ganz am Ende des Kais«, sagte Lange Lind und streckte den Arm aus. »Es ist das größte hier im Hafen.«

Roland sah es sofort. Es lag noch immer vertäut am hintersten Liegeplatz. Er seufzte. Ein Prachtexemplar, dachte er. Eines der Boote, die er sich mit seinem bescheidenen Lohn niemals auch nur ansatzweise würde leisten können. Allein schon das Teakholzdeck sprengte sein Budget.

Liv reichte Roland ein kleines Opernglas.

»Sie sind auf dem Boot.«

Was sie nicht alles in ihren Taschen hat, dachte er, während er die Junge-Larsens beobachtete. Sie waren wirklich dabei, dass Boot seeklar zu machen. Anne Grethe Junge-Larsen stand noch an Land und reichte ihrem Mann einen Koffer. Danach folgte ein großer Pappkarton. Roland war sich ziemlich sicher, dass darin Lebensmittel waren. Dann rutschte Anne Grethe Junge-Larsen eine Flasche aus den Händen, die auf der einen Seite des Decks zersprang. Ihr Mann schrie sie an, und sie begannen zu streiten. Die sind reichlich nervös, dachte Roland. Und das mit gutem Grund. Er nahm das Fernglas von den Augen und reichte es Liv.

»Holen wir sie uns«, sagte er und gab den dreien ein Zeichen, ihm zu folgen. Gemeinsam gingen sie über die Mole auf das große Boot zu. Das Paar durfte sie ruhig sehen, dachte Roland. Es gab keinen Fluchtweg. Wollten sie abhauen, mussten sie erst an ihnen vorbei.

Als sie sich mit schnellen Schritten näherten, erblickte das Ehepaar die Polizisten. Michael Junge-Larsen ließ die Arme sinken, während Anne Grethe Junge-Larsen einen ganzen Pappkarton auf das Deck fallen ließ. Die vier zogen ihre Pistolen und stellten sich vor dem Boot auf. Roland ging auf das Paar zu.

»Keine Bewegung«, sagte er. »Halten Sie Ihre Hände so, dass ich sie sehen kann. Es soll doch nicht noch ein Unglück passieren.«

»Auf einmal ist der ganze Hafen voll scharfer Waffen«, sagte Michael Junge-Larsen und hielt die Hände vor seinen Oberkörper. »Wir sind nicht bewaffnet.«

Liv trat vor und sprang an Deck, wobei sie mit ihrer Waffe noch immer auf Michael Junge-Larsen zielte. Dann tastete sie ihn mit der Hand ab, um sicherzugehen, dass er nicht doch irgendwo eine Waffe hatte. Danach war Anne Grethe an der Reihe. Sie schüttelte den Kopf.

»Nichts«, sagte sie und wandte ihnen den Rücken zu.

»Was wollen Sie von uns?«, fragte Michael Junge-Larsen.

Roland ignorierte die Frage. Er war es, der hier die Fragen stellte.

»Wohin wollen Sie?«

»Segeln, das sehen Sie doch«, sagte Michael Junge-Larsen und grinste etwas gezwungen.

Roland ging an Bord und bewunderte das schöne Boot. Er fuhr mit der Hand über den Mast. Wie lang war es? 18 Meter? Es beschrieb eine elegante, lange Linie, hatte einen Rumpf aus Fiberglas und natürlich ein hölzernes Ruder.

»Ein schönes Schiff«, sagte er voller Bewunderung.

»Ja, wir haben viel Freude daran«, antwortete Michael Junge-Larsen.

»Eine Swan 48, nicht wahr?«

»Ja, stimmt.«

»Ein richtiges Regattaboot. Sehr schnell dank des kurzen Kiels«, sagte Roland zu seinen Kollegen. »Versteht ihr, durch den kurzen Kiel dreht es sehr schnell, das ist wichtig, wenn man an der Tonne kehrt.«

»Stimmt«, sagte Michael Junge-Larsen.

»So ein Boot kriegt man gebraucht kaum unter 500 000 Euro, nicht wahr?«

»Ja, möglicherweise.«

»Sie wissen das nicht?

»Doch, das stimmt schon«, antwortete Junge-Larsen verärgert. »Jetzt sagen Sie mir endlich, was Sie von uns wollen.«

»Es geht um Ihre Tochter«, sagte Roland. »Wir glauben,

dass Sie und Ihre Frau sie selbst umgebracht haben. Und wir glauben, dass Sie sie in den Kriechkeller gelegt haben, damit sie nie gefunden wird. Für den Fall, dass sie doch entdeckt werden sollte, haben Sie ihr die Hände gefesselt, damit es wie einer der alten Morde aussieht. Sie haben nur ein Detail vergessen.«

Roland machte eine Pause. Anne Grethe Junge-Larsen hatte zu weinen begonnen. Sie hielt sich die Hand vor den Mund, während ihr die Tränen über die Wangen liefen. Roland ging zu ihr.

»Sie haben den falschen Knoten gemacht«, sagte er dann und zog den Kragen ihres hochgeschlossenen Pullovers nach unten. Vier längliche Kratzwunden kamen zum Vorschein.

»Eine hässliche Wunde«, sagte er. »Hat sie sich sehr gewehrt?«

Die Frau schluchzte laut.

Per Roland blickte über den Hafen. Er liebte das Geräusch von Booten auf dem Wasser. Dann drehte er sich wieder zu dem Paar um.

»Sie haben die Medien ausgenutzt«, sagte er dann. »Niemand wäre jemals auf die Idee gekommen, dass Sie das selbst getan haben. Diese liebevollen Eltern. Diese armen Menschen. Das war klug von Ihnen.«

Anne Grethe Junge-Larsen schluchzte immer lauter und bestätigte Rolands Theorie. Dann nickte er Liv und Max zu, die vortraten und beiden Handschellen anlegten.

»Es ist 14.06 Uhr, ich verhafte Sie wegen des Mordes an Ihrer Tochter, Cecilie Junge-Larsen. Alles, was sie …«

38

»Wir dachten doch, wir würden etwas Gutes tun«, sagte Anne Grethe Junge-Larsen.

Sie saßen auf dem Bett in Cecilies Zimmer, umgeben von Puppen und Kuscheltieren. Anne Grethe Junge-Larsen nahm ein weißes Plüschkaninchen mit einer blauen Hose und einer roten Fliege, streichelte es, drückte es an sich und schnupperte daran. Im Haus am alten Strandvej roch es abgestanden. Alles wirkte verlassen, obgleich die Einrichtung unverändert war.

Das Team hatte die Eltern mit ins Haus genommen, um die letzten Details des Handlungsablaufs zu klären.

»Eine Sache verstehe ich nicht«, sagte Per Roland. »Wie konnten Sie glauben, dass es möglich ist, ein Kind von Ihren Nachbarn zu kaufen, ohne dass jemand das bemerkt? Was ist mit den Behörden, dem Einwohnermeldeamt, dem Jugendamt? Hat sich denn niemand darüber gewundert, dass Sie plötzlich ein Kind hatten?«

Die Eltern sahen sich an, als überlegten sie stumm, wer diese Frage beantworten sollte. Lange Lind saß auf dem Teppich, während Max Motor gemeinsam mit Anette am Fenster stand. Carsten und Miroslav saßen still auf einer Bank, während Liv und Roland vor den Eltern standen und auf deren Antwort warteten.

Schließlich ergriff Anne Grethe Junge-Larsen das Wort.

»Ich habe damals ja als Hebamme gearbeitet. In dieser Funktion hatte ich Zugang zu den Dateien des Einwohnermeldeamtes. Jedes Mal, wenn ich ein Kind auf die Welt gebracht hatte, habe ich per Computer alle Details eingegeben. Dadurch wurde dann eine neue Personennummer generiert. Es war ein Leichtes für mich, Cecilie als mein Kind einzutragen und eine Nummer für sie zu bekommen. Sie war ja noch nirgendwo verzeichnet. Aus Sicht der Behörde gehörte sie ja noch niemandem.«

»Und es hat sich niemand gewundert? Niemand in Ihrem Bekanntenkreis und auch keiner Ihrer Ärzte? Ich meine, Sie waren doch noch nicht einmal schwanger.«

Liv dachte an ihre eigenen Schwangerschaften, während der sie unablässig von Ärzten oder Hebammen überprüft worden war.

»Ich *war* schwanger. Kurz bevor wir … Cecilie bekamen«, antwortete Anne Grethe Junge-Larsen. »Aber ich habe das Kind durch eine Fehlgeburt verloren. Wie schon vier Mal zuvor. Ich war so unglücklich, dass ich meinem Arzt nie davon berichtet habe. Es war ja nicht der erste Versuch gewesen. Als uns dann Cecilie angeboten wurde, haben wir den Arzt gewechselt. Es passte nicht auf den Monat genau, aber das ist niemandem aufgefallen.«

Sie sah ihren Mann an.

»Wir hatten ein Kind. Wir konnten … nein, wir konnten es wirklich zu Beginn kaum glauben. So viele Jahre hindurch hatten wir es versucht, und dann kam es plötzlich ganz einfach durch die Haustür. Erik versicherte uns, dass das Mädchen nicht gesucht wurde, ja, er meinte sogar, wir würden sie retten. Und diesen Gedanken hatten wir wohl auch selbst.«

»Dann hatten Sie keine Ahnung, woher Cecilie stammte? Wer ihre richtigen Eltern waren?«

Das Paar schüttelte die Köpfe. Anne Grethe Junge-Larsen weinte leise. Ihr verzerrtes Gesicht sprach Bände. Auch die Augen ihres Mannes waren rot und geschwollen.

Liv räusperte sich.

»Und Sie sind wirklich nie auf den Gedanken gekommen, dass irgendwo eine Mutter war, die ihre Tochter vermisste?«

Anne Grethe Junge-Larsen biss sich auf die Unterlippe und schüttelte den Kopf. »Ich glaube nicht, nein. Das heißt, doch, der Gedanke ist mir schon mal gekommen, aber ich habe ihn … verdrängt.«

Dann fiel ihr Mann ihr ins Wort.

»Aber, verdammt noch mal, uns wurde doch gesagt, das Kind schwebe in Lebensgefahr, dass es womöglich getötet werden oder in irgendeinem Heim landen würde, wenn wir es nicht nähmen. Pest oder Cholera, wenn Sie mich fragen. Wir wollten uns schrecklich gern um das Kind kümmern. Warum sollten wir es dann nicht tun?«, fragte er. »Das würde doch jeder machen!«

»Ich kann Sie gut verstehen, aber vielleicht hätten Sie ja auch über die normalen Wege ein Kind bekommen können, zum Beispiel durch eine Adoption, oder indem Sie sich als Pflegefamilie melden.«

»Nicht mit meinem Alter«, sagte Michael Junge-Larsen. »Ich bin dreizehn Jahr älter als meine Frau. Wir haben uns ja um eine Adoption bemüht, man hat uns aber gleich zu verstehen gegeben, dass das mit meinem Alter so gut wie ausgeschlossen ist. Wenn überhaupt hätten wir nur ein älteres Kind bekommen, fünf Jahre oder noch älter.«

Liv starrte sie verständnislos an. Seine Argumente gingen komplett an ihr vorbei. Ein Kind war doch wohl ein Kind?

»Vielleicht hätte es ja auch noch andere Möglichkeiten gegeben?«, sagte sie, um nicht darüber zu diskutieren.

»Und was für welche? Künstliche Befruchtung hatten wir schon probiert, aber meine Frau hatte jedes Mal eine Fehlgeburt. Und Pflegekinder sind Problemkinder, da kriegt man nicht bloß die Kinder, sondern gleich auch noch ihre sozial vorbelasteten Eltern.«

Liv nickte, ohne seiner Meinung zu sein, und wechselte das Thema.

»Und nachdem Sie das Kind von ihm bekommen hatten, hatten Sie wirklich keinen Kontakt mehr zu Erik Adelskov?«

Die zwei sahen sich an, und Anne Grethe Junge-Larsen antwortete.

»Nein, wir haben ihnen einen Betrag in Millionenhöhe für Cecilie bezahlt. Danach haben wir nie wieder darüber gesprochen.«

Liv nickte und wollte weiterfragen, wurde aber von Roland unterbrochen.

»Schöne Schuhe«, sagte er und zeigte auf Michael Junge-Larsens schwarze Schuhe.

»Prada«, sagte er und zeigte sie vor.

Roland nickte.

»Dachte ich mir«, sagte er dann.

»Erzählen Sie mir von diesem Sonntag. Sie hatten sich mit Cecilie gestritten, nicht wahr? Was ist dann passiert?«, fragte Liv.

Michael Junge-Larsen öffnete den Mund, um zu antworten, als seine Frau ihn bremste, indem sie ihm die Hand auf die Schulter legte.

»Lass mich«, sagte sie und seufzte tief.

Liv und Roland warteten geduldig, bis Anne Grethe Junge-Larsen mit ihrer Geschichte begann.

»Wir waren unten auf dem Boot, haben dort zu Mittag gegessen und sind den ganzen Nachmittag dort geblieben.

Cecilie fragte während des Essens, ob sie am Spätnachmittag mit einer Freundin zur Reitschule fahren dürfe. Sie wollte sich ihr Pferd anschauen. Ich … Wir haben uns beide ein bisschen Sorgen gemacht, dass da in dieser Reitschule etwas geschehen könnte, schließlich war es ein Sonntag, und da sind keine Erwachsenen da, die auf die Kinder aufpassen.«

»Außerdem hatte sie am nächsten Tag einen Termin im Aufnahmestudio. Sie sollte gleich mehrere Lieder einsingen«, fiel ihr ihr Mann ins Wort, woraufhin ihn seine Frau zurechtweisend ansah. »Was denn? Ich will ihnen doch nur unsere Beweggründe klarmachen.«

Er wandte sich wieder Liv und Roland zu. »Also, wir fürchteten, dass ihre Stimme in der Kälte Schaden nehmen könnte, und dass sie am nächsten Tag zu müde oder schlecht aufgelegt sein könnte.«

»Deshalb haben wir Nein gesagt«, übernahm Anne Grethe Junge-Larsen wieder.

»Und sie war verärgert darüber?«

»Ja, sie war traurig und wütend. Aus Trotz hat sie dann ihr Fahrrad genommen und ist allein auf der Mole herumgefahren. Sie müssen wissen, Cecilie hatte ihren eigenen Kopf. Es gab nichts, worüber sie nicht eine eigene Meinung hatte, und ein bisschen verwöhnt war sie wohl auch. Sie war es gewohnt, dass die Dinge nach ihrem Kopf gingen. Überall wurde sie geliebt, wohin sie auch kam. Vor allem wegen ihrer Stimme, und die wenigen Konzerte, die sie nach dem Gewinn der Fernsehshow gegeben hatte, waren alle ausverkauft.«

»Dann war sie aufgebracht darüber, dass Sie Nein gesagt hatten?«, sagte Liv und dachte daran, wie nervig ihre eigenen Töchter mitunter sein konnten.

»Ja, und als wir nach Hause wollten, wollte sie nicht mit. Sie begann herumzuschreien und uns unten im Hafen vor der ganzen Stadt eine Szene zu machen.«

»Und was haben Sie dann gemacht?«

»Dann hat mein Mann ihr gesagt, dass sie selbst sehen soll, wie sie nach Hause kommt. Sie könnte ja das Fahrrad nehmen. Gut, meinte sie nur, und war dann plötzlich weg.«

Anne-Grethe nahm ein Päckchen Papiertaschentücher aus der Tasche, holte eines heraus und trocknete sich Augen und Nase.

»Was ist dann passiert?«

»Wir sind nach Hause gefahren, haben zu Abend gegessen und auf sie gewartet«, sagte Michael Junge-Larsen. »Wir haben ja damit gerechnet, dass sie irgendwann wieder auftaucht.«

»Ja, wir sind davon ausgegangen, dass sie mit ihrer Freundin mitgefahren ist«, übernahm seine Frau. »Wir dachten, dass es ihr sicher guttut, ein bisschen auszuflippen.«

Liv wunderte sich darüber, was manche Leute schon als ausflippen bezeichneten.

»Wann ist sie nach Hause gekommen?«

Die beiden sahen sich an und schienen sich wieder einig zu sein, was sie antworten sollten.

»Wir waren gerade ins Bett gegangen. Es muss so etwa halb zehn gewesen sein … oder vielleicht zehn. Wir mussten am nächsten Tag früh raus.«

»Haben Sie sie nach Hause kommen hören?«

»Ja, das heißt, mein Mann hat sie gehört. Ich war schon eingeschlafen, als er mich weckte und sagte, jetzt sei sie wieder zu Hause.«

»Was haben Sie dann gemacht?«

»Zuerst habe ich mich gefreut, weil sie wieder da war, aber mein Mann und ich haben dann gedacht, dass es wohl besser wäre, wenn ich mit ihr redete.«

»Sie wollten Sie ausschimpfen oder bestrafen?«

Anne Grethe Junge-Larsen seufzte wieder.

»Wir haben so etwas wirklich nicht oft getan«, sagte sie dann.

»Und dieses Mal ist es schiefgegangen. Waren Sie zu wütend?«, fragte Liv jetzt.

Anne Grethe Junge-Larsen schüttelte vehement den Kopf.

»Nein, nein, nein, so war es nicht ...«

»Wie dann? Was ist passiert?«

Wieder kam das Päckchen Papiertaschentücher zum Vorschein.

»Als ich in ihr Zimmer kam, saß sie weinend auf dem Bett. Sie tat mir sofort leid, so dass ich alle Pläne, sie zurechtzuweisen, fallen ließ. So ist das, wenn eine Mutter ihr Kind weinen sieht. Ich fühlte mich wirklich wie ihre leibliche Mutter, wirklich. Ich bin doch die Einzige, die sie gehabt hat.«

Liv nickte.

»Sie haben sie getröstet?«

»Ja, ich habe mich hierhin gesetzt«, sagte sie und zeigte mitten auf das Bett.

Liv zog einen weiß gestrichenen Stuhl zum Bett. Sie setzte sich rittlings darauf und gab Anne Grethe Junge-Larsen ein Zeichen weiterzureden.

»Ich habe meinen Arm um sie gelegt und ihr die Haare gestreichelt, wie ich es immer getan habe, wenn sie traurig war.«

Anne Grethe Junge-Larsen schloss für einen Moment

die Augen, als erinnerte sie sich an die Gerüche, an all ihre Gefühle.

»Und was haben Sie dann gemacht?«, fragte Roland.

»Sie hat mich plötzlich angesehen, und ihre Augen waren so voller Hass, dass sie fast zu glühen schienen. Es war fürchterlich. Ich bin ein Stück von ihr zurückgewichen, weil ich so erschrocken war. Ich hatte ja keine Ahnung, was in dem Kopf von meinem kleinen Mädchen vor sich ging, warum sie mich so ansah.«

»Hat sie Ihnen irgendetwas gesagt?«

»Ja. Sie hat mich angeschrien. Sie hat mir gesagt, sie hätte ihren richtigen Vater getroffen, den ich nie erwähnt hätte. Sie hat mir vorgeworfen, wir hätten sie ihm abgekauft, als sie noch ein Säugling war.«

»Was haben Sie darauf geantwortet?«

»Ich habe versucht, sie zur Vernunft zu bringen. Habe es als eine Lüge abgetan, ihr gesagt, dass da nur jemand versuche, unserer Familie zu schaden, dass das sicher nur jemand sei, der ihre Karriere zerstören wolle.«

Anne Grethe holte tief Luft, als versuchte sie, ganz weit nach unten in den Bauch zu atmen und so den bevorstehenden Weinkrampf zu kontrollieren. Sie atmete stoßweise aus, als hätte sie Wehen.

»Aber Sie müssen doch gewusst haben, dass sie einen Verdacht hatte, seit sie nach der Decke mit dem Monogramm der Adelskovs gefragt hat, die sie im Keller gefunden hatte.«

»Ich habe mir nichts dabei gedacht und ihr einfach gesagt, dass sie nach der Geburt in diese Decke eingewickelt worden sei. Ich bin überhaupt nicht auf die Idee gekommen, dass sie misstrauisch werden oder nach der Herkunft dieser Decke fahnden könnte.«

»Sie hat Ihnen aber nicht abgenommen, dass es nur jemand darauf abgesehen hatte, sie zu zerstören?«

Aus dem Augenwinkel sah Liv Roland, der fast atemlos dastand und die Frau anstarrte, die in wenigen Sekunden diesem komplizierten Puzzle das letzte Teil hinzufügen würde.

Jetzt kam es, dachte sie. Die Lösung.

»Nein«, antwortete Anne Grethe. »Sie hörte nicht auf, die schrecklichsten Sachen zu sagen. Ich sei nicht ihre richtige Mutter, ich hätte sie gekauft, wie man Hunde oder Sklaven kauft, und ich würde sie nicht lieben, hätte sie nie geliebt. Und dann sagte sie, sie wolle weg, um ihre richtige Mutter zu finden.«

Anne Grethe machte eine Pause, sah zu Liv auf und fuhr fort:

»Sie müssen verstehen … nicht einmal mein Mann und ich haben über das gesprochen, was damals passiert ist. Wir hatten es vergessen, es verdrängt, uns selbst eingebildet, das alles sei gar nicht wahr. Mit den Jahren hatte ich selbst schon begonnen, das Ganze für eine Erfindung zu halten, für einen schlechten Traum. Ich glaubte schließlich selbst an die Geschichte, die wir erfunden hatten. Dass ich Cecilie mit einer Hausgeburt hier bei uns auf die Welt gebracht hatte, weil alles so schnell gegangen war, dass wir es nicht mehr bis in die Klinik geschafft hatten. Das Wasser sei mir im Badezimmer abgegangen, und dann hätten die Wehen mit einer solchen Stärke eingesetzt, dass ich mich nicht mehr hätte bewegen können. Ihre Schreie hätten von Anfang an wie Singen geklungen, und sie sei so schön, so perfekt gewesen. Ich habe immer vorgegeben, sie sehe aus wie ihre Großeltern, wenn jemand unsere fehlende Ähnlichkeit ansprach. Auch mein Vater habe zu Lebzeiten eine wunderbare Stimme gehabt, sie habe ihr Talent sicher von ihm, sagte ich immer, wenn mich jemand danach fragte. Das alles waren Geschichten, Lügen, aber wir haben sie so oft erzählt, dass ich schließlich selbst an sie geglaubt habe.«

»Bis Cecilie Sie damit konfrontiert hat?«

»Ja, das ist paradox, nicht wahr? Es stimmt aber, zu guter Letzt holen die Lügen einen selbst ein.«

»Dann haben Sie sie umgebracht?«

Anne Grethe sah Liv mit einem wilden Blick an.

»Aber das war doch keine Absicht«, sagte sie mit hektischer Stimme. »Ich wollte nur, dass sie zu reden aufhörte. Sie hat mir immer weiter diese hässlichen Dinge gesagt. Ich wollte nur, dass sie still ist.«

»Was haben Sie getan?«

Anne Grethe drehte sich um, nahm ein Kissen vom Bett und platzierte es auf dem Kaninchen mit der Fliege.

Michael Junge-Larsen schluchzte auf und hielt sich eine Hand vor den Mund.

Liv hatte das Gefühl, sich übergeben zu müssen.

»Ich habe dieses Kissen genommen und auf ihr Gesicht gelegt.«

Anne Grethe hielt das Kissen jetzt über den Kopf des Kuscheltiers und drückte zu. Ihr Gesicht war verzerrt.

»Sie hat versucht zu schreien«, fuhr sie fort. »Hat gestrampelt und geschlagen und mich am Hals gekratzt, aber ich habe festgehalten. Das Kissen blieb auf ihrem Gesicht, und ich habe weitergedrückt, bis sie ganz still dalag. Ich *konnte* nicht mehr aufhören. All die schrecklichen Worte, die sie gesagt hatte, gingen mir durch den Kopf. *Meine richtige Mutter, mein richtiger Vater, ihr habt mich gekauft*.«

Sie machte eine Pause und starrte aufs Bett. Dann nahm sie das Kissen weg und nahm das Kuscheltier auf.

Anne Grethe Junge-Larsen streichelte dem Kaninchen über den Kopf.

»Es hat mich so mitgerissen. Ich konnte nicht einmal Abschied nehmen«, sagte sie dann.

Michael Junge-Larsen sah seine Frau an.

»Ich …«, begann er, und Liv fragte sich, ob er sich wirklich darüber im Klaren gewesen war, was seine Frau getan und wobei er mitgewirkt hatte. Auf jeden Fall schien ihm erst in diesem Augenblick wirklich bewusst zu werden, was geschehen war.

»Ich bin zu spät gekommen«, sagte er. »Als ich den dumpfen Knall hörte, bin ich nach unten gerannt und habe meine Frau über Cecilie gebeugt vorgefunden. Sie hat geweint und ihr über die Haare gestreichelt. Cecilie war bereits blass und leblos. Ein paar Sachen aus dem Regal waren zu Boden gestürzt, doch ansonsten gab es keine Spur von Anne Grethes Tat.«

»Und dann haben Sie beschlossen, alles zu vertuschen?«

»Ich war der einzige von uns, der noch klar denken konnte. Anne Grethe war vollkommen weggetreten. Und dann kam mir der Gedanke an den Mord hier in Espergærde, der uns vor zwölf Jahren so erschüttert hat. Ein kleines Mädchen in Cecilies Alter war verschwunden und später ermordet an einen Baum gefesselt in Næstved wieder aufgetaucht. Ich dachte, dass ich Sie vielleicht auf eine falsche Fährte locken könnte, wenn ich es so aussehen ließ wie damals.«

»Damit hatten Sie recht.«

»Wir strickten eine Geschichte zusammen und gaben vor, sie wäre verschwunden, als sie mit dem Fahrrad zur Schule fuhr. Ihr Rad habe ich ins Hafenbecken geschmissen. Und ich habe ihr Handy beseitigt, damit niemand es hören oder aufspüren konnte. Auch das liegt im Øresund. Dann haben wir damit begonnen, das ganze Haus zu putzen, damit keinerlei Spuren gefunden werden, auch nicht von einem fremden Täter, so dass man diesen folglich nicht ausschließen konnte. Wir machten Cecilies Nägel sauber, damit die DNA von Anne Grethe nicht ermittelt werden konnte, fesselten ihre Hände so wie die von Kathrine mit zwei halben Schlägen, das hatte damals so in der Zeitung gestanden, und platzierten sie an einem Ort, von dem ich hoffte, dass niemand sie dort suchen würde. Der Plan war, sie dort zu entfernen, wenn die Zeit gekommen war und sich die Öffentlichkeit nicht mehr auf uns konzentrierte. Sollte sie entgegen allen Erwartungen trotzdem gefunden werden, was dann ja auch geschah, mussten wir auf die Verwirrung setzen. Deshalb stellten wir eine Leiter an die Hauswand, über die ein Täter von außen hätte einsteigen können.

»Sie waren klug. Alles war genau durchdacht«, sagte Roland und ging auf das Paar zu. Sie saßen nebeneinander auf dem Bett, hielten sich jetzt aber nicht mehr bei den Händen.

»Nur dass der Knoten nicht ganz der richtige war.«

Michael Junge-Larsen schüttelte seufzend den Kopf.

»Was ist nicht verstehe«, sagte Liv, »ist, warum Sie gesagt haben, dass Amalie Ihre Tochter ist?«

Anne Grethe seufzte tief und verbarg das Gesicht in den Händen.

»Das hat uns völlig aus der Bahn geworfen. Wir verstanden nicht, woher dieses neue Mädchen kam. Aus den Zeitungen wussten wir, dass es Cecilie wie ein Ei dem anderen glich. Als Sie dann zu uns gekommen sind, habe ich einfach meine Chance ergriffen und so getan, als wäre sie unsere

Tochter. Ich habe nicht wirklich nachgedacht. In meinem Kopf war nur noch der Gedanke, dass wir Cecilie vielleicht zurückbekommen könnten. Wir hatten uns schon so tief in all den Lügen verstrickt, dass eine mehr oder weniger auch keinen Unterschied mehr machte.«

»Dann haben Sie gehofft, Amalie zu sich nehmen zu können, damit sie Cecilies Platz einnimmt, stimmt's?«, ergänzte Anette vom Fenster aus. »Und so vielleicht Buße für die Vergangenheit zu tun?«

Anne Grethe Junge-Larsen nickte.

»Ja, vielleicht, so etwas in der Richtung.«

Roland warf seinen Kollegen im Raum einen Blick zu. Alle hatten irgendwie lange Gesichter.

»Wollt ihr noch mehr wissen?«, fragte er in den Raum, erntete aber nur Schweigen.

»Dann glaube ich, dass wir fertig sind«, sagte er und gab Max Motor und Lange Lind ein Zeichen, das Paar zurück in die Arrestzellen zu bringen.

Auf dem Weg aus dem Kinderzimmer fing Liv Anne Grethes Blick ein, und ihre Übelkeit wandelte sich in ein heftiges Krampfen ihrer Eingeweide. Sie musste jetzt wirklich ihre Mädchen sehen.

39

Vielleicht lag etwas in der Luft, vielleicht war es der Regen, der hartnäckig an den Scheiben des Sitzungszimmers im zweiten Stock des Präsidiums von Helsingør nach unten lief, oder es war einfach die Folge der Erlebnisse der letzten Woche. Auf jeden Fall schienen sie alle von irgendetwas ergriffen zu sein, die ganze Gruppe. Sie saßen am länglichen Tisch und warteten auf die letzten Worte ihres Ermittlungsleiters, bevor der Fall abgeschlossen wurde.

Möglicherweise war es eine Form der Melancholie, eine Art Trauer über den bevorstehenden Abschied?

Die Spezialeinheit würde wieder auseinandergehen und jeder an seine Dienststelle zurückkehren, bis die Gruppe wieder gebraucht würde. Liv sollte zurück in ihr altes Büro und zu ihrem alten Partner Ole, der gerade angerufen und ihr mitgeteilt hatte, dass er aus dem Krankenhaus in Helsingborg entlassen worden war.

Die Stimmung in dem kleinen Sitzungsraum war von Verunsicherung geprägt. Niemand sagte etwas. Niemand wollte als Erster den Mund öffnen. Schließlich stand Roland auf und räusperte sich. Vor ihm auf dem Tisch lag eine dicke Mappe.

»Willkommen«, sagte er, und die Anwesenden hoben ihre Köpfe und sahen ihn an. »Es ist Dienstag, der 23. September 2008. Vor exakt einer Woche wurden wir zum Cecilie-Fall hinzugezogen, der jetzt abgeschlossen und gelöst ist. Dieses Jahr hat noch 99 Tage. Heute ist übrigens der

Tag des heiligen Linus. Linus war um das Jahr 90 Bischof in Rom und soll der direkte Nachfolger von Petrus im Amt des Papstes gewesen sein. Außerdem ist heute der Jahrestag des Kaugummis, der 1848 in den USA zum ersten Mal in einem Laden verkauft worden ist.«

Die Gruppe sah ihn so lange an, dass er entschuldigend mit den Schultern zucken musste.

»Danke für all diese Informationen, von uns allen«, brach Carsten Svendsen schließlich das Schweigen.

Roland ließ den Blick über seine Leute schweifen.

»Ihr wisst keine Details … ach, egal. Braucht ihr Ferien?«, fragte er dann.

Keiner antwortete. Einzig Carsten nickte und sagte, dass er gerne nach Hause nach Jütland wollte, um seinen neuen Enkel kennenzulernen. Die Anwesenden lächelten beinahe synchron.

»Dann solltet ihr, meine ich, nach Hause zu euren Familien fahren und ein paar Tage frei machen. Ihr habt alle Superarbeit geleistet. Ich habe gerade erst mit Karen Gruppe gesprochen – unserer Chefin, sollte das jemand vergessen haben – und sowohl sie als auch der Oberste Polizeichef sind sehr zufrieden. Wir ihr wisst, ist unsere kleine Einheit vorerst nur probeweise zusammengestellt worden. In der Direktion sind sie jetzt aber so zufrieden mit uns, dass sie beschlossen haben, diese Gruppe bis mindestens 2010 weiterzuführen. Wir behalten unser Einsatzgebiet und heißen bis auf weiteres *NEC-Sondereinheit für Kriminalfälle mit hohem Gewaltpotenzial oder grenzüberschreitendem Charakter.* Was haltet ihr davon?«

»Klingt gut, Boss«, kam es von Miroslav. »Also nicht der Name, aber dass sie uns behalten wollen.«

»Ich muss erst noch mit meiner Frau darüber sprechen«,

sagte Svendsen und wippte wie immer weiter auf seinem Stuhl in der Ecke. »Sie muss jetzt schon ziemlich lange ertragen, dass ich ständig im Land herumreise. Ihr wisst, wie das ist. Nach so vielen Jahren Ehe fällt man so eine Entscheidung nicht mehr, ohne mit seinem Partner darüber gesprochen zu haben.«

»Natürlich nicht«, sagte Roland. »Ihr habt eine Woche, um euch zu Hause darüber klar zu werden. Schlaft jetzt aus, ruht euch auf euren Lorbeeren aus, oder tut, wozu ihr sonst noch Lust habt. Ihr hört dann wieder von mir. Allerdings müsst ihr der Staatsanwaltschaft zur Verfügung stehen, was das Verfahren gegen Erik und Benedikte Adelskov und die Eheleute Junge-Larsen angeht. Es ist wichtig, dass ihr telefonisch erreichbar seid, damit die Fälle schnell verhandelt werden können. Diese bekloppte Polizeireform soll ja wie ein Erfolg aussehen, und das klappt nur, wenn jetzt auch mal ein paar Verbrecher verurteilt werden können. Zum Glück sind die ja alle geständig, was es dem System nicht nur leichter, sondern auch finanziell erträglicher macht.«

Roland sah in die müden Gesichter seines Teams. »Das war's«, sagte er und klappte seine Mappe zu. »Macht's gut.«

Die Gruppe erhob sich zögernd und ging langsam nach draußen, während Roland den Schwamm nahm und die Striche und Kästchen entfernte, mit denen er im Laufe der letzten Woche das große Whiteboard verziert hatte.

Es war spät am Abend, als Roland aufwachte. Er hatte das Gefühl, eine halbe Ewigkeit geschlafen zu haben. Draußen schüttete es noch immer, und ihm wurde klar, dass er doch nur ein paar wenige Stunden älter geworden war. Er stand auf und sah aus dem Fenster. Es überraschte ihn jedes Jahr aufs Neue, wie schnell der Herbst kam. Besonders dann, wenn es eigentlich gar keinen richtigen Sommer gegeben hatte. Jedenfalls nicht für ihn.

Irgendwo, gar nicht so weit entfernt, saßen jetzt Cynthia und seine beiden süßen Kinder in einem Reihenhäuschen mit einem Mann namens Anders. Bestimmt aßen sie jetzt Koteletts und tranken einen leckeren Rotwein, vielleicht einen Valpolicella, während die Kinder ihre Mutter schmatzend für das tolle Essen lobten. Ob Cynthia und er Händchen hielten? Und ob die Kinder diesen neuen Mann bereits vergötterten?

Er ging zum Kühlschrank, nahm sich einen Discount-Wein im Tetrapack und goss sich ein. Als richtiger Mann sollte man eigentlich Bier trinken, dachte er.

Er kratzte sich am Rücken, ging ins Bad und stand lange pinkelnd vor dem Klo, während ihm der Gestank des Urins in die Nase stieg. Dann blickte er in den Spiegel, ohne sich vor seinem Spiegelbild zu fürchten. So schlimm war es nun auch wieder nicht. Nicht dass der Anblick besonders schön oder attraktiv gewesen wäre, aber es hätte durchaus schlimmer sein können. Er rieb sich den kahlen Schädel und rasierte sich die letzten dünnen Härchen ab, die irgendwie noch nicht bemerkt zu haben schienen, dass die anderen längst weg waren.

Dann schloss er die Augen und ließ sich zum ersten Mal seit langem von seinen Gefühlen forttragen.

Er dachte an Erik und Benedikte Adelskov und an die Junge-Larsens. An den schmalen Grat zwischen normalen Menschen und Verbrechern, und daran, wie leicht es war, diesen Grat für immer zu überschreiten, denn ein Zurück gab es dann nicht mehr.

Zurück im Wohnzimmer schaltete er das Radio ein.

Wenn dieses Thema bei einem Fest oder einer anderen Gelegenheit zur Sprache kam, pflegte Per Roland zu sagen, er habe einen recht breiten Musikgeschmack. In Wirklichkeit war es wohl eher so, dass er gar keinen Geschmack hatte. Er wusste lediglich, dass die Musik, die in Livs Auto gelaufen war, nichts für ihn war.

Er setzte sich mit seinem Tütenwein auf einen wackligen Stuhl, der in der Ecke des Raumes stand und ließ Frank Sinatra *My way* singen. Roland dachte, dass auch er alles *auf seine Weise* getan hatte. Zwei Menschen waren ermordet worden, seit er Kopenhagen verlassen hatte. Ein Kind und eine junge Frau. Beide hatten sie ihre Leben noch vor sich gehabt. Doch in gewisser Weise hatten sie durch ihren Tod eine andere Frau und ihr Kind zu einem neuen Leben erweckt. Trotzdem hatte sich nichts geändert. Alles war unverändert. Wie immer.

Natürlich würden die Leute reden. Im Zug, an den Arbeitsplätzen, in der U-Bahn, auf dem Markt, in den Einkaufzentren und im Hafen würden sie darüber diskutieren, dass ein kleines Mädchen von seinen Eltern getötet worden war, weil es laut ausgesprochen hatte, was alle zu vergessen versucht hatten. Am meisten aber würde man sich die Mäuler zerreißen über die arme Frau, die ihre ganze Jugend verloren hatte, weil sie im Keller ihrer Mutter eingesperrt gewesen war, unbarmherzig bewacht von ihrer Mutter und ihrem Bruder. Und das alles nur, weil sie und ihr Bruder den Fehler begangen hatten, sich zu *lieben*. Dabei sucht man sich doch eigentlich nicht aus, wen man liebt, oder?, dachte er. Irgendwie passiert das doch einfach. Geredet wurde aber. Über die Liebe der Geschwister, und darüber, ob so etwas statthaft war. Und über das arme Kind, das jetzt zum ersten Mal das Tageslicht sah, zum ersten Mal in einem Auto saß, zum ersten Mal im Meer schwamm und die Vögel am Ufer sah.

Es beschäftigte die Menschen, sie redeten darüber, wie das Mädchen wohl zurechtkommen würde. Und auch die Presse würde jeden ihrer zaghaften Schritte Richtung Normalität verfolgen. Wie auch immer diese aussehen sollten. Oder kamen die Sozialbehörden vielleicht zu dem Schluss, dass es besser für sie war, an einem anderen Ort und unter einem anderen Namen ein neues Leben zu beginnen? Natürlich gemeinsam mit ihrer Mutter.

Roland mischte sich in all das nicht ein. Er wusste, dass alles wieder beim Alten sein würde, wenn dieses Thema ausdiskutiert war. Und eigentlich war er darüber ziemlich froh, denn er mochte seinen Alltag. Insbesondere, wenn er sich, wie so häufig, mit all den Kleinigkeiten und alltäglichen Dingen beschäftigen musste, die seine Arbeit so mit sich brachte.

Etwas später stieg er in seinen Wagen und fuhr zurück. Zurück nach Helsingør, zurück zum Nordre Strandvej und zu der Villa mit dem Panoramablick auf Schloss Kronborg. Zum ersten Mal fragte er sich, wie dieses Mädchen, diese junge Frau mit dem kleinen mageren Körper, sich trotz ihres lächerlich niedrigen Lohns diese Exklusivität leisten konnte? Er durfte nicht vergessen, sie irgendwann einmal danach zu fragen, dachte er und drückte auf die Klingel. Irgendwann einmal, dachte er, als er ihr ausdrucksstarkes Gesicht in der Tür sah.

Ihr Blick war genauso wie beim letzten Mal, als er auf ihre Klingel gedrückt hatte. Keine Spur von Überraschung. Als hätte sie ihn erwartet.

»Ich hab den hier für dich, vom ganzen Team.«

»Ein neuer Hut?«, sagte sie erfreut, nahm ihm den braunen Herrenhut aus den Händen und setzte ihn mit einem breiten Grinsen auf.

»Der ist genauso schön wie der alte«, sagte sie.

Roland lachte.

»Komm rein«, bat sie dann.

Er ließ seine Jacke auf der Fußmatte abtropfen, bevor er sie an die Garderobe hängte, an der er erst ein bisschen umsortieren musste, um einen freien Haken zu finden.

Drinnen in der wohlig warmen Küche bot sie ihm einen Kaffee und einen Whiskey an. Endlich ein echter Männerdrink, dachte er zufrieden.

»Und, was kann ich sonst noch für dich tun?«, fragte sie mit einer gewissen Melancholie in der Stimme, einer Traurigkeit, die ihm zuvor nicht aufgefallen war.

»Ich habe ein Angebot für dich«, sagte er dann. »Ich will dich im Team haben.«

Sie lachte. War das Erleichterung?, fragte er sich.

»In diesem kleinen Team, das Fälle mit hohem Gewaltpotenzial oder grenzüberschreitendem Charakter löst?«

»Ja, so lautet unser nicht ganz so leichtfüßiger Name. Was meinst du dazu?«

Sie sah ihn an, und plötzlich war ihm so, als strahlte ihr der Schalk aus den Augen.

»Ja, gerne«, sagte sie lächelnd. »Es gibt da aber ein kleines Detail.«

Er nippte am Kaffee, trank einen Schluck Whiskey und taute innerlich langsam auf.

»Was?«

Er gab sich selbst eine Antwort.

»Wenn es mit Geld zu tun hat, kann ich dir leider nicht helfen. Ich kann dir keinen höheren Lohn anbieten, als den, den du jetzt bekommst. Allenfalls ein paar Bonbons in Form von guten Hotels oder so.«

Sie sah ihn plötzlich mit ganz ernster Miene an.

»Ich bin wieder schwanger.«

Per Roland bekam den Kaffee im wahrsten Sinne des Wortes in die falsche Röhre und hustete sich fast die Lunge aus dem Hals.

»Was sagst du da?«, stammelte er.

»Und ich weiß nicht, ob es deines ist.«

Roland starrte lange in ihre grünen Augen. Er dachte an alles Mögliche, an ganz unpassende Dinge, wie Peters erstes Fußballtraining, bevor eine Unmenge von Fragen auf ihn einstürmte. Sollte er vielleicht bei ihr einziehen? Sollten sie sich eine gemeinsame Bleibe suchen und ein neues Leben beginnen, und würde er jemals erfahren, ob das Kind von ihm war?

»Du verarschst mich doch«, lautete seine – in seinen Ohren vollkommen lächerliche und wenig sympathische – Antwort.

Liv beugte sich vor und sah ihm in die Augen.

Roland hielt ihrem Blick stand, spürte aber die Angst in sich auflodern.

»Natürlich tue ich das, Roland«, sagte sie, und ihr Lachen hallte in der großen Küche wider. »Natürlich tue ich das!«

Blutschande ist Fiktion. Das heißt, dass alle Personen im Buch erfunden sind. Alle Übereinstimmungen mit heute lebenden Personen sind rein zufällig. Natürlich ist diese Geschichte von der Gesellschaft und der Welt inspiriert worden, in der wir leben, von den Geschichten, die wir in der Zeitung lesen. Die Art aber, wie sich diese Geschichte entfaltet und welchen Lauf sie nimmt, ist einzig und allein ein Produkt meiner Fantasie. Das Nationale Ermittlungscentrum, NEC, existiert, aber die *Sondereinheit für Kriminalfälle mit hohem Gewaltpotenzial oder grenzüberschreitendem Charakter* ist frei erfunden.

Großen Dank schulde ich meinem Mann, meinen Kindern und Patchwork-Stiefkindern für ihr Verständnis und ihre unermüdlichen Ohren. Danken möchte ich aber auch der Polizei von Nordseeland für ihre Hilfe in Detailfragen. Zu guter Letzt muss ich aber auch meiner fantastischen Redakteurin danken, Lisbeth Møller-Madsen, die so sehr an mich geglaubt hat.

Sollten sich noch Fehler in diesem Buch finden, bin ich allein dafür verantwortlich.

Therese Philipsen